EL DESIGNIO DEL ÁNGEL

CYNTHIA HAND

EL DESIGNIO DEL ÁNGEL

Traducción de Pablo M. Migliozzi

EDICIONES **B**
GRUPO ZETA

Barcelona • Bogotá • Buenos Aires • Caracas • Madrid • México D. F.
Montevideo • Quito • Santiago de Chile

Título original: *Unearthly*
Traducción: Pablo M. Migliozzi
1.ª edición: abril 2011

© 2011, Cynthia Hand
© Ediciones B, S. A., 2011
    Consell de Cent, 425-427 - 08009 Barcelona (España)
    www.edicionesb.com

Published by arrangement with Harper Collins Children's Books, a division of Harper Collins Publishers.

Printed in Spain
ISBN: 978-84-666-4755-7
Depósito legal: B. 5.880-2011

Impreso por LIBERDÚPLEX, S.L.U.
Ctra. BV 2249 Km 7,4 Polígono Torrentfondo
08791 - Sant Llorenç d'Hortons (Barcelona)

Para John

En aquellos días había nefilim en la tierra, y también los hubo después, cuando los hijos de Dios se unieron a las hijas de los hombres y tuvieron hijos de ellas. Éstos son los héroes de la antigüedad, hombres de renombre.

Génesis 6:4

Prólogo

Al principio veo a un chico entre los árboles. Es más o menos de mi edad, a medio camino entre la infancia y la madurez, quizá tiene sólo diecisiete años. No estoy segura de cómo lo sé. Sólo le veo la nuca, el pelo negro rizado y húmedo que se le pega al cuello. Siento el calor seco del sol, tan intenso, absorbiendo la vida de las cosas. Una extraña luz naranja cubre el cielo por el este. Un fuerte olor a humo. Por un momento me invade una tristeza tan sofocante que se vuelve difícil respirar. Ignoro el motivo. Avanzo un paso hacia el muchacho, abro la boca para pronunciar su nombre, pero descubro que no lo sé. La tierra cruje bajo mis pies. Él me oye. Empieza a darse la vuelta. Un segundo más y veré su cara.

Es entonces cuando la visión me abandona. Parpadeo, y todo desaparece.

1

El designio

La primera vez, el 6 de noviembre en concreto, me despierto a las dos de la mañana con un hormigueo en la cabeza, como si hubiera un baile de luciérnagas detrás de mis ojos. Siento olor a humo. Me levanto y recorro las habitaciones de una en una para asegurarme de que nada en la casa se está incendiando. Todo está en orden, todo el mundo duerme apaciblemente. En cualquier caso, es más bien el humo de una hoguera de campamento, un olor fuerte y silvestre. Lo añado a la lista de rarezas que es mi vida. Intento volver a dormir, pero no puedo. Así que bajo las escaleras. Y estoy en la cocina bebiendo un vaso de agua junto al fregadero cuando, sin más indicios, me encuentro en medio del bosque en llamas. No es como un sueño. Es como si realmente estuviera allí. No me quedo mucho tiempo, tal vez unos treinta segundos, y luego vuelvo a encontrarme en la cocina, de pie en medio de un charco de agua ya que el vaso se me ha caído de la mano.

Corro enseguida a despertar a mi madre. Me siento a los pies de su cama y procuro no respirar aceleradamente mientras repaso cada detalle que recuerdo de la visión. En realidad es muy poco, sólo el fuego y el chico.

—Todo de golpe sería abrumador —dice ella—. Por eso la recordarás así, por fragmentos.

—¿Es lo que te ocurrió a ti al recibir tu designio?

—A la mayoría le ocurre lo mismo —responde, evadiendo hábilmente mi pregunta.

No me contará nada acerca de su designio. Es uno de esos

temas prohibidos. Eso me fastidia, porque estamos unidas, siempre lo hemos estado, pero hay una parte importante de su vida que ella se niega a compartir.

—Háblame de los árboles que aparecen en la visión —dice—. ¿Cómo son?

—Creo que son pinos. De aguja, no de hojas.

Ella asiente pensativa, como si esto fuera una pista importante. Pero en mi caso, no es que esté pensando en los árboles. Estoy pensando en el chico.

—Ojalá le hubiese visto la cara.

—Se la verás.

—Me pregunto si tengo que protegerlo.

Me agrada la idea de ser su salvadora. Todos los ángeles de sangre tienen designios diferentes (algunos son mensajeros, otros testigos, están los que se ocupan de dar consuelo, y los que simplemente hacen cosas que desencadenan otras cosas), pero ser un ángel custodio tiene algo. Hace que te sientas particularmente angelical.

—No puedo creer que ya estés en edad de recibir tu designio —dice mamá—. Me hace sentir vieja.

—Eres vieja.

Eso no puede discutirlo, pues tiene más de cien años, aunque no aparenta más de cuarenta. En cuanto a mí, por el contrario, me siento exactamente como lo que soy: una chica de dieciséis años despistada (por no decir normal y corriente) que todavía va al colegio por la mañana. De momento no me siento como si llevara un ángel dentro de mí. Observo a mi madre, hermosa y dinámica, y sé que cualquiera que haya sido su designio debe de haberlo afrontado con coraje, humor y talento.

—¿Crees...? —digo al cabo de un rato, y es difícil preguntarlo, pues no quiero que piense que soy una cobarde—. ¿Crees que es posible que el fuego me mate?

—Clara.

—En serio.

—¿Por qué dices eso?

—Es que cuando estaba allí detrás de él me sentía muy triste. Y no sé por qué.

Mamá me rodea con los brazos, y me estrecha tanto que puedo oír el latido fuerte y constante de su corazón.

—Quizás el motivo de mi tristeza sea que voy a morir —susurro.

Sus brazos me aprietan.

—Sería raro —dice en voz baja.

—Pero ocurre.

—Lo resolveremos juntas. —Me abraza y aparta los cabellos de mi cara, como solía hacer cuando yo era una niña y tenía pesadillas—. Ahora tienes que descansar.

Nunca me he sentido tan despierta en toda mi vida, pero me tumbo sobre su cama y dejo que ella nos cubra a las dos con la manta. Me rodea con un brazo. Su cuerpo está tibio e irradia calor como si hubiera estado al sol, incluso en mitad de la noche. Huelo su aroma: agua de rosas y vainilla, un perfume de anciana. Siempre me hace sentir a salvo.

Al cerrar los ojos veo al chico. Me está esperando. Y eso es más importante que la tristeza o la posibilidad de sufrir una muerte espantosa entre las llamas. Él me está esperando.

Me despierto con el sonido de la lluvia y una suave luz grisácea se cuela por las persianas. Encuentro a mi madre en la cocina removiendo unos huevos en un cuenco, ya vestida y lista para irse a trabajar como cualquier otro día; su pelo largo y castaño rojizo todavía húmedo tras salir de la ducha. Tararea para sí misma. Parece contenta.

—Buenos días —la saludo.

Se da la vuelta, deja la espátula y se acerca para abrazarme. Sonríe orgullosa, como aquella vez que gané el concurso de ortografía del distrito en tercero: orgullosa, pero como si no esperase menos de mí.

—¿Qué tal estás hoy? ¿Cómo lo llevas?

—Estoy bien.

—¿Qué pasa? —pregunta mi hermano Jeffrey desde la puerta.

Nos volvemos hacia él. Está apoyado en el marco, despeinado, con cara de sueño, sucio y malhumorado como de costumbre. Por la mañana no es lo que podría llamarse una persona. Nos mira fijamente. En su rostro puede verse un atisbo de miedo, parece estar preparado para una mala noticia, como la de que alguien a quien conocemos ha muerto.

—Tu hermana ha recibido su designio. —Mamá vuelve a sonreír, pero su sonrisa es menos exultante que hace un momento. Una sonrisa cautelosa.

Mi hermano me mira de arriba abajo, como si fuera capaz de hallar la evidencia de lo divino en alguna parte de mi cuerpo.

—¿Has tenido una visión?

—Sí. Había un bosque en llamas. —Cierro los ojos y vuelvo a verlo otra vez: la ladera cubierta de pinos, el cielo naranja, el humo—. Y un chico.

—¿Cómo sabes que no era un sueño?

—Estaba despierta.

—¿Y qué significa? —me pregunta. Toda esta información relacionada con los ángeles es nueva para él. Todavía está en ese período en que lo sobrenatural puede ser excitante y guay. Lo envidio.

—No lo sé —respondo—. Eso es lo que tengo que averiguar.

Dos días más tarde la visión se repite. Estoy en mitad de las vueltas de una carrera en la pista que bordea el gimnasio del instituto Mountain View, y de repente me asalta, sin previo aviso. El mundo conocido (California, el Mountain View, el gimnasio) desaparece rápidamente. Estoy en el bosque. Incluso puedo saborear el fuego. Esta vez veo las llamas formando una cresta sobre la cadena de montañas.

Y entonces casi me llevo por delante a una animadora.

—¡Vigila, atontada!

Me tambaleo hacia un lado para dejarla pasar. Respirando con dificultad, me apoyo en las gradas plegables y trato de recuperar la visión. Pero es como intentar volver a un sueño después de despertarse. Ya se ha esfumado.

Mierda. Nadie me había llamado nunca atontada. Un derivado de tonta. Y eso no es bueno.

—No te detengas —grita la señora Schwartz, la profesora de educación física—. Queremos tener un registro exacto del tiempo que tardas en correr un kilómetro. Va por ti, Clara.

Seguro que en su vida anterior fue sargento instructor.

—Si no lo haces en menos de diez minutos, tendrás que volver a correr la semana próxima.

Sigo corriendo. Intento concentrarme en la carrera mientras tomo la siguiente curva a toda velocidad, manteniendo el paso rápido para recuperar parte del tiempo perdido. Pero mi mente retorna a la visión. La forma de los árboles. El suelo del bosque bajo mis pies, cubierto de piedras y agujas de pino. El chico de espaldas a mí, mientras observa el fuego que se acerca. Mi corazón se acelera súbitamente.

—Última vuelta, Clara —dice la señora Schwartz.

Me apresuro.

¿Qué hace él allí? Me lo pregunto sin cerrar los ojos pero viendo aún su imagen como si estuviera grabada a fuego en mis retinas. ¿Se sorprenderá al verme? En mi mente se agolpan las preguntas, pero detrás de todas ellas hay una sola:

¿Quién es él?

En ese momento paso por delante de la señora Schwartz, como un rayo.

—¡Bien, Clara! —me grita. Y un minuto después—: Debe de haber un error.

Aminorando la marcha doy la vuelta a la pista para averiguar cuál ha sido mi tiempo.

—¿Lo he hecho en menos de diez minutos?

—Según el cronómetro lo has hecho en cinco cuarenta y ocho. —Parece realmente espantada. Me mira como si ella también tuviera visiones, como si me viera a mí en el equipo de atletismo.

Oh. No me he dado cuenta, no he echado el freno. Si mamá se entera, va a caerme una bronca importante.

Me encojo de hombros.

—El cronómetro debe de estar estropeado —le explico para

que se quede tranquila, con la esperanza de que se lo trague, aunque eso suponga que la semana próxima tenga que repetir la estúpida carrera.

—Sí —dice ella, asintiendo distraída—. Debo de haberlo activado tarde.

Aquella noche cuando mamá llega a casa me encuentra echada en el sofá viendo un reestreno de *Yo amo a Lucy*.

—¿Qué haces viendo eso?

—Es mi último recurso cuando no están dando *Tocado por un ángel* —respondo con sarcasmo.

Saca una tarrina de helado de Ben and Jerry de una bolsa de papel, como si leyera mis pensamientos.

—Eres una diosa —digo.

—No exactamente.

Sostiene un libro en las manos: *Guía de campo de los árboles de América del Norte*.

—Puede que mi árbol no se encuentre en Norteamérica.

—Empecemos de una vez.

Llevamos el libro a la mesa de la cocina y lo hojeamos juntas, en busca de la especie exacta del pino que aparecía en mi visión. Para alguien de fuera puede que sólo parezcamos una madre que ayuda a su hija con los deberes, y no un par de ángeles indagando en una misión encomendada desde el cielo.

—Es éste —digo finalmente, señalando una foto del libro y reclinándome en mi silla, muy satisfecha conmigo misma—. El *Pinus contorta*.

—«Las agujas amarillentas surgen en pareja y a menudo retorcidas» —lee mamá—. ¿Piñas marrones con forma de huevo?

—No llegué a ver de cerca las piñas, mamá. Pero la forma es la correcta, con ramas que nacen de la mitad del tronco como ésas. A mí me parece que es el mismo —respondo a punto de zamparme una cucharada de helado.

—De acuerdo. —Mamá sigue consultando el libro—. Parece que el *Pinus contorta* sólo se encuentra en las Montañas Rocosas y en la costa noroeste de Estados Unidos y Canadá. Los nativos norteamericanos utilizaban los troncos como principal soporte en la construcción de sus viviendas. Y aquí dice que las piñas requieren de un calor extremo, supongamos que el de un incendio forestal, para abrirse y liberar sus semillas.

—Muy educativo —bromeo. Sin embargo, la idea de un árbol que sólo crece en lugares que arden me da escalofríos. Incluso el árbol está anunciando algo.

—Bien. Sabemos más o menos dónde ocurrirá —dice mamá—. Ahora todo lo que debemos hacer es acotar la zona.

—¿Y después qué? —Examino la fotografía del pino, imaginándolo de repente en llamas.

—Después nos mudaremos.

—¿Que nos mudaremos? ¿De California?

—Así es —dice mamá. Parece que no bromea.

—Pero... —balbuceo—. ¿Y el instituto? ¿Y mis amigos? ¿Y tu trabajo?

—Irás a un nuevo instituto, supongo, y tendrás nuevos amigos. Yo conseguiré un trabajo nuevo, o encontraré la manera de trabajar a distancia.

—¿Qué pasa con Jeffrey?

Suelta una risita y me da una palmada en la mano, como si yo hubiera hecho una pregunta estúpida.

—Jeffrey también vendrá.

—Sí, claro, le encantará —digo mientras pienso en Jeffrey con su ejército de amigos y su interminable lista de actividades: partidos de béisbol, combates de lucha libre, entrenamientos de fútbol y todo lo demás. Jeffrey y yo tenemos nuestras vidas. Por primera vez se me ocurre que esto va a costarme mucho más de lo previsto. Mi designio va a cambiarlo todo.

Mamá cierra el libro y me mira a los ojos con seriedad.

—Esto es lo importante, Clara. La visión, el designio. Por eso estás aquí.

—Lo sé. Es sólo que nunca había pensado que tuviésemos que mudarnos.

Miro por la ventana hacia el jardín en el que he crecido jugando, mi viejo columpio que mamá nunca llegó a desmontar, las hileras de rosales contra la valla del fondo que ha estado allí desde que tengo memoria. Detrás de la valla apenas distingo el contorno borroso de las montañas lejanas que siempre han bordeado mi mundo. Puedo oír el ruido sordo del tren de California mientras cruza Shoreline Boulevard, y, si me concentro bastante, la música remota del Great America a dos millas de aquí. Parece imposible que algún día dejemos este sitio.

Mamá arquea la boca en una sonrisa simpática.

—¿Pensabas que podías coger un vuelo a alguna parte un fin de semana, cumplir con tu designio y regresar?

—Sí, por qué no. —Aparto la mirada avergonzada—. ¿Cuándo piensas decírselo a Jeffrey?

—Creo que debería esperar hasta saber adónde nos iremos.

—¿Puedo estar presente cuando se lo digas? Me llevaré palomitas.

—A él le llegará su turno —dice mamá, y una tristeza silenciosa surge en sus ojos, esa mirada que pone cuando piensa que estamos creciendo muy deprisa—. Cuando él reciba su designio tú también deberás enfrentarte a ello.

—¿Y entonces nos volveremos a mudar?

—Iremos adonde haya que ir.

—Es una locura —digo negando con la cabeza—. Todo esto parece una locura. Lo sabes, ¿verdad?

—Los caminos son misteriosos, Clara. —Coge la cuchara y saca una buena cantidad de helado de la tarrina. Sonríe francamente, volviendo a ser ante mis ojos esa madre pícara y bromista—. Los caminos son misteriosos.

A lo largo de las semanas siguientes la visión se repite cada dos o tres días. Estoy pensando en mis cosas y de repente ¡zas! Me veo en un anuncio para la campaña de prevención de incendios forestales. Puede ocurrirme en cualquier momento: de camino al instituto, cuando estoy en la ducha, durante el almuerzo. A veces experimento la sensación sin llegar a tener una visión. Siento el calor. Huelo el humo.

Mis amigos lo notan. Me bautizan con un nuevo y desafortunado apodo: Cadete, por el Cadete Espacial. Supongo que podría ser peor. Mis profesores también lo notan. Pero siempre tengo los deberes hechos, así que no me dan la lata cuando aprovecho el tiempo de la clase para garabatear en mi diario cosas que en ningún caso podrían ser apuntes.

Si echaras un vistazo a mi diario de hace algunos años, aquel cuaderno rosa aterciopelado que tenía a los doce años con Hello Kitty en la portada, cerrado con una frágil llavecita dorada que llevaba en una cadena colgada al cuello para evitar que Jeffrey husmeara en él, te encontrarías con los garabatos de una chica absolutamente normal. Hay dibujitos de flores y princesas, entradas que hablan del colegio, del tiempo, de las películas que me gustaban, de la música que bailaba en las fiestas, de mi sueño de ser el Hada de Azúcar en *El cascanueces*, o de cómo Jeremy Morris envió a uno de sus amigos para preguntarme si quería ser su novia y yo me negué porque ¿cómo iba a querer salir con alguien tan cobarde que no se atrevía a preguntármelo él mismo?

A esto le siguió mi diario de ángel, que empecé a escribir cuando tenía catorce. Es un cuaderno de espiral color azul noche con la imagen de un ángel en la cubierta, un ángel sereno y femenino que tiene la mirada misteriosa de mamá, de pelo rojo y alas doradas, encaramado sobre el resplandor plateado de una luna creciente, rodeado de estrellas, con haces de luz que surgen de su cabeza. En este diario anotaba todo lo que mamá me contaba sobre los ángeles y los ángeles de sangre, cada hecho o suposición que yo podía sonsacarle. También dejaba constancia de mis experimentos, como aquella vez que me corté el antebrazo con un cuchillo para comprobar si sangraba (sangré, y mucho) y tomar atenta nota del tiempo que tardaba en cicatrizar (unas veinticuatro horas, desde que me hice el corte hasta que la pequeña línea rosada desapareció), o aquella vez que hice veinticinco *grands jetés* de un lado al otro del estudio de ballet sin agitarme. Fue entonces cuando mi madre me sermoneó acerca de que debía tomármelo con calma, al menos en público. Fue entonces cuando yo empecé a encontrarme conmigo misma, no con Clara la niña, sino con Clara el ángel de sangre, Clara la niña sobrenatural.

Mi diario de ahora (sencillo, negro, clásico) se centra por completo en mi designio: dibujos, notas y detalles de la visión, sobre todo aquello que se refiere al chico misterioso. Él permanece siempre en la periferia de mi mente, excepto en esos instantes de desorientación en los que se desplaza al centro del escenario.

Empiezo a conocerlo a través de la forma que adquiere en el ojo de mi mente. Conozco el movimiento de sus anchos hombros, su cabello cuidadosamente despeinado, el pelo oscuro, castaño, lo bastante largo para cubrirle las orejas y rozarle la nuca. Tiene las manos metidas en los bolsillos de su chaqueta negra, de piel, me parece, o tal vez de lana. Siempre está ligeramente volcado hacia un lado, como si estuviera listo para marcharse. Se le ve delgado, pero fuerte. Cuando empieza a darse la vuelta puedo ver el perfil borroso de su mejilla y, nunca falla, mi corazón se pone a latir más rápido y se me corta la respiración.

¿Qué pensará de mí?, me pregunto.

Quiero estar impresionante. Cuando me presente ante él en el bosque, cuando por fin se dé la vuelta y me vea, quiero hacer al menos el papel de ángel. Quiero brillar y flotar como mi madre. No soy fea, lo sé. Todos los ángeles de sangre son gente bastante atractiva. Tengo una buena piel y labios de un rosado natural, por lo que nunca llevo nada que no sea brillo. Tengo unas rodillas muy atractivas, o eso me han dicho. Pero soy demasiado alta y delgada, no como una supermodelo sino más bien como una cigüeña, toda brazos y piernas. Y mis ojos, que bajo algunas luces son gris tormenta y bajo otras, azul plomo, parecen un poco grandes para mi rostro.

Mi cabello es lo mejor que tengo, largo y ondulado, color oro con toques rojizos, siguiéndome allá donde yo vaya como si se le ocurriera a último momento. El problema con mi pelo es que también es completamente rebelde. Se enreda. Se engancha en todo: cremalleras, puertas de coche, comida. Recogérmelo o hacerme una trenza nunca funciona. Es como un ser vivo tratando de liberarse. Mientras lucho con él tengo la cara llena de pelos, y en el lapso de una hora se desliza totalmente fuera de sus límites. Decir que es inmanejable sería quedarse corto.

Así que con la suerte que tengo, nunca conseguiré llegar a tiempo para salvar al chico, pues mi cabello se habrá enganchado en una rama de árbol un kilómetro antes.

—¡Clara, está sonando tu teléfono! —grita mamá desde la cocina. Salto del susto.

Mi diario está abierto sobre la mesa enfrente de mí. En la página hay un dibujo detallado de la nuca del chico, su pelo desaliñado, un atisbo de sus mejillas y sus pestañas. No recuerdo que lo haya estado dibujando.

—¡Ya voy! —respondo.

Cierro el diario y lo coloco debajo de mi libro de álgebra. Bajo las escaleras corriendo. Huele a pastelería. Mañana es Acción de Gracias y mamá ha estado haciendo pasteles. Lleva su delantal de ama de casa de los años cincuenta (lo tiene desde los años cincuenta, aunque asegura que entonces no era ama de casa) y está cubierta de harina. Me enseña el móvil.

—Es tu padre.

Levanto una ceja interrogándola en silencio.

—No sé —dice ella. Me pasa el móvil, se da la vuelta y sale discretamente del salón.

—Hola, papá —digo.

—Hola.

Sigue una pausa. Una conversación de tres palabras y él ya no sabe qué decir.

—Entonces, ¿a qué se debe el honor?

Por un momento no dice nada. Suspiro. Hace años solía practicar mi discurso sobre lo furiosa que estaba con él por haber dejado a mamá. Yo tenía tres años cuando se separaron. No los recuerdo peleando. Todo lo que retengo de la época en que estaban juntos son instantes breves. Una fiesta de cumpleaños. Una tarde en la playa. Él afeitándose junto al lavamanos. Y luego el recuerdo brutal del día en que se marchó: mamá y yo en la entrada, ella sosteniendo a Jeffrey en su cadera y llorando desconsoladamente mientras él se iba en el coche. No puedo perdonarle por eso. No puedo perdonarle por un montón de cosas.

Por mudarse directamente al otro lado del país para estar lejos de nosotros. Por no llamar a menudo. Por no saber qué decir cuando llama. Pero sobre todo no soporto la manera en que a mamá se le descompone el rostro cada vez que oye su nombre.

Mi madre no habla de lo que pasó entre ellos, como no habla de su designio. Pero he aquí lo que yo sé: mamá es lo más parecido a una mujer perfecta que este mundo pueda llegar a ver. Después de todo, ella es mitad ángel, aunque mi padre no lo sepa. Es preciosa. Es inteligente y divertida. Es mágica. Y él la dejó. Nos dejó a todos nosotros.

Y eso, a mi modo de ver, lo convierte en un idiota.

—Sólo quiero saber si estás bien —dice por fin.

—¿Por qué no iba a estarlo?

Se aclara la garganta.

—Bueno, la adolescencia no es fácil, ¿verdad? El instituto. Los chicos.

Ahora la conversación ha dejado de ser rara para volverse definitivamente extraña.

—Pues sí —le respondo—. No es fácil.

—Tu madre dice que tus notas son buenas.

—¿Has hablado con mamá?

Otro silencio.

—¿Cómo es la vida en la Gran Manzana? —pregunto para desviar la conversación.

—Lo normal. Luces brillantes. Una ciudad grande. Ayer vi a Derek Jeter en Central Park. La vida aquí es terrible.

También puede ser encantador. Siempre quiero estar furiosa con él, decirle que no debería molestarse en intentar mantener un vínculo conmigo, pero no lo consigo. La última vez que lo vi fue hace dos años, el verano en que cumplí catorce. Había estado ensayando mi discurso de «te odio mucho» en el aeropuerto, en el avión, en el área de aterrizaje, en la terminal. Y entonces lo vi esperándome junto a la recogida de equipaje, y me sentí colmada de una extraña felicidad. Me arrojé en sus brazos y le dije que lo extrañaba.

—Estaba pensando —dice ahora— que quizá tú y Jeffrey podríais venir a Nueva York en vacaciones.

Casi me echo a reír por su propuesta a destiempo.

—Me gustaría —respondo—, pero tengo algo importante entre manos ahora mismo.

Como localizar un incendio forestal. Y ésa es la razón por la que estoy en el mundo. Y eso no se lo podría explicar ni en mil años.

Se queda callado.

—Lo siento —añado, y me sobresalto porque realmente lo siento—. Si las cosas cambian te avisaré.

—Tu madre también me dijo que aprobaste el examen para el carné de conducir. —Está claro que intenta cambiar de tema.

—Sí, pasé el teórico y el test de aparcamiento y todo lo demás. Tengo dieciséis. Soy mayor de edad. Sólo que mamá no quiere dejarme el coche.

—Quizá va siendo hora de que te compremos un coche.

Me quedo boquiabierta. Es una caja de sorpresas.

Y entonces empiezo a oler el humo.

Esta vez el fuego debe de estar más lejos. No lo veo. No veo al chico. Una ráfaga de viento arenoso libera mi pelo de la coleta. Toso y me aparto del viento, quitándome los pelos de la cara.

Es entonces cuando veo la camioneta plateada. Estoy a pocos pasos de donde está aparcada, al borde de una carretera sucia. AVALANCHA, pone en la parte trasera con letras plateadas. Es una camioneta enorme con una cabina pequeña y cubierta. Es la camioneta del chico. No sé cómo, pero lo sé.

«Mira la matrícula —me digo—, fíjate en ella.»

Es una matrícula bonita. Es casi toda azul: el cielo y algunas nubes. En el lado derecho destacan unas montañas rocosas sin pico que me resultan vagamente familiares. En el izquierdo se ve la silueta negra de un cowboy montando un caballo que corcovea, agitando su sombrero en el aire. Lo he visto antes, pero ahora no soy consciente de ello. Trato de leer los números de la matrícula. Al principio todo lo que distingo es un número grande en el lado izquierdo: 22. Y luego los cuatro dígitos al otro lado del vaquero: 99CX.

Debería sentirme loca de contenta, excitada por disponer de esta información sumamente valiosa sin el menor esfuerzo.

Pero estoy sumergida en la visión, y la visión continúa. Me alejo de la camioneta y me adentro rápidamente entre los árboles. El humo vaga a la deriva por el bosque. Cerca escucho un crujido, como el de una rama que cae. Entonces veo al chico, lo veo en su posición de siempre. De espaldas. El fuego lamiendo la cima de la montaña. El peligro evidente, tan próximo.

Una tristeza aplastante cae sobre mí como un telón. Se me cierra la garganta. Quiero pronunciar su nombre. Me acerco a él.

—¿Clara? ¿Estás bien?

La voz de mi padre. Vuelvo en mí. Estoy apoyada en la nevera, mirando por la ventana de la cocina a un colibrí que revolotea cerca del comedero de mi madre, un aleteo borroso. Entra como una flecha, bebe un sorbo y vuelve a salir.

—¿Clara?

Parece alarmado. Todavía aturdida, me llevo el móvil a la oreja.

—Papá, creo que tendré que llamarte más tarde.

2

Allá es Jackson Hole

En la carretera a Wyoming hay muchas señales. La mayoría advierte sobre alguna clase de peligro: CUIDADO CIERVOS. DESPRENDIMIENTO DE ROCAS. CAMIONES, CONTROLE LOS FRENOS. INFÓRMESE SOBRE EL CIERRE DE CARRETERAS. CRUCE DE ALCES. NIEVE, ZONA RESBALADIZA. NO APARQUE NI SE DETENGA. Vengo conduciendo mi propio coche todo el camino desde California, detrás de mamá, con Jeffrey como acompañante, tratando de no aterrorizarme por el hecho de que todas las señales confirman que nos dirigimos a algún lugar peligroso y salvaje.

De momento conduzco a través de un bosque poblado de pinos de la especie *Pinus contorta*. Vaya si es surrealista. No alcanzo a ver todas las matrículas de Wyoming de los coches que pasan velozmente, muchas de ellas con el profético número 22 en el lado izquierdo. Ese número nos ha traído lejos, después de seis semanas de locura preparándolo todo, vendiendo la casa, despidiéndonos de los amigos y vecinos de toda la vida, y haciendo las maletas para mudarnos a un lugar en el que ninguno de nosotros conoce un alma: Teton County, Wyoming, que según Google es el condado número 22, con una población apenas superior a los 20.000 habitantes. Eso significa que, a duras penas, hay cinco personas por kilómetro cuadrado.

Nos estamos mudando al quinto pino. Y todo por mí.

Nunca he visto tanta nieve. Es aterrador. Mi nuevo Prius (cortesía de mi querido papi) se está poniendo a prueba en esta carretera de montaña cubierta de nieve. Pero ahora ya no hay vuelta atrás. El tipo de la gasolinera nos dijo que el paso a través de las montañas era seguro, siempre y cuando no se levantara una tormenta. Todo lo que puedo hacer es coger el volante e intentar no fijarme en cómo se despeña la ladera de la montaña a pocos centímetros del borde del camino.

Veo el cartel BIENVENIDO A WYOMING.

—Eh —le digo a Jeffrey—. Ya hemos llegado.

No me responde. Está hundido en el asiento del pasajero, una música rabiosa retumba en su iPod. Cuanto más nos alejamos de California y de sus equipos deportivos y de sus amigos, más huraño se vuelve. Después de dos días en la carretera ha envejecido. Cojo el cable y le arranco uno de los auriculares de un tirón.

—Qué —dice mirándome furioso.

—Que ya estamos en Wyoming, capullo. Ya casi hemos llegado.

—Yupi —responde y vuelve a ponerse el auricular.

Va a odiarme durante un tiempo.

Jeffrey era un chico de trato fácil antes de enterarse de que es un ángel. Yo sé cómo funciona. Eres una persona feliz de catorce años, popular, divertida y que hace bien todo cuanto se propone, y de un momento a otro te conviertes en un friki con alas. Lleva tiempo asimilarlo. Y sólo un mes después de que él lo supiera, a mí me encargaron mi pequeña misión desde el cielo. Ahora lo estamos arrastrando al Quinto Pino, Wyoming, en enero, nada menos, justo en medio del curso escolar.

Cuando mamá anunció la mudanza, él gritó «¡No iré!», con los puños cerrados, como si quisiera pegarle a algo.

—Claro que irás —le replicó mamá mirándolo fríamente—. Y no me sorprendería que tú también encuentres tu misión en Wyoming.

—Eso me da igual —dijo él. Entonces se volvió hacia mí y me lanzó una mirada feroz que me horroriza cada vez que la recuerdo.

Mamá, por su parte, ya conoce Wyoming. Ha hecho algunos viajes para buscar una casa, inscribir a Jeffrey y a mí en nuestro nuevo instituto, resolver su traslado de Apple en California para continuar trabajando desde casa después de mudarnos. Nos ha hablado durante horas del precioso paisaje que a partir de ahora formará parte de nuestras vidas, del aire fresco, de la naturaleza, del clima y de cuánto nos gustará pasar el invierno aquí.

Por eso Jeffrey viaja conmigo. No puede soportar los disparates de mamá sobre lo genial que será todo. La primera vez que paramos a cargar gasolina se apeó del coche de mamá, cogió su mochila, caminó hasta mi coche y se subió. Sin dar explicaciones. Supongo que en ese momento decidió que la odia más a ella que a mí.

Vuelvo a quitarle el auricular.

—No es que yo quiera esto —le digo—. Si sirve de algo, lo siento.

—Lo que tú digas.

Suena mi móvil. Hurgo en mi bolsillo y se lo paso a Jeffrey. Lo coge, sorprendido.

—¿Podrías atender? —le solicito con amabilidad—. Estoy conduciendo.

Resopla, abre el móvil y se lo lleva a la oreja.

—Sí —dice—. Vale. Sí.

Cierra el móvil.

—Dice que estamos llegando al Paso de Teton. Quiere que paremos en el mirador.

Justo en ese momento tomamos una curva y el valle en el que viviremos se extiende a los pies de una cadena de colinas y montañas dentadas azul y blanco. La vista es maravillosa, como la imagen de un calendario o una postal. Mamá se mete en un desvío que conduce al mirador y yo freno con cuidado detrás de ella. Mamá prácticamente salta del coche.

—Creo que quiere que bajemos —le digo a Jeffrey.

Él mantiene la mirada fija en el salpicadero.

Abro la puerta y salgo al aire de la montaña. Es como meterse en un congelador. Me calo la capucha de mi sudadera (demasiado fina, ahora me doy cuenta) y meto las manos en los bolsillos. Puedo ver mi aliento cada vez que exhalo.

Mamá se acerca a la puerta de Jeffrey y golpea la ventanilla.

—Sal del coche —le ordena con una voz que dice que va en serio.

Me hace un gesto con la mano en dirección a la cumbre, donde hay una señal enorme de madera en la que un cowboy señala al valle. HOLA, FORASTERO, pone. ALLÁ ES JACKSON HOLE. EL ÚLTIMO VALLE DEL VIEJO OESTE. Hay unas cuantas casas aquí y allá, a ambos lados de un río de plata reluciente. Eso es Jackson, nuestro nuevo hogar.

—Allá está el Parque Nacional de Teton y el Yellowstone —dice mamá señalando el horizonte—. Tendremos que ir en primavera, para echar un vistazo.

Jeffrey se nos une. No lleva chaqueta, sólo unos tejanos y una camiseta, pero no parece tener frío. Está demasiado furioso para tiritar. Contempla nuestro nuevo entorno con una expresión vacía. Una nube se pone delante del sol, proyectando una sombra sobre el valle. De inmediato la temperatura baja unos cinco grados. De repente me siento ansiosa, como si ahora que ya he llegado a Wyoming los árboles fueran a arder para que yo cumpla con mi designio en el acto. Es mucho lo que se espera de mí en este lugar.

—No te preocupes. —Mamá apoya sus manos sobre mis hombros y me da un breve apretón—. Éste es tu lugar, Clara.

—Lo sé. —Intento sonreír con valentía.

—A ti —le dice a Jeffrey— te van a encantar los deportes que se practican aquí. Esquí sobre nieve, esquí acuático, escalada y toda clase de deportes extremos. Te doy permiso para que hagas lo que quieras.

—Me imagino —murmura.

—Estupendo —responde mamá aparentemente satisfecha. Rápidamente nos hace una foto. Luego se dirige al coche con paso enérgico—. En marcha.

La sigo montaña abajo por el camino serpenteante. Otra señal llama mi atención. CUIDADO, pone, CURVA PELIGROSA.

Justo antes de llegar a Jackson entramos en la carretera de Spring Gulch, que nos lleva hasta otro camino largo y serpenteante, éste con una verja grande de hierro que requiere de un código para pasar. Empiezo a hacerme a la idea de que nuestra humilde morada resultará ser bastante lujosa. La segunda pista me la dan las enormes casas de madera que se esconden entre los árboles. Sigo el coche de mamá mientras baja por un camino recién labrado y se adentra lentamente en un bosque de pinos, abedules y álamos, hasta que llegamos a un claro donde nuestra nueva casa se posa sobre una pequeña pendiente.

—Guau —digo en voz baja, mientras contemplo la casa a través del parabrisas—. Jeffrey, mira.

La casa está hecha de troncos sólidos y rocas del río, el tejado, cubierto por una capa blanca de nieve, como la de una casita de chocolate, con perfectos carámbanos de plata colgando de los bordes. Es más grande que nuestra casa de California, y en cierto modo más acogedora, con un porche largo y techado, y enormes ventanas que ofrecen una vista alucinante de las montañas nevadas.

—Bienvenidos a casa —dice mamá. Está apoyada en el coche, estudiando nuestras reacciones de asombro mientras nos apeamos. Está tan contenta de haber encontrado esta casa que se pondría a cantar—. Nuestros vecinos más próximos están a un kilómetro. Este pequeño bosque es todo vuestro.

Una brisa agita los árboles haciendo caer los vestigios de nieve de las ramas, como si nuestra casita estuviera en el interior de una bola de cristal que reposa sobre una chimenea. El aire aquí parece más cálido. Reina un silencio absoluto. Me invade una sensación de bienestar.

Es nuestro hogar, pienso. Aquí estamos a salvo, lo cual me alivia enormemente, ya que después de semanas de visiones, peligros y tristezas, de la incertidumbre de partir y dejarlo todo, de la locura que todo esto supone, puedo finalmente imaginarnos a los tres llevando una vida en Wyoming. Y no sólo a mí adentrándome en el fuego.

Observo a mamá. Brilla literalmente, cada vez más y más

resplandeciente, y de ella brota un tarareo vibrante de placer angelical. En cualquier momento podremos ver sus alas.

Jeffrey se aclara la garganta. El espectáculo es demasiado nuevo para él y lo inquieta.

—Mamá —pregunta—, ¿estás accediendo a la gloria?

Su brillo palidece.

—¿Qué hay de malo? —intervengo—. Aquí no nos ve nadie. Podemos ser nosotros mismos.

—Sí —añade mamá serenamente—. De hecho, el jardín trasero es perfecto para practicar el vuelo.

La observo y me siento apenada. Mamá intentó enseñarme a volar dos veces, y las dos fueron un desastre total. Prácticamente he renunciado a la idea de volar y he aceptado que seré un ángel de sangre encadenado a la tierra, un pájaro que no vuela, quizá como un avestruz o, con este clima, un pingüino.

—Puede que aquí necesites volar —me dice mamá con algo de frialdad—. Y puede que tú quieras probarlo —se dirige a Jeffrey—. Apuesto a que se te da bien.

Me ruborizo. Seguro que a Jeffrey se le dará bien mientras que yo no podré despegar los pies del suelo.

—Quiero ver mi habitación —exclamo, y escapo en busca de la seguridad de la casa.

Aquella tarde estamos por primera vez en el paseo de la Broadway Avenue de Jackson, Wyoming. Incluso en diciembre está lleno de turistas. Las diligencias y los coches de caballos pasan cada pocos minutos, compartiendo la calle con una interminable hilera de coches. No puedo evitar buscar la camioneta plateada: la misteriosa Avalancha con la matrícula 99CX.

—¿Quién diría que iba a haber tanto tráfico? —comento, viendo los coches pasar.

—¿Qué harías si lo vieras ahora? —me pregunta mamá. Lleva un sombrero nuevo de paja que vio en la primera tienda de regalos en la que entramos y no se pudo resistir. Un sombrero de cowboy. Personalmente, creo que se está tomando demasiado en serio esto del Viejo Oeste.

—Probablemente se desmayaría —dice Jeffrey. Pestañea rápidamente y se abanica a sí mismo, y luego finge caer desmayado encima de mamá. Ambos se ríen.

Jeffrey ya se ha comprado una camiseta con el dibujo de un esquiador, y está meditando sobre una tabla de *snowboard* que ha visto en un escaparate. Está de mucho mejor humor desde que llegamos a la casa y vio que no todo era tan malo. Ahora se comporta como el Jeffrey de siempre, el que sonríe y bromea, y ocasionalmente completa las frases.

—Qué graciosos que sois —digo con una mueca de disgusto. Me adelanto unos pasos corriendo en dirección a un pequeño parque que diviso al otro lado de la calle. La entrada es un arco enorme hecho con astas de alces.

—Vamos por ahí —les digo a mamá y a Jeffrey.

Nos apresuramos a cruzar el paso de peatones justo cuando el semáforo empieza a parpadear. Luego nos demoramos un momento debajo del arco, contemplando el entramado de las astas que parecen huesos. El cielo se oscurece con las nubes, y sopla un viento frío.

—Huelo a barbacoa —dice Jeffrey.

—Eso es porque no te cansas de comer.

—Eh, que si tengo un metabolismo más rápido que el de la gente normal no es mi culpa. ¿Qué tal si comemos allí? —Señala la calle en la que hay una cola de personas esperando para entrar en el Million Dollar Cowboy.

—Claro, y además te compraré una cerveza —dice mamá.

—¿Lo dices en serio?

—No.

Mientras ellos discuten, a mí me asalta la urgencia repentina de grabar este momento, así que miro atrás y digo: éste es el comienzo. El designio de Clara, primera parte. Con sólo pensarlo se me hincha el pecho de la emoción. Un nuevo comienzo, para todos nosotros.

—Disculpe, señora, ¿le importaría hacernos una foto? —le digo a una mujer que pasa. Ella asiente y coge la cámara de mamá. Posamos debajo del arco, mamá en el medio, Jeffrey y yo a su lado. Sonreímos. La mujer intenta hacer la foto, pero algo falla. Mamá da un paso adelante y le explica cómo funciona el flash.

Es entonces cuando el sol se vuelve a asomar. De repente me vuelvo extremadamente consciente de lo que me rodea, como si todo se ralentizara para que yo pueda encontrarme con cada elemento: las voces de los paseantes, el destello de sus dientes cuando hablan, el ruido de los motores y el leve chillido de los frenos de los coches al detenerse en el semáforo. Mi corazón late como un tambor a ritmo lento y sonoro. El aire entra y sale de mis pulmones. Huelo el estiércol de los caballos y la sal de roca, mi champú de lavanda, el aroma a vainilla de mamá, el desodorante masculino de Jeffrey, y hasta el olor putrefacto que todavía impregna las astas que están encima de nosotros. Una música clásica se filtra por debajo de las puertas de cristal de una de las galerías de arte. Un perro ladra a lo lejos. Un bebé llora en alguna parte. Parece excesivo, como si yo fuera a estallar en el intento de percibirlo todo. Todo resplandece demasiado. Hay un pajarito oscuro encaramado a un árbol del parque, justo detrás de nosotros, cantando, ahuecando las alas para protegerse del frío. ¿Cómo es que puedo verlo si está detrás de mí? Pues porque siento sus ojos negros y afilados sobre mí; lo veo ladear la cabeza y mirarme, y mirarme, hasta que de pronto echa a volar y asciende en dirección al cielo abierto como un hilo de humo, para desaparecer bajo la luz del sol.

—Clara —me susurra Jeffrey imperiosamente cerca del oído—. ¡Eh!

Me sacudo para volver a tierra. Jackson Hole. Jeffrey. Mamá. La mujer con la cámara. Todos me miran.

—¿Qué pasa? —digo aturdida, desconectada, como si una parte de mí estuviera aún en el cielo con el pajarito.

—Tu pelo, está brillando —murmura Jeffrey. Aparta la vista, incómodo.

Miro al suelo. Respiro con dificultad. No está brillando. Mi pelo es un derroche iridiscente de luz y color. Resplandece. Absorbe la luz como un espejo que refleja el sol. Me paso la mano por mis cabellos tibios y luminosos, y mi corazón, que hace un instante parecía latir demasiado lento, empieza a retumbar con una rapidez dolorosa. ¿Qué me está pasando?

—¿Mamá? —la llamo con voz débil. Alzo la mirada hacia sus ojos grandes y azules. Entonces ella se dirige a la mujer, con absoluta serenidad.

—Hace un día precioso —dice mamá—. Ya sabe lo que dicen: si no te gusta el tiempo en Wyoming, espera diez minutos.

La mujer asiente distraída, sin dejar de mirar mi cabello, que brilla de un modo sobrenatural, como si estuviera intentando descubrir un truco de magia. Mamá se vuelve hacia mí y con energía recoge todo el largo de mi cabello en su mano como si fuera un trozo de cuerda. Lo mete dentro de mi capucha y me cubre bien toda la cabeza.

—Tranquila —dice mientras vuelve a su lugar entre Jeffrey y yo—. Muy bien. Ya estamos listos.

La mujer pestañea, sacude la cabeza como intentando aclararse. Ahora que mi pelo está cubierto, es como si todo volviera a la normalidad, como si nada extraño hubiera ocurrido. Como si todo hubiese sido producto de la imaginación. La mujer levanta la cámara.

—*Cheese* —nos anima.

Y yo hago todo lo posible por sonreír.

Terminamos cenando en el Mountain High Pizza, porque es el sitio más sencillo y cercano. Jeffrey le hinca el diente a su pizza mientras mamá y yo hacemos lo propio con las nuestras. No hablamos. Me siento como si me hubieran pillado haciendo algo terrible. Algo vergonzoso. Llevo mi capucha puesta todo el tiempo, incluso en el coche cuando regresamos a casa.

Al llegar, mamá se mete en su despacho y cierra la puerta. Jeffrey y yo, a falta de algo mejor que hacer, nos ponemos a ver la tele. Él no deja de mirarme, como si fuera a estallar en llamas.

—¿Quieres dejar de mirarme con esa cara? —exclamo finalmente—. Me estás sacando de quicio.

—Lo de antes fue muy raro. ¿Qué fue lo que hiciste?

—Yo no hice nada. Simplemente ocurrió.

Mamá se planta en la entrada con su abrigo puesto.

—Salgo un momento —dice—. Por favor, quedaos aquí hasta que regrese.

Antes de que podamos preguntarle nada ya se ha marchado.

—Genial —murmura Jeffrey.

Le arrojo el mando y me retiro a mi habitación. Todavía tengo muchas maletas por deshacer, pero no dejo de pensar en lo que sucedió debajo del arco, cuando parecía que el mundo entero se abalanzaba sobre mi mente. ¡Y mi pelo! Sobrenatural. La cara de la mujer mientras me miraba: confundida al principio, algo perpleja, y luego un poco espantada, como si yo fuera una especie de criatura extraña en un laboratorio de científicos que estudian mi cabello deslumbrante en un microscopio. Como si yo fuera un monstruo.

Debo de haberme quedado dormida. Lo próximo que veo es a mamá de pie en la puerta de mi habitación. Arroja una caja de tinte para el pelo sobre mi cama. La recojo y leo.

—¿Rojo? Me estás tomando el pelo. ¿Quieres que me lo tiña de rojo?

—Castaño rojizo, como el mío.

—Pero por qué.

—Primero arreglemos lo de tu pelo. Luego hablaremos.

—¡Lo que me dirán en el instituto por llevar este color! —me lamento mientras ella me aplica el tinte en el baño. Estoy sentada sobre la tapa del retrete con una toalla vieja alrededor de los hombros.

—A mí me encanta tu pelo. No te lo pediría si no creyera que es importante. —Da un paso atrás y examina mi cabeza en busca de zonas que se le podrían haber pasado por alto—. Ya está. Listo. Ahora tenemos que esperar a que el color se fije.

—Vale, supongo que ahora me darás una explicación, ¿verdad?

Durante cinco segundos parece nerviosa. Luego se sienta en el borde de la bañera y junta las manos sobre el regazo.

—Lo que ha ocurrido hoy es normal —dice. Me recuerda a

aquella vez que me explicó lo de la regla, o cuando tocó el tema del sexo, todo expuesto de un modo clínico y racional, pensado para mí, como si llevara años ensayándolo.

—Eh, espera un momento, ¿que lo de hoy fue normal?

—Vale, no del todo normal —se apresura a decir—. Normal para nosotros. Mientras tus dotes empiecen a desarrollarse, tu lado angelical comenzará a manifestarse de un modo más evidente.

—Mi lado angelical. Genial. Como si no tuviera ya bastante.

—No es tan terrible —dice mamá—. Aprenderás a controlarlo.

—¿Te refieres a mi pelo?

Se echa a reír.

—Sí, al final aprenderás a ocultarlo, a suavizar los efectos del brillo para que no sea percibido por el ojo humano. Pero por ahora el tinte parece ser la mejor solución.

Ella siempre lleva sombreros, ahora me doy cuenta. En la playa. En el parque. Casi siempre que vamos a un lugar público, ella lleva un sombrero. Tiene docenas de sombreros, pañuelos y bufandas. Siempre he creído que los llevaba porque es de otra época.

—¿A ti también te pasa? —le pregunto.

Se vuelve hacia la puerta, dejando asomar una sonrisa.

—No te escondas, Jeffrey.

Jeffrey sale de mi habitación, donde estaba escuchando a escondidas. La expresión de culpa no le dura mucho. Enseguida muestra una curiosidad desenfrenada.

—¿Yo también puedo hacerlo? —pregunta—. ¿Lo del pelo?

—Sí —dice ella—. Le ocurre a la mayoría. A mí me ocurrió por primera vez en 1908, en julio, creo. Estaba en el banco de un parque leyendo un libro. De repente... —Levanta su puño hasta la coronilla de la cabeza y abre la mano como imitando una explosión.

Me inclino hacia ella con ansiedad.

—¿Fue como si todo se volviera más lento, como si pudieras verlo y oírlo todo?

Se vuelve hacia mí y me mira fijamente. Sus ojos son del azul índigo del cielo justo después de que oscurece, salpicado con pequeños puntos de luz como si de verdad estuviera iluminada por dentro. Puedo verme reflejada en sus ojos. Parezco preocupada.

—¿Eso te pareció a ti? —me pregunta—. ¿Que el tiempo se volvía más lento?

Asiento con la cabeza.

Ella pronuncia un sonido del tipo hummm, pensativa, y apoya su mano tibia sobre mí.

—Pobrecilla. No me sorprende que estés tan afectada.

Hace una pausa, como si estuviera midiendo sus palabras.

—Es parte del proceso para acceder a la gloria.

Parece ligeramente incómoda, como si no pudiera confiarnos esta información.

—Bien, por hoy ya has aprendido bastante. Si esta clase de cosas se repiten en público, creo que lo mejor será actuar con normalidad. La mayoría de las veces la gente se convencerá a sí misma de que en realidad no han visto nada, que ha sido una ilusión óptica. Pero no estaría mal que tú, Jeffrey, llevaras más a menudo un gorro para estar seguro.

—Vale —dice con una sonrisa de satisfacción. Prácticamente duerme con la gorra de los Giants.

—Y tratemos de no llamar la atención —continúa mamá, mirándolo fijamente. Es evidente que se refiere a su necesidad de ser el mejor en todo: mariscal de campo, lanzador, la figura estelar universitaria—. Nada de presumir.

A Jeffrey se le tensa la barbilla.

—No va a haber problemas —contesta—. No hay nada para hacer al aire libre en enero, ¿o sí? Las pruebas de lucha libre son en noviembre. Las de béisbol no empiezan hasta la primavera.

—Quizá sea mejor así. Te dará tiempo para adaptarte antes de escoger una actividad extracurricular.

—Ya. Lo que tú digas. —Su rostro vuelve a ser una mueca hostil. Se retira a su habitación, dando un portazo.

—Vale, esto ya está fijado —dice mamá volviéndose hacia mí con una sonrisa—. Ahora hay que aclarar.

Mi pelo se ha vuelto naranja. Como una zanahoria pelada. Nada más verlo pienso seriamente en afeitarme la cabeza.

—Lo arreglaremos —promete mamá, conteniendo la risa—. Será lo primero que haremos mañana. Lo juro.

—Buenas noches. —Le cierro la puerta en la cara. Luego me arrojo en la cama y no paro de llorar durante un buen rato. Adiós a mis posibilidades de impresionar al chico misterioso y su precioso cabello ondulado.

Después de tranquilizarme me quedo tumbada en la cama escuchando el viento que llama a mi ventana. Allá fuera el bosque parece enorme y completamente oscuro. Percibo la presencia gigantesca de las montañas, asomando por detrás de la casa. Ahora están ocurriendo cosas que no puedo controlar. Estoy cambiando, y es imposible que las cosas vuelvan a ser como antes.

La visión viene a mí en este momento como un viejo amigo, haciendo desaparecer mi habitación y depositándome en medio del bosque humeante. El aire es tan tórrido, seco y espeso que se vuelve irrespirable. Veo la camioneta plateada, la Avalancha, aparcada al borde de la carretera. De inmediato echo a andar hacia las colinas, en dirección al sitio donde sé que encontraré al chico. Camino. Entonces siento la tristeza, un dolor como si me arrancaran el corazón, que aumenta a cada paso. Mis ojos se llenan de lágrimas inútiles. Me libero de ellas pestañeando y sigo caminando, decidida a encontrar al muchacho, y cuando lo veo me detengo un instante, y sólo lo observo. Verlo allí tan despreocupado me produce una mezcla de ansia y dolor.

Creo que ya estoy aquí.

3

Yo sobreviví a la Peste Negra

Lo primero que me llama la atención al entrar en el aparcamiento del instituto Jackson Hole es una enorme camioneta plateada estacionada en el fondo. Entorno los ojos para ver la matrícula.

—¡Eh! —grita Jeffrey cuando estoy a punto de chocar por detrás a otra camioneta azul, más vieja y oxidada—. ¡A ver si aprendes a conducir!

—Lo siento. —Le hago un gesto de disculpa con la mano al conductor de la camioneta azul, pero éste me grita algo por la ventanilla que estoy segura de no querer oír, y salgo chirriando en busca de un sitio donde aparcar. Estaciono el Prius con cuidado en un hueco y me quedo sentada durante un rato, tratando de recomponerme.

Más que un instituto, el Jackson Hole High parece un complejo turístico, un edificio grande de ladrillo con la fachada cubierta por un entramado de vigas de madera, como columnas pero con un aspecto más rústico. Como todo lo demás en nuestra nueva ciudad, es una postal perfecta, con sus ventanas relucientes y perfectamente dispuestas, los árboles de tronco blanco que son bonitos aun sin hojas, por no mencionar las preciosas e imponentes montañas en el fondo de la zona arbolada. Hasta las nubes blancas y mullidas en el cielo parecen parte de un decorado.

—Te veo más tarde —dice Jeffrey al bajar del coche. Coge su mochila y con paso firme y arrogante se dirige a la puerta principal como si fuera el dueño del instituto. Unas chicas que están en el aparcamiento se vuelven para observarlo. Él les sonríe con naturalidad, lo cual desencadena la reacción de risitas y cuchicheos que siempre dejaba a su paso en nuestro antiguo colegio.

—Adiós a nuestro intento de no llamar la atención —murmuro.

Me aplico otra capa de brillo de labios y examino mi aspecto en el retrovisor, encogiéndome ante el humillante color de mi pelo. Pese a los esfuerzos de mi madre y a los míos durante toda la semana pasada, sigue siendo naranja. Lo intentamos todo, lo volvimos a teñir unas cinco veces, probamos incluso con un negro azabache, pero el color siempre se desteñía y quedaba el mismo naranja horrendo y agresivo para la vista. Una especie de broma cruel y cósmica.

—No siempre podrás contar con tu belleza, Clara —me dijo mamá después del quinto intento frustrado. Como si ella pudiera hablar. Como si algún día de su vida hubiera estado menos que preciosa.

—Nunca he contado con mi belleza, mamá.

—Sabes que sí —dijo con excesiva jovialidad—. No eres presumida, pero lo sabes. Sabías que cuando los alumnos del Mountain View te miraban, veían a una bonita rubia rojiza.

—Sí, lo único es que ahora no soy rubia rojiza ni soy bonita —respondí apenada. Sí, me estaba compadeciendo. ¡Pero es que mi pelo es tan espantosamente naranja!

Mamá colocó un dedo debajo de mi barbilla y me forzó a levantar la cabeza y a mirarla.

—Podrías llevar el pelo verde neón y eso no te haría menos hermosa.

—Eres mi madre. Tienes la obligación legal de decir esas cosas.

—Bien, empecemos por recordar que no estás aquí para ganar un concurso de belleza. Estás aquí para cumplir con tu designio. Quizás este asunto del pelo signifique que no lo tendrás tan fácil aquí como en California. Y quizás haya una razón que lo explique.

41

—Sí. Más vale que sea una muy buena razón.

—Al menos el tinte disimulará el efecto del brillo. Así no tendrás que preocuparte por llevar la cabeza cubierta.

—Vaya suerte tengo.

—Clara, tienes que sacarle el mejor partido posible —concluyó mamá.

Así que aquí estoy, tratando de sacarle el mejor partido posible, qué remedio. Salgo del coche y me dirijo furtivamente al fondo del aparcamiento para echar un vistazo a la camioneta plateada. En el guardabarros trasero pone AVALANCHA, en letras plateadas. Matrícula 99CX.

Él está aquí. Intento respirar. Realmente está aquí.

Ahora no tengo más remedio que entrar en el instituto con mi pelo loco, rebelde, teñido de un naranja demencial. Veo a los demás estudiantes entrando en el edificio en grupos, riendo y hablando y haciendo el tonto. Todos extraños, hasta el último de ellos. Excepto uno. Aunque yo sea una extraña para él. Tengo las manos sudadas y frías. Siento un cosquilleo en el estómago. Nunca he estado tan nerviosa.

«Sé fuerte, Clara —me digo—. Comparado con tu designio, el instituto debería ser pan comido.»

Así que me pongo derecha, tratando de imitar la confianza de Jeffrey, y me dirijo hacia la puerta.

Mi primer error, enseguida me doy cuenta, es suponer que aun con su aspecto exterior este colegio es en el fondo como cualquier otro. Vaya, nunca he estado tan equivocada. El colegio es de lo mejor, tanto por fuera como por dentro. Casi todas las aulas tienen techos altos y ventanas desde el suelo hasta el techo, con vistas a las montañas. La cafetería combina los interiores de una cabaña para esquiadores y un museo de arte. Hay cuadros, murales y *collages* en casi todos los rincones. Incluso huele mejor que los institutos normales y corrientes: a pino y a tiza, y a una mezcla fragante de perfumes caros. Comparado con éste, mi viejo instituto de bloques de cemento en California parece una prisión.

He dado con un mundo de gente guapa. Y yo que pensaba que venía de la tierra de los guapos. ¿Sabes cuando en la tele muestran la foto de un famoso en su etapa del instituto y esa persona parece apenas normal, ni más ni menos atractiva que las demás? Y entonces piensas: ¿cómo lo consiguió? ¿Por qué Jennifer Garner ahora es tan sexy? Te daré la respuesta: dinero, así es como se consigue. Tratamientos faciales, peluquerías de lujo, ropa de diseño exclusivo y entrenadores personales, así es como se consigue. Y los chicos del Jackson tenían ese lustre de los famosos, excepto por unos pocos que parecían cowboys de verdad, con sus sombreros, sus camisas de tela escocesa con botones de nácar, los vaqueros Wrangler apretados y sus botas marcadas.

Además, el plan de estudios es muy elaborado. Por supuesto que puedes asistir a clases de Bellas Artes si quieres aprender a dibujar, pero también puedes tomar clases de fotografía, diseño gráfico, animación, lo cual te prepara para entrar en la creativa escena del arte en Jackson. Hay una clase llamada Deporte Motor, donde te enseñan a poner a punto tu moto, tu todoterreno o tu motonieve. Puedes aprender a montar tu propia empresa, diseñar la casa de tus sueños, desarrollar tu pasión por la cocina francesa, o dar tus primeros pasos para convertirte en ingeniero. En el caso de que quieras sacar tu licencia de piloto, la escuela ofrece un par de cursos de aerodinámica. En el Jackson Hole High tienes el mundo a tus pies.

Definitivamente va a llevar un tiempito acostumbrarse.

Pensaba que los demás estudiantes se alegrarían de verme, o mostrarían al menos un poco de curiosidad. Después de todo soy carne fresca, y vengo de California, puede que posea cierta sabiduría urbana para ofrecerle a los locales. Una vez más estaba equivocada. En su mayor parte me ignoran por completo. Después de sobrevivir a tres clases (Trigonometría, Francés III y el curso de Química para entrar en la universidad) en las que nadie se ha molestado siquiera en saludarme, me dispongo a correr hasta mi coche y conducir sin parar hasta California, donde conozco a todo el mundo y todo el mundo me conoce, donde en este preciso instante mis amigos y yo estaríamos hablando de nuestras vacaciones y comparando nuestras agendas, y donde yo sería una chica guapa y popular. Donde la vida no es nada fuera de lo común.

Pero es entonces cuando lo veo.

Está de pie, de espaldas a mí, cerca de mi taquilla. Una corriente eléctrica me atraviesa al reconocer sus hombros, su cabello, la forma de su cabeza. De repente estoy otra vez en la visión, viéndole simultáneamente con su chaqueta de lana negra entre los árboles y también aquí, al final del pasillo, como si la visión fuese un delgado velo tendido sobre la superficie de la realidad.

Avanzo un paso hacia él, mi boca abierta a punto de pronunciar su nombre. Entonces recuerdo que no lo sé. Como siempre, parece que él me oye igualmente y empieza a darse la vuelta, y mi corazón da un vuelco cuando ahora, en lugar de despertarme, veo su rostro, su boca arqueada en una media sonrisa mientras bromea con el chico de al lado.

Levanta la vista y sus ojos se encuentran con los míos. El pasillo desaparece. Ahora sólo estamos él y yo, en el bosque. Detrás de él, el fuego en la ladera que avanza rugiente hacia nosotros, más rápido que otras veces.

Tengo que salvarlo, pienso.

Es entonces cuando me desmayo.

Me despierto y veo a una chica de pelo largo castaño sentada en el suelo a mi lado, su mano apoyada en mi frente, hablando en voz baja como si intentara calmar a un animal.

—¿Qué pasó? —Miro alrededor buscando al chico, pero se ha ido. Algo duro se me clava en la espalda, y caigo en la cuenta de que estoy acostada sobre el libro de química.

—Te caíste —dice la chica, como si eso no fuera obvio—. ¿Eres epiléptica o algo parecido? Fue como si te hubiese dado un ataque.

La gente mira. Siento el calor que me sube a las mejillas.

—Estoy bien —digo, sentándome erguida.

—Tranquila. —La chica se pone de pie de un salto y se agacha para ayudarme. Tomo su mano y la dejo que me ayude a levantarme.

—Soy un poco patosa —digo, como si eso lo explicara todo.

—Ella está bien. Idos a clase —dice la chica a los estudiantes que se han quedado a curiosear—. ¿Has comido esta mañana? —me pregunta.

—¿Qué?

—Podría tener que ver con el nivel de azúcar en la sangre. —Me rodea con un brazo y me conduce por el pasillo—. ¿Cómo te llamas?

—Clara.

—Wendy —dice ella.

—¿Adónde vamos?

—A la enfermería.

—No —me opongo, a la vez que me libero de su brazo. Me enderezo y trato de sonreír—. Ya estoy bien, de verdad.

Suena el timbre. De repente el pasillo queda desierto. En la esquina aparece una mujer rolliza de pelo amarillo, que viste una bata de enfermera y camina deprisa. Detrás de ella viene el chico. Mi chico.

—Allá viene otra vez —dice Wendy mientras yo me tambaleo.

—Christian —se apresura a decir la enfermera mientras los dos vienen corriendo hacia mí.

Christian. Ése es su nombre.

Él me pasa un brazo por debajo de las rodillas y me levanta. Uno de mis brazos rodea su hombro, mis dedos a escasos centímetros del punto en el que su cuello se encuentra con el pelo. Me invade su olor, una mezcla de fragancias de jabón y alguna colonia de especias maravillosa. Levanto la vista y me encuentro con sus ojos verdes, tan de cerca que alcanzo a ver destellos dorados en su interior.

—Hola —me dice.

Que Dios me ayude, pienso mientras él sonríe. Sencillamente es demasiado.

—Hola —murmuro apartando la vista, poniéndome del color de mi pelo.

—Agárrate fuerte —ordena, y me lleva a lo largo del pasillo. Por encima de sus hombros veo a Wendy que me observa, hasta que se da media vuelta y enfila hacia el otro lado.

Al llegar a la enfermería me coloca cuidadosamente sobre una camilla. Hago todo lo posible por no mirarle boquiabierta.

—Gracias —tartamudeo.

—No hay de qué. —Vuelve a sonreír de un modo que hace que me alegre estar sentada—. No pesas nada.

Mi cerebro confuso intenta comprender estas tres palabras y colocarlas en orden, con escaso éxito.

—Gracias —vuelvo a decir, sin convicción.

—Sí, gracias, señor Prescott —añade la enfermera—. Ya puede ir a clase.

Christian Prescott. Su nombre es Christian Prescott.

—Nos vemos —me dice, y se marcha como si nada.

Lo saludo con la mano mientras sale, y enseguida me siento una idiota.

—Veamos —dice la enfermera dirigiéndose a mí.

—Estoy bien —respondo—. En serio.

No parece convencida.

—Mire si estaré bien que podría ponerme a dar saltos —insisto, y no puedo evitar borrar la estúpida sonrisa de mi rostro.

Así que llego tarde a la clase de Literatura para estudiantes avanzados. Los alumnos han colocado las sillas en círculo. El profesor, un hombre mayor de barba blanca, me hace un gesto para que entre.

—Acerque una silla. La señorita Gardner, supongo.

—Sí. —Siento que toda la clase me observa mientras cojo un pupitre del fondo del aula y lo arrastro hasta el círculo. Reconozco a Wendy, la chica que me socorrió en el pasillo. Ella aparta su banco para hacerme sitio.

—Soy el señor Phibbs —dice el profesor—. Estamos en medio de un ejercicio sumamente provechoso para ustedes, así que celebro que se una a la clase. Cada cual debe proporcionar tres hechos únicos acerca de sí mismo. Si alguien del círculo tiene algo en común con esos hechos debe levantar la mano y la persona en cuestión tendrá que escoger entre otras cosas únicas de su vida. Ahora es el turno de Shawn, que acaba de afirmar que tiene la tabla de *snowboard* más... chula del condado de Teton. —El profesor Phibbs enarca sus cejas pobladas—. Lo que fue refutado por Jason.

—Mi tabla es como una rubia preciosa —se jacta el chico que seguramente es Shawn.

—Nadie puede discutir que eso es un hecho único —dice el profesor Phibbs aclarándose la garganta—. Ahora vamos con Kay. Preséntate, por favor, ante tu nueva compañera.

Todo el mundo mira a una morena de grandes ojos marrones. Ella sonríe como si ser el centro de atención fuera para ella lo más natural del mundo.

—Soy Kay Patterson —dice—. Mis padres son los dueños de la tienda de caramelos más antigua de Jackson. He visto a Harrison Ford personalmente cientos de veces —añade como segundo dato excepcional—, ya que nuestros dulces son sus favoritos. Él dice que me parezco a Carrie Fisher de *Star Wars*.

De modo que es presumida, pienso. Aunque es verdad que con un vestido largo blanco y los rollitos de canela a ambos lados de la cabeza podría pasar por la princesa Leia. Es muy atractiva, definitivamente pertenece al bando de las guapas, con un cutis de porcelana y un pelo castaño que le cae por debajo de los hombros en rizos perfectos, tan brillante que casi no parece pelo.

—Y... —Kay se prepara para añadir el toque final—. Christian Prescott es mi novio.

Ya me cae mal.

—Muy bien, Kay —dice el profesor Phibbs.

Le toca el turno a Wendy. Se sonroja, evidentemente avergonzada por tener que hablar de ella delante de toda la clase.

—Soy Wendy Avery —dice encogiéndose de hombros—. Mi familia dirige una hacienda en las afueras de Wilson. No sé en qué puedo ser la única. Quiero ser veterinaria, lo cual no es extraño porque amo a los caballos. Y me hago mi propia ropa desde que tengo seis años.

—Gracias, Wendy —le dice el profesor Phibbs. Ella se reclina hacia atrás dando un suspiro de alivio. Desde el pupitre que está junto al suyo, Kay contiene un bostezo. El gesto es elegante, pero hace que me caiga aún peor.

Silencio.

¡Oh, no! Me doy cuenta de que están esperando a que yo hable.

Todo lo que había pensado decir se esfuma de mi mente. Sólo se me ocurren todas aquellas cosas que no puedo contarles, como que hablo fluidamente todos los idiomas de la tierra. Como que tengo alas que aparecen cuando lo requiero, y que podría volar pero no sirvo para eso. Que soy rubia natural. Que tengo un excelente sentido de la orientación, lo cual debería serme muy útil para volar, pero no es así. Oh, y también que tengo la misión de salvar al novio de Kay.

Me aclaro la garganta.

—Soy Clara Gardner, y me he mudado aquí desde California.

Los demás estudiantes se ríen cuando un chico al otro lado del círculo levanta la mano.

—Eso ya lo dijo el señor Lovett —me informa el profesor Phibbs—, sólo que usted no estaba presente. Se encontrará aquí a muchos alumnos que han emigrado del Estado de Oro.

—Vale, empecemos de nuevo. —Es evidente que la clave está en ser específico—. Yo vine de California hace una semana, porque había oído maravillas de los caramelos de la zona.

La clase entera se ríe, incluso Kay, que parece satisfecha. De repente me siento como un humorista que acaba de empezar el *show*. Pero cualquier cosa es mejor que ser conocida como la pelirroja atontada que se desmayó en medio del pasillo después de la tercera clase. Así que seré la bromista.

—Los pájaros se sienten extrañamente atraídos por mí —continúo—. Es como si me acecharan allá donde voy. —Esto es cierto. Mi actual teoría es que huelen mis plumas, aunque es imposible saberlo con certeza.

—¿Estás levantando la mano, Angela? —pregunta el profesor Phibbs.

Miro a mi derecha, sobresaltada. Una chica de pelo oscuro con una blusa violeta encima de unas mallas negras baja rápidamente la mano.

—No, sólo me estaba rascando —dice con aire despreocupado, mirándome con sus graves ojos ambarinos—. Aunque me gusta eso de los pájaros. Es divertido.

Pero esta vez nadie se ríe. Me miran. Y yo me atraganto.

—Bueno, una más, ¿vale? —digo un poquito desesperada—. Mi madre es programadora informática, y mi padre, profesor de Física en la Universidad de Nueva York, con lo cual supuestamente debería ser buena en matemáticas. —Hago un gesto afligido. Claro que es falso que no pueda con las matemáticas. Soy realmente buena. Después de todo es un lenguaje, y ésa es la razón de que mamá entienda el lenguaje informático sin haber tenido que estudiar. Y probablemente la razón de que se haya visto atraída por papá, que es una calculadora humana sin ni siquiera una gota de sangre angelical en sus venas. Para Jeffrey y para mí todo es ridículamente fácil.

Pero esto tampoco hace gracia, sólo provoca una risa piadosa en Wendy. Parece que no tengo madera de humorista.

—Gracias, Clara —dice el profesor Phibbs.

El último estudiante en nombrar tres cosas es la chica de pelo negro que parecía mirarme atentamente cuando mencioné el hecho raro con los pájaros. Su nombre, dice, es Angela Zerbino. Se pone el flequillo detrás de la oreja y recita sus tres características únicas de un tirón.

—Mi madre es dueña del Liguero Rosa. Nunca he visto a mi padre. Y soy poeta.

Otro silencio incómodo. Ella pasea la mirada por el círculo, como desafiando a quien quiera contradecirla. Nadie se atreve a mirarla.

—Bien —dice el profesor Phibbs, aclarándose la garganta—. Ahora ya nos conocemos mejor. Pero ¿cómo llega a conocerse realmente la gente? ¿Son los hechos, aspectos concretos acerca de nosotros mismos lo que nos distinguen del resto de los habitantes del planeta? ¿Son acaso nuestros cerebros los que nos hacen diferentes, la manera en que cada persona está programada con un paquete único de software, datos, hábitos, estructura genética? ¿O es lo que hacemos, las decisiones que tomamos? Me pregunto ¿cuál de las tres cosas que cada uno de ustedes ha mencionado valdría si yo les pidiera que nombraran acciones que han sido determinantes en sus vidas?

Percibo un destello de fuego en mi mente.

—Durante este curso hablaremos mucho de aquello que es único —continúa el profesor Phibbs. Se pone de pie y cojea hasta la mesa pequeña que está al fondo del aula, donde recoge una pila de libros y empieza a repartirlos.

—Nuestro primer libro del semestre —anuncia.

Frankenstein.

—¡Está vivo! —grita el chico cuya tabla de *snowboard* es una rubia preciosa, sosteniendo su ejemplar en lo alto como si esperase a que le caiga un rayo. Kay Patterson pone los ojos en blanco.

—Ah, veo que ya os estáis interesando en el doctor Frankenstein. —El profesor Phibbs se vuelve hacia la pizarra blanca y escribe el nombre de Mary Shelley con un rotulador negro, junto al año 1817—. Este libro fue escrito por una mujer no mucho mayor de lo que ustedes son ahora, que reflexionaba sobre la batalla entre la ciencia y la naturaleza.

Se pone a hablar sobre Jean-Jacques Rousseau y la influencia que tuvieron sus ideas en el arte y la literatura de la época en que Mary Shelley escribía. Intento no mirar a Kay Patterson. Me pregunto qué clase de chica es ella para enganchar a un chico como Christian. Y luego, como no sé nada de él, salvo que tiene una nuca atractiva y que le gusta acudir en rescate de las chicas que se desmayan en el pasillo, me pregunto qué clase de chico es Christian.

Caigo en la cuenta de que estoy mordiendo la goma de mi lápiz. Dejo el lápiz.

—Mary Shelley quería explorar aquello que nos hace humanos —concluye el profesor Phibbs. Me dirige una mirada, como si supiera que en los últimos diez minutos no he escuchado una sola palabra de lo que ha dicho. Finalmente aparta la vista.

—Supongo que lo averiguaremos juntos —dice mientras sostiene el libro en alto, y entonces suena el timbre.

—Si quieres puedes sentarte conmigo durante el almuerzo —me ofrece Wendy mientras salimos de la clase—. ¿Has traído tu almuerzo o tenías pensado salir del campus?

—Pensaba que aquí había servicio de comedor.

—Bueno, creo que hoy hay pollo frito —dice. Yo hago una mueca—. Pero siempre puedes pedir pizza o un sándwich de mantequilla de cacahuete. Ésos son los alimentos básicos del Jackson Hole High.

—Muy sano.

Hago la cola para pedir mi comida y sigo a Wendy hasta una mesa, donde un grupo de chicas con un *look* casi idéntico me miran expectantes. Wendy recita sus nombres: Lindsay, Emma y Audrey. Parecen simpáticas. Definitivamente no son de las guapas. Todas llevan camisetas y tejanos, trenzas y coletas, poco maquillaje. Pero tampoco son feas. Normales.

—¿Así que sois como un grupo? —pregunto mientras me siento.

Wendy se ríe.

—Nos llamamos las Invisibles.

—Oh... —digo, sin saber si está bromeando ni qué responder.

—No somos bichos raros ni frikis informáticos —aclara Lindsay, o Emma, o Audrey, no sabría decirlo—. Somos simplemente, bueno, ya sabes, invisibles.

—Invisibles para...

—Para la gente guay —dice Wendy—. No nos ven.

Genial. Encajo a la perfección con las Invisibles.

Al otro lado de la cafetería veo a Jeffrey sentado con unos chicos con chaquetas de deportistas. Una rubita lo está mirando con adoración. Él dice algo. Todo el mundo en la mesa se ríe.

Increíble. Menos de un día y ya es Míster Éxito.

Alguien acerca una silla a mi lado. Me giro. Es Christian, que se sienta a horcajadas. Por un instante sólo puedo fijarme en sus ojos verdes. Quizá yo no sea tan invisible después de todo.

—He oído que eres de California —dice.

—Sí —murmuro, apresurándome a masticar y tragar un trozo de sándwich. La cafetería se vuelve más silenciosa. Las Invisibles lo contemplan con ojos desorbitados, como si nunca antes se hubiera adentrado en su territorio. De hecho, casi todo el mundo en la cafetería nos está observando, miradas curiosas y casi predatorias.

Bebo rápidamente un sorbo de leche y le dedico lo que espero sea una sonrisa sin restos de comida.

—Hemos venido de Mountain View. Está al sur de San Francisco —consigo decir.

—Yo nací en Los Ángeles. Vivimos allí hasta que cumplí los cinco, aunque no tengo muchos recuerdos.

—Qué bien. —Mi mente se apresura a buscar la respuesta correcta, la forma adecuada de contestar a esta coincidencia asombrosa que nos une. Pero no se me ocurre nada. Nada. Lo máximo que consigo es una risita nerviosa. Una risita, para no llorar a gritos.

—Yo soy Christian —dice afablemente—. Antes no tuve ocasión de presentarme.

—Yo soy Clara. —Extiendo la mano para estrechar la suya, un gesto que al parecer encuentra encantador.

Toma mi mano, y es como si mi visión y el mundo real se unieran en este instante. Él me enseña su sonrisa torcida, deslumbrante. Es real. Siento su mano tibia y firme alrededor de la mía, que aprieta lo justo. Me mareo en el acto.

—Encantado de conocerte, Clara —dice estrechándome la mano.

—Lo mismo digo.

Sonríe. Sexy no es la palabra adecuada para definir a este chico. Es hermoso, para volverse loca. Y es mucho más que su belleza. La melena negra ondulada, intencionalmente desarreglada; las cejas marcadas que vuelven su expresión un poco seria, incluso cuando sonríe; los ojos, que según la luz parecen esmeraldas o de color avellana; los ángulos de su rostro cuidadosamente esculpidos; la curva de sus labios gruesos. Llevo apenas un rato mirándolo de frente y ya estoy obsesionada con sus labios.

—Gracias por lo de antes —digo.

—No tienes por qué, de verdad.

—Qué, ¿vamos? —Kay se acerca y le pone una mano en la

nuca en un gesto claramente posesivo, enredando los dedos en su pelo. Tiene una expresión tan neutral que podría estar pintada, como si le importara un bledo con quién está hablando su novio. Christian se vuelve hacia ella, el rostro prácticamente a la altura de sus pechos. A Kay alrededor del cuello le cuelga medio corazón de plata con las iniciales C.P. grabadas. Él sonríe.

Adiós hechizo.

—Sí, sólo un segundo —dice—. Kay, ésta es...

—Clara Gardner —completa ella asintiendo con la cabeza—. Está en mi clase de Literatura. Vino de California. No le gustan los pájaros. No es buena en matemáticas.

—Sí, ésa soy yo en pocas palabras —digo.

—¿Qué? ¿Me he perdido algo? —pregunta Christian confundido.

—Nada. Sólo un estúpido ejercicio en la clase de Phibbs. Será mejor que nos demos prisa si queremos llegar antes de la próxima clase —dice ella, y luego me mira y sonríe con unos dientes blancos perfectos. Apuesto dinero a que alguna vez llevó brackets—. Hay un restaurante chino por aquí en el que nos gusta dejarnos la pasta. Tendrías que ir alguna vez con tus amigas. —Traducción: nunca seremos amigas.

—Me gusta la comida china —digo.

Christian se pone de pie. Kay lo coge de la mano y le sonríe por debajo de sus pestañas y empieza a llevárselo fuera de la cafetería.

—Encantado de conocerte —me dice—. De nuevo.

Y después se va.

—¡Guau! —comenta Wendy, que ha estado sentada todo el rato a mi lado sin decir ni mu—. Un intento de flirteo impresionante.

—Creo que estaba inspirada —respondo algo aturdida.

—Bueno, no creo que haya muchas chicas por aquí a las que Christian Prescott no inspire —dice, lo que provoca la risa tonta de las demás chicas.

—El primer año fantaseaba con que me invitara al baile y me eligieran reina —suspira una de ellas, creo que es Emma, quien enseguida se sonroja—. Ya lo he superado.

—Yo apostaría a que Christian va a ser el rey en el baile de este año. —Wendy arruga la nariz—. Pero Kay es la reina. Será mejor que te andes con cuidado.

—¿Tan mala es?

Wendy se ríe, luego se pone seria.

—Ella y yo fuimos buenas amigas en primaria, nos quedábamos a dormir una en la casa de la otra y hacíamos reuniones de té con nuestras muñecas y todas esas cosas. Pero cuando empezamos secundaria fue como... —Wendy mueve la cabeza con tristeza—. Es una niña mimada, pero cuando llegas a conocerla es maja. Puede ser un encanto. Pero será mejor que no le caigas mal.

Estoy más que segura de que a Kay Patterson ya le caigo mal. Lo sé por la forma en que me habla con una voz suave y simpática, cuando por debajo fluye una corriente oculta de desprecio.

Miro alrededor en la cafetería. Veo a la chica de pelo negro de la clase de Literatura, Angela Zerbino. Está sentada sola, el almuerzo sin tocar, leyendo un libro grueso. Levanta la vista. Asiente con un ligero movimiento de cabeza, como si quisiera saludarme. Me quedo mirándola por un instante, y aparto la vista. Ella sigue leyendo.

—¿Y qué hay de ella? —le pregunto a Wendy, señalando a Angela con la cabeza.

—¿Angela? No es una marginada social ni nada por el estilo. Es sólo que prefiere estar sola. Es una apasionada. Siempre concentrada. Siempre ha sido así.

—¿Y qué es el Liguero Rosa? Suena como si fuera... ya sabes... un sitio donde... en fin...

Wendy se echa a reír.

—¿Una casa de putas?

—Eso —digo avergonzada.

—Es un teatro de la ciudad —dice Wendy sin parar de reírse—. Representan melodramas de vaqueros y algún que otro musical.

—Ah —digo una vez enterada—. Ya me parecía extraño que contara en clase que su madre dirige una casa de putas y que ella no conoce a su padre. Demasiada información, ¿no creéis?

Ahora todas se ríen. Vuelvo a mirar a Angela, pero se ha girado un poco y no puedo verle la cara.

—Parece maja —me retracto.

Wendy asiente.

—Es maja. Mi hermano estuvo colado por ella durante un tiempo.

—¿Tienes un hermano?

Resopla, como si prefiriera dar otra respuesta.

—Sí. Es mi hermano gemelo. Y además es un pesado.

—Sé de lo que hablas. —Miro a Jeffrey en su círculo de nuevas amistades.

—Hablando del rey de Roma —dice Wendy mientras coge de la manga a un chico que pasa al lado de la mesa.

—Eh —protesta él—. ¿Qué ocurre?

—Nada. Le estaba hablando a la chica nueva del guapo de mi hermano y justo te he visto. —Ella le muestra una sonrisa de oreja a oreja, de las que expresan que podría no estar diciendo toda la verdad.

—Aquí lo tienes, Tucker Avery.

Su hermano se le parece casi en todo: los mismos ojos azules brumosos, el mismo bronceado, el mismo pelo castaño dorado, excepto en que él lleva el pelo corto y de punta y es treinta centímetros más alto. Está claro que pertenece al grupo de los cowboys, aunque más sobrio que algunos otros. Viste una camiseta gris de manga corta, tejanos y botas de vaquero. También es guapo, pero de un estilo completamente distinto al de Christian, menos refinado y más bronceado y musculoso, y un poco barbudo. Parece que llevara toda la vida trabajando al sol.

—Ésta es Clara —dice Wendy.

—¿Eres la chica del Prius que casi me choca por detrás esta mañana? —me pregunta.

—Oh, lo siento.

Me mira de arriba abajo. Me ruborizo por enésima vez en el día.

—De California, ¿verdad? —La palabra California en su boca suena como un insulto.

—Tucker —le advierte Wendy dándole un tirón del brazo.

—Bueno, no creo que un golpecito le hubiera hecho mucho más daño a tu camioneta —replico—. Al fin y al cabo la parte trasera está que se cae de tanto óxido.

Wendy abre los ojos de par en par. Parece realmente alarmada. Tucker hace un gesto de sorna.

—Esa camioneta oxidada probablemente tendrá que remolcarte cuando quedes debajo de una avalancha de nieve en la próxima tormenta.

—¡Tucker! —exclama Wendy—. ¿No tenías un rodeo o lo que fuera?

Estoy ocupada pensando en una respuesta relacionada con la increíble cantidad de dinero que me ahorraré este año conduciendo mi Prius a diferencia de lo que él gastará con esa camioneta que chupa como una esponja, pero la frase no acaba de cobrar forma.

—Eras tú la que quería charlar —le dice a Wendy.

—Porque no sabía que ibas a ser tan borde.

—Estupendo. —Me sonríe satisfecho—. Encantado, Zanahoria —dice con la mirada clavada en mi pelo—. Perdona, Clara.

Me pongo colorada.

—Lo mismo digo, Oxidado —le replico, pero ya se ha ido a zancadas.

Genial. Llevo en este instituto menos de cinco horas y ya me he ganado dos enemigos por el simple hecho de existir.

—Te dije que era un pesado —me recuerda Wendy.

—Creo que te has quedado corta —le contesto, y nos echamos a reír.

La primera persona que veo al entrar en la siguiente clase es Angela Zerbino. Está sentada en la primera fila, inclinada sobre su cuaderno. Me siento en una de las filas de atrás y paseo la mirada por el aula observando todos los retratos de la monarquía británica que cuelgan en las paredes. En la mesa grande de delante hay expuesta una maqueta de madera de la Torre de Londres y una réplica en papel maché del Stonehenge. En una esquina hay un maniquí que viste una cota de malla, y en la otra, una tabla grande con tres agujeros: un cepo auténtico.

Esto tiene pinta de ser interesante.

Los demás estudiantes van llegando poco a poco. Cuando suena el timbre, el profesor sale sin prisa de un cuarto interior. Es un tipo escuálido con el pelo largo atado en una coleta y gafas de gruesos cristales, pero da el pego con su corbata y su camisa de vestir por encima de unos vaqueros negros, combinados con botas de cowboy.

—Hola, soy el profesor Erikson. Bienvenidos al semestre de Historia Británica —dice. Coge una lata que hay sobre la mesa y agita los papeles que hay dentro—. Empezaremos por dividirnos. En este bote hay diez trozos de papel que traen escrita la palabra «siervo». El que saque uno de ellos se convierte automáticamente en un esclavo. Tendrá que apechugar. Hay tres papeles con la palabra «clérigo»; quienes los cojan serán parte de la Iglesia, monjes o sacerdotes, lo que prefieran.

Mira hacia el fondo del aula, donde un alumno acaba de asomarse a la puerta.

—Christian, eres muy amable acudiendo a clase.

Requiero de toda mi fuerza de voluntad para no darme la vuelta.

—Lo siento —oigo decir a Christian—. No volverá a pasar.

—Si vuelve a pasar, estarás cinco minutos en el cepo.

—De verdad que no volverá a pasar.

—Excelente —dice el profesor Erikson—. ¿Por dónde iba? Ah, sí. Cinco trozos de papel vienen con las palabras «Señor y Señora Feudal». Si les tocan, enhorabuena, quiere decir que poseen tierras, tal vez un par de siervos. Tres papelitos traen escrita la palabra «Caballero», ya se hacen una idea. Y hay sólo uno, un único trozo de papel que pone «Rey», y el que lo saque reinará sobre todos nosotros.

Acerca la lata a Angela.

—Seré la reina —dice ella.

—Ya veremos —dice el profesor.

Angela saca un papel y lee. Se le borra la sonrisa. Señora Feudal.

—Yo no me lamentaría —dice el profesor Erikson—. Es una buena vida, relativamente hablando.

—Naturalmente, si acepto que me vendan al hombre más rico que quiera casarse conmigo.

—Bien dicho —afirma el profesor Erikson—. Les presento a la Señora Angela.

Da un paseo por la clase. Ya conoce a los alumnos y los llama por su nombre.

—¿A ver la pelirroja? —dice dirigiéndose a mí—. Podría ser una bruja.

Alguien se ríe detrás de mí. Lanzo una ojeada rápida por encima del hombro y veo al odioso hermano de Wendy, Tucker, sentado en la mesa de atrás. Me dedica una sonrisa burlona y perversa.

Saco un papel. Clérigo.

—Muy bien, hermana Clara. Ahora usted, señor Avery.

Me vuelvo para mirar a Tucker mientras mete la mano en el bote.

—Caballero —lee, mostrándose satisfecho.

—Sir Tucker.

El papel de rey le toca a un chico que no conozco, Brady, quien, a juzgar por sus músculos y la manera de aceptar un reinado bien merecido y no fruto del azar, debe de ser jugador de fútbol americano.

Christian es el último.

—Oh —se lamenta con falsa tristeza—. Soy un siervo.

El profesor Erikson continúa recorriendo el aula con un par de dados para hacernos jugar y ver quién se salva de la Peste Negra. Los siervos y clérigos no tienen muchas probabilidades de supervivencia, ya que ellos tienden a contraer la enfermedad, pero yo milagrosamente sobrevivo. El profesor me premia con una chapa plastificada que dice YO SOBREVIVÍ A LA PESTE NEGRA.

Mamá se sentirá orgullosa.

Christian no sobrevive. Recibe una chapa decorada con una calavera y unas tibias cruzadas, en la que se lee PERECÍ DURANTE LA PESTE NEGRA. El profesor Erikson registra su muerte en un cuaderno en el que toma nota de nuestras futuras vidas. Asegura que las leyes de la vida y la muerte no nos afectan en lo que se refiere a este ejercicio.

Con todo, no puedo sino interpretar cl inmediato fallecimiento de Christian como una mala señal.

Al llegar a casa vemos a mamá que nos está esperando en la puerta.

—Cuéntamelo todo —me ordena en cuanto cruzo el umbral—. Quiero saber hasta el último detalle. ¿Va al mismo instituto? ¿Le has visto?

—Y tanto que le ha visto —se me adelanta Jeffrey—. Lo vio y se desmayó en medio del pasillo. Todo el instituto hablaba de eso.

A mamá se le ponen los ojos como platos. Se vuelve hacia mí. Me encojo de hombros.

—Te dije que se iba a desmayar —añade Jeffrey.

—Eres un genio, hijo.

Mamá hace un movimiento para despeinarlo, pero antes de que su mano pueda alcanzarlo él la esquiva y dice:

—Lenta, mamá, estás lenta.

—En la cocina te he dejado patatas fritas y ketchup —le informa ella. Una vez que Jeffrey se dirige a darse un atracón, me pregunta—: ¿Qué pasó?

—Lo que Jeffrey te ha contado. Me desplomé delante de todo el mundo.

—Oh, cariño. —Me consuela con un gesto mohíno.

—Cuando me desperté había una chica que me ayudó. Pensaba que podía ser una amiga. Y luego... —Me atraganto—. Él regresó con la enfermera y me llevó en brazos.

Mamá se queda boquiabierta. Nunca la he visto tan pasmada.

—¿Te llevó en brazos?

—Sí, como a una patética dama en apuros.

Mamá se ríe. Yo suspiro.

—¿Ya le has dicho a mamá cómo se llama? —pregunta Jeffrey desde la cocina.

—¿Te quieres callar? —le grito.

—Se llama Christian —continúa Jeffrey—. ¿Te lo puedes creer? Hemos hecho todo este viaje para que Clara salve a un tío que se llama Christian.

—Soy consciente de la ironía.

—Pero ahora ya sabes su nombre —dice mamá dulcemente.

—Sí. —Soy incapaz de esbozar una sonrisa—. Sé su nombre.

—Y todo está en marcha. Las piezas comienzan a unirse. —Ahora parece más seria—. ¿Estás preparada para esto, chiquita?

Durante semanas no he pensado en otra cosa, y desde hace dos años soy consciente de que me llegaría la hora. Pero aun así, ¿estoy preparada?

—Creo que sí —digo.

Eso espero.

4

La extensión de las alas

Tenía catorce años cuando mamá me habló de los ángeles. Una mañana en el desayuno me dijo que ese día no me mandaría al colegio y que nos iríamos de excursión juntas, ella y yo. Dejamos a Jeffrey en el instituto y nos fuimos en coche a unos treinta kilómetros de Mountain View, para visitar el Parque Nacional Big Basin Redwoods, que está en las montañas cerca del océano. Mamá aparcó, se echó una mochila al hombro y dijo: «La que llegue última es una tortuga.» Y emprendió el ascenso por un camino pavimentado. Yo casi tenía que correr para seguirle el paso.

—Algunas madres llevan a sus hijas a perforarse la oreja —le grité desde atrás.

No había nadie más en aquel camino. La niebla se desplazaba a la deriva entre las secoyas. Aquellos árboles tenían ocho metros de diámetro, y eran tan altos que no podías ver hasta dónde llegaban, sólo los pequeños resquicios entre las ramas por donde los rayos del sol penetraban oblicuamente en el bosque.

—¿Adónde vamos? —le pregunté sin aliento.

—Al Nido de las Águilas —me respondió por encima del hombro. Como si eso ayudara.

Atravesamos un campamento, cruzamos chapoteando un arroyo, pasamos por debajo de unos troncos gigantescos cubiertos de musgo en una zona donde los árboles se habían derrumbado cortando el camino. Mamá seguía en silencio. No era uno de esos momentos de vinculación afectiva entre madre e hija, como cuando me llevaba al Muelle del Pescador, a la Misteriosa Mansión Winchester o a IKEA. La calma del bosque sólo se veía alterada por nuestra respiración y nuestros pasos, un silencio tan denso y sofocante que deseaba gritar cualquier cosa sólo para romperlo.

Ella no volvió a hablar hasta que llegamos a un enorme afloramiento rocoso que sobresalía de la ladera de la montaña, parecido a un dedo apuntando al cielo. Para subir a la cima tuvimos que escalar unos diez metros verticales de acantilado, lo que mamá hizo de un tirón y con facilidad, sin mirar atrás.

—¡Mamá, espera! —grité, y trepé dificultosamente detrás de ella. Nunca había escalado nada que no fuera un muro en un gimnasio.

Los zapatos de mamá arrojaban un rocío de escombros por la pendiente. Al llegar a la cima desapareció.

—¡Mamá! —grité.

Ella se asomó.

—Tú puedes, Clara —dijo—. Confía en mí. Ya verás que vale la pena.

En realidad no tenía elección. Me aferré a la pared del acantilado y empecé a escalar, obligándome a no mirar hacia abajo cuando debajo de mí no había más que vacío. Al cabo de un rato llegué a la cima. Me planté al lado de mamá, jadeando.

—¡Guau! —exclamé al contemplar la vista.

—Extraordinario, ¿verdad?

A nuestros pies se extendía el valle de secoyas bordeado por las montañas. Era uno de esos pocos lugares en el mundo desde donde podías ver a kilómetros y kilómetros de distancia en todas las direcciones. Cerré los ojos y extendí los brazos, sintiendo el viento, oliendo el aire, esa embriagadora combinación de árboles y musgos y cosas que crecen, el ligero olor a agua sucia de riachuelo y el oxígeno puro y limpio. Un águila revoloteaba en círculos sobre el bosque. Fácilmente podía imaginar lo que el ave sentía al deslizarse por el aire, nada que se interponga entre tú y el cielo infinito, apenas unas nubes.

—Siéntate —me dijo mamá. Abrí los ojos y la vi sentada sobre una roca. Dio una palmadita en la piedra indicándome el sitio a su lado. Me senté junto a ella. Mamá rebuscó en la mochila y sacó una botella de agua, la abrió, bebió un largo trago y me la ofreció. Cogí la botella y bebí, sin dejar de observarla. Estaba distraída, los ojos llenos de lejanía, sumida en sus pensamientos.

—¿Estoy en apuros? —pregunté.

Me miró y enseguida soltó una risa nerviosa.

—No, cariño —dijo—. Es sólo que tengo algo importante que decirte.

Me daba vueltas la cabeza pensando en qué podría ser eso que tenía que decirme.

—He estado viniendo aquí durante mucho tiempo —empezó.

—Has conocido a un hombre —supuse. Parecía lo más evidente.

—¿Qué dices?

Mamá nunca ha sido de salir mucho con hombres, aunque todos los que conocía se sentían atraídos por ella, y los demás se la comían con los ojos. A ella le gustaba decir que estaba muy ocupada para mantener una relación estable, demasiado absorbida por su trabajo en Apple como programadora, demasiado ocupada el resto del tiempo por ser una madre divorciada. Yo pensaba que todavía estaba colada por papá. Pero tal vez tuviera algún romance apasionado que iba a confesarme. Quizás en un par de meses yo llevaría un vestido rosa y flores en el pelo, y estaría asistiendo a su boda con un hombre al que debería llamar papá. A un par de amigas mías ya les había pasado.

—Me has traído aquí para hablarme de ese hombre que conociste, y al cual amas, y con el que quieres casarte o algo por el estilo —me apresuré a decir, sin atreverme a mirarla, pues no quería que supiera cuánto me desagradaba la idea.

—Clara Gardner.

—No me importa, de verdad.

—Es muy amable de tu parte, Clara, pero no es eso —dijo mamá—. Te traje aquí porque creo que ya tienes edad para saber la verdad.

—Vale —dije con ansias. Parecía importante—. ¿Qué verdad?

Respiró hondo y soltó el aire, luego se inclinó hacia mí.

—Cuando yo tenía más o menos tu edad vivía en San Francisco con mi abuela —empezó.

Algo sabía de eso. Cuando ella nació su padre ya no estaba, y su madre murió dando a luz. Siempre pensé que se parecía mucho a un cuento, en el que mi madre era la huérfana, la trágica heroína de uno de mis libros.

—Vivíamos en una casa blanca y grande en Mason Street —dijo.

—¿Por qué nunca me has llevado allí? —Habíamos estado en San Francisco muchas veces, al menos dos o tres veces en un año, y ella nunca había mencionado nada acerca de una casa en Mason Street.

—Se incendió hace muchos años —respondió—. Ahora allí hay una tienda de regalos, me parece. Recuerdo que una mañana me levanté temprano y la casa temblaba violentamente. Tuve que agarrarme al pilar de la cama para no salir despedida.

—Un terremoto —supuse. En California he vivido algunos terremotos, ninguno que durara más de unos segundos o hiciera realmente daño, pero aun así dan miedo.

Mamá asintió.

—Podía oír los platos que caían fuera del armario y el temblor de las ventanas por toda la casa. Luego hubo una especie de crujido. La pared de mi habitación se hundió y los ladrillos de la chimenea cayeron sobre mi cama.

La miraba espantada.

—No sé cuánto tiempo estuve allí tendida —dijo mamá al cabo de un rato—. Al abrir los ojos vi la figura de un hombre que estaba de pie a mi lado. Se inclinó hacia mí y dijo: «No te muevas, pequeña.» Me levantó en brazos y los ladrillos cayeron de encima de mi cuerpo como si no pesaran nada. Me llevó hasta la ventana. El cristal estaba roto, y yo veía a la gente que salía corriendo de sus casas. Entonces sucedió algo extraño, y acto seguido estábamos en otro sitio. Todavía se parecía a mi habitación, sólo que era diferente, como si alguien más durmiera allí, alguien que permanecía ileso, como si no hubiese habido ningún terremoto. Por la ventana entraba mucha luz, tanta que dañaba la vista.

—¿Qué ocurrió entonces?

—El hombre me puso de pie. A mí me sorprendió que pudiera mantenerme en pie. Mi camisón era un desastre, y estaba un poco mareada, pero aparte de eso me sentía bien.

»—Gracias —le dije al hombre. No sabía qué otra cosa decir. Tenía un cabello dorado que irradiaba un resplandor bajo la luz que nunca antes había contemplado. Y era alto, el hombre más alto que había visto en mi vida, y muy guapo.

Mamá sonrió al recordarlo. Me froté la carne de gallina que se había extendido por todo mi brazo. Traté de imaginarme a este hombre alto y guapo de pelo dorado como una especie de Brad Pitt acudiendo al rescate de mamá. Fruncí el entrecejo. La imagen me resultaba inquietante, y no podía saber por qué.

—Me dijo: «Bienvenida, Margaret» —continuó mamá.

—¿Cómo sabía tu nombre?

—Lo mismo me pregunté yo. Y se lo pregunté a él. Me contó que era amigo de mi padre. Servían juntos, eso fue lo que me dijo. Y también que me había estado observando desde el día en que nací.

—Guau. Como un ángel custodio.

—Exacto. Como mi ángel custodio personal —asintió mamá—. Aunque él no se presentó como tal, por supuesto.

Esperé a que continuara.

—Eso era aquel hombre, Clara. Y quiero que tú lo entiendas. Era un ángel.

—Ya —dije—. Un ángel. Con alas y todo, supongo.

—No le vi las alas hasta más tarde, pero sí.

Parecía la mar de seria.

—Ajá —musité. Pensé en el ángel viejo que posa en el vidrio de color de la iglesia, con una aureola y un atuendo púrpura, con enormes alas doradas desplegándose a sus espaldas—. ¿Y luego qué?

«Esto no puede ser más raro», pensé. Pero sí podía serlo.

—Dijo que yo era especial —prosiguió mamá.

—¿Especial cómo?

—Dijo que mi padre era un ángel y mi madre humana, y yo un Dimidius, es decir, un poco de las dos cosas.

Me eché a reír. No pude evitarlo.

—Venga ya. Es una broma, ¿no?

—No. —Me miró sin pestañear—. No es una broma, Clara. Es la verdad.

Aguanté su mirada. Lo cierto es que confiaba en ella. Más que en nadie. Hasta donde sabía, ella nunca me había mentido, ni siquiera con esas mentiras piadosas que los padres cuentan a sus hijos para hacer que se porten bien o hacerles creer en el ratoncito Pérez o en quien fuera. Era mi madre, claro, pero también era mi mejor amiga. Cursi pero cierto. Y ahora me estaba contando algo demencial, algo imposible, y me miraba como si todo dependiera de mi reacción.

—Entonces dices... dices que eres mitad ángel —pronuncié lentamente.

—Sí.

—Mamá, en serio, venga ya. —Quería que se echara a reír y me dijera que lo del ángel había sido un sueño, como en *El mago de Oz*, cuando Dorothy se despierta y descubre que todo el mundo de Oz había sido una alucinación colorida provocada por un golpe en la cabeza—. ¿Qué pasó después?

—Me llevó de vuelta a la tierra. Me ayudó a encontrar a mi abuela, que estaba convencida de que yo había muerto aplastada. Y cuando las llamas arrasaron nuestro vecindario él nos ayudó a escapar al Goleen Gate Park. Se quedó con nosotras durante tres días, y después no volví a verle durante años.

Me quedé en silencio, perturbada por los detalles de la historia. Un año antes mi clase había ido de excursión al museo de San Francisco porque inauguraban una exposición sobre el gran terremoto que había habido en la ciudad. Habíamos visto fotografías de los edificios en ruinas, los tranvías descarrilados, los esqueletos ennegrecidos de las casas quemadas. Habíamos escuchado grabaciones de testigos, sus voces agudas y estremecedoras narrando la catástrofe.

Aquel año todo el mundo le daba mucha importancia porque se cumplían cien años del terremoto.

—¿Dices que hubo fuego? —le pregunté.

—Un fuego terrible. La casa de mi abuela se quemó por completo.

—¿Y cuándo fue eso?

—En abril —dijo—. Abril de 1906.

Me sentía como si fuera a vomitar.

—¿Eso quiere decir que tienes... unos ciento diez años?

—Este año cumplo ciento dieciséis.

—No te creo —tartamudeé.

—Sé que es difícil de creer.

Me puse de pie. Mamá me cogió de la mano, pero yo me solté. Había un destello de pena en sus ojos. Ella también se levantó y dio un paso atrás, dejándome espacio, asintiendo con la cabeza como si comprendiera perfectamente cómo me sentía.

Me costaba respirar.

Estaba loca. Ésa era la única explicación. Mi madre, que hasta entonces me había parecido la mejor madre del mundo, mi versión personal de la serie *Las Chicas Gilmore*, la envidia de todas mis amigas, con su pelo castaño rojizo, su fresca piel fabulosa y su peculiar sentido del humor, era en realidad una loca de atar.

—¿Tú de qué vas? ¿Por qué me cuentas estas cosas? —pregunté con lágrimas de furia.

—Porque tienes que saber que tú también eres especial.

La miré incrédula.

—Especial —repetí—. Explícame cómo va esto, si tú eres mitad ángel, ¿qué se supone que soy yo? ¿Un cuarto de ángel?

—Los que tienen una cuarta parte de ángel se llaman Quartarius.

—Me voy a casa —dije aburrida. Necesitaba hablar con papá. A él se le ocurriría algo. Tenía que encontrar ayuda para mi madre.

—Yo tampoco me lo creería —dijo—. No sin algo que lo pruebe.

Al principio pensé que el sol había salido por detrás de las nubes, iluminando de pronto el saliente donde nos encontrábamos, pero luego me di cuenta, poco a poco, de que era una luz mucho más intensa. Me di la vuelta y me tapé los ojos ante la imagen de mi madre y aquel resplandor que irradiaba de ella. Era como mirar directo al sol, una luz tan potente que me lloraban los ojos. A continuación la luz se atenuó un poco y vi que mi madre tenía alas. Unas alas blancas como la nieve que se desplegaban detrás de ella.

—Esto es la gloria —dijo, y yo entendí aquellas palabras pese a que no las pronunció en nuestro idioma, sino en una lengua extranjera en la que cada sílaba sonaba como una nota musical, tan rara y espeluznante que se me erizaron los pelos de la nuca.

—Mamá —exclamé con impotencia.

Sus alas se extendieron batiéndose en el aire y volvieron a plegarse. Sonaron como un único latido grave en todo el planeta. La fuerza del aire me despeinó. Ella se elevó suavemente, con increíble elegancia y luminosidad, siempre radiante. Luego remontó el vuelo por encima de los árboles, aleteando con rapidez por toda la extensión del valle hasta convertirse en un punto de luz en el horizonte. Me quedé pasmada y sola en medio de un saliente vacío y silencioso, más oscuro ahora que ella no estaba allí para iluminarlo todo.

—¡Mamá! —grité.

La vi dar vueltas en círculos y planear de regreso a mí, un vuelo ahora más lento. Se alzó majestuosamente allí donde acababa la montaña y quedó suspendida en el aire, en un aleteo armonioso.

—Creo que me has convencido —dije.

Advertí un brillo en sus ojos.

Por alguna razón no pude evitar echarme a llorar.

—Cariño —exclamó—, todo va a ir bien.

—Eres un ángel —musité ahogada por el llanto—. Y eso significa que...

No fui capaz de decirlo.

—Eso significa que tú también lo eres —añadió ella.

Aquella noche estaba encerrada en mi habitación deseando ver aparecer mis alas. Mamá me había asegurado que podía hacer que aparecieran, e incluso usarlas para volar. No podía siquiera imaginármelo. Era demasiado descabellado. Estaba de pie frente a un espejo de cuerpo entero, en ropa interior y camisón, y pensaba en las modelos que hacían de ángeles en los anuncios de Victoria's Secret, las alas curvadas de un modo sexy en torno a ellas. Mis alas no aparecían. Quería echarme a reír de lo ridículo que sonaba todo. Yo, esperando a que me crecieran alas. Yo, un ángel.

Tenía sentido que mi madre fuera mitad ángel, como lo tenía que mi madre fuera un ser sobrenatural. Ella siempre me había parecido una mujer sospechosamente hermosa. A diferencia de mí, con mi obsesiva tozudez, mis ataques de mal genio y mi sarcasmo, ella era una mujer tranquila y elegante. Perfecta hasta el extremo de resultar irritante. No le encontraba un solo defecto.

A menos que contemos que me mintió durante gran parte de mi vida, pensaba, lo que me provocaba una pizca de resentimiento. ¿No debería haber reglas que prohíban mentir a los ángeles?

Aunque en realidad no me mintió. Ni una sola vez me dijo: «¿Sabes una cosa? No eres diferente de los demás.» De hecho siempre me había dicho lo contrario. Siempre me había dicho que era especial. Sólo que yo nunca le había creído hasta ahora.

—En algunas cosas eres mejor que la mayoría de la gente —me había dicho en el Nido de las Águilas—. Eres más fuerte, más rápida, más inteligente. ¿No lo has notado?

—Hummm... no —me apresuré a responder.

Pero no era cierto. Siempre tuve la sensación de ser diferente. Mamá tiene un vídeo donde salgo caminando con apenas siete meses. A los tres años aprendí a leer. Siempre fui la primera de la clase en dominar las tablas de multiplicar y en memorizar los cincuenta estados del país. También era buena en educación física. Era muy rápida con los pies. Podía saltar alto y lanzar con fuerza. Cuando jugábamos todo el mundo me quería en su equipo.

Sin embargo, no soy como un niño prodigio ni nada por el estilo. En algunas cosas no era excepcional. No jugaba al golf como Tiger Woods, ni escribía mis propias sinfonías a los cinco años, ni participaba en las competiciones de ajedrez. Por lo general, las cosas simplemente me costaban menos que a los demás chicos. Yo lo notaba, por supuesto, pero no le daba mayor importancia. Si acaso, asumía que era mejor en algunas cosas porque no perdía mucho tiempo mirando basura en la televisión, ya que mamá es de la clase de padres que te hace practicar, estudiar y leer libros.

Ahora no sabía qué pensar. Todo empezaba a tener sentido. Y a carecer de sentido, al mismo tiempo.

Mamá sonrió.

—A menudo sólo hacemos lo que se espera de nosotros —dijo—. Cuando somos capaces de mucho más.

En ese momento estaba tan mareada que tuve que sentarme. Y mamá había empezado a hablar otra vez, explicándome los principios básicos. Alas: controla. Más fuerte, rápida, inteligente: controla. Capaz de mucho más. Algo sobre los idiomas. Y un par de reglas: «No se lo digas a Jeffrey, todavía es pequeño. No se lo digas a los humanos, no te creerán, y si lo hacen no podrán vivir con ello.» Todavía me escocía el cuello cuando recordaba la manera en que había dicho «humanos», como si la palabra de repente no nos afectara. Luego había hablado del designio que pronto recibiría. Había dicho que era importante, aunque no sabía explicar muy bien por qué. Después de hablar de eso se calló y dejó de responder a mis preguntas. Me dijo que había cosas que aprendería con el tiempo. Por propia experiencia. Y había otras cosas que de momento no necesitaba saber.

—¿Por qué no me dijiste todo esto antes? —le pregunté.

—Porque quería que llevaras una vida normal el máximo tiempo posible —respondió—. Quería que fueras una chica normal.

Ya no volvería a ser normal. Eso estaba más que claro.

Contemplé mi reflejo en el espejo de mi habitación.

—Vale —dije—. ¡A ver esas... alas!

Nada.

—Más rápida que una bala —le dije al espejo, ensayando mi mejor pose de Superman. Entonces mi sonrisa en el espejo se esfumó y la chica que estaba al otro lado me miró con escepticismo.

—Vamos —dije, extendiendo los brazos. Hice rotar los hombros hacia delante de manera que mi omóplato sobresaliera, entrecerré los ojos y me concentré en las alas. Las imaginaba creciendo, desgarrando la piel, desplegándose detrás de mí como las de mamá en la cima de la montaña. Abrí los ojos.

Las alas seguían sin aparecer.

Suspiré y me dejé caer sobre la cama. Apagué la lámpara. Las estrellas del techo de mi habitación brillaban, algo que ahora me parecía estúpido e infantil. Lancé una ojeada al despertador. Era más de medianoche. Al día siguiente tenía que ir al colegio. Tenía que hacer una prueba de ortografía a la que había faltado en la tercera clase, lo que me parecía aún más ridículo.

—Quartarius —dije, así había llamado mi madre a un cuarto de ángel.

Q-U-A-R-T-A-R-I-U-S. Clara es una Quartarius.

Pensé en el extraño idioma de mi madre. Angélico, lo había llamado ella. Tan bonito y misterioso como las notas de una canción.

—Quiero ver esas alas —dije.

Esta vez mi voz sonó extraña, como acompañada de ecos más graves y más agudos. Me quedé sin aliento.

Y entonces sentí las alas bajo mi cuerpo, levantándome delicadamente, una plegada debajo de la otra. Se estiraron casi hasta mis talones, irradiando un brillo blanco en plena oscuridad.

—¡Mierda! —exclamé, y enseguida me llevé las dos manos a la boca.

Muy despacio, temerosa de que las alas volvieran a desaparecer, me levanté y encendí la luz. Me planté frente al espejo y aprecié mis alas por primera vez. Eran reales, alas de verdad con plumas de verdad, pesadas y hormigueantes y una prueba definitiva de que lo que había ocurrido antes con mi madre no era una broma. Eran tan bonitas que sacaba pecho al mirarlas.

Las toqué con sumo cuidado. Estaban tibias, vivas. Descubrí que podía moverlas de la misma manera que podía mover mis brazos. Como si realmente fueran parte de mí, un par de miembros extra de los que no había sido consciente hasta ahora. Suponía que medían unos tres o cuatro metros, pero era difícil saberlo. La extensión de aquellas alas simplemente no cabía en el espejo.

Alas, pensé, sacudiendo la cabeza. Tengo alas. Esto es de locos.

Examiné las plumas. Algunas eran muy largas, suaves y puntiagudas. Otras, más suaves y redondeadas. Las plumas más cortas, las más próximas a mi cuerpo en el punto en que las alas se unían a los hombros, eran pequeñas y blandas, casi del tamaño de un pulgar. Cogí una y tiré de ella hasta arrancarla, con lo que sentí un dolor tan tremendo que me hizo lagrimear. Contemplé la pluma en mi mano con detenimiento, tratando de hacerme a la idea de que procedía de mi propio cuerpo. La pluma permaneció en la palma de mi mano por un instante, y luego, lentamente, empezó a disolverse, como si se evaporase en el aire, hasta que no quedó nada de ella.

Tenía alas. Tenía plumas. Tenía sangre angelical en mis venas.

¿Y ahora qué me espera?, me pregunté. ¿Aprender a volar? ¿Estar colgada en una nube rasgueando un arpa? ¿Recibiré mensajes de Dios? El pavor se expandió en mi estómago. Nuestra familia no es lo que se podría decir religiosa, aunque yo siempre había creído en Dios. Pero ahora estaba aprendiendo que hay una gran diferencia entre creer en Dios y saber que existe y que al parecer tiene un gran plan maestro para mi vida. Era cuando menos estrafalario. Mi comprensión del universo y mi lugar en él se habían vuelto del revés en menos de veinticuatro horas.

No sabía cómo hacer para que las alas volvieran a desaparecer, así que las plegué contra mi espalda todo lo que pude y me acosté, colocando los brazos de modo que pudiera tocarlas debajo de mi cuerpo. La casa estaba en silencio. Era como si toda la población de la tierra estuviese dormida. Todos los demás seguían siendo los mismos, y yo había cambiado. Todo lo que podía hacer aquella noche era quedarme allí tumbada con este conocimiento, sobrecogida y asustada, acariciando mis plumas suavemente, a la espera del sueño.

5

Bozo

Christian y yo sólo somos compañeros en una clase, así que llamar su atención no es tarea fácil. Todos los días en Historia Británica intento escoger un sitio para estar cerca de él. Y en el lapso de dos semanas hasta ahora los astros se han conjurado tres veces para que él se siente a mi lado. Le sonrío y le digo hola. Él me sonríe y me dice qué tal. Por un instante parece haber un magnetismo innegable entre nosotros, como entre dos imanes. Pero luego él abre su cuaderno o echa un vistazo a su móvil por debajo de la mesa, lo que significa que nuestra agradable comunicación se ha terminado. Es como si en esos escasos segundos cruciales uno de los imanes se diera la vuelta para repeler al otro. No actúa de forma descortés ni nada parecido; simplemente no parece estar del todo interesado en conocerme. ¿Y por qué debería estarlo? Él no tiene ni idea del futuro que nos espera.

Así que durante una hora al día lo observo en secreto, tratando de memorizar todo cuanto puedo, sin saber muy bien qué podría resultarme útil llegado el momento. Le gusta llevar la camisa abrochada y arremangada hasta los codos, y el mismo modelo de tejanos en tonos ligeramente distintos, azul y negro. Utiliza cuadernos de papel reciclado y escribe con un bolígrafo verde. Cuando el profesor Erikson lo interroga casi siempre sabe la respuesta, y si no la sabe responde con un chiste, lo que significa que además de inteligente es modesto y divertido. Le gustan las pastillas de menta. A cada rato hurga en su bolsillo, saca una pequeña lata y se mete una pastilla de menta en la boca. Para mí eso significa que espera que lo besen.

Hablando de eso, se encuentra con Kay cada día a la salida de la clase. Como si ella hubiera reparado en la manera en que la chica nueva miraba a su hombre aquel primer día en la cafetería, y no quisiera exponerlo otra vez a lo mismo. De modo que sólo dispongo de los preciosos minutos previos a la clase, y hasta el momento nada de lo que he hecho ha obtenido una respuesta significativa por parte de Christian. Pero mañana es el día de las camisetas. Necesito una camiseta que inicie una conversación.

—No te estreses —dice Wendy mientras hago un desfile de camisetas para ella. Está sentada en el suelo de mi habitación, junto a la ventana, las piernas recogidas, la viva imagen de una buena amiga asesorando en cuestiones de moda.

—¿Qué tal una de un grupo? —pregunto. Le enseño una negra de una gira de las Dixie Chicks.

—Ésa no.

—¿Por qué?

—Hazme caso.

Elijo una de mis favoritas, verde con una imagen de Elvis que compré en un viaje a Graceland hace algunos años. Un Elvis joven, un Elvis soñador, inclinado sobre su guitarra.

Wendy responde con un ruido evasivo.

Le enseño una camiseta rosa que pone: TODO EL MUNDO ADORA A UNA CHICA DE CALIFORNIA. Ésta podría ser la ganadora, una oportunidad para resaltar lo que Christian y yo tenemos en común. Pero al mismo tiempo desentonará con mi pelo naranja.

Wendy se mofa.

—Creo que mi hermano tiene pensado ponerse una camiseta que dice: VUELVE A CALIFORNIA.

—Sinvergüenza. ¿Qué problema tiene con California?

Ella se encoge de hombros.

—Es una larga historia. En resumen, mi abuelo era el dueño del Lazy Dog Ranch, y ahora está en manos de gente rica de California. Mis padres sólo lo dirigen, y mi hermano está furioso. Por otro lado, tú insultaste a su Bluebell.

—¿Bluebell?

—Aquí no puedes faltarle el respeto a la camioneta de un hombre sin sufrir consecuencias.

Me eché a reír.

—Bueno, ya debería haberlo olvidado. Ayer intentó humillarme en la clase de Historia Británica. Resulta que estoy allí concentrada en mis cosas, tomando apuntes como una buena chica, y de la nada Tucker levanta la mano y me acusa de ser una bruja.

—No me extraña viniendo de él —reconoce Wendy.

—Todos tenían que votar sobre qué hacer conmigo. Me salvé de milagro por ser una monja. Obviamente tendré que devolverle el favor.

Christian, lo recuerdo felizmente, votó en contra de que me quemaran. Claro que su voto no cuenta mucho puesto que es un siervo. Pero aun así, él no quería verme muerta, ni siquiera en teoría. Y eso debería contar para algo.

—Bien sabes que eso sólo servirá para darle alas a mi hermano, ¿verdad? —advierte Wendy.

—Eh, yo sé cómo manejarme con Tucker. Además, hay un premio para los alumnos que duran todo el semestre. Y yo soy una superviviente.

Ahora le toca reírse a Wendy.

—Sí, en fin, Tucker es así.

—No puedo creer que compartieras útero con él.

Sonríe.

—Hay momentos en los que yo tampoco me lo creo —dice—. Pero es un buen chico. Sólo que a veces lo esconde.

Se queda mirando por la ventana, sus mejillas se sonrojan. ¿Acaso se ha molestado? ¿Le preocupa Tucker a pesar de bromear con lo pesado que es? Supongo que puedo comprenderlo. Yo misma puedo burlarme de Jeffrey todo lo que quiera, pero si alguien tiene un problema con mi hermanito será mejor que se cuide.

—¿Entonces, qué te parece la de Elvis? Me estoy quedando sin opciones.

—Sí, claro. —Se reclina contra la pared y estira los brazos

sobre su cabeza, como si la conversación la hubiese agotado—. En realidad, nadie se fija.

—Bueno, claro, tú porque llevas viviendo aquí toda la vida —le recuerdo—. Ya te han aceptado. Yo tengo la sensación de que al primer movimiento en falso saldré del instituto perseguida por una multitud enfurecida.

—Oh, no exageres. Te aceptarán. Yo ya te he aceptado, ¿no crees?

Y tanto. Después de dos semanas sigo almorzando en la mesa de las Invisibles.

Hasta el momento he identificado dos grupos en el Jackson Hole High: los Ricos (la gente guapa, perteneciente a las familias adineradas del lugar, cuyos padres poseen restaurantes, galerías de arte y hoteles), y los Pobres (que conforman una minoría menos visible, hijos de padres que trabajan para la gente rica de Jackson Hole). Para apreciar la enorme diferencia entre ambos bandos sólo hay que desplazar la mirada desde Kay, con toda la perfección de su peinado y sus uñas bien cuidadas, hasta Wendy, que, pese a ser indiscutiblemente bonita, suele llevar una trenza en el pelo a lo largo de la espalda y sus uñas carecen de brillo y parecen mal recortadas.

¿Y dónde encajo yo?

Rápidamente empiezo a entender que nuestra enorme casa con vistas a las montañas significa que tenemos mucho dinero, algo de lo que mamá nunca nos habló en California. Aparentemente estamos forrados. Sin embargo, mamá no nos crio en la abundancia. Ella, que vivió la Gran Depresión, insiste en que Jeffrey y yo ahorremos una parte de nuestra paga semanal, nos obliga a comernos hasta la última miga del plato, nos zurce los calcetines y nos remienda la ropa, y baja la calefacción al mínimo porque siempre podemos ponernos otro jersey.

—Sí, tú me has aceptado, pero todavía no entiendo por qué —le contesto a Wendy—. Supongo que eres un bicho raro. Eso, o estás tratando de convertirme a tu religión equina secreta.

—Caray, me has pillado —dice de manera teatral—. Has frustrado mi plan perverso.

—¡Lo sabía!

Wendy me cae bien. Es una chica especial y amable, y definitivamente una buena persona. Me ha salvado de ser etiquetada como una friki o una solitaria, y también me ha evitado la pena de extrañar a mis antiguos amigos de California. Cada vez que les llamo es como si ya no tuviéramos mucho de qué hablar ahora que no estoy allí. Está claro que sus vidas han continuado sin mí.

Pero no puedo pensar en eso o en si soy parte de los Ricos o los Pobres. Mi verdadero problema no tiene que ver con ser rica o pobre, sino con el hecho de que los estudiantes del Jackson Hole High se conocen desde el parvulario. Hace años que formaron sus camarillas. Y aunque por naturaleza tiendo a juntarme con la gente más modesta, Christian es uno de los guapos, y es entre ellos donde tengo que estar. Pero hay algunos obstáculos. Patentes y enormes. El primero es el almuerzo. La gente guay normalmente sale a comer fuera del campus. Por supuesto. Si tuvieses dinero y coche, ¿te quedarías a comer un filete de pollo frito? Creo que no. Yo tengo dinero, y también un coche, pero en la primera semana de clase hice un trompo de 180 grados en la carretera cubierta de hielo camino del colegio. Jeffrey dijo que el pequeño trompo en medio de la autopista fue mejor que cualquier experiencia en un parque de atracciones. Ahora cogemos el autobús, por lo que no puedo salir del campus a la hora de comer a menos que alguien me lleve en coche, y no es que la gente haga cola para ofrecérmelo. Lo que me lleva al segundo obstáculo: al parecer soy tímida, al menos cuando estoy con gente que no me presta mucha atención. En California nunca lo había notado. En mi antiguo colegio nunca tuve la necesidad de ser extrovertida; allí mis amigos gravitaban naturalmente a mi alrededor. Aquí la historia es completamente distinta, aunque eso en gran medida se debe al obstáculo número tres: Kay Patterson. Es difícil hacer amigos cuando la chica más popular del instituto te tiene entre ceja y ceja.

A la mañana siguiente Jeffrey entra en la cocina con una camiseta que dice: SI LOS IDIOTAS PUDIERAN VOLAR, ESTE SITIO SERÍA UN AEROPUERTO. Sé que en el instituto a todos les parecerá divertido y nadie se ofenderá, porque él cae bien a la gente. Así de simples son las cosas para Jeffrey.

—Eh, ¿cómo te encuentras hoy para conducir? —me pregunta—. No tengo ganas de caminar hasta la parada del autobús. Hace mucho frío.

—¿Y tienes ganas de morir?

—No me importaría. Me gusta arriesgar mi vida. Te hace ver las cosas en perspectiva.

Le lanzo mi bollo y él lo atrapa al vuelo. Miro la puerta cerrada del despacho de mamá. Jeffrey me sonríe esperanzado.

—Vale —le contesto—. Voy a calentar el coche.

—¿Lo ves? —me dice mientras circulamos lentamente por el largo camino al instituto—. Le vas cogiendo el tranquillo a esto de conducir sobre la nieve. Pronto serás toda una profesional.

Se muestra sospechosamente encantador.

—Vale, dime qué pasa —lo apremio—. ¿Qué es lo que quieres?

—He entrado en el equipo de lucha libre.

—¿Cómo lo has conseguido si las pruebas fueron en noviembre?

Se encoge de hombros, como si no le diera importancia.

—Desafié al mejor luchador del equipo y le gané. Es un colegio pequeño. Necesitan competidores.

—¿Mamá lo sabe?

—Le he dicho que estoy en el equipo. No le hizo mucha ilusión. Pero no puede prohibirnos todas las actividades escolares, ¿no te parece? Estoy harto de este rollo de no llamar la atención y de evitar que la gente piense que somos diferentes. Lo que digo es que no creo que por ganar un combate de lucha libre alguien vaya a pensar: quién es este chico, es un luchador excelente, debe de ser un ángel.

—Ya —asentí algo inquieta. Porque mamá no es de las que impone reglas porque sí. Su prudencia debe de tener una explicación.

—La cuestión es que necesito que alguien me lleve a los entrenamientos —dice moviéndose incómodo en el asiento.

Por un instante sólo se oye el calentador soplando a través de nuestras piernas.

—¿A qué hora? —pregunto finalmente. Me preparo para recibir malas noticias.

—Por la mañana, a las cinco y media.

—Ja.

—Oh, vamos.

—Pídeselo a mamá.

—Me ha dicho que si insisto en estar en el equipo de lucha tendré que encontrar a alguien que me lleve a entrenar. Hacerme responsable de mí mismo.

—Pues eso mismo, buena suerte —me río.

—Por favor. Será sólo por unas semanas. Para entonces mi compañero Darrin ya habrá cumplido los dieciséis y pasará a recogerme.

—Mamá estará encantada.

—Venga, Clara. Me lo debes —dice tranquilamente.

Se lo debo. Es por mi culpa que su vida está patas arriba. Aunque no parece que esté sufriendo mucho.

—Yo no te debo nada —le replico—. Pero... está bien. Seis semanas como máximo, y después tendrás que conseguirte un nuevo chófer.

Parece verdaderamente feliz. Puede que estemos camino de llevarnos mejor, él y yo, como en los viejos tiempos. Redención, ¿no es así como lo llaman? Seis semanas madrugando no parece ser un precio muy alto a cambio de que deje de odiarme.

—Pero con una condición —le digo.

—¿Cuál?

Pongo mi CD de Kelly Clarkson.

—Escucharemos mi música.

Wendy lleva una camiseta en la que se lee: LOS CABALLOS SE COMIERON MIS DEBERES.

—Eres adorable —le susurro mientras tomamos asiento en

la clase de Literatura. Su actual pretendiente, Jason Lovett, está mirando en dirección a nosotras desde el otro extremo del aula—. No te des la vuelta ahora, pero el Príncipe Azul no para de mirarte.

—Cierra el pico.

—Espero que sepa montar, porque supongo que tú estás dispuesta a cabalgar con él hasta que se ponga el sol.

Suena el timbre y el profesor Phibbs se planta deprisa al frente de la clase.

—Diez puntos extra de crédito al alumno que identifique correctamente la cita que llevo en mi camiseta —anuncia. Pone la espalda recta y echa los hombros hacia atrás para que podamos leer las palabras escritas en su pecho. Todos nos inclinamos hacia delante con los ojos entrecerrados para distinguir las letras pequeñas: SI ALGO NOS ENSEÑA LA CIENCIA ES A ACEPTAR NUESTROS FRACASOS, ASÍ COMO NUESTROS ÉXITOS, CON TRANQUILA DIGNIDAD Y ELEGANCIA.

Fácil. Acabamos el libro la semana pasada. Miro alrededor, pero no hay manos levantadas. Wendy procura evitar el contacto visual con el profesor Phibbs para que no la interrogue. Jason Lovett procura establecer un contacto visual con Wendy. Angela Zerbino, que normalmente suele tener la respuesta correcta, está distraída garabateando en su cuaderno, probablemente componiendo algún retorcido poema épico acerca de la injusticia de su vida. Alguien en el fondo del aula se suena la nariz, y otra chica empieza a repiquetear las uñas sobre su pupitre, pero nadie responde.

—¿Alguien lo sabe? —pregunta el profesor Phibbs, cabizbajo.

Se ha desvivido por tener lista su camiseta para hoy, y ninguno de sus alumnos de Literatura es capaz de reconocer un pasaje del libro que acaban de estudiar.

A la porra. Levanto la mano.

—¿Señorita Gardner? —dice el profesor Phibbs animándose.

—Sí, es de *Frankenstein*, ¿verdad? Lo irónico de la frase es que el doctor Frankenstein la pronuncia momentos antes de intentar estrangular al monstruo que había creado. Hasta ahí llega la dignidad, supongo.

—Sí, es muy irónico —ríe el profesor Phibbs. Anota mis diez puntos extra. Yo intento parecer contenta por eso.

Wendy desliza un trozo de papel sobre mi mesa. Espero un momento antes de desplegarlo. «Empollona —pone—. Adivina quién no ha venido a clase hoy.» Ha dibujado una cara sonriente en el margen. Contemplo la clase nuevamente. Compruebo que nadie está intentando perforarme la nuca con la mirada.

Kay está ausente.

Sonrío. Va a ser un día precioso.

—He traído el folleto del programa de prácticas en la veterinaria de la que te hablé —me dice Wendy cuando suena el timbre para el almuerzo. Me sigue mientras salgo al pasillo como una flecha, me apresuro a bajar las escaleras y me dirijo a mi taquilla. Tiene que correr para alcanzarme—. Eh, ¿te mueres de hambre o qué te pasa? —Se ríe mientras busco la combinación de mi cabina—. Hoy sirven albóndigas. Eso y las patatas al horno son los mejores platos del menú en todo el año.

—¿Qué? —Estoy distraída, escudriñando el mar de rostros en busca de unos ojos verdes familiares.

—Lo que te decía, las prácticas son en Montana. Alucinante, ¿no crees?

Allí. Allí está Christian, junto a su taquilla. A Kay no la veo por ningún lado. Se pone la chaqueta (la negra, de lana) y coge sus llaves. Un sobresalto de emoción se dispara en mi estómago.

—Creo que hoy voy a comer fuera —me apresuro a decir, cogiendo mi abrigo.

La boca de Wendy adopta una mueca de sorpresa.

—¿Has venido en coche?

—Sí, Jeffrey me ha liado para que le haga de chófer en las próximas seis semanas.

—Genial —dice ella—. Podemos ir a Bubba's. Tucker trabajaba allí, así que siempre me hacen descuento. La comida es buena, créeme. Cogeré mi abrigo.

Christian se va. No tengo mucho tiempo.

—En realidad, Wen, tengo una cita con el médico —digo vacilante, esperando que no me pregunte con qué médico.

—Oh —dice. Me doy cuenta de que no sabe si creerme o no.

—Sí, y no quiero llegar tarde. —Él ya está casi en la puerta. Cierro la taquilla y me vuelvo hacia Wendy, evitando mirarla a los ojos. Miento fatal. Pero ahora no hay tiempo para la culpa. Después de todo, esto tiene que ver con mi designio—. Te veré después del cole, ¿vale? Tengo que irme.

Y casi salgo corriendo hacia la puerta.

Tras salir del aparcamiento voy tras la camioneta plateada de Christian, guardando una distancia razonable para que no parezca que lo estoy siguiendo. Conduce hasta el Pizza Hut que está a dos calles del instituto. Se baja de la camioneta con un chico al que recuerdo vagamente de la clase de Literatura.

Planeo acercarme. Haré como que me los he encontrado por casualidad.

—Eh, chicos —le digo a mi reflejo en el retrovisor, fingiendo sorpresa—. ¿Qué hacéis por aquí? ¿Os importa si me siento con vosotros?

Y entonces él levantará la vista y me mirará con esos ojos verdes y me dirá que sí con esa voz un poco ronca, y me cederá su asiento en la mesa, y la silla aún conservará el calor de su cuerpo. Y de algún modo yo desataré mi lengua y diré algo sorprendentemente ingenioso. Y él por fin comprenderá quién soy.

No es un plan infalible, pero es todo lo que se me ocurre con tan poca antelación.

El sitio está a rebosar. Localizo a Christian en el fondo, apretujado en un reservado circular junto a otras cinco personas. Sin duda alguna no hay sitio para mí, y no hay manera de que me dé un paseo casual por el restaurante sin poner en evidencia de un modo patético mis intenciones. Nuevamente frustrada.

Encuentro una mesita en un rincón de delante, al otro lado del salón de juegos. Elijo la silla que está de espaldas a Christian y sus amigos para que no puedan verme la cara, aunque estoy segura de que si alguno de ellos me dirige más de una mirada curiosa reconocerá mi pelo anaranjado. Necesito un nuevo plan.

Mientras espero a que alguien venga a tomarme el pedido, Christian y dos de sus amigos se levantan y corren al salón de juegos como niños que salen al recreo. De repente tengo una vista despejada de los tres mientras se reúnen alrededor de un flíper, Christian en el medio echando monedas en la máquina. Mientras juega lo veo inclinarse hacia delante, frunciendo sus marcadas cejas en un gesto de concentración, sus dedos dando veloces golpes en ambos costados de la máquina. Lleva una camiseta de manga larga azul marino con una inscripción en letras blancas: ¿CUÁL ES TU SEÑAL?, y una tira blanca cruzándole el pecho con tres símbolos: un rombo negro, un cuadrado azul y un círculo verde. No tengo ni idea de qué significa.

—Oh, tío —gruñen los otros chicos como cavernícolas solidarios cuando a Christian se le escapa la bola, y no una, sino dos y hasta tres veces. Sin duda, el flíper no es su fuerte.

—¿Pero qué te pasa hoy, chaval? —pregunta el chico de mi clase, Shawn creo que se llama, el que tiene una obsesión malsana con su tabla de *snowboard*—. No estás concentrado. ¿Dónde están esos reflejos?

Durante un momento Christian no dice nada, sigue jugando. Luego refunfuña y se aparta de la máquina.

—Tengo mucho que hacer —dice.

—Sí, como prepararle una sopa de pollo a la pequeña Kay —se burla el otro chico.

Christian mueve la cabeza.

—Tú ríete, pero a las mujeres les encanta la sopa. Más que las flores. Créeme.

Intento reunir valor para acercarme a hablar con él. En California era un hecho conocido que podía jugar estupendamente al flíper. Seré la chica guay que borda los videojuegos. Mucho mejor que dejarme ver en esta mesa como un cachorro perdido. Es mi ocasión.

—Eh —dice Shawn mientras me pongo de pie para acercarme—. ¿Ésa no es Bozo?

«¿Quién?»

—¿Qué? —dice Christian—. ¿Quién es Bozo?

—Ya sabes, la chica nueva. La de California.

Lo triste es que tardo un buen rato en comprender que está hablando de mí. A veces es una mierda tener un oído sobrenatural.

—No te quita los ojos de encima, chaval —dice Shawn.

Aparto la vista de inmediato, mientras el nombre que acabo de oír me cae en el estómago como una piedra. Bozo. Como el payaso. Como que puedo ir olvidándome de enseñar mi cara (y mi pelo) en público por el resto de mi vida.

Y los golpes siguen cayendo.

—Tiene ojos saltones, ¿no? Como una lechuza —dice el otro chico—. Eh, Prescott, quizá te esté rondando. La tía está muy buena, pero es de las que desprenden vibraciones de chalada. Es penoso, ¿no crees?

Shawn se echa a reír a carcajadas.

—Chaval. Bozo *el Penoso*. Es el mejor mote que he oído en mi vida.

Sé que no intenta ser cruel conmigo; supone, como es normal, que no puedo oírle desde el otro lado del bullicioso restaurante. Pero escucho sus palabras como si estuviera hablando por un micrófono. Una ráfaga de calor me recorre el cuerpo desde la cabeza hasta los pies. Se me revuelve el estómago. Tengo que salir de aquí rápido, porque cuanto más tiempo me quede más probable es que vomite o que me eche a llorar. Y prefiero morirme antes de que me ocurra una de esas dos cosas delante de Christian Prescott.

—Cortad el rollo, chicos —murmura Christian—. Seguro que ha venido a comer.

Sí, sí, a eso he venido. Y ahora mismo me marcho.

Media hora más tarde, Historia Británica. Estoy sentada en el pupitre más alejado de la puerta. Intento no pensar en la palabra Bozo. Ojalá tuviese una capucha para cubrirme este pelo de payaso.

El profesor Erikson está sentado en el borde de la mesa, y lleva una camiseta negra de talla grande que dice: A LAS CHICAS LES CHIFLAN LOS HISTORIADORES.

—Hoy antes de empezar quiero asignarle a cada uno un compañero para los trabajos especiales que habrán de realizar —anuncia mientras abre su libreta de calificaciones—. Cada pareja deberá elegir un tema, todo vale mientras esté relacionado con la historia de Inglaterra, Gales, Irlanda o Escocia, y juntos lo investigarán a fondo durante los próximos meses, para finalmente hacer una presentación en clase sobre lo que han aprendido.

Alguien patea el respaldo de mi silla.

Me atrevo a mirar por encima de mi hombro. Tucker. ¿Cómo es que siempre acaba sentado detrás de mí?

Lo ignoro.

Vuelve a patear mi silla. Con fuerza.

—¿Cuál es tu problema? —susurro por encima de mi hombro.

—Tú.

—¿Podrías ser más específico?

Sonríe burlón. Reprimo el impulso de darme la vuelta y partirle el cráneo con mi grueso volumen de *La Historia Ilustrada de Gran Bretaña*. En cambio recurro al clásico:

—Para ya, ¿quieres?

—¿Algún problema, Hermana Clara? —pregunta el profesor Erikson.

Pienso en decirle que Tucker no puede mantener los pies quietos. Imagino a toda la clase volviéndose hacia mí, y eso es lo último que quiero que pase. Hoy no.

—Ninguno, sólo estoy entusiasmada por el proyecto.

—Me parece bien que la Historia le entusiasme —dice el profesor—, pero intente contenerse hasta que le haya asignado a su compañero, ¿de acuerdo?

«Que mi compañero no sea Tucker», rezo con más seriedad de lo que nunca he rezado. Me pregunto si las oraciones de los ángeles tienen más peso que las de la gente corriente. Tal vez si cerrara los ojos y deseara con toda mi alma que me tocara con Christian, el milagro se cumpliría. Entonces pasaríamos mucho tiempo juntos después de clase trabajando en nuestro proyecto, tiempo en el que Kay no podría interferir, tiempo en el que podría demostrarle que no soy Bozo *el Penoso* con ojos de lechuza, y finalmente haría algo bien.

«Que sea Christian —le imploro a los cielos—. Por favor —añado—, sólo por cortesía.»

A Christian le toca con el rey Brady.

—No olvides que eres un siervo —le dice Brady.

—No, señor —responde Christian con humildad.

—Y por último, he pensado que la Hermana Clara y la Señora Angela podrían conformar un dúo dinámico —dice el profesor Erikson—. Ahora les pido que se reúnan unos minutos con su compañero para planificar los horarios en que trabajarán juntos en el proyecto.

Trato de sonreír para ocultar mi decepción.

Como de costumbre, Angela está sentada en el frente de la clase. Me siento a su lado y acerco el pupitre.

—Elvis —dice ella fijándose en mi camiseta—. Qué bonito.

—Ah, gracias. A mí también me gusta lo que llevas.

Su camiseta es una copia de la famosa pintura de Bouguereau donde aparecen dos angelitos desnudos, el ángel masculino inclinándose hacia delante para besar al ángel femenino en la mejilla.

—Se parece a *Il Primo Bacio*, ¿no? *El primer beso.*

—Sí. Mi madre me lleva a ver a su familia en Italia todos los veranos. La compré en Roma por dos euros.

—Guay. —No sé qué otra cosa decir.

Observo su camiseta más de cerca. En el cuadro, las alas del ángel varón son diminutas y blancas. Parece muy poco probable que sea capaz de elevar su cuerpo rechoncho con esas alitas. El ángel femenino mira hacia abajo, como si no estuviera pendiente del beso. Parece más alta que el varón, más delgada, más madura. Sus alas son de un gris oscuro.

—He pensado que podríamos encontrarnos el lunes en el teatro de mi madre, el Liguero Rosa. Ahora mismo no están ensayando, así que tendremos un espacio enorme sólo para nosotras —dice Angela.

—Suena fenomenal —digo con una pizca de entusiasmo—. Entonces, ¿nos vemos el lunes después de clase?

—Tengo orquesta. Acabo a eso de las siete. ¿Qué te parece a las siete y media en el teatro?

—Genial —digo—. Allí estaré.

Se me queda mirando. Me pregunto si ella también me llama Bozo cuando está con sus amigas o con quien sea.

—¿Estás bien? —me pregunta.

—Sí, perdona. —Siento la cara ardiente y tirante, como si tuviera quemaduras de sol. Ensayo una sonrisa inexpresiva—. Estoy en uno de esos días, ya sabes.

Por la noche sueño con el fuego en el bosque. Es lo mismo de siempre: los pinos y los álamos, el calor, las llamas que se aproximan, Christian de espaldas, que las observa. Espirales de humo en el aire. Camino hacia él.

—Christian —lo llamo.

Se vuelve hacia mí. Su mirada se apodera de la mía. Abre la boca para decir algo. Sé que lo que diga será importante, otra pista, algo crucial para entender mi designio.

—¿Te conozco? —me pregunta.

—Vamos juntos al colegio —le recuerdo.

Nada.

—Estoy en tu clase de Historia Británica.

Sigue sin reaccionar.

—Mi primer día me llevaste a la enfermería. Me desmayé en el pasillo, ¿recuerdas?

—Oh, es verdad, ya me acuerdo —dice—. Recuérdame tu nombre.

—Clara. —No tengo tiempo para recordarle mi existencia. El fuego se acerca—. Tengo que sacarte de aquí —le digo cogiéndolo del brazo. No sé qué se supone que debo hacer. Sólo sé que tenemos que irnos.

—¿Qué?

—Estoy aquí para salvarte.

—¿Para salvarme? —pregunta incrédulo.

—Sí.

Sonríe, luego se lleva la mano a la boca y se echa a reír.

—Lo siento —dice—. Pero, ¿dices que tú me vas a salvar a mí?

—Es sólo un sueño —me consuela mamá.

Me sirve una taza de té de frambuesa y se sienta junto al mármol de la cocina, serena como siempre, aunque un poco cansada y despeinada, lo cual es razonable teniendo en cuenta que son las cuatro de la mañana y su hija la ha despertado.

—¿Azúcar? —me ofrece.

Niego con la cabeza.

—¿Cómo sabes que es un sueño?

—Porque siempre tienes la visión cuando estás despierta. Algunos la tenemos en sueños, pero tú no. Y porque me cuesta creer que Christian no recuerde tu nombre.

Me encojo de hombros. Luego, como de costumbre, se lo cuento todo. Le cuento que me siento atraída por Christian y que las pocas veces que hablamos en clase no sé qué decir. Le cuento sobre Kay, y mi brillante idea de seguir a Christian a la hora del almuerzo, y de cómo me había salido el tiro por la culata. Y le cuento lo de Bozo.

—¿Bozo? —dice con su sonrisa tranquila cuando ya he acabado de hablar.

—Sí. Aunque a uno se le ocurrió Bozo *el Penoso*. —Suspiro y bebo un sorbo de té. Me quemo la lengua—. Soy una friki.

Mamá me da un empujón en broma.

—¡Pero Clara, un chico ha dicho que estás muy buena!

—Pero también dijo que parecía una chalada.

—No te compadezcas tanto. Deberíamos pensar en los otros.

—¿En los otros?

—En los otros motes que podrían ponerte. Si los vuelves a oír tendrás una respuesta preparada.

—¿Qué?

—Cabeza de calabaza.

—Cabeza de calabaza —repito lentamente.

—Ése era un insulto serio cuando yo era niña.

—¿Allá por 1900?

Me sirve más té.

—A mí muchas veces me llamaban Cabeza de Calabaza. También Annie *la Huerfanita*, muy popular en aquellos tiempos. Y Maggot. Odiaba cuando me llamaban Maggot.

Es difícil imaginármela como una niña, menos aún como la niña con la que los otros chicos se metían. Me hace sentir un poco (pero sólo un poco) mejor con mi mote de Bozo.

—Vale, ¿se te ocurre algo más?

—Veamos. Zanahoria. Ése es otro muy común.

—Ése ya se le ha ocurrido a alguien.

—Oh. Pues entonces, Pippi *Calzaslargas*.

—Ya lo tengo —me echo a reír—. ¡Qué pasa, Cerilla!

Y continuamos en esta línea, hasta que nos da la risa histérica y Jeffrey aparece en la puerta de la cocina, mirándonos con odio.

—Perdona —dice mamá, riéndose todavía como una tonta—. ¿Te hemos despertado?

—No. Tengo entrenamiento. —Pasa junto a nosotras arrastrando los pies camino de la nevera, coge el zumo de naranja, se sirve un vaso, se lo bebe en tres tragos y deja el vaso sobre el aparador mientras nosotras tratamos de calmarnos.

No puedo evitarlo. Le digo a mamá:

—Oye, ¿tú eres miembro de la familia Weasley?

—Ésa es buena. Te felicito, Galleta de Jengibre —replica.

—No sé a qué te refieres. Pero tú fijo que tienes «jengibritis».

Y volvemos a reírnos como un par de hienas.

—Vosotras dos tenéis que pensar seriamente en reducir la cafeína. No te olvides, Clara, en veinte minutos tienes que llevarme —dice Jeffrey.

—Eso está hecho, hermanito.

Sube las escaleras. Nuestra risa finalmente se apaga. Me seco las lágrimas. Me duelen los carrillos.

—Eres la monda, ¿lo sabías? —le digo a mamá.

—Ha sido divertido —añade—. Hacía mucho que no me reía tanto.

Se hace el silencio.

—¿Cómo es Christian? —me pregunta a la ligera, como si se tratara de una conversación trivial—. Sé que es atractivo y que al parecer tiene un poco de complejo de héroe, pero ¿cómo es? Nunca me lo has dicho.

Me ruborizo.

—Yo qué sé. —Me encojo de hombros, incómoda—. Es todo un misterio, y parece que es mi trabajo desvelarlo. Hasta la camiseta que llevaba hoy parecía escrita en clave. Decía: ¿CUÁL ES TU SEÑAL?, y debajo había un rombo negro, un cuadrado azul y un círculo verde. No tengo ni idea de qué significa.

—Hummm... —dice mamá—. Sí que es un misterio.

Enseguida se mete en su despacho, y al cabo de unos minutos sale con un folio impreso de internet. Mi madre de cien años aparentemente puede con el Google como la mejor.

—Esquí —anuncia triunfal—. Los símbolos están fijados a modo de señales en la cima de las pistas para indicar el grado de dificultad de la pendiente. Un rombo negro significa que es difícil, el nivel intermedio está señalado por un cuadrado azul, y el círculo verde supuestamente indica que es fácil. Es esquiador.

—Esquiador —repito—. ¿Lo ves? Ni siquiera sabía eso. Sé que es zurdo para escribir, que su colonia es *Obsession*, que hace dibujitos en los márgenes del cuaderno cuando se aburre en clase. Pero no lo conozco. Y él no sabe nada de mí.

—Eso cambiará —dice mamá.

—¿Cambiará? ¿Se supone que tengo que llegar a conocerlo? ¿O simplemente salvarlo? No dejo de preguntarme por qué. ¿Por qué a él? Quiero decir, hay gente que muere en incendios forestales. Quizá no sean muchos, pero mueren algunos cada año, estoy segura. Entonces, ¿por qué me envían aquí para salvarle? ¿Y si no puedo? ¿Qué pasará entonces?

—Clara, escúchame. —Mamá se inclina hacia delante y me coge las manos. Sus ojos ya no brillan. Los iris se han oscurecido hasta volverse casi púrpuras—. No se te envía a realizar una misión que no estés preparada para cumplir. Y Christian no es un chico elegido al azar con el que tienes que encontrarte sin razón alguna. Para todo esto hay una razón.

—¿Crees que Christian podría ser alguien importante, que algún día podría llegar a presidente o encontrar la cura para el cáncer?

Mamá sonríe.

—Él es sumamente importante —dice—. Lo mismo que tú.

Me gustaría creerle.

6

A esquiar se ha dicho

El domingo por la mañana vamos a Teton Village, una famosa estación de esquí a pocos kilómetros de Jackson. Jeffrey duerme en el asiento trasero. Mamá parece cansada, probablemente porque lleva muchas noches trabajando hasta tarde y conversando con su hija a altas horas de la madrugada.

—Tenemos que girar antes de llegar a Wilson, ¿correcto? —pregunta aferrada al volante, las manos en la posición de las diez y diez, entrecerrando los ojos a través del parabrisas como si el sol le dañara la vista.

—Sí, en el kilómetro 380 a la derecha.

—En el 390 —dice Jeffrey sin abrir los ojos.

Mamá se pellizca la nariz, pestañea y vuelve a posar las manos firmes sobre el volante.

—¿Qué te ocurre hoy? —le pregunto.

—Me duele la cabeza. Un proyecto de trabajo que no está saliendo como esperaba.

—Estás trabajando demasiado. ¿Qué proyecto es ése?

Al llegar al kilómetro 390 gira con cuidado.

—¿Y ahora?

Consulto el mapa de internet que he impreso esta mañana.

—Sigue recto unos cinco kilómetros hasta llegar a la pista que está a la izquierda. No tiene pérdida.

Seguimos durante unos minutos, pasando por delante de restaurantes, comercios y algunas cabañas para turistas. De repente aparece a un costado la estación de esquí, la montaña que se eleva por detrás dividida en amplios senderos blancos que se abren paso entre los árboles, el telesquí que asciende hasta la cima. De arriba abajo parece peligrosamente cmpinada. Empinada como el mismísimo Everest.

Jeffrey se incorpora para ver mejor.

—Qué pasada de montaña —dice como si quisiera bajarse ya mismo del coche. Mira su reloj—. Date prisa, mamá. ¿Tienes que conducir como una abuelita?

—¿Necesitas dinero? —pregunta mamá, ignorando el comentario—. Le he dado algo a Clara para las clases.

—No quiero clases. Sólo quiero llegar antes del próximo milenio.

—Déjalo ya, pesado —le digo—. Llegaremos cuando lleguemos. Falta menos de un kilómetro.

—Deberías dejarme aquí. Llegaría antes andando.

—Eh, va por los dos, nada de llamar la aten... —empieza a decir mamá, pero en ese instante resbalamos sobre el hielo. Ella pisa el freno y nos deslizamos de costado, cogiendo velocidad.

Mamá y yo gritamos cuando el coche da un viraje brusco para salirse del camino y se estrella contra un banco de nieve. Acabamos en el borde de un prado pequeño. Mamá, temblorosa, respira hondo.

—Tú eras la que decía que nos lo pasaríamos bomba en invierno —le recuerdo.

—Genial —dice Jeffrey con sarcasmo. Se desabrocha el cinturón de seguridad y abre la puerta. El coche descansa sobre unos setenta centímetros de nieve. Jeffrey vuelve a mirar su reloj—. Ha sido genial.

—¿Llegas tarde a una reunión importante o qué? —le pregunto.

Me lanza una mirada furiosa.

—Ah, ya sé —insisto—. Has quedado con una chica. ¿Cómo se llama?

—No es asunto tuyo.

Mamá suspira y pone la marcha atrás. El coche retrocede dos palmos y las ruedas empiezan a dar vueltas. Ella pone la primera y lo intenta de nuevo. No hay suerte. Estamos atasca-

dos. En un banco de nieve. A la vista de todo el cerro de esquí.
No podría ser más humillante.

—Podría bajar y empujar —dice Jeffrey.

—Espera —dice mamá—. Ya vendrá alguien.

En ese momento una camioneta para al costado del camino.
Un chico se apea y atraviesa la nieve hacia nosotros. Mamá baja
la ventanilla.

—Vaya, vaya, vaya, pero qué tenemos aquí —dice el muchacho.

Me quedo boquiabierta. Tucker se inclina sobre la ventanilla, con una sonrisa de oreja a oreja.

Oh, sí, claro que podría ser más humillante.

—Hola, Zanahoria —dice—. Jeff.

Saluda a mi hermano con una inclinación de cabeza, como
si fueran buenos amigos. Jeffrey le devuelve el gesto. Mamá le
sonríe.

—Creo que no nos conocemos. Soy Maggie Gardner.

—Tucker Avery —contesta.

—Eres el hermano de Wendy.

—Así es, señora.

—Una ayudita no nos vendría mal —dice ella muy amablemente, mientras yo me hundo en el asiento y pienso que ojalá
estuviese muerta.

—Claro. Sólo un momento.

Echa una carrera hasta la camioneta y regresa con dos cables
de remolque, que rápidamente engancha en la parte de abajo del
coche, como si ya lo hubiera hecho un millón de veces. Vuelve
a montarse en la camioneta, aparca delante de nosotros y engancha los cables a su vehículo. A continuación nos remolca lentamente hasta el camino. En total ha tardado unos cinco minutos.

Mamá sale del coche. Me hace un gesto para que yo también
baje. La miro como si estuviera loca, pero ella insiste:

—Tienes que darle las gracias.

—Mamá.

—Hazlo.

—Está bien. —Salgo del coche. Tucker está de rodillas en el
suelo, desenganchando los cables de su camioneta. Levanta la

vista hacia mí y vuelve a sonreír, dejando asomar un hoyuelo en su mejilla.

—Por si no te lo crees, mi camioneta oxidada acaba de remolcarte de un banco de nieve.

—Muchas gracias —dice mamá. Me mira fijamente.

—Sí, gracias —digo apretando los dientes.

—A mandar —dice cordialmente, y en ese momento me doy cuenta de que Tucker cuando quiere puede ser encantador.

—Y saluda a Wendy de nuestra parte —añade mamá.

—Lo haré. Encantado de conocerla, señora. —Si llevara su sombrero de cowboy, ahora mismo se tocaría el ala. Se monta otra vez en la camioneta y se marcha sin decir una palabra más.

Miro hacia el cerro de esquí, la misma dirección de la que vino Tucker, reconsiderando toda esta idea de venir a esquiar.

Pero Christian es esquiador, pienso luego. Pues a esquiar se ha dicho.

Quince minutos más tarde estoy en la zona donde los alumnos se encuentran con sus instructores, la cual está llena de niños gritones con cascos y gafas. Me siento completamente fuera de mi elemento, como un astronauta a punto de dar el primer paso en un planeta alienígena. Llevo unos esquís alquilados, unas botas alquiladas que son incómodas y me aprietan y me hacen caminar de un modo extraño, además de alguna que otra prenda para la nieve que me puse tras dejar que mi madre me convenciera. Accedí a ponerme las gafas, y guardé el poco favorecedor gorro de lana en el bolsillo de la chaqueta, pero lo que es del cuello para abajo cada centímetro de mi piel está cubierto y acolchado. No sé si puedo moverme, mucho menos esquiar. Mi instructor, que supuestamente tenía que encontrarse conmigo a las nueve en punto, ya lleva cinco minutos de retraso. Acabo de ver al pesado de mi hermano saltar del telesquí con una facilidad pasmosa y abrirse camino cuesta abajo a los pocos minutos, como si hubiera nacido sobre una tabla de *snowboard*, con la chica rubia a su lado. La vida es un asco. Tengo el culo y los pies helados.

—Perdona el retraso —dice una voz grave a mis espaldas—. Tuve que remolcar a unos californianos que se quedaron atascados en un banco de nieve.

No puede ser cierto. El destino no puede ser tan cruel. Me doy la vuelta para encontrarme con los ojos azules de Tucker.

—Qué afortunados —respondo.

Se relame, como si intentara no echarse a reír. Parece que está de buen humor.

—Así que te dedicas a rescatar a idiotas de la nieve y a enseñarles a esquiar.

Se encoge de hombros.

—A cambio recibo un pase para toda la temporada.

—¿Se te da bien esto?

—¿Lo de rescatar a idiotas de la nieve? Soy el mejor.

—Ja, ja. Divertidísimo. No, lo de enseñarles a esquiar.

—Pronto lo sabrás.

Empieza directamente con la lección sobre cómo mantener el equilibrio, posicionar los esquís, girar y frenar. Me trata como a cualquier otro alumno, lo que me parece bien. Hasta me relajo un poco. Al fin y al cabo parece bastante sencillo.

Hasta que me dice que me coja el telesquí.

—Es fácil. Sólo agárrate y déjate remolcar cuesta arriba. Cuando llegues a la cima, te sueltas.

Aparentemente me toma por una retrasada. Avanzo torpemente hacia la cola, arrastrando los pies, hasta llegar al cable negro grasiento. Me agacho y lo cojo. Me da una sacudida en los brazos, avanzo dando tumbos y estoy a punto de caerme, pero de algún modo consigo alinear los esquís y enderezarme y dejarme remolcar cuesta arriba. Lanzo una mirada atrás para ver si Tucker se está riendo. Pero no. Mira como un juez olímpico listo para tomar nota en la tarjeta de resultados. O como un chico a punto de presenciar un accidente terrible.

En la cima suelto el cable y lucho por apartarme antes de que el niño de atrás se estrelle contra mí. Me quedo de pie un momento mirando hacia abajo. Tucker espera al pie de la colina. No es una pendiente empinada, y no hay árboles en el medio, lo cual me alivia. Pero detrás de Tucker la bajada continúa pasando por el telesquí, la cabaña, la hilera de tiendas, hasta llegar al aparcamiento. De repente me imagino tirada en el suelo con medio cuerpo debajo de un coche.

—¡Vamos! —me grita Tucker—. La nieve no hace daño.

Cree que estoy asustada. Vale, lo estoy, pero la idea de que Tucker piense que soy una gallina me hace apretar los dientes con determinación. Coloco los esquís formando una V, tal como él me ha enseñado. Y me doy impulso.

Siento una ráfaga de aire frío en la cara, que me enreda el pelo y lo hace ondear como una bandera detrás de mi cabeza. Hago un poco de presión sobre uno de mis pies y me deslizo ligeramente hacia la izquierda. Lo intento de nuevo, esta vez arqueándome hacia la derecha. Oscilando de un lado a otro voy bajando la cuesta. Avanzo en línea recta durante un tramo, cogiendo velocidad, y vuelvo a intentarlo. Es fácil. Mientras me voy acercando a Tucker reparto el peso equitativamente sobre ambos pies y separo un poco las puntas de los esquís que forman la V. Ya he frenado. Pan comido.

—Tal vez podría intentarlo del otro modo —digo—. Con los esquís rectos.

Me mira fijamente, frunciendo el entrecejo, sin rasgos de buen humor.

—Supongo que quieres que me crea que ésta es tu primera vez.

Observo su expresión ceñuda, de asombro. ¿Seguro que no esperaba que me estrellase? Me doy la vuelta y miro a los demás principiantes. Parecen una bandada de patitos confundidos, tratando de no chocar entre sí. Se dejan caer más de lo que chocan.

Ahora debería mentirle a Tucker, decirle que no es mi primera vez. Sería lo más discreto. Pero no quiero mentirle a otro Avery esta semana.

—¿Vuelvo a intentarlo?

—Sí —dice—. Creo que deberías volver a intentarlo.

Esta vez sube detrás de mí, y cuando bajo esquiando él está justo a mi lado. Me pone tan nerviosa que estoy a punto de caerme, pero enseguida pienso en lo humillante que sería venirse abajo delante de Tucker, y consigo recuperar el equilibrio. Cuando llegamos al pie de la cuesta me pide que volvamos a lanzarnos, esta vez al estilo clásico (con los esquís en paralelo), lo que me resulta mucho más atractivo. Es más elegante y divertido.

—Llevo dos años como instructor —dice después del quinto descenso—, y es la primera vez que alguien consigue no caerse durante toda la hora de clase.

—Tengo buen equilibrio —argumento—. Antes bailaba. En California. Hacía ballet.

Me mira entornando los ojos, como si no entendiera por qué iba a mentirle, a menos que quisiera presumir. O tal vez se ha quedado perplejo ante la prueba de que algunas urbanitas de California sirven para algo más que para ir de compras.

—Bueno, esto es todo —anuncia—. La clase ha terminado.

Se da media vuelta y enfila hacia la cabaña.

—¿Qué hago ahora? —le grito.

—Coge un telesilla —contesta y se aleja esquiando.

Durante un rato me quedo de pie al costado de la cola de principiantes que se montan en los telesillas, y los observo. Parece sencillo. Es una cuestión de sincronización. Ojalá Tucker no hubiera reaccionado como un gilipollas. Me vendría bien un instructor para esto.

Finalmente me decido. Me pongo en la cola. Cuando estoy llegando delante un empleado me agujerea el tique.

—¿Vas sola? —me pregunta.

—Sí.

—¡Una chica sola! —grita hacia el fondo de la cola—. ¡Aquí tenemos a una chica sola!

Muy embarazoso. Ojalá llevara puestas las gafas de esquiar.

—Muy bien —dice el tipo del telesilla, indicándole a alguien que pase. Cuando el hombre me hace señas me acerco arrastrando los pies, coloco mis esquís en posición, miro por encima del hombro y observo con nerviosismo la silla balanceándose en dirección a mí. Me golpea en la parte posterior de las piernas.

Tomo asiento, y la silla me levanta en el aire. Al instante ya estoy elevándome sobre la ladera de la montaña, oscilando suavemente. Suspiro aliviada.

No ha estado mal, ¿eh?

Me vuelvo para ver a mi acompañante. De golpe me quedo sin aliento.

Estoy compartiendo el telesilla con Christian Prescott.

—Hola —le digo.

—Hola, Clara —responde.

Recuerda mi nombre. Sólo fue un sueño. Un sueño estúpido.

—Bonito día para esquiar, ¿no crees? —dice.

—Sí. —Siento en los oídos el ritmo alocado de mi corazón. Se le ve a gusto en el telesilla. Con su chaqueta verde y sus pantalones negros de esquí, las gafas ceñidas sobre su gorro negro y una braga de cuello de lana parece el esquiador ejemplar. Sus ojos combinan magníficamente con su chaqueta, verde esmeralda. Está tan cerca que puedo sentir el calor que irradia su cuerpo.

—¿Estabas en Pizza Hut el otro día? —pregunta.

Tenía que mencionarlo. Me ruborizo en el acto. Puede que ahora mismo esté mirando mi pelo y pensando en Bozo. Bozo el payaso. ¿Por qué diablos no llevo puesto mi estúpido gorro sobre mi estúpido pelo?

—Sí, puede ser —tartamudeo—. Quiero decir, estaba allí. Yo... quizá tú me viste. Supongo que me viste, ¿no? Quiero decir, yo sí que te vi.

—Tendrías que haberte acercado a saludar.

—Supongo que sí. —Miro hacia el suelo que pasa a toda velocidad bajo nuestros pies, buscando un tema de conversación. Lleva unos esquís negros muy bonitos, ligeramente curvados, muy diferentes a los míos.

—¿No haces *snowboard*? —pregunto.

—Sí —responde—. Pero sobre todo esquí. Estoy en el equipo de competición. ¿Quieres un Jolly Rancher?

—¿Un qué?

Sujeta los bastones debajo del muslo y se quita los guantes.

Abre la cremallera del bolsillo de su chaqueta, mete la mano y saca un puñado de caramelos macizos.

—Siempre llevo de éstos cuando esquío.

De pronto tengo la boca increíblemente seca.

—Claro, cogeré uno.

—¿Picantes o de cereza?

—Picantes.

Le quita el envoltorio a un caramelo y se lo mete a la boca. Me pasa otro. Ni siquiera puedo cogerlo con mis enormes guantes.

—Déjame a mí. —Le quita el envoltorio al caramelo y se inclina hacia mí. Intento quitarme el cabello de la cara.

—Abre la boca —ordena sosteniendo el caramelo.

La abro. Con sumo cuidado deja el caramelo sobre mi lengua. Nuestras miradas se encuentran por un momento. Cierro la boca y él vuelve a reclinarse en su silla.

—Gracias —digo con el caramelo en la boca. Toso. Es terriblemente picante. ¿Por qué no escogí el de cereza?

—De nada. —Vuelve a ponerse los guantes.

—Estando en el equipo tendrás que venir a practicar cada fin de semana —comento.

—Aquí vengo los fines de semana a esquiar por diversión, la mayoría de las veces, y a correr, cuando las carreras se celebran aquí. Durante la semana me entreno de noche en el Snow King.

—¡Guau! ¿Esquías de noche?

Se echa a reír.

—Claro. Tienes luces en toda la pista. En realidad, me encanta esquiar de noche. No está tan lleno. Es más tranquilo. Puedes ver las luces de la ciudad. Es hermoso.

—Suena hermoso.

Ninguno de los dos dice nada más durante un rato. Él entrechoca sus esquís suavemente, dejando caer un rocío de nieve sobre la colina. Es surrealista estar aquí en el aire, suspendidos sobre la falda de una montaña, y verlo de cerca, oír su voz.

—El Snow King es ese centro de esquí que está en Jackson Hole, ¿verdad? —pregunto.

—Sí, tiene sólo cinco pistas, pero es un buen cerro para practicar. Y en los campeonatos estatales los chicos del colegio pueden vernos desde el aparcamiento.

Estoy a punto de decirle que quiero verlo competir, pero entonces me doy cuenta de que la silla se está aproximando a un pequeño cobertizo en la montaña y los esquiadores se están apeando.

—Oh, no.

—¿Qué pasa? —pregunta Christian.

—No sé cómo bajarme de esta cosa.

—¿No sabes?

—Es mi primer día de esquí —respondo con pánico en la garganta. El pequeño cobertizo está cada vez más cerca—. ¿Qué hago?

—Mantén las puntas de los esquís levantadas —se apresura a decir—. Llegaremos a un montículo. Cuando se aplane te levantas y vas hacia el costado. Tienes que hacerlo muy rápido, para apartarte de la gente que viene detrás.

—Oh, madre mía, no sé si ha sido una buena idea.

—Relájate —dice—. Te ayudaré.

Faltan segundos para que la silla llegue al cobertizo. Todos mis músculos están tensos.

—Coge los bastones —me indica.

«Puedes hacerlo —me digo introduciendo los dedos por el lazo de la correa de los bastones y empuñándolos con fuerza—. Eres un ángel. Más fuerte, más rápida, más inteligente. Aprovéchalo, por una vez.»

—Puntas arriba —dice Christian.

Levanto los esquís. Pasamos rozando un terraplén y después, tal como él dijo, nos deslizamos sobre un suelo nivelado.

—¡Levántate! —ordena Christian.

Lucho por ponerme de pie. La silla me golpea en las pantorrillas empujándome hacia delante.

—Ahora vete hacia el costado —dice al tiempo que se desplaza hacia la izquierda. Trato de seguirle, plantando mis bastones en la nieve y dándome impulso con todas mis fuerzas. Me doy cuenta demasiado tarde de que me estaba diciendo que fuera hacia la derecha mientras él iba hacia la izquierda. Se da la vuelta para ver cómo lo estoy haciendo y se encuentra con que voy lanzada hacia él, habiendo perdido ya el equilibrio. Mis esquís se deslizan por encima de los suyos. En plena agitación uno de mis brazos se agarra a su hombro.

—¡Jo! —grita tratando de sujetarme, pero no hay manera. Nos deslizamos unos metros y caemos desplomados.

—Lo siento —digo. Estoy boca abajo encima de él. Mi Jolly Rancher picante está en la nieve junto a su cabeza. Él ha perdido el gorro y las gafas. A mí se me han salido los esquís y ya no tengo bastones. Intento quitarme de encima de él, pero parece que no encuentro mis pies.

—Quédate quieta —dice con firmeza.

Me quedo quieta. Me envuelve con sus brazos y rodamos suavemente a un costado. Se estira, saca el esquí que aún está debajo de mi pierna y se aparta de mí rodando. Quedo tendida de espaldas en la nieve, deseando cavar un agujero y desaparecer en él por el resto del año escolar. Quizá para siempre. Cierro los ojos.

—¿Estás bien? —me pregunta.

Abro los ojos. Está inclinado sobre mí, su rostro muy cerca del mío. Puedo oler su aliento a caramelo de cereza. Detrás de él una nube se mueve apartándose del sol, y el cielo se ilumina como lo hace cuando se despeja. De repente lo percibo todo: mi corazón que bombea sangre a través de mis venas, la nieve que se derrite lentamente debajo de mi cuerpo, las agujas de los pinos agitándose en la brisa, la mezcla de aroma de pino y la colonia de Christian y otra cosa que podría ser cera de esquí, el ruido metálico de las sillas que pasan junto a los postes del telesquí.

Y Christian, con el pelo revuelto, sonriéndome con sus ojos, a un aliento de distancia.

No pienso en el fuego, ni en mi designio. No pienso en salvarle. Pienso en cómo sería besarlo.

—Estoy bien.

—Oye. —Aparta un mechón de pelo de mi cara, su mano sin guante que me roza la mejilla—. Que ha sido divertido —dice—. Hacía tiempo que no me caía.

—Supongo que tendré que entrenarme con el telesilla —añado.

Me ayuda a incorporarme.

—Un poco quizá —sugiere—. Aunque lo has hecho bien para ser la primera vez. Si no me hubiera cruzado en tu camino seguro que lo habrías conseguido.

—Ya. O sea que ha sido culpa tuya.

—Totalmente. —Mira al tipo sentado en el pequeño cobertizo, que está hablando por un móvil, probablemente con la policía, para que vengan a sacarme de la montaña.

—Ella está bien, Jim —le grita Christian. Luego va en busca de mis esquís y mis bastones, que afortunadamente no están muy lejos.

—¿Llevabas un gorro? —me pregunta cuando encuentra el suyo y vuelve a ponérselo. Se ajusta las gafas por encima.

Sacudo la cabeza, luego levanto la mano y con cautela me toco el pelo, que una vez más ha rechazado el elástico de la coleta y me cuelga en largos mechones sobre los hombros, formando una mata de nieve.

—No —respondo—. No llevaba gorro.

—Dicen que el noventa por ciento del calor corporal se escapa por la cabeza.

—Tomaré nota.

Coloca los esquís enfrente de mí y se arrodilla para ayudarme a ponérmelos. Me apoyo en sus hombros para mantener el equilibrio.

—Gracias —murmuro, mirándolo desde arriba.

Una vez más, mi héroe. Y se supone que soy yo la que voy a salvarle.

—No es nada —dice levantando la vista. Sus ojos entrecerrados, como si estuviera estudiando mi rostro. Un copo de nieve se posa sobre su mejilla y desaparece. Su expresión cambia, como si de repente se acordara de algo. Se levanta y se calza los esquís enseguida.

—Por allá hay una pista para principiantes, sin demasiada pendiente —dice señalando a mis espaldas—. Se llama Pooh Bear.

—Oh, genial. —Mi señal es un círculo verde.

—Me quedaría, pero ya estoy llegando tarde a la pista de competición que está más arriba —me explica—. ¿Crees que podrás bajar?

—Claro —digo enseguida—. En la estación de esquí lo estaba haciendo bien. No me he caído en todo el día. Quiero decir hasta ahora. ¿Cómo haces para subir allá arriba?

—Hay otro telesilla, allá abajo. —Señala hacia donde seguramente ese otro telesilla transporta a los esquiadores montaña arriba, hacia una cuesta increíblemente pronunciada—. Y otro más allá.

—Genial. Podríamos ir hasta la cima.

—Yo sí. Pero no es para principiantes.

Es evidente que el momento ha llegado a su fin.

—Claro. Bueno, gracias otra vez —digo incómoda—. Gracias por todo.

—Olvídalo. —Se aleja esquiando—. Nos vemos, Clara —grita a la distancia.

Lo veo descender hasta el otro telesilla e instalarse cómodamente en un asiento. La silla se mece adelante y atrás mientras asciende surcando el aire lleno de nieve hacia la cima de la montaña. Me quedo mirando hasta que su chaqueta verde desaparece.

—Y tanto que nos veremos —susurro.

Ha sido un gran paso, nuestra primera conversación. De sólo pensarlo se me hincha el pecho de la emoción, un sentimiento tan intenso que los ojos se me llenan de lágrimas que arden. Es bochornoso.

Es como un sentimiento de esperanza.

7

La reunión

El lunes alrededor de las siete y media voy al Liguero Rosa para encontrarme con Angela Zerbino. El teatro está completamente oscuro. Llamo a la puerta pero nadie abre. Saco el móvil y entonces me doy cuenta de que no tengo el número de Angela. Vuelvo a golpear, más fuerte. La puerta se abre tan bruscamente que doy un salto. Una mujer bajita y enjuta de pelo negro me mira con ojos de miope. Parece irritada.

—Está cerrado —dice.

—Vengo a ver a Angela.

Levanta las cejas.

—¿Eres amiga de Angela?

—Eh...

—Pasa —dice la mujer, sosteniendo la puerta abierta.

Dentro reina un silencio inquietante, y huele a palomitas y aserrín. Miro alrededor. Una caja registradora antigua reposa sobre un mostrador de cristal con hileras de caramelos en su interior. Las paredes están decoradas con carteles enmarcados de obras teatrales del pasado, la mayoría de vaqueros.

—Bonito lugar —digo, y enseguida tropiezo con una catenaria con un cordón de terciopelo y casi tiro al suelo la hilera completa. Consigo enderezar la catenaria antes de que empiece el efecto dominó. Muerta de vergüenza miro a la mujer, que me observa con una expresión extraña e indescifrable. Se parece a Angela, salvo por los ojos, que son marrón oscuro y no ambarinos como los de Angela, y tiene unas profundas arrugas alrededor de la boca que la hacen parecer mayor de lo que su cuerpo sugiere. Me recuerda a una gitana en una de esas películas viejas.

—Soy Clara Gardner —digo nerviosa—. Angela y yo estamos haciendo un trabajo juntas para el colegio.

La mujer asiente. Advierto que lleva una cruz dorada y enorme colgada del cuello, con el cuerpo de Jesús crucificado.

—Puedes esperarla aquí —dice—. No tardará.

La sigo pasando por debajo de un arco hasta el teatro. Es una boca de lobo. La oigo marcharse hacia un lado, y al instante se enciende un foco sobre el escenario.

—Siéntate donde quieras —dice.

Una vez que mis ojos se acostumbran, veo que el local está lleno de mesas redondas cubiertas con manteles blancos. Me arrimo a la más cercana y me siento.

—¿Cuándo cree que llegará Angela? —pregunto, pero la mujer ya se ha ido.

Llevo cinco minutos esperando, completamente harta, cuando Angela entra súbitamente por una puerta lateral.

—Anda, lo siento, la orquesta acabó tarde —dice.

—¿Qué tocas?

—El violín.

Es fácil imaginársela con un violín bajo la barbilla, tocando una triste melodía rumana.

—¿Vives aquí?

—Sí. En un piso que hay arriba.

—¿Sólo tú y tu madre?

Se mira las manos.

—Sí, sólo mi madre y yo.

—Yo tampoco vivo con mi padre —digo—. Sólo con mi madre y mi hermano.

Se da la vuelta y me examina por unos segundos.

—¿Por qué te mudaste aquí? —me pregunta. Toma asiento en la silla que está enfrente de mí y me mira con sus solemnes ojos color miel—. Supongo que no le prendiste fuego a tu anterior colegio.

—¿Perdona?

Ahora me dedica una mirada comprensiva.

—Eso es lo que se rumorea. ¿O sea que no sabías que tu familia tuvo que huir de California a causa de tu comportamiento delictivo?

Me reiría si no estuviera tan horrorizada.

—No te preocupes —dice—. Ya se olvidarán. Los rumores de Kay siempre se olvidan. Estoy admirada de tu capacidad para haberle caído mal tan pronto.

—Oh, gracias —digo con una sonrisa de satisfacción—. Y, además de mi obvia inclinación hacia la delincuencia, nos mudamos por mi madre. Estaba cansada de California. Ama las montañas, y decidió que quería criarnos en un sitio donde no siempre pudiéramos ver el aire que respiramos, ¿me entiendes?

Responde a mi chiste con una sonrisa, sólo por cortesía. Una sonrisa de compasión.

Otro silencio largo.

—Bueno, basta de cháchara —digo nerviosa—. Hablemos de nuestro trabajo. Yo he pensado en el reinado de Isabel I. Podríamos reflexionar sobre lo que suponía ser una mujer en aquellos días, incluso una mujer con mucho poder. Un trabajo sobre la promoción de la mujer. —No sé por qué, pero creo que esto es lo que le va a Angela.

—En realidad —replica—, yo tenía otra idea.

—Perfecto. Dispara.

—He pensado que podríamos hacer una representación de los Ángeles de Mons.

Casi me ahogo. Si estuviera bebiendo agua la habría escupido toda sobre la mesa.

—¿Los Ángeles de Mons?

—Es una historia de la Primera Guerra Mundial. Hubo una batalla entre alemanes y británicos, que ganaron los ingleses pese a estar en inferioridad numérica. Antes de que acabara la guerra corrían rumores sobre unos hombres fantasmas que aparecieron para ayudar a los británicos. Estos hombres misteriosos disparaban a los alemanes con arcos y flechas. Una versión dice que los hombres estaban ubicados entre los dos bandos, y que irradiaban una especie de luz sobrenatural.

—Interesante —consigo balbucear.

—Era una patraña, desde luego. Un escritor se lo inventó y aquello se le escapó de las manos. Es como una versión anterior a los ovnis, una historia absurda que se ha seguido contando una y otra vez.

—Vale —digo conteniendo la respiración—. Por lo que veo te has documentado.

Imagino la cara de mamá cuando le diga que voy a hacer un trabajo sobre los ángeles para Historia Británica.

—Pensé que sería interesante para la clase —dice Angela—. Un momento específico de la Historia, como sugirió el profesor Erikson. También pensé que podíamos relacionarlo con el presente.

Mi mente se acelera, pensando una manera delicada de hacerla desistir de su idea.

—Sí, bueno... a mí me gustaba más lo de Isabel, pero... —titubeo.

Angela sonríe.

—¿Qué pasa?

—Deberías verte la cara —dice—. Estás acojonada.

—¿Qué? No es cierto.

Se inclina sobre la mesa.

—Quiero investigar sobre ángeles —dice—. Pero tiene que ser en un contexto británico, porque es para Historia Británica. Y ésta es la mejor historia de ángeles británicos que existe. ¿No sería flipante que fuera verdad?

El alma se me cae a los pies.

—Pero si dijiste que era una patraña.

—Vale, sí. Seguramente es lo que ellos habrían querido que todo el mundo pensara, ¿o no?

—¿Quiénes son ellos?

—Los ángeles de sangre.

Me pongo de pie.

—Clara, siéntate. Relájate. —Y luego añade—: Lo sé.

—¿Qué es lo que...?

—*Siéntate* —dice. Lo dice en angélico.

Se me afloja la mandíbula.

—¿Cómo lo...?

—¿Qué? ¿Te pensabas que eras la única? —dice con ironía, mirándose las uñas.

Me hundo en la silla. Creo que esto se puede clasificar como una auténtica revelación. Ni en un millón de años habría esperado cruzarme con otro ángel en el instituto de Jackson Hole. Estoy abrumada. Angela, por el contrario, está tan enérgica que casi desprende chispas. Me escruta durante un instante, y se pone de pie con ímpetu.

—Ven. —Sube al escenario de un salto, más contenta que un perro con dos colas. Me hace un gesto impaciente con la mano para que me acerque. Me levanto, subo por las escaleras al escenario y contemplo el teatro vacío.

—¿Qué?

Se quita el abrigo y lo arroja en la oscuridad. Retrocede unos pasos para interponer la distancia adecuada entre las dos. Me mira a los ojos.

—Muy bien —exclama.

Empiezo a alarmarme.

—¿Qué vas a hacer?

—*Muéstrate a ti misma* —dice en angélico.

Se produce un destello de luz, como el flash de una cámara. Pestañeo y me encuentro con el súbito peso de mis alas sobre mis omóplatos. Angela está de pie con sus propias alas extendidas detrás de ella, sonriéndome.

—¡Así que es verdad! —exclama excitada. Las lágrimas brillan en sus ojos. Frunce un poco el entrecejo y sus alas desaparecen enseguida—. Ahora dilo tú —me pide.

—¡*Muéstrate a ti misma!* —grito.

Vuelve a producirse el destello, y ella está otra vez con las alas desplegadas. Angela aplaude con alegría. Yo estoy anonadada.

—¿Cómo lo supiste? —le pregunto.

—Los pájaros me acechan. Lo dijiste en clase.

Al diablo la discreción. Mamá va a matarme.

—A mí también me vuelven loca los pájaros. Pero no sabía si sólo se trataba de una rara coincidencia o qué. Y luego supe que eras un prodigio en la clase de francés. Yo estoy en la de español. Soy muy buena porque hablo fluidamente el italiano, por la familia de mi madre y por todos los veranos en Italia. Se parecen mucho, son lenguas románicas y todo ese rollo. En fin, ésa es otra historia.

No puedo dejar de mirar sus alas. Me impresiona verlas en alguien que no conozco. La combinación es demencial: Angela con su pelo negro lustroso peinado a un costado, camiseta negra de tirantes y tejanos grises con agujeros en las rodillas, delineador oscuro en labios y ojos, uñas púrpura, y esas alas blancas de brillo intenso desplegadas a sus espaldas, reflejando las luces del escenario de tal forma que se ve iluminada por un resplandor verdaderamente celestial.

—Lo cierto es que no estaba del todo segura, hasta que tu hermano venció al equipo de lucha libre.

—¿Te refieres al equipo completo? —Eso no es lo que me contó Jeffrey.

—¿No lo sabías? Fue a hablar con el entrenador y le dijo que quería estar en el equipo, el entrenador le dijo que no, que las pruebas fueron en noviembre y que tendría que esperar hasta el año que viene, y Jeffrey le dijo: «Lucharé con el mejor de cada peso. Si me ganan, pues vale, esperaré hasta el año que viene. Si les gano, quiero estar en el equipo.» Eso es lo que se dice por ahí. Yo tengo gimnasia durante la primera hora, así que estaba allí, pero no presté mucha atención hasta que lo vi luchando con el peso medio. Cuando venció al campeón de los pesados, Toby Jameson, lo vio casi todo el instituto. Toby es una bestia. Fue un combate increíble. Jeffrey lo venció como si nada, y ni siquiera parecía cansado, y cuando lo vi hacer eso supe que no podía ser del todo humano. Y luego llevé la camiseta de los ángeles a la clase de Historia Británica y vi tu expresión tensa y melancólica mientras la mirabas. Y entonces supe que no me equivocaba.

—¿Tan obvio era?

—Para mí sí. Pero estaba contenta. Nunca había conocido a alguien como yo.

Se echa a reír, y antes de que yo pueda procesar todo lo que me está contando, dobla las rodillas y se eleva de un salto sobre el escenario, planeando sin dificultad en la oscuridad del teatro, hasta llegar a las vigas del techo.

—Ven —me llama.

Miro hacia arriba, pensando en todo el daño que probablemente me haré si lo intento.

—Tu seguro no cubre lo suficiente como para que me atreva a volar aquí.

Ella vuelve a descender suavemente sobre el escenario.

—No sé volar —reconozco.

—Al principio es difícil —dice Angela—. Todo el año pasado me lo pasé escalando las montañas por la noche para saltar de los salientes y remontar vuelo. Tardé meses hasta poder cogerle el tranquillo.

Por primera vez alguien dice algo que me da esperanzas respecto a volar.

—¿Te enseñó tu madre? —pregunto.

Niega enfáticamente con la cabeza, como si la idea le resultara absurda.

—Mi madre es lo más parecido a un ser humano que te puedas imaginar. Quiero decir, ¿a qué ángel se le ocurriría llamar Angela a su hija?

Contengo la risa.

—Supongo que no tiene imaginación —añade—. Pero siempre ha estado a mi lado.

—Entonces, ¿es tu padre?

De repente su expresión se vuelve grave.

—Él era un ángel.

—¿Un ángel? O sea que tú eres mitad ángel. Un Dimidius.

Asiente con la cabeza. Lo que significa que es el doble de poderosa que yo. Y sabe volar. Y tiene el pelo de un color normal. Soy un pozo de envidia.

—Entonces, tu madre no es humana —dice—. Eso significa que tú...

—Sólo soy un Quartarius. Mi madre es un Dimidius y mi padre un tipo común y corriente.

De repente me siento un poco expuesta aquí en el escenario con mis alas desplegadas, así que las guardo y las hago desaparecer. Angela hace lo mismo. Por un instante nos quedamos contemplándonos mutuamente.

—En clase dijiste que nunca habías visto a tu padre.

El rostro de Angela tiene una expresión vacía.

—Claro que no —responde con total naturalidad—. Es un Alas Negras.

Asiento, como si entendiera perfectamente de qué está hablando, pero no tengo ni idea. Angela se da media vuelta y se aleja del foco del escenario, adentrándose en los rincones oscuros.

—Mi madre se casó una vez, pero su marido murió de cáncer antes de que ella cumpliera los treinta. Él era actor, ella, una tímida diseñadora de vestuario. Este teatro era de él. Nunca tuvieron hijos. Después de quedarse viuda, fue de peregrinación a Roma. Es católica, así que Roma es un lugar muy importante para ella, además de que tiene familia allí. Una noche regresaba a casa de la misa de la noche, y un hombre la siguió. Al principio ella trató de ignorarlo, pero aquel hombre le daba mala espina. Él empezó a caminar más deprisa, así que ella echó a correr. No se detuvo hasta llegar a la casa de la familia.

Angela está sentada en el borde del escenario, las piernas colgando sobre el foso de la orquesta. Mientras narra la historia sus ojos permanecen alicaídos, su rostro, ligeramente inclinado, pero la voz, siempre firme.

—Pensó que estaba a salvo —continúa—. Pero aquella noche ella soñó con el hombre plantado al pie de su cama. Decía que tenía la cara como una estatua. Como el *David* de Miguel Ángel, impasible, los ojos llenos de tristeza. Ella empezó a gritar, pero él dijo algo en un idioma que ella no entendió. Sus palabras la paralizaron; no podía moverse ni hablar. No podía despertarse.

Me siento a su lado.

—Y entonces la violó —murmura—. Y ella supo que no era un sueño.

Angela levanta la vista, incómoda. Una comisura de su labio se levanta.

—Lo malo es que no soy un fruto del amor —dice—. Lo bueno es que tengo todos estos poderes increíbles.

—Sí —asiento. Me pregunto qué edad tendría cuando su madre le contó la historia. No es la clase de historia que quieres escuchar de tu madre. Nunca he oído nada similar. ¿Un ángel violando a una humana? No puedo imaginármelo. La noche se está volviendo extrañamente paranormal. Vine a hacer un trabajo de Historia, y aquí estoy sentada en un escenario junto a otro ángel de sangre que me está contando toda su vida. Es surrealista.

—Lo siento, Angela —digo—. Es una mierda.

Cierra los ojos, como si pudiera verlo todo en su mente.

—Si tu madre es humana y tú nunca viste a tu padre, ¿cómo supiste que eras un ángel? —pregunto.

—Mi madre me lo dijo. Me contó que una noche, pocos días antes de que yo naciera, otro ángel se le apareció y le habló de los ángeles de sangre. Ella creyó que estaba soñando. Pero me lo contó nada más notar que yo era diferente. Entonces yo tenía diez años.

Pienso en la manera en que mamá me explicó todo sobre los ángeles de sangre, hace apenas dos años, y en lo difícil que fue aceptarlo. No quiero ni pensar cómo habría reaccionado si me lo hubiese contado cuando era una niña. O si a ella la hubieran violado.

—Me llevó tiempo saber más —dice Angela—. Mi madre no sabía nada sobre los ángeles, además de lo que dice en la Biblia. Ella decía que yo era un gigante como los que se mencionan en el Génesis, y que crecería para ser un héroe como lo había sido Sansón.

—Entonces nada de cortarte el pelo.

Se echa a reír y se pasa la mano por su larga cabellera negra.

—Pero sabes todo sobre los Dimidius y los Quartarius —añado.

—He ido aprendiendo cosas de aquí y de allá. Me considero un poco una historiadora de los ángeles.

Nos quedamos un rato en silencio.

—Es de no creer —digo.

—Lo sé.

—Sigo pensando que tenemos que hacer nuestro trabajo sobre la reina Isabel.

113

Angela se ríe. Se gira hacia mí y recoge las piernas en la postura india, sus rodillas rozando las mías.

—Vamos a ser buenas amigas —dice.

Yo la creo.

Tengo que estar en casa a las diez, así que apenas nos da tiempo de hablar. No sé por dónde empezar, tengo demasiadas preguntas en la cabeza. Una cosa está clara: Angela sabe un montón sobre los ángeles, especialmente lo referente a la historia, el poder que se les atribuye, los nombres y categorías de los diferentes ángeles que figuran en la literatura y los textos religiosos. Pero sobre otras cuestiones, lo referente a los ángeles de sangre, algo que sólo se puede conocer desde dentro, no sabe gran cosa. Me doy cuenta de que podemos aprender mucho la una de la otra, dado que mi madre en el mejor de los casos sólo me cuenta aquello que considera absolutamente necesario.

—¿Llevaste a cabo tu investigación en Roma? —pregunto.

—La mayor parte —responde Angela—. Roma es un buen sitio para averiguar cosas sobre ángeles. Un lugar con mucha historia. Aunque el año pasado me encontré con un Intangere en Milán y con él aprendí mucho más que por otros medios.

—Espera. ¿Qué es un Intangere?

—Boba —dice como si yo debiera saberlo—. Es el nombre en latín para los ángeles puros. Literalmente significa entero, intacto, completo en sí mismo. Como sabes, hay Intangeres, Dimidius, Quartarius.

—Ah, vale —replico, como si se me hubiera olvidado—. Entonces, ¿conociste a un ángel de verdad?

—Pues sí. Lo vi y no sabía qué hacer. Estábamos en una capilla retirada y al verlo allí de pie tan reluciente le dije hola en angélico. Él me miró y me cogió del brazo y de repente estábamos en otro sitio, pero al mismo tiempo era como si todavía estuviéramos en la capilla.

—Parece el cielo.

Frunce el entrecejo y se inclina hacia delante, como si no me hubiera oído bien.

—¿Qué?

—Parece como si te hubiera llevado al cielo.

Abre los ojos de par en par, como si acabara de comprender.

—¿Qué sabes tú del cielo? —pregunta.

Me sonrojo.

—Bueno, no sé gran cosa. Sé que es dimensional, que está justo encima de la tierra. Como una cortina, dice mi madre, un velo. Ella estuvo una vez, es decir, un ángel la llevó allí.

—Tienes suerte de tener a tu madre —dice Angela con envidia en los ojos—. Yo tengo que currármelo un montón para tener información, y tú lo único que tienes que hacer es preguntar.

—Bueno, puedo preguntar —digo un poco incómoda—, pero eso no significa que ella vaya a darme una respuesta.

Angela me mira atentamente.

—¿Por qué no?

—No lo sé. Ella dice que hay cosas que tengo que aprender sola, mediante la experiencia, y chorradas por el estilo. Como lo de antes, cuando dijiste que tu padre es un Alas Negras. No tengo idea de qué es eso. Supongo que es un ángel malo, pero lo cierto es que mi madre nunca lo ha mencionado.

Angela se queda pensando.

—Un Alas Negras es un ángel caído —dice finalmente—. Creo que cayeron hace mucho tiempo, en el comienzo.

—¿En el comienzo de qué?

—De los tiempos.

—Ah. Vale. ¿Y de verdad tienen las alas negras?

—Supongo que sí —dice Angela—. Así es como los reconoces. Alas blancas igual a ángel bueno. Alas negras igual a ángel malo.

Es alucinante todo lo que no sé. Me hace sentir una tonta. Y a su vez siento una incómoda curiosidad. Y miedo.

—¿Subes hasta allá arriba y les pides que te enseñen las alas?

—Les ordenas, en angélico, que se muestren.

—¿Y tienen que hacerlo?

—¿Te pareció que tenías opción cuando te lo ordené?

—No, simplemente ocurrió.

—Con ellos también ocurre así, están programados con una herramienta de identificación inmediata —me explica—. Útil, ¿verdad?

—¿Cómo sabes todo esto?

—Phen me lo dijo. El ángel que encontré en la capilla. Me advirtió sobre los Alas Negras.

Enmudeció de golpe, bajando la vista.

—¿Qué? —la apremio con delicadeza—. ¿Qué te dijo?

Cierra los ojos por un instante y los vuelve a abrir.

—Me dijo que algún día tratarían de encontrarme.

—¿Por qué querrían encontrarte?

Levanta la mirada.

—Porque mi padre era uno de ellos. Y porque nos necesitan —responde. De repente sus ojos dorados se tornan furibundos—. Están armando un ejército.

—¡Mamá! —grito nada más entrar en casa. Ella sale corriendo del despacho, alarmada.

—¿Qué? ¿Qué ocurre? ¿Te has hecho daño?

—¿Por qué no me dijiste nada sobre la guerra entre los ángeles?

Deja de alarmarse.

—¿Qué?

—Angela Zerbino es un ángel de sangre —digo, todavía flipando—. Y me ha contado que iba a haber una guerra entre los ángeles buenos y los malos.

—¿Angela Zerbino es un ángel de sangre?

—Una Dimidius. Ahora responde a mi pregunta.

—Bueno, cariño —dice todavía confusa—. Creía que lo sabías.

—¿Cómo voy a saberlo si no me lo cuentas? ¡Tú nunca me cuentas nada!

—En el mundo existe el bien y el mal —dice después de una larga pausa—. Eso sí te lo conté.

Puedo notar el cuidado con que elije las palabras, incluso ahora. Me saca de quicio.

—Sí, pero nunca me hablaste de los Alas Negras —exclamo—. Nunca me dijiste que van por ahí reclutando o matando a todos los ángeles de sangre con los que se topan.

Mamá da un respingo.

—De modo que es cierto.

—Sí —dice—. Aunque creo que están más interesados en los Dimidius.

—Claro, porque los Quartarius no tienen mucho poder —replico con sarcasmo—. Supongo que eso debería tranquilizarme.

Mamá todavía lo está asimilando.

—Así que Angela Zerbino te dijo que era un ángel de sangre. ¿Te lo dijo así sin más?

—Pues sí. Me enseñó las alas y todo.

—¿De qué color eran?

—¿Sus alas? Blancas.

—¿Blancas cómo?

—Como el blanco del ojo, mamá, de un blanco perfecto. ¿Eso qué más da?

—El tono de nuestras alas pone de manifiesto nuestro rango —me explica—. Los Alas Blancas tienen alas blancas, eso está claro, y los Alas Negras las tienen negras. Pero en la mayoría de nosotros, los descendientes, las alas presentan diferentes tonos de gris.

—Tus alas siempre me han parecido de un blanco precioso —digo. De pronto siento la imperiosa necesidad de sacar mis alas, para ver de qué tono son y descubrir cuál es mi verdadero rango espiritual. Seguro que no lo sé.

—Mis alas son bastante blancas —reconoce mamá—. Pero no tanto como la nieve recién caída.

—Pues las de Angela eran blancas —digo—. Supongo que eso significa que es un alma pura.

Mamá va hasta el armario de la vajilla y coge un vaso. Lo llena con agua del grifo y se lo bebe despacio. Con calma.

—Un Alas Negras violó a su madre. —La estudio para ver si muestra algún tipo de reacción. Ninguna—. Teme que algún día ellos aparezcan para llevársela. Tendrías que haberle visto la cara cuando hablaba de eso. De pánico. Realmente de pánico.

Mamá deja el vaso y me mira. No parece desconcertada por lo que acabo de contarle. Lo cual me desconcierta aún más. Hasta que caigo en la cuenta.

—Tú ya sabías lo de Angela —le suelto—. ¿Cómo?

—Tengo mis fuentes. No es que se esmere mucho en ocultar sus dotes. Para ser alguien que les teme a los Alas Negras no toma suficientes precauciones. Y revelártelo a ti así, sin más... Es descabellado.

La observo. En ese instante caigo en la cuenta de lo mucho que mi madre me ha ocultado.

—Me has estado mintiendo —le digo.

Me mira a los ojos, espantada por mi acusación.

—No, no es eso. Simplemente hay cosas que...

—¿Hay un montón de ángeles en Jackson Hole?

Parece dolida por mi pregunta. No responde.

Recojo mi mochila del suelo y me dirijo a mi habitación.

—Eh —dice mamá—. Te estoy hablando.

—Pues no lo parece.

—Clara —me llama con una voz exasperada—. Si no te lo cuento todo es para protegerte.

—Eso no tiene sentido. ¿Cómo puedo estar protegida si no tengo idea de nada?

—¿Qué más te dijo Angela?

—Nada más.

Me meto en mi habitación y cierro la puerta, me quito el abrigo y lo arrojo sobre la cama, conteniendo un grito, un llanto, o ambas cosas.

Me planto frente al espejo y hago que aparezcan mis alas, juntándolas delante de mí para apreciar las plumas más de cerca. Son bastante blancas, pienso mientras las acaricio. No como la nieve recién caída, como diría mi madre, pero aun así bastante blancas.

Aunque no tan blancas como las de Angela.

Oigo los pasos de mamá en el pasillo. Se detiene frente a la puerta de mi habitación. Aguardo a que llame o entre directamente para decirme que no quiere que siga juntándome con Angela, por mi propio bien. Pero no lo hace. Se queda ahí fuera por un instante. Luego la oigo alejarse.

Espero hasta estar segura de que mamá ha vuelto a bajar, y salgo al pasillo sigilosamente para dirigirme a la habitación de Jeffrey. Está sentado en su escritorio con su portátil, tecleando, chateando con alguien según parece. Al verme teclea algo muy deprisa y se pone de pie de un salto. Bajo un pelín la música para poder oír mis pensamientos.

—¿Qué fue eso último que le escribiste, «ahora vuelvo»? —Sonrío con satisfacción—. Por cierto, ¿cómo se llama? No tiene sentido que lo niegues. Sería peor para ti si tuviera que ir preguntando por el instituto.

—Kimber —accede a responder de inmediato—. Se llama Kimber. —Mantiene una expresión neutral, pero alcanzo a detectar que las orejas se le empiezan a poner rojas.

—Bonito nombre. La rubia, supongo.

—No has venido sólo para vacilarme, ¿verdad?

—Bueno, me lo paso en grande, pero la verdad es que no. Tengo algo que decirte.

Quito una pila de ropa sucia de una silla y me siento. Se me corta la respiración por un momento, como si estuviera infringiendo una regla, concretamente la regla de mayor importancia para mamá: «no les cuentes nada a tus hijos». Pero ya estoy harta de no enterarme de nada. Y estoy fastidiada, fastidiada por esta vida asquerosa y por toda la gente que me rodea. Necesito desahogarme.

—Angela Zerbino es un ángel de sangre —informo.

Jeffrey pestañea.

—¿Quién?

—Está en mi clase, es alta, morena, de pelo largo, un poco Emo, ojos dorados. Solitaria.

Mira al techo pensativo, como si quisiera evocar el rostro de Angela.

—¿Cómo sabes que es un ángel?

—Me lo ha dicho ella. Pero ésa no es la pregunta, Jeffrey.

—¿Qué quieres decir?

—Lo que deberías preguntarme es por qué Angela Zerbino me ha dicho que es un ángel. Y si me lo preguntaras, te respondería que me lo dijo porque ella sabía que yo era un ángel.

—¿Eh? ¿Y cómo lo sabía?

—¿Ves? Ésa sí es la pregunta correcta. —Me inclino hacia delante—. Lo sabía porque tú la semana pasada te enfrentaste a todo el equipo de lucha libre. Te vio luchar con Toby Jameson, que probablemente pesa unos cien kilos, y ni siquiera sudaste. Y entonces ella pensó, guau, este chico es un buen luchador, seguro que es un ángel.

Jeffrey se pone pálido. En cierto modo eso me satisface. Claro que estoy omitiendo algunos detalles molestos, como mi torpeza al hablar de los pájaros, despuntar en la clase de francés y mirar embobada la camiseta de angelitos que llevaba Angela, cayendo fácilmente en su trampa. Pero Jeffrey fue la pieza clave: ella sólo estuvo segura de que éramos algo más que humanos después de verle luchar aquel día.

—¿Se lo has dicho a mamá? —Se pone blanco de sólo pensarlo. Porque si se lo dijera a mamá, Jeffrey saldría perjudicado. No más lucha libre, ni baloncesto en primavera, ni fútbol en otoño, ni nada con lo que esté soñando. Probablemente estaría castigado hasta la universidad.

—No. Aunque tarde o temprano me lo va a preguntar. —Es raro, ahora que lo pienso, que no me lo haya preguntado. Quizá sus fuentes ya le han informado.

—¿Se lo vas a decir? —me pregunta, en voz tan baja que no llego a oírle por encima de la música. Su expresión es francamente patética, y si hace un momento estaba furiosa, ahora me siento triste y vacía.

—No. Sólo quería contártelo. No sé por qué. Sólo quería que lo supieras.

—Te lo agradezco —dice. Suelta una risa breve y sin gracia.

—No lo menciones. Quiero decir, nunca. En serio. —Me pongo de pie.

—Me siento como un tramposo —dice—. Todos los trofeos

y medallas que gané en California no significan nada. Es como si hubiera tomado esteroides, sólo que sin saberlo.

Sé muy bien de lo que habla. Ésa es la razón por la que dejé el ballet, pese a que era mi pasión, y por la que nunca lo retomé en Jackson. Me parecía deshonesto hacer algo con total facilidad y naturalidad, mientras que las otras chicas tenían que trabajar duro para conseguirlo. Pensé que era injusto eclipsarlas cuando contaba con una enorme ventaja. Así que lo dejé.

—Pero si me dejo ganar me siento un farsante —dice Jeffrey—. Y eso es peor.

—Lo sé.

—No lo haré. —Lo miro a los ojos y se muestra serio. Se atraganta pero sostiene la mirada—. No me dejaré ganar. No voy a fingir que soy menos de lo que soy.

—¿Ni siquiera si eso nos pone en peligro? —pregunto apartando la vista.

—¿Qué peligro? ¿Angela Zerbino es un peligro?

Ahora es cuando debería hablarle de los Alas Negras. Decirle que hay ángeles malos, ángeles que nos cazan y a veces nos matan. Que hay diferentes tonos de gris de los que hasta ahora no sabíamos nada. Y hay algo que debería decirle, algo que necesita saber, pero sus ojos me suplican que no espere nada más de él.

Mamá nos dijo que éramos especiales, pero ¿qué clase de «don» viene acompañado con una guerra entre ángeles como compromiso? Quizá también es mi deseo que no se espere nada más de mí. Quizá no quiero ser especial, no quiero volar ni hablar la extraña lengua de los ángeles, ni salvar al mundo y a un chico guapo a la vez. Sólo quiero ser humana.

—Cuídate, ¿vale? —le digo a Jeffrey.

—Lo haré. —Y luego añade—: Gracias... A veces eres enrollada, ¿sabes?

—Recuérdalo la próxima vez que me saques de la cama a las cinco de la mañana —respondo agotada—. Por cierto, saluda a Kimber de mi parte.

Me escapo a mi habitación y me tumbo en la oscuridad, y no dejo de pensar y pensar en los Alas Negras.

8

La chica del cuadrado azul

Esta mañana el sol brilla tanto que tengo la sensación de estar sobre una nube congelada. Estoy en la cima de una pista llamada Wide Open. Está marcada con un cuadrado azul, y es más difícil que las que llevan el círculo verde, aunque menos que las del rombo negro. Me voy a lanzar. El valle a mis pies está tan blanco y tranquilo que es difícil creer que estemos a principios de marzo.

Me ajusto las gafas, meto las manos en las correas de los bastones y flexiono mis botas para comprobar las ataduras. Todo dispuesto. Me lanzo montaña abajo. El aire frío azota la parte expuesta de mi rostro, pero sonrío como una idiota. Me siento de maravilla, es lo más parecido a volar. En momentos como éste casi siento la presencia de mis alas, aunque no estén aquí. A un costado del circuito hay un tramo de bañeras, y decido probarlas, saltando, entrando y saliendo de ellas. Hace que me dé cuenta de la fuerza de mis rodillas y mis piernas. Estoy mejorando en las bañeras. Y en la nieve profunda, que es como abrirse paso a través de una nube, sumergida hasta las rodillas en una nieve blanda que sale despedida a mi paso. Me gustaría ser la primera en llegar a la pista por la mañana después de una nevada, para poder dejar mi surco sobre la nieve fresca.

Me ha picado el gusanillo del esquí. Qué pena que la temporada se esté acabando.

La pista Wide Open me lleva a otra llamada South Pass Traverse, un camino que cruza la montaña en horizontal. Enderezo los esquís y me lanzo para cobrar velocidad pasando entre medio de los árboles. Oigo el canto de un pájaro a mis espaldas, y cuando paso el ave deja de cantar. El camino desemboca en otra pendiente lisa, la pista de Werner, una de mis favoritas, y me detengo a un costado. Hay gente haciendo slalom gigante con puertas sobre la colina. Hoy es día de carreras.

Lo que significa que Christian debe de andar por aquí.

—¿A qué hora es la carrera? —le pregunto a uno de los chicos que hacen slalom.

—Al mediodía —me responde.

Miro mi reloj. Faltan pocos minutos para las once. Debería ir a comer, para luego coger el telesilla hasta la cima y ver la carrera.

En la cabaña veo a Tucker Avery almorzando con una chica. Toda una novedad. Este invierno he ido a esquiar casi cada fin de semana a Teton Village (toma, mamá, por no burlarte del precio ridículamente caro del pase de temporada) y casi siempre he visto a Tucker en algún momento de la tarde, después de sus clases matinales. Pero nunca me lo encuentro en la montaña. Él es más un esquiador de zonas salvajes, se mueve lejos de las superficies alisadas. Hasta ahora nunca lo he intentado en esas zonas (aparentemente se requiere de un compañero, de modo que si le ocurre algo terrible a uno, el otro puede ir en busca de ayuda). No me va el rollo de lo extremo. Mi meta es llegar a ser una chica de rombo negro, nada del otro mundo. Teton Village es un circuito divertido, con esos carteles que siempre te recuerdan que LA MONTAÑA ES UN LUGAR DESCONOCIDO y si usted no sabe por dónde se mete CORRE PELIGRO DE MUERTE. En las zonas salvajes los carteles anuncian cosas del tipo A PARTIR DE AQUÍ ZONA DE ALTO RIESGO. PELIGRO DE AVALANCHAS, PRECIPICIOS Y TRAMPAS PARA ANIMALES. USTED SERÁ RESPONSABLE DEL COSTE DE SU RESCATE. Y yo pienso: no, gracias. Elijo la vida.

Esta chica que está hablando con Tucker, ¿será su compañera de exploraciones salvajes? Me acerco discretamente por un costado para verle la cara. Es Ava Peters. Está en mi clase de Química, sin duda pertenece al bando de las guapas, un poco tetuda, con un pelo rubio superbrillante que casi parece blanco. Su padre tiene una empresa que organiza excursiones de rafting. No me sorprende ver a Tucker con una de las ricas y guapas, pese a que él es sin duda uno de los pobres. He notado que en el instituto es uno de esos chicos que se lleva bien con todos. Con todos, menos conmigo.

Ava se ha puesto demasiada sombra de ojos. Me pregunto si a él eso le gusta.

Me lanza una mirada y se ríe con sorna antes de que me dé tiempo de girarme. Le respondo con la misma sonrisa, y trato de acercarme elegantemente a la barra, pero no lo consigo. Con estas botas de esquiar es imposible.

Estoy con un grupo de espectadores a un costado de la pista de Werner, y veo a Christian que se lanza hacia las puertas, rozándolas a veces con los hombros al rodearlas. Es elegante la manera en que dobla su cuerpo cuando gira en cada puerta, poniendo los esquís sobre los cantos y casi tocando la nieve con las rodillas. Sus movimientos son cuidados y precisos. Los labios fruncidos en un gesto de concentración.

Una vez que ha llegado a la meta, me acerco a paso de pingüino al lugar donde se encuentra mirando las otras carreras, y lo saludo.

—¿Ganaste? —le pregunto.

—Siempre gano. Excepto cuando no gano. Esta vez no. —Se encoge de hombros como si no le importara, pero puedo ver en su cara que no está satisfecho con su actuación.

—Yo creo que eres bueno. Quiero decir, rápido.

—Gracias —dice. Juguetea con el número que lleva atado al pecho: el 9. Me recuerda al 99CX de su matrícula.

—¿Irás a los Juegos Olímpicos?

Niega con la cabeza.

—No, sólo estoy en el equipo de esquí, no en el club.

Debo de parecer confundida, porque sonríe y me explica:

—El equipo de esquí es el equipo oficial del instituto, que sólo compite contra otros equipos de Wyoming. El club de esquí es donde están las grandes figuras, los esquiadores que tienen patrocinadores y son conocidos en todo el país y demás.

—¿No te interesa ganar medallas de oro?

—Estuve un tiempo en el club, pero me pareció demasiado para mí. Mucha presión. No quiero ser esquiador profesional. Sólo me gusta esquiar. Me gusta correr. —De pronto sonríe—. La velocidad es muy adictiva.

Y tanto. Sonrío.

—Yo todavía estoy intentando bajar la pendiente sana y salva.

—¿Y cómo lo llevas? ¿Le vas cogiendo el tranquillo?

—Voy mejorando cada día.

—Muy pronto tú también estarás lista para correr.

—Pues sí, y será mejor que te prepares.

Se echa a reír.

—Estoy seguro de que me vas a machacar.

—Eso mismo.

Mira alrededor, como si estuviera esperando a alguien. Me hace sentir nerviosa, como si en cualquier momento Kay fuera a aparecer de la nada para decirme que me aparte de su novio.

—¿Kay también esquía? —pregunto.

Lanza una risa breve.

—No, se queda en la cabaña. Eso sí viene. Sabe esquiar pero es muy friolera. Odia las temporadas de esquí porque no puedo estar con ella los fines de semana.

—Eso es un rollo.

Vuelve a mirar hacia todas partes.

—Sí —coincide.

—Kay está en mi clase de Literatura. Nunca dice nada. Siempre me pregunto si por lo menos lee los textos.

Vale, por lo visto ya no hay ningún filtro entre mi boca y mi cerebro. Lo miro a la cara para ver si le ha parecido ofensivo. Pero él lanza otra risa, esta vez una risa más cálida y prolongada.

—Asiste a cursos de nivel avanzado para mejorar sus posibilidades en la solicitud de la plaza universitaria, pero la verdad es que los libros no son lo suyo —dice.

No quiero ni pensar qué es lo suyo. No quiero pensar en

Kay ni un solo segundo, pero ahora que estamos hablando de ella siento curiosidad.

—¿Cuándo empezasteis a salir Kay y tú?

—En otoño del segundo curso —dice—. Ella es una animadora, y antes yo jugaba al fútbol, y en un partido ella se lastimó haciendo «la estatua de la libertad», creo que así se llama esa figura, no sé, Kay es la que suele contar la historia. Pero lo cierto es que se cayó y se hizo daño en el tobillo.

—Deja que adivine. La sacaste del campo en brazos. Y de allí en adelante todo fue felicidad.

Aparta la mirada nervioso.

—Algo así —dice.

Y entonces se produce otro silencio incómodo.

—Kay parece... —Me gustaría decir «maja», pero no creo que pueda—. Parece estar realmente a gusto contigo.

Por un instante no dice nada, sólo dirige la mirada a la pista mientras alguien baja haciendo *snowboard*.

—Ella es... —Lo dice pensativo, como si estuviera diciéndoselo a sí mismo y no a mí—. Es una buena persona.

—Genial —consigo decir. No quiero pensar que Kay sea precisamente una buena persona. Me siento muy a gusto pensando que es una zorra malvada.

Tose nervioso, y caigo en la cuenta de que lo estoy mirando con ojos de lechuza. Me sonrojo y miro hacia la montaña donde el esquiador de *snowboard* está cruzando la meta.

—¡Gran carrera! —grita Christian—. ¡Campeón!

—Gracias, tío —le responde el esquiador. Se quita las gafas. Es Shawn Davidson, Shawn el chico *snowboard*, el que me llamó Bozo en el Pizza Hut. Me mira y mira a Christian y vuelve a mirarme. Percibo su mirada como un reflector.

—Tengo que irme —dice Christian—. La carrera ha terminado. El entrenador querrá analizar la competición, ver vídeos y esas cosas.

—Vale —digo—. Encant...

Pero ya se ha ido montaña abajo, dejándome aquí una vez más para que haga sola el resto del camino.

A finales de marzo tenemos una racha de calor, y la nieve del valle se derrite en el lapso de dos días. Nuestros bosques se llenan de flores silvestres rojas y moradas. Los álamos se visten de verde inesperadamente. La tierra, que ha sido prístina durante todo el invierno, se llena de color y ruido. Me gusta estar en el porche trasero y escuchar, mientras la brisa agita las hojas de los árboles en un susurro rítmico, el arroyo rodea nuestro bosque borboteando alegremente, las aves cantan (y de vez en cuando me bombardean) y las ardillas parlotean. El aire huele a flores y a pino soleado. Las montañas que se alzan detrás de la casa siguen cubiertas de nieve, pero la primavera sin duda alguna ha llegado.

Con ella ha vuelto la visión, con toda su fuerza. Durante el invierno ese particular hormigueo en mi cabeza había disminuido; de hecho sólo me vino dos veces después del primer día de clase, cuando vi a Christian en el pasillo del instituto. Creía que se me había concedido un respiro celestial, pero al parecer eso se acabó. Conduzco camino del instituto por la mañana cuando de repente (¡zas!) vuelvo a aparecer en el bosque, caminando entre los árboles al encuentro de Christian.

Lo llamo por su nombre. Él se vuelve hacia mí, los ojos verdes bajo la luz sesgada de la tarde.

—Eres tú —dice con voz ronca.

—Soy yo —respondo—. Ya estoy aquí.

—¡Clara!

Pestañeo. Lo primero que veo es la mano de Jeffrey sobre el volante del Prius. Mi pie sigue apoyado sobre el acelerador. El coche se mueve lentamente hacia un costado de la carretera.

—Lo siento —digo con la voz entrecortada. Me hago a un lado y aparco enseguida—. Jeffrey, lo siento.

—No pasa nada —murmura—. Es la visión, ¿verdad?

—Sí.

—No puedes saber cuándo vendrá.

—Sí, pero piensas que no vendrá durante un buen rato cuando en realidad puede hacer que te mates. ¿Y si hubiera chocado? En ese caso no habría más visión, ¿verdad que no?

—Pero no has chocado —dice—. Yo estaba aquí.

—Gracias a Dios.

Sonríe con picardía.

—¿O sea que puedo conducir el resto del camino?

Cuando le cuento a mamá que la visión ha vuelto me dice que me enseñará otra vez a volar, y emplea la palabra «instrucción» tan a menudo que tengo la sensación de que la casa se ha convertido en un campo militar. Mamá ha estado de buen humor durante todo el invierno, gran parte del tiempo en su despacho con la puerta cerrada, bebiendo té envuelta en una manta de ganchillo. Siempre que llamaba a la puerta o asomaba la cabeza, ella me lanzaba una mirada tensa, como si no quisiera que la molestara. Y, para ser sincera, la he estado esquivando desde que le conté lo de Angela y quedó en evidencia que mamá tiene la intención de ocultarme ciertas cosas. He pasado mucho tiempo con Angela en el teatro, lo que a mamá no le gusta, pero como son reuniones por motivos de estudios (al final estamos haciendo un trabajo sobre la reina Isabel I) ella no puede oponerse. Y los fines de semana he estado esquiando. Lo que está relacionado con Christian, argumento, y por lo tanto con mi misión. De modo que lo podemos considerar parte de la instrucción, ¿verdad?

Sólo que ahora apenas queda nieve sobre la montaña.

Wendy aprovecha el calor para convencerme de montar a caballo. Así que estoy en el Lazy Dog Ranch sentada sobre el lomo de una yegua negra y blanca llamada *Sassy*. Wendy dice que *Sassy* es un buen caballo para aprender porque tiene casi treinta años y se resiste poco. Eso me va bien, pienso, aunque casi de inmediato me siento tan familiarizada con la montura que parece que llevara toda la vida cabalgando.

—Lo estás haciendo muy bien —dice Wendy, observándome desde la valla mientras conduzco el caballo lentamente por la orilla del pastizal—. Eres una jinete nata.

Sassy alza las orejas. A la distancia veo a dos hombres a caballo, galopando hacia el establo que está al fondo del prado. El sonido de sus risas llega hasta nosotras a campo traviesa.

—Son papá y Tucker —dice Wendy—. La cena pronto estará lista. Será mejor que llevemos a *Sassy* dentro.

Espoleo suavemente a *Sassy* y trota hacia el establo.

—¡Hola! —me saluda el señor Avery cuando nos acercamos—. No lo haces mal.

—Gracias. Yo soy Clara.

—Lo sé —dice el señor Avery. Se parece mucho a Tucker—. Wendy lleva meses hablando de ti. —Sonríe, lo que le hace parecerse aún más a Tucker.

—Papá —se queja Wendy. Se acerca al caballo de su padre y le frota la barbilla.

—Ya ves —dice Tucker riéndose—. Si te ha dado la vieja *Sassy*.

Hoy me he prometido no hacerle caso a Tucker y lo hago por Wendy, me da igual si me pica con algo. No seré grosera. No entraré en su juego. Me portaré bien.

—A mí me gusta. —Me inclino y acaricio el pescuezo de *Sassy*.

—Es la yegua que tenemos para que monten los niños.

—Cierra el pico, Tucker —dice Wendy.

—Es la verdad. Ese caballo debe de llevar unos cinco años andando a paso de tortuga. Es como montar una mecedora.

En fin, tendremos que hacerle una demostración.

—Buena chica —le digo a *Sassy* con voz muy baja, en angélico. Sus orejas se ponen de punta al oírme—. A galopar —susurro.

Me sorprende la rapidez con que obedece. En pocos segundos ya estamos galopando a toda velocidad, atravesando el prado. Por un instante el mundo se ralentiza. Las montañas brillan en el fondo, iluminadas por la puesta de sol. Disfruto las caricias del fresco aire primaveral sobre mi piel, la sensación vibrante del caballo levantando el polvo debajo de mi cuerpo, sus patas estiradas como si estuviera haciendo girar la tierra mientras galopa, el resuello con aliento a heno. Es maravilloso.

De repente una ráfaga de viento me cubre la cara de pelos y durante un instante de pánico no consigo ver nada, y todo empieza a moverse demasiado rápido. Me imagino saliendo despedida y aterrizando de bruces sobre un montón de estiércol. Tucker desternillándose en el suelo. Sacudo la cabeza y aparto los pelos que me tapan la vista. Se me corta la respiración. La valla está cada vez más cerca y *Sassy* no da señales de refrenar su carrera.

—¿Puedes saltar? —le pregunto al oído. Al fin y al cabo es una yegua muy vieja.

Siento cómo va ganando velocidad. Rezo una breve oración y me inclino sobre su pescuezo. De pronto estamos en el aire, saltando limpiamente la valla. La caída es tan brusca que me hace entrechocar los dientes. Conduzco el caballo hacia el establo, tirando un poco de las riendas para aminorar su marcha. Nos dirigimos trotando hacia donde nos esperan Tucker, Wendy y el señor Avery, que siguen mirando boquiabiertos.

Menos mal que iba a portarme bien.

—¡So! —exclamo tirando de las riendas hasta que *Sassy* se detiene.

—¡Dios bendito! —dice Wendy con la voz ahogada—. ¿Qué ha sido eso?

—No sé. —Me echo a reír—. Yo se lo preguntaría al caballo.

—¡Ha sido increíble!

—Supongo que fue una réplica de *Sassy*. —Miro a Tucker con aire triunfal. Por una vez se ha quedado sin palabras.

—Ya lo creo —dice el señor Tucker—. No sabía que todavía fuera capaz de eso.

—¿Hace cuánto que montas a caballo? —quiere saber Tucker.

—Ésta es su primera vez, ¿no es increíble? —dice Wendy—. Es una jinete nata.

—Ya —dice Tucker sin quitarme los ojos de encima—. Una jinete nata.

—¿Ya le has pedido a Jason Lovett que vaya contigo al baile? —le pregunto a Wendy mientras cepillamos a *Sassy* en el establo.

Enseguida se pone roja como una remolacha.

—Es el baile de graduación —responde con una indiferencia forzada—. Se supone que él tiene que pedírmelo a mí, ¿no crees?

—Todo el mundo sabe que es un chico tímido. Es probable que se vea intimidado por tu belleza despampanante. Así que tú deberías proponérselo.

—Pero igual tiene una novia allá en California.

—¿Una relación a distancia? Fracaso asegurado. En cualquier caso tú no puedes saberlo. Pregúntaselo. Así te enterarás.

—No sé...

—Vamos, Wen. Le gustas. En la clase de Literatura no para de mirarte. Y sé que él a ti también te gusta. Por cierto, ¿qué problema tienes tú con las californianas?

Nos quedamos en silencio, sólo se oye el resuello constante de los caballos.

—¿Y qué pasa entre tú y mi hermano? —pregunta Wendy. Así de la nada.

—¿Tu hermano? ¿A qué te refieres con qué pasa?

—Parece que hay algo.

—Estás de guasa, ¿no? Nos gusta provocarnos, ya sabes.

—Pero te gusta, ¿no?

La miro boquiabierta.

—No, a mí... —Me callo.

—A ti el que te gusta es Christian Prescott —responde ella por mí—. Sí, ya decía yo. Pero él es como un dios. Puedes adorar a un dios pero no puedes salir con él. Los chicos como él sólo pueden gustarte a la distancia.

No sé qué decir.

—Wendy...

—Verás, no te estoy empujando a los brazos de mi hermano. Sinceramente, me asusta la idea de que mi mejor amiga salga con mi hermano. Pero quiero decirte que en el caso de que estés interesada, adelante. Lo superaré. Si quisieras salir con él...

—Pero si yo a Tucker ni siquiera le gusto —balbuceo.

—Sí que le gustas.

—¿Ah, sí? No me digas.

—¿Nunca tuviste un compañero de primaria que te pegaba en el brazo?

—Tucker está a punto de acabar secundaria.

—Pues se ha quedado en primaria, créeme —dice Wendy.

La miro fijamente.

—¿Dices que Tucker hace el imbécil sólo porque yo le gusto?

—Y mucho.

—Qué dices.

Muevo la cabeza como si no me lo creyera.

—¿Nunca se te cruzó por la cabeza?

—¡Pues no!

—Eh... Que no pienso meterme en el medio ni nada. Por mí, todo bien.

El corazón me late a mil. Me atraganto.

—Wendy, tu hermano no me gusta. No podría gustarme. Ni de coña. Sin ofender.

—No, si no me ofendes —dice encogiéndose de hombros—. Sólo quería que supieras que a mí me parece bien, lo de Tucker y tú, si es que alguna vez pasa algo entre vosotros.

—Entre Tucker y yo no pasará nada, ¿vale? ¿Podemos hablar de otra cosa?

—Claro —responde, pero por su mirada pensativa deduzco que todavía tiene cosas por decir.

9

Larga vida a la reina

—¿Puedo meterme en esto yo sola? —pregunto.

—Póntelo hasta donde puedas —responde Angela—, y yo te ayudaré con el resto.

Contemplo el vestido largo y sus numerosas partes, que cuelgan de un gancho en el camerino del teatro. Parece complicado. Quizá deberíamos haber elegido el tema de los Ángeles de Mons.

—¿Cuánto tiempo tendré que llevarlo puesto mañana? —inquiero, mientras me pongo las medias de seda y las sujeto con cintas por debajo de las rodillas.

—No mucho —dice Angela—. Te ayudaré a vestirte justo antes de la clase y lo tendrás que llevar durante toda la presentación.

—Como ya sabes, esto podría matarme. Puede que tenga que sacrificar mi vida para que nos pongan una buena nota.

—Es muy noble de tu parte.

Me meto a la fuerza dentro del corsé y en los aros demenciales de la enagua. Luego cojo la percha con el vestido y me dirijo al escenario.

—Creo que necesito que me ates el corsé antes de seguir vistiéndome.

Angela se pone de pie para ayudarme. Eso es algo a destacar de Angela: nunca deja nada sin hacer. Tira de los cordones.

—¡No aprietes tanto! Tengo que respirar, ¿recuerdas?

—Para de lloriquear. Tienes suerte de que no hayamos encontrado un corsé que apriete de verdad.

Cuando me pasa el vestido por la cabeza me siento como

cada vez que me he probado una prenda del teatro. Angela camina a mi alrededor tironeando las piezas por debajo para asegurarse de que queden bien. Retrocede.

—¡Hala, pero qué maravilla! Sólo falta el maquillaje y el peinado, y estarás igualita a la reina Isabel.

—Genial —digo sin entusiasmo—. Mi cara parecerá una tarta de nata.

—Ostras, he olvidado las gorgueras.

Baja saltando del escenario y corre hasta una caja de cartón que hay en el suelo. Saca un collar rígido y redondo parecido a esas cosas que se les colocan a los perros para evitar que se laman. Hay dos más para las muñecas.

—No habías dicho nada sobre llevar gorgueras —digo retrocediendo.

Viene hacia mí. Despliega sus alas en un destello y las bate un par de veces, elevándose para alcanzar el escenario fácilmente y hacerlas desaparecer.

—Fanfarrona.

—Quédate quieta —me dice. Al ponerme la última gorguera en uno de mis puños añade—: Mi madre es un genio.

Como si le hubieran dado el pie, Anna Zerbino sale del vestíbulo con una pila de manteles. Al verme se para en seco.

—Entonces le va bien —dice, repasándome de arriba abajo con su mirada oscura y fría.

—Me va genial —digo—. Gracias por todo lo que ha hecho.

La mujer asiente.

—Ya podéis subir a cenar. Lasaña.

—Vale, ya me lo he probado —le digo a Angela—. Ahora quítamelo.

—No tan deprisa —susurra Angela, y se gira para mirar a su madre por encima del hombro—. Hoy no le hemos dedicado suficiente tiempo a nuestro otro proyecto.

Es tan predecible. Siempre con el tema de los ángeles.

—¿No has oído? —susurro—. Lasaña.

—Ahora vamos, mamá —dice Angela. Finge enredarse con mi cuello hasta que su madre se va. Entonces continúa—: Aunque he averiguado algo.

—Qué.

—Los ángeles, me refiero a los ángeles puros, son todos masculinos.

—¿Todos masculinos?

—No hay Intangeres femeninas.

—Interesante. Ahora ayúdame a quitarme este vestido.

—Pero creo que los ángeles podrían parecer mujeres si se lo proponen. Creo que pueden cambiar de forma, como los mutantes. —Sus ojos dorados se agrandan de excitación.

—O sea que pueden convertirse en gatos o en aves o en cualquier cosa.

—Sí, pero además —añade— tengo otra teoría.

—Ya empezamos —resoplo.

—Creo que todas las historias sobre criaturas sobrenaturales, como vampiros, hombres lobo, fantasmas, sirenas, extraterrestres y todo lo que te puedas imaginar, podrían estar relacionadas con los ángeles. Los humanos no saben lo que están viendo, pero podría tratarse de ángeles que han adoptado otras formas.

Angela tiene algunas teorías chifladas, pero está bien tenerlas en cuenta.

—Impresionante —le digo—. Ahora vamos a comer.

—Espera. También he averiguado algo sobre tu pelo.

—¿Mi pelo?

—Ese resplandor del que me hablaste. —Se acerca a la mesa, coge su portátil y empieza a buscar algo—. Se llama *comae caelestis*. Así describían los romanos «los rayos de luz que emanan de los cabellos, un distintivo de un ser celestial».

—¿Qué, lo has sacado de internet? —pregunto echándome a reír, sin dar crédito. Ella asiente. Como siempre, Angela coge una pepita de información que yo le doy y la convierte en una mina de oro.

—Ojalá a mí me ocurriera lo mismo —dice con melancolía, mientras enrolla un mechón de cabello negro en el dedo—. Tiene que ser alucinante.

—Es más bien agobiante, ¿sabes? Y tendrías que teñirte el pelo.

Se encoge de hombros como si eso no le pareciera tan malo.

—En fin, ¿con qué vas a sorprenderme tú esta semana? —me pregunta.

—¿Qué te parece el concepto de designio?

Esto sí que tiene tela, algo de lo que quizá debería haberle hablado hace tiempo, sólo que no me apetecía tocar el tema, porque entonces tendría que haberme puesto a hablar de mí. Pero ahora ya le he contado absolutamente todo lo que sé. Hasta he abierto mi diario de ángel y le he dado a leer mis notas antiguas. En el fondo espero que ella, con su infinita sabiduría, ya lo sepa todo sobre el concepto de designio.

—Define designio —me dice Angela.

No ha habido suerte.

—Primero quítame esta cosa —le pido señalando el vestido.

Se mueve rápidamente a mi alrededor, aflojando y desatando lazos y nudos. Voy al camerino y me visto con mi ropa normal. Cuando salgo la veo sentada en una de las mesas tamborileando con un lápiz sobre su cuaderno.

—Venga —me dice—. Cuéntame.

Me siento frente a ella.

—Todo ángel tiene un designio que cumplir en este mundo. Normalmente le es revelado por medio de una visión.

Garabatea frenéticamente en su cuaderno.

—¿A qué edad tienes esta visión? —me pregunta.

—Eso varía según el caso, pero suele ser entre los trece y los veinte. Ocurre después de que tus poderes empiezan a manifestarse. Yo la tuve el año pasado.

—¿Y recibes un solo designio?

—Que yo sepa sí. Mamá dice que es la misión para la que nos han puesto en este mundo.

—¿Y qué pasa si no la llevas a cabo?

—No lo sé —respondo.

—¿Y qué pasa después de llevarla a cabo? ¿Continúas con tu vida normal, tu vida feliz?

—No lo sé —repito. Menuda experta estoy hecha—. Mi madre no quiere hablarme de eso.

—¿Cuál es tu designio? —me pregunta sin parar de escribir.

Como no respondo, levanta la vista del cuaderno.

—Ah, ¿se supone que es un secreto?

—No lo sé. Es más bien algo personal.

—Vale —dice—. No tienes que contármelo.

Pero yo quiero contárselo. Quiero hablar del asunto con otra persona que no sea mi madre.

—Se trata de Christian Prescott.

Deja el lápiz, su expresión de sorpresa es tal que casi me echo a reír.

—¿Christian Prescott? —repite, como si esperase de mí el remate de un chiste malo.

—Veo un bosque en llamas, y a Christian en medio de los árboles. Se supone que tengo que salvarlo.

—Es de no creer.

—Lo sé.

Se queda en silencio por un rato.

—¿Ésa es la razón por la que te mudaste aquí? —pregunta finalmente.

—Pues sí. En la visión alcancé a ver la camioneta de Christian y su matrícula, y eso nos trajo hasta aquí.

—Es de no creer.

—¿Puedes parar de repetir eso?

—¿Cuándo crees que ocurrirá?

—Ojalá lo supiera. Durante la temporada de incendios, supongo.

—No me extraña que estés obsesionada con él.

—¡Angy!

—Oh, vamos, en la clase de Historia Británica no le quitas ojo. Yo creía que sólo estabas embelesada, como parecen estarlo todas en el instituto. Me alegra saber que tú tienes una buena razón.

—Vale, ya hemos hablado bastante de ángeles —digo poniéndome de pie y dirigiéndome hacia la puerta. Seguro que en este instante estoy como una remolacha—. Se nos enfría la lasaña.

—Pero tú no me has preguntado por mi designio —dice Angela.

Me paro en seco.

—¿Conoces tu designio?

—Bueno, hasta ahora no sabía que era mi designio. Pero he estado teniendo esa misma clase de ensueño una y otra vez durante tres años.

—¿Y qué es? Si no te importa que te lo pregunte.

De repente parece seria.

—No, no me importa —dice—. Hay un patio grande, y yo lo atravieso caminando deprisa, casi corriendo, como si llegara tarde. Hay mucha gente alrededor, gente con mochilas y tazas de café, así que creo que es un campus universitario o algo parecido. Es mediodía. Subo corriendo por unas escaleras de piedra, y en lo alto hay un hombre con traje gris. Le pongo la mano en el hombro, y él se gira.

Angela deja de hablar, su mirada perdida en la oscuridad del teatro, como si ahora mismo lo estuviera viendo proyectado en su mente.

—¿Y? —la apremio.

Me mira incómoda.

—No lo sé. Supongo que tengo que llevarle un mensaje. Hay palabras, cosas que debo decir, pero nunca puedo recordarlas.

—Las recordarás cuando llegue el momento —le digo.

Hablo igual que mi madre.

Lo que me reconforta de Angela, pienso cuando me voy a la cama, es que me recuerda que no estoy sola. Tal vez no debería sentirme sola, porque tengo a mamá y a Jeffrey, pero así me siento, como si fuera la única persona en el mundo que tiene un designio divino que cumplir. Pero ya no. Y Angela, pese a ser una sabelotodo nata, ignora el significado de su designio tanto como yo, y para eso no hay investigación ni teoría que pueda ayudarla. Ella simplemente tiene que esperar a que lleguen las respuestas. Saber eso me hace sentir mejor. Como si fuera un poquito menos torpe.

—¡Hola! —me dice mamá asomándose a mi habitación—.

¿Te lo pasas bien con Angela? —Su rostro permanece inmutable, como cada vez que sale el tema de Angela.

—Sí, ya hemos acabado el trabajo. Lo presentaremos mañana. Así que supongo que de ahora en adelante ya no pasaremos tanto rato juntas.

—Estupendo, habrá tiempo para las lecciones de vuelo.

—Sensacional —digo con sequedad.

Mamá frunce el entrecejo.

—Me alegro por lo de Angela. —Entra en la habitación y se sienta a mi lado—. Creo que es genial que tengas a un ángel de amiga.

—¿Lo dices en serio?

—Claro. Sólo tienes que ir con ojo, eso es todo.

—Ya, porque todos saben que Angela es una gamberra de cuidado.

—Crees que con Angela puedes ser tú misma —dice—. Eso lo entiendo. Pero los ángeles de sangre son diferentes. No son amigos comunes y corrientes. Nunca sabes qué intenciones podrían tener.

—¿Paranoica?

—Sólo ten cuidado —dice.

No sabe nada de Angela. Ni de su designio. No sabe lo divertida y lista que es Angela, ni todas las cosas interesantes que he aprendido de ella.

—Mamá —digo vacilante—. ¿Cuánto tiempo te llevó reunir todas las piezas de tu designio? ¿Cuándo supiste con certeza lo que tenías que hacer?

—Nunca lo supe. —Los ojos se le llenan de tristeza por un segundo, y luego adopta una expresión cauta, la rigidez de su cuerpo se extiende hasta su rostro. Cree que ya ha dicho demasiado. No va a contarme nada más.

Suspiro.

—Mamá, ¿por qué no me lo cuentas?

—Lo que quiero decir —continúa como si no hubiera oído mi pregunta— es que nunca lo supe con certeza. No con una certeza absoluta. Por lo general todo el proceso es muy intuitivo.

Oímos la música a todo volumen cuando Jeffrey sale de su

habitación y hace temblar el pasillo con sus pies enormes camino del lavabo. Cuando vuelvo a mirar a mamá, ella ha recuperado su expresión alegre de siempre.

—En parte es una cuestión de fe —añade.

—Sí, ya veo —digo resignada. Se me hace un nudo en la garganta. Quiero preguntarle muchas cosas. Pero ella nunca quiere responder. Nunca deja que entre en su secreto mundo angelical, y yo no entiendo por qué.

—Debería dormir —digo—. Mañana es la presentación en Historia Británica.

—De acuerdo —me contesta.

Parece agotada. Tiene ojeras moradas. E incluso le veo algunas líneas en las comisuras de los ojos que hasta ahora no había notado. Podría pasar por una mujer que está en la mitad de los cuarenta, lo cual no está mal teniendo en cuenta que tiene ciento dieciocho años. Pero nunca la había visto tan agotada.

—¿Estás bien? —le pregunto. Pongo mi mano sobre la suya. Tiene la piel fría y húmeda, lo cual me asusta.

—Estoy bien. —Retira su mano de debajo de la mía—. Ha sido una semana larga.

Se levanta y va hacia la puerta.

—¿Apago? —Estira la mano hasta el interruptor.

—Sí.

—Buenas noches —dice y apaga la luz.

Por un instante se queda en la puerta, su silueta recortada contra la luz del pasillo.

—Te quiero, Clara —dice—. No lo olvides, ¿vale?

Tengo ganas de echarme a llorar. ¿Cómo es que nos hemos separado tanto en tan poco tiempo?

—Yo también te quiero, mamá.

Entonces sale y cierra la puerta, y yo me quedo sola en la oscuridad.

—Una capa más —dice Angela—. Tu pelo es tan... irritante.

—Te lo dije.

Me rociaba la cabeza con otra nube tóxica de laca. Me echo a
toser. Cuando mis ojos dejan de lagrimear me miro en el espejo. La reina Isabel me mira desde el otro lado. No parece contenta.

—Creo que deberíamos sacar un sobresaliente.

—De eso no hay duda —dice Angela subiéndose las gafas
sobre la nariz—. Yo seré la que más hable, ¿recuerdas? Tú sólo
tienes que estar allí de pie y parecer hermosa.

—Para ti es fácil decirlo —gruño—. Este traje debe de pesar
cincuenta kilos.

Pone los ojos en blanco.

—Un momento —digo—. ¿Desde cuándo llevas gafas? Tienes una vista perfecta.

—Es mi disfraz. Tú haces el papel de la reina. Yo, el de la estudiante aplicada que lo sabe todo sobre la época isabelina.

—Increíble. Estás mal de la cabeza, ¿lo sabías?

—Venga —dice Angela—, que va a sonar el timbre.

Los demás estudiantes se apartan para dejarme pasar mientras yo sigo a Angela por el pasillo. Trato de sonreír mientras
ellos me señalan y cuchichean. Nos paramos delante de la puerta de la clase de Historia Británica. Angela se da la vuelta y se
pone a arreglar mi vestido.

—Unas gorgueras preciosas —dice.

—Me debes una.

—Espera aquí. —Parece un poquitín nerviosa—. Te anunciaré.

Ella entra en el aula y yo me quedo en el pasillo escuchando, esperando, mi corazón empieza a latir más deprisa. Oigo a
Angela que habla, y al profesor Erikson que responde. La clase
se ríe de algo que él ha dicho.

Echo una ojeada por una ventanita enmarcada en la puerta
del aula. Angela está de pie enfrente de la clase, señalando el
gráfico que preparamos juntas y que describe la cronología de
la vida de la reina Isabel I de Inglaterra. Va a anunciarme después de la muerte de la reina María I. Falta un minuto. Respiro
hondo y me enderezo todo lo que puedo bajo el peso aplastante del vestido.

Christian está ahí dentro. Puedo verlo a través de la ventanita, sentado en la primera fila con la cabeza apoyada en la mano.

Christian tiene el perfil más hermoso.

—Y sin más preámbulos —anuncia Angela en voz alta—, recibamos a Su Majestad, la reina Isabel I de la Casa Tudor, reina de Inglaterra y de Irlanda... Tucker, abre la puerta.

La puerta se abre, y entro en el aula con toda la elegancia posible. Con cuidado de no tropezar con el enorme vestido, me dirijo majestuosamente al frente para plantarme al lado de Angela. La clase entera parece contener el aliento.

Desde luego no hemos podido reproducir exactamente ninguno de los vestidos reales de los retratos de Isabel I que figuran en Wikipedia, incrustados de esmeraldas y rubíes y hechos con metros y metros de costosas telas, pero la madre de Angela se ha currado una imitación superguay. El vestido es de un tono dorado oscuro con un brocado de plata estampado y una camiseta de seda blanca que asoma por las mangas. Le hemos adherido perlas falsas y joyas de cristal en los bordes. El corsé me ciñe formando un pequeño triángulo por delante, y los vuelos de la falda se ensanchan hasta llegar al suelo. Las gorgueras del cuello y las muñecas están hechas de un rígido encaje blanco, decoradas también con perlas de imitación. Para rematar, tengo la cara pintada de blanco, algo que supuestamente representa la pureza de la reina Isabel, y los labios rojos. Angela me peinó con raya al medio y me hizo un elaborado moño trenzado detrás, y lo sujetó con un tocado con forma de corona hecho de alambres y perlas, con una perla diminuta que cuelga justo en el medio de mi frente, y un retazo largo de seda blanca que cae por mi espalda como el velo de una novia.

La clase me mira como si fuera la auténtica reina Isabel I que ha viajado a través del tiempo. De repente me siento bella y poderosa, como si de verdad corriera sangre noble por mis venas. Ya no soy Bozo.

—La reina María ha muerto —anuncia Angela—. Larga vida a la reina Isabel.

Ahora es mi turno. Cierro los ojos, tomo todo el aire que me permite este corsé, levanto la cabeza y miro a la clase como si ahora ellos fueran mis súbditos.

—Señores, la naturaleza me dicta un gran pesar por mi hermana —digo con mi mejor acento británico—. La carga que ha caído sobre mí me sobrecoge, y sin embargo, considerando que soy una criatura de Dios, obligada a aceptar Su nombramiento, ante ello cederé, deseando desde lo más profundo de mi corazón poder contar con Su bendición para atender a Su voluntad divina en este cargo que ahora se me asigna.

La clase permanece en silencio. Miro a Christian, que me observa como si nunca antes me hubiera visto. Nuestros ojos se encuentran. Sonrío.

Súbitamente siento un olorcito a humo en el aire.

Ahora no, pienso, como si la visión fuese una persona a la que puedo darle órdenes. La siguiente línea de mi discurso se me olvida. Empiezo a ver las siluetas de los árboles.

«Por favor —le imploro a la visión desesperadamente—. Vete.»

Es inútil. Estoy con Christian en el bosque. Lo miro a los ojos. Esta vez está muy cerca, tan cerca que puedo oler su maravillosa mezcla de aromas. Huele a chico y a jabón. Podría alargar la mano y tocarlo. Deseo hacerlo. Creo que nunca ha habido nada que deseara tanto. Pero siento que me invade la pena, esa tristeza tan intensa y dolorosa que enseguida me llena los ojos de lágrimas. Ya casi había olvidado esa tristeza. Bajo la cabeza, y entonces veo que él sostiene mi mano, los largos dedos de Christian entrelazados con los míos. Su pulgar acariciando mis nudillos. Tomo aliento, espantada.

¿Qué significa?

Levanto la vista. Vuelvo a estar en la clase, mirando a Christian. Alguien se ríe disimuladamente. El profesor Erikson me mira expectante. Siento la tensión de Angela que va en aumento. Se está poniendo nerviosa. Ella quería que utilizara tarjetas con notas. Quizá no era tan mala idea.

—¿Su majestad? —me da pie el profesor Erikson.

De pronto recuerdo lo que sigue.

—Me siento fuerte —me apresuro a decir, sin ser capaz de

apartar la mirada de Christian. Él vuelve a sonreír, como si estuviésemos manteniendo una conversación privada—. Sé que tengo el cuerpo de una mujer frágil y débil —añado—. Pero tengo la fuerza y las agallas de un rey.

—¡Ahí la tienen, ahí la tienen! —exclama Angela, los ojos hinchados detrás de sus gafas—. ¡Larga vida a la reina!

—¡Larga vida a la reina! —repite el profesor Erikson, seguido por toda la clase.

No puedo contener la sonrisa. Angela, más aliviada después de que he acabado mi parte, empieza a entrar en los detalles del reinado de Isabel. Ahora sólo debo estar aquí de pie y parecer hermosa, como ella dijo. Y tratar de apaciguar mi corazón.

—Naturalmente, todo el mundo en Inglaterra parecía interesado en encontrar un marido para Isabel —dice Angela mirando al profesor Erikson, como demostrando estar en lo cierto—. Todo el mundo dudaba de su capacidad para gobernar por sí misma. Pero resultó ser uno de los mejores y más venerados reinados de la historia. Ella marcó el comienzo de una edad de oro para Inglaterra.

—Sí, ¿pero no murió virgen? —pregunta Tucker desde el fondo de la clase.

Angela no vacila. Enseguida se mete de lleno en la cuestión de la reina virgen, y explica cómo Isabel utilizaba la imagen de virgen para volver más atractivo su estatus de soltera.

Tucker está apoyado en la pared del fondo, con una sonrisa burlona.

—Sir Tucker —digo de repente, interrumpiendo a Angela.

—¿Sí?

—Creo que la respuesta correcta es «sí, Su Majestad» —digo con mi entonación más altiva. No puedo permitir que se mofe de mí delante de toda la clase, ¿verdad?

—Sí, Su Majestad —responde con sarcasmo.

—Mire usted lo que está diciendo, sir Tucker, si no quiere acabar en el cepo.

Se burla y mira al profesor Erikson.

—Ella no puede hacer eso, ¿verdad que no? No es la soberana de esta clase. El soberano es Brady.

—Hoy ella es la reina —dice el profesor Erikson reclinándose en su silla—. Si yo fuera usted me callaría.

—Podrías despojarlo de su título —me sugiere Brady, sin importarle al parecer que haya usurpado su trono—. Conviértelo en siervo.

—Sí —dice Christian—. Conviértelo en siervo. Como siervo podrás colgarlo.

El pobre Christian ha sido ejecutado varias veces como siervo en nuestra clase. Además de morir por la Peste Negra el primer día, ha muerto de hambre, le han cortado las manos por robar una barra de pan y el caballo de su amo le ha pasado por encima. Christian va por la quinta reencarnación.

—O podrías librarte de él sin más. Encerrarlo en la Torre de Londres. Hacerlo descuartizar. Tal vez torturarlo. O probar con un enema al rojo vivo —dice el profesor Erikson riendo. Un profesor que sugiere matar usando un enema al rojo vivo es digno de admiración.

—Tal vez podríamos someterlo a votación —digo mirando fríamente a Tucker, recordando cuando casi consiguió que me quemaran por bruja. Dulce venganza.

—Todos los que estén a favor de la muerte de sir Tucker, el hereje, que levanten la mano —se apresura a decir Angela.

Contemplo las manos levantadas en la clase. Hay unanimidad. Excepto por Tucker, que está en el fondo de brazos cruzados.

—Que sea con un enema al rojo vivo —digo.

—Me lo apuntaré —dice el profesor Erikson con malicia.

—Ahora que ya está resuelto —continúa Angela lanzándome una mirada dura—, dejadme hablar de la derrota de la Armada Española.

Miro a Tucker con aire triunfal. Él tuerce la boca insinuando una sonrisa, como diciendo: *Touché*.

Un punto para Clara. Toma ya.

—¿Qué ha sido eso? —me pregunta Angela cuando vamos directo a los servicios después de clase.

—¿Lo de Tucker? Ya sé. Yo tampoco lo entiendo.

—No, lo de dispersarte en medio de tu discurso y dejarme colgada delante de toda la clase.

—Lo siento —digo—. Tuve la visión. ¿Cuánto tiempo estuve ida?

—Sólo unos diez segundos. Pero te aseguro que fueron los diez segundos más largos de mi vida. Pensé que iba a tener que abofetearte.

—Lo siento —repito—. No es algo que pueda controlar.

—Lo sé. No pasa nada. —Entramos en el lavabo de chicas y nos metemos en el cubículo de minusválidos, donde Angela desmonta el vestido y yo salgo de dentro. Luego ella desata el corsé y yo jadeo aliviada; finalmente puedo respirar bien hondo.

—¿Viste el incendio en el bosque? —pregunta, mirando a hurtadillas para asegurarse de que estamos solas.

—No, esta vez no.

Sonríe con picardía mientras me pasa la sudadera.

—Viste a Christian.

Siento el rubor que se expande por mis mejillas.

—Sí. —Con cuidado me quito el tocado y se lo entrego a Angela, y me pongo la sudadera.

—Así que estabas mirando a Christian en la clase y al instante le estabas mirando en el futuro. Es de locos, C.

—Dímelo a mí. —Me pongo los pantalones y camino hasta el espejo para examinar los daños sufridos en el pelo—. ¡Puf! Necesito una ducha.

—¿Y qué pasaba en el futuro?

—Nada —respondo enseguida—. Fueron sólo diez segundos, ¿recuerdas? No dio tiempo para nada.

Me vuelvo hacia el lavamanos y bajo la cabeza para mojarme la cara. El maquillaje blanco se escurre entre mis dedos y desaparece en un remolino por el desagüe. El agua fría le sienta bien a mi rostro ruborizado. Angela me alcanza una toalla de papel y me seco, y luego me quito el lápiz de labios rojo abrillantado. Ella saca un cepillo de su mochila y empieza a quitarme los alfileres del pelo.

—Conque nada nuevo, ¿eh? —dice mirándome a los ojos a través del espejo—. ¿Ninguna parte nueva en la visión?

Suspiro. Podría contárselo. Angela termina sonsacándote la verdad de un modo u otro. Si algo tiene es que es perceptiva y persistente.

—Estaba... —empiezo diciendo en voz baja—. Estábamos... cogidos de la mano.

—¡Calla! —exclama Angela—. ¡Entonces sois como novios!

—¡No! —respondo molesta—. Bueno, tal vez. No sé bien lo que somos. Estamos tomados de la mano, ¿y qué? Eso no significa nada.

—Ah, vale. —Angela me mira incrédula mientras pasa el cepillo por mi pelo saturado de laca—. Ahórratelo. Estás perdidamente enamorada de él.

—Ni siquiera lo conozco bien. ¡Ay! ¡Despacio!

—Pues yo lo conozco desde el parvulario —dice Angela ignorando mi protesta mientras lucha con la maraña de mi pelo—. Y créeme si te digo que Christian Prescott es tan maravilloso como lo pintan. Inteligente, divertido, majo y sí, está más bueno que el pan.

—Suena como si tú estuvieras enamorada de él —observo.

—En octavo —detalla Angela—. En el cumpleaños de Ava Peters. Jugamos a la botella. Mi botella quedó apuntando hacia Christian, así que salimos al porche trasero para besarnos.

—¿Y?

—Fue bonito. Pero no saltaron chispas. No hubo química. Ni un poco. Fue como besar a mi hermano. No te preocupes, C., es todo tuyo.

—Eh, se trata de una misión, ¿recuerdas? No es una cita. Y creo que es todo de Kay, así que basta de tonterías.

Se mofa.

—Kay es guapa —dice—. Y lo bastante habilidosa para llamar su atención. Pero Kay es una chica más del instituto. Y tú, un ser angelical. Eres más inteligente y atractiva que ella en todos los aspectos. Eres genéticamente superior. Vale, está el tema de tu pelo. Es un mal color, distrae a la gente o lo que sea. Pero de verdad que estás muy bien. No tienes nada que envidiarle a Scarlett Johansson, salvo las tetas. Créeme, todos los tíos en el

Jackson High saben quién eres. —Y para acabar—: Además, Christian y Kay casi han roto.

—¿Qué dices? ¿Cómo lo sabes?

—Porque lo sé —responde a la ligera—. Es cuestión de tiempo, ya sabes. Es la clase de relación con fecha de caducidad.

—¿A qué clase de relación te refieres, exactamente?

Me mira sin inmutarse.

—A las puramente físicas. ¿Qué, crees que Christian se ve atraído por la inteligencia deslumbrante de Kay? La fecha de caducidad está cerca. Créeme —añade al ver que no respondo, insinuando una sonrisa malvada. Es increíble que sus alas sean más blancas que las mías.

—Eres muy rara, lo sabes, ¿no? —digo moviendo la cabeza—. Muy rara.

—Tú espera —replica—. Ya verás. Pronto será tuyo. Después de todo, es tu destino. —Pestañea cómicamente.

—¿De verdad crees que mi designio consiste en echarme un novio? Eso sería estupendo, porque evidentemente una ayudita no me vendría mal, pero ¿no te parece que el mundo se extiende un poquito más allá de nuestras vidas amorosas, la de Christian y la mía?

—Tal vez —contesta, y es imposible saber si lo dice en serio o no—. Nunca se sabe.

Después del colegio espero a Wendy en el aparcamiento. Hemos quedado para estudiar en casa para un examen sobre Jane Austen que anunció Phibbs. No puedo evitar fijarme en la camioneta de Christian, la Avalancha, aparcada como siempre en el fondo.

Wendy se acerca y me da un golpe en broma en el brazo.

—Tucker me dijo que hoy fuiste la reina —dice.

Aparto la vista de la camioneta de Christian.

—Sí, hoy ejercí el poder. Literalmente.

—Ojalá te hubiera visto con el vestido —añade—. Tendrías que haber venido a buscarme durante el almuerzo. Podría haberte ayudado.

—Oh, no tienes que ayudarme con los trabajos de Historia —respondo, como si no quisiera abusar de ella.

Pero lo cierto es que no sé cómo hacer para compartir un mismo espacio con Angela y Wendy. Qué raro sería hablar de cosas normales como el colegio o los chicos ahora que estoy tan acostumbrada a hablar de los ángeles con Angela. En las últimas semanas apenas he visto a Wendy en clase y en la cafetería, donde sigo compartiendo mesa con las Invisibles. La mayoría de los días después de clase he estado preparando con Angela nuestro trabajo de Historia.

—¿Lista para Jane Austen? —pregunto.

—Ya sabes que estoy loca por Mister Darcy, un hombre con mayúsculas —responde Wendy.

—Y tanto —digo distraída, acabo de ver a Christian y Kay.

Están hablando junto a la camioneta plateada. Kay le sonríe. Mientras ella habla acorta distancias, casi restregándose contra él. A él no parece molestarle. Se besan. No es un piquito, sino un beso largo y lento durante el cual ella le echa las manos al cuello y él la toma por la cintura, la estrecha y la levanta. Luego él se aparta y le acaricia la mejilla con la mano y le coloca un mechón de pelo detrás de la oreja. Le dice algo. Ella asiente. Él abre la puerta del lado del conductor y ella sube. Él sube detrás de ella y cierra la puerta. No puedo ver lo que pasa a continuación, pero la camioneta no se mueve. No están yendo a ninguna parte.

No parece una pareja cuya fecha de caducidad esté próxima. Parecen felices.

—No me estás escuchando, ¿verdad? —dice Wendy levantando la voz.

Doy un respingo, sobresaltada, y me vuelvo hacia ella. Wendy ladea la cabeza, sus ojos entrecerrados.

—Lo siento —me apresuro a añadir. Sonrío—. ¿Te contó Tucker que hoy lo hice ejecutar? Está bien ser una reina.

Espero que ella se relaje, que haga algún comentario listillo, pero sólo mueve la cabeza.

—Qué.

—Christian tiene novia, como te habrás dado cuenta —dice—. Yo que tú me olvidaría.

Abro la boca, la cierro, la vuelvo a abrir.

—Qué borde eres —balbuceo por fin.

—Es la verdad.

—Tú no tienes ni idea —le suelto.

—Bueno, si te molestaras en contarme algo, tal vez la tendría —responde cruzándose de brazos.

—Vale, ya sé, estás celosa. Por eso te comportas como una borde.

Aparta la mirada en un gesto que así lo confirma. Está celosa de Angela por todo el tiempo que hemos pasado juntas.

—Estoy harta de ver cómo babeas por Christian Prescott como si fuera un chuletón, eso es todo.

Ha sido un día muy largo. Así que pierdo los estribos.

—¿Y a ti qué más te da, Wen? Es mi vida. ¿Por qué no dejas de ser invisible de una vez y vives la tuya?

Se me queda mirando un rato, su cara enrojece poco a poco, sus ojos brillan con las primeras lágrimas que su tozudez le impedirá derramar. Me da la espalda. Puedo ver cómo sus hombros empiezan a temblar.

—Wen...

—Olvídalo —responde. Recoge su mochila y se la cuelga al hombro—. Creía que éramos amigas de verdad, y no hasta que tú encontraras a alguien mejor. Me equivoqué.

—Jo, Wendy, claro que eres mi amiga —digo retrocediendo un paso—. Yo...

—No te ofendas, Clara, pero tú no eres el centro de todo.

La miro fijamente.

—Voy a coger el autobús, me voy a casa —anuncia, apartándome para pasar.

10

Lecciones de vuelo

Ojalá hubiera tenido una Semana Santa divertida, un viaje loco a Miami o aunque fuera un viaje por carretera con mis amigas. Pero Wendy seguía sin hablarme (¡Jesús, vaya si estaba resentida!) y Angela estaba ocupada ayudando a su madre con la limpieza del teatro. Así que las vacaciones de Semana Santa consistieron en siete días divertidísimos encerrada en casa con Jeffrey, que estaba castigado porque había ganado el campeonato regional de lucha libre. Dos semanas sin televisión, sin teléfono, sin internet. Me parecía un poco excesivo. Jeffrey estaba furioso, mamá estaba de mal humor y ni todo el tiempo que yo dedicaba a tomar el sol en el porche alcanzaba para contrarrestar el ambiente frío de la casa.

Es un alivio regresar al colegio. A la hora del almuerzo me siento a esperar que Angela aparezca. Estoy absorbiendo con una servilleta la grasa extra de mi porción de pizza de *pepperoni* cuando Wendy entra en la cafetería prácticamente dando saltos. Se coloca en la cola del pescado y saluda con un ademán un poco espasmódico a las chicas que están sentadas en la mesa de las Invisibles. Tiene esa expresión de me muero por contártelo. Supongo que tiene que ver con el baile de graduación.

Le doy un mordisco a la pizza empapada y me recuerdo a mí misma que no quiero ir al baile de graduación. Prefiero mil veces quedarme en casa con una tarrina de helado, viendo melodramas con mamá, que necesita relajarse y descansar de verdad.

¿Por qué me deprime tanto este plan?

El mensaje que capto de Wendy cuando llega a la mesa de las Invisibles, a pocos metros de distancia, y se deja caer en la silla es: «Tú nunca sabrás lo que ocurrió.» Por un instante me mira a los ojos, y sé que las dos queremos dejar atrás nuestra estúpida pelea y reconciliarnos, y que ella me cuente sus excitantes novedades.

—¿Ya tienes con quién ir al baile? —pregunta Emma.

A Wendy le brillan los ojos. Me pregunto si esta situación requiere un chillido eufórico de superamigas.

—No —dice ella—. Bueno, sí. Iré con Jason Lovett. Pero ésa no es la noticia. ¡Me aceptaron en el programa de prácticas!

—El programa de prácticas —repite Lindsey inexpresiva.

¡Claro! ¡El programa de prácticas en Montana del que lleva hablando sin parar desde que recibió el folleto! ¡Ése donde están todos los veterinarios graduados en la Universidad de Washington! ¡Venga, chicas! ¿Y vosotras os llamáis amigas?

—En el Hospital Veterinario All West —les explica Wendy.

—Ah, sí —dice Lindsey apáticamente—. ¿Uno que está en Bozeman?

—Sí —contesta Wendy, casi sin aliento—. Habría matado para conseguir hacer esas prácticas. Están casi todos los veterinarios graduados en la Universidad de Washington, donde es mi sueño estudiar, como ya sabéis.

Me lanza otra mirada. Sonrío levemente. Aparta la vista.

—¡Enhorabuena! —dicen las chicas casi al unísono.

—Gracias. —Parece realmente feliz y orgullosa y excitada por su futuro, aun a falta del chillido eufórico.

—Espera, ¿eso significa que vas a estar fuera todo el verano? —pregunta Audrey, frunciendo el entrecejo.

—Desde junio hasta agosto.

—Es genial —dice Emma—. Ahora cuéntanos cómo fue que te lo propuso Jason Lovett.

Casi puedo oír cómo Wendy se sonroja.

—En realidad, yo se lo propuse.

Me inclino y apoyo la barbilla en mis manos, como quien se aburre mucho y no escucha nada de lo que se habla alrededor.

Me alegro por Wendy. Jason parece un buen chico, bajito, regordete, de ojos marrones esperanzados y una voz de tenor que espero por su bien se haga más grave con los años. Pero majo. Alguien que tratará bien a Wendy.

Angela finalmente aparece. Arroja su bolsa de papel marrón con el almuerzo sobre la mesa y se sienta a horcajadas enfrente de mí. Intuitivamente lanza una mirada hacia la mesa de las Invisibles, donde Wendy y sus amigas siguen hablando de su proposición a Jason.

—Deberías reconciliarte con ella —dice Angela—. Sea lo que sea, ella ya lo ha superado. Por cierto, ¿qué fue lo que le molestó tanto?

—Creo que estaba celosa porque pasaba mucho tiempo contigo —respondo sin rodeos.

—Ah, bueno, ahí ya no puedo hacer nada. Me sorprende, ¿sabes?

—Lo sé —digo con una sonrisa.

—Ah, y hablando de sorpresas, tengo noticias para ti. —Se inclina hacia delante, con un brillo diabólico en sus ojos—. He oído que Christian y Kay han tenido problemas serios durante las vacaciones de Semana Santa —susurra de manera teatral.

Echo una rápida ojeada a la cafetería. Tardo algunos segundos, pero finalmente veo a Christian sentado solo en el fondo. A Kay no se la ve por ningún lado. Tampoco a sus amigas. Interesante.

—¿Qué clase de problemas?

—Una discusión a gritos en una fiesta delante de un centenar de personas. Existe el desagradable rumor de que Christian conoció a una chica del equipo de Cheyenne en el campeonato estatal de esquí.

—¿Y quién pondría a circular ese rumor?

Sonríe con esa mirada astuta, irritante.

—Te lo dije, ¿no? Con rumor o sin rumor, era cuestión de tiempo...

Es entonces cuando Kay Patterson entra en la cafetería.

Lleva una falda que, estoy segura, infringe las normas de indumentaria del colegio, y más maquillaje de lo normal, los ojos, casi como un mapache, los labios, descaradamente rojos. Enseguida busca a Christian con la mirada. Él parece estar totalmente concentrado en sus patatas, sin levantar la vista, pero por su postura puedo inferir que sabe que ella está allí. Y ella sabe que él lo sabe. Por un momento pienso que ella va a echarse a llorar. Entonces empieza a caminar, y se contonea hasta llegar a un grupo de deportistas novatos de primero y segundo año, que están sentados en una esquina. Toda la cafetería se da la vuelta para mirarla. Ella escoge a uno de los chicos, como al azar, y le dice algo suavemente, con voz de operadora de sexo telefónico, y le pasa la mano por el pelo.

Después se da la vuelta y se sienta en el regazo de Jeffrey.

Creo que en este momento todas las mandíbulas han echado a rodar.

Esto excede los problemas entre Christian y Kay. Esto es Kay apoyándose en el pecho de Jeffrey y diciéndole algo al oído tan de cerca que podría lamerlo. Los ojos grises de Jeffrey se agrandan un poco, pero es obvio que está tratando de no perder la calma. No se mueve.

Me pongo de pie.

—¿Me disculpas un momento? —le digo amablemente a Angela, como si fuera a empolvarme la nariz. Pero estoy hecha una furia. Tengo la firme intención de ir hasta allí y usar mi superfuerza angelical para darle un puñetazo a Kay Patterson en su exquisita nariz respingona, por toda una serie de razones, en realidad, entre ellas que haya elegido a mi hermanito para su juego retorcido, porque nadie se mete con mi hermanito.

—Espera —dice Angela cogiéndome del brazo con fuerza—. Tranquila, C. Jeffrey no es un niño. Puede cuidar de sí mismo.

Da la impresión de que Jeffrey vaya a tragarse su nuez de Adán.

—¿Dónde está Christian? —pregunta él con voz ronca.

—No sé dónde está Christian —ronronea Kay como si le diera completamente igual—. ¿Tú lo sabes?

Aparto la mirada de la nueva Kay en versión putilla. Christian ha dejado de comer y está juntando los restos en su bandeja. Se pone de pie y camina hacia el contenedor de bandejas, se gira y lanza una mirada de desprecio en la dirección de Kay, y se dirige a la puerta.

Bien por él, pienso mientras tira de la manija. Al salir se oye un portazo. Lo sigo con la mirada a través de la ventana mientras recorre el pasillo a grandes zancadas hacia la puerta principal, dejando una estela de furia a su paso tan nítida como una estela de humo en el aire. Finalmente desaparece.

—Éste es el momento —susurra Angela—. Ve tras él.

Podría decirle algo. ¿Pero qué?

—Ahora quiere estar solo —le digo a Angela—. ¿No te parece?

—Cobarde.

La miro con odio.

—No-Me-Llames-Cobarde —exclamo de repente, con tanta rabia que las palabras apenas pasan entre mis dientes apretados.

Me sacudo a Angela de encima y cruzo la cafetería con paso airado hacia donde está Kay. Le toco el hombro.

—Perdona —le digo—. ¿Se puede saber qué haces?

Levanta la mirada, una expresión calculadora en sus ojos.

—¿Tienes algún problema, Pippi?

Pippi. Como Pippi *Calzaslargas*. Las risas se expanden por todo el comedor. Pero mamá tenía razón. No me perturba. Ya lo he oído antes.

—Vaya. Qué original. Ahora suelta a mi hermano, por favor.

Alguien me coge del brazo y me aprieta suavemente. Me giro y veo a Wendy a mi lado.

—Tú no eres así, Kay —dice Wendy.

Eso es cierto. Por más que quiera creer que Kay es el demonio en persona, por más que una parte de mí quiera ver en esta pequeña exhibición a la verdadera Kay asomando, Kay no es así. Es una fachada tan obvia y patética... Es la reacción típica de un animal herido. Visto así, ya casi no me quedan ganas de pegarle.

—Sé que estás disgustada, Kay, pero... —empiezo a decir.

—Tú no sabes nada. —Libera a Jeffrey de sus tentáculos y me mira con sus furiosos ojos de chocolate. Los ojos de Jeffrey dicen otra cosa: «No lo hagas. Me estás dejando en ridículo. Lárgate.»

—Christian no está —continúo—. Se ha ido. Así que para qué babearte con los novios de otras. ¿Quieres hacernos perder el apetito o qué?

Si Kay parece avergonzada o dubitativa, será sólo por una fracción de segundo. Se vuelve hacia Jeffrey.

—¿Tienes novia? —le pregunta en tono meloso.

Él mira a Kay y sus peligrosos ojos negros, y luego mira a Kimber, que estaba en la cola de la pizza cuando todo esto se desmadró. Ella me recuerda al duende de las galletas Keebler, de pelo casi blanco trenzado y enrollado alrededor de la cabeza como la chica del chocolate negro Swiss Miss. Pero ella al parecer está muy, muy enfadada. Se ha puesto pálida, dos manchas rojas en las mejillas y los ojos que echan chispas.

Quizá no sea yo la que va a darle una paliza a Kay.

—Sí —contesta Jeffrey, insinuando una sonrisa—. Kimber Lane. Ella es mi chica.

La mirada que cruzan Jeffrey y Kimber en este instante exige un *crescendo* cursi como música de fondo. Oh, pienso, mi hermanito está enamorado. La verdad es que al mismo tiempo encuentro esto un poco burdo.

—Pues nada —añade Kay con impostada ligereza. Se levanta y se arregla la falda. Luego levanta la cabeza y lanza una risa forzada como si hubiera sido todo un juego, muy divertido, pero del que ya se ha aburrido—. Nos vemos —le dice a Jeffrey, y se marcha tranquilamente, seguida por su pequeño pelotón en el instante mismo en que se aleja de nosotros.

Salen de la cafetería, y enseguida se produce una explosión de voces mientras los demás estudiantes se lanzan a parlotear todos a la vez.

Wendy me suelta el brazo.

—Eh —le digo—. Lamento todas las gilipolleces que te dije la última vez.

—Yo también.

—¿Quieres hacer algo después de clase?

Sonríe.

—Claro —dice—. Me encantaría.

Wendy y yo nos encerramos en mi habitación y hacemos los deberes juntas y nos inclinamos sobre nuestros libros sin hablar demasiado, sólo levantando la vista de vez en cuando para sonreír o preguntar algo. Desde luego, no pienso en mis clases de Aerodinámica ni en las tres teorías físicas que supuestamente explican la propulsión. En las clases son todo números y ángulos, nada que se parezca a volar de verdad, pero curiosamente en eso sí que soy buena.

No puedo parar de pensar en Christian. Hoy faltó a la clase de Historia.

—He oído que irás al baile con Jason Lovett —le digo a Wendy cerrando el libro. No soporto un segundo más estar atrapada en mi cabeza—. ¿Estás contenta o qué?

—Sí —responde con una sonrisa.

—¿Qué te vas a poner?

Se muerde el labio. Está claro que hay un problema de armario.

—¿Todavía no tienes vestido? —pregunto.

—Tengo algo —contesta, tratando de parecer satisfecha—. Es el que llevo a la iglesia, pero creo que puedo retocarlo un poco.

—Oh, no. Ni hablar de un vestido para la iglesia. —Me levanto de un salto y corro hasta el armario, de donde saco dos vestidos de etiqueta que llevé en los bailes de California, y regreso junto a Wendy. Le enseño los dos vestidos, uno a cada lado—. Elige el que más te guste.

De repente Wendy tiene problemas para mirarme a los ojos.

—Pero, ¿y tú qué? —tartamudea.

—Yo no voy a ir.

—No puedo creer que hasta ahora nadie te haya invitado.

Me encojo de hombros.

—Bueno, ¿por qué no se lo propones a alguien? Digo yo,

¿de qué sirve la liberación femenina si no podemos invitar a los hombres a los bailes? Yo se lo propuse a Jason.

—No hay nadie con quien quiera ir.

—Sí, sí.

—¿Qué?

—Lo dejaré pasar.

—Volviendo al tema, la noche del baile Jason Lovett será tu Príncipe Azul y tú necesitarás sí o sí un vestido de Cenicienta. Así que escoge uno.

Ya le está echando el ojo con avidez al rosa claro que tengo en la mano izquierda.

—Creo que te quedará bien —digo ofreciéndoselo.

—¿De verdad? ¿No me hará parecer ridícula?

—Pruébatelo.

Me lo arrebata y corre al lavabo para probárselo.

—Eres demasiado alta —se lamenta desde el otro lado de la puerta.

—Para eso están los tacones.

—Tienes más pecho que yo.

—Imposible.

La puerta se abre. Ella posa indecisa, el pelo largo y castaño que cae sobre su cuello y hombros. El bajo del vestido le queda largo, pero no es nada que un dobladillo no pueda arreglar.

—Estás estupenda. —Hurgo en mi joyero en busca de un collar que haga juego—. Mañana tendremos que ir a Jackson y comprarte unos pendientes. Qué pena que el centro comercial más cercano esté en Idaho Falls. Claire's tiene lo mejor para el baile de graduación. ¿A cuánto está eso, dos horas?

—Dos horas y media —responde Wendy—. Pero no tengo las orejas perforadas.

—Creo que tengo una patata y una aguja puntiaguda.

Me mira boquiabierta y levanta las manos para protegerse los lóbulos.

—Dime, ¿cómo te divertías antes de que yo llegara? —le pregunto.

—Tirando de la cola a las vacas.

Llaman a la puerta y mi madre asoma la cabeza. Wendy inmediatamente se pone colorada hasta las cejas y enfila hacia el lavabo, pero mamá entra en la habitación para verla.

—¿Qué? ¿De desfile? ¿Cómo no me habéis invitado?

—El baile de graduación es el próximo sábado. Te lo dije, ¿recuerdas?

—Ah, es cierto —reconoce—. Y tú no irás. —Parece decepcionada.

—¿Querías decirme algo, mamá?

—Sí, quería recordarte que tú y yo hemos quedado para practicar tus ejercicios de yoga.

Me cuesta pillarlo. Y durante un instante alucino.

—¿Podemos dejarlo para otro momento? Estoy ocupada...

—Ya sé, chicas, que os lo estáis pasando bomba, pero tengo que secuestrarte para uno de esos momentos madre-hija.

—Yo igual ya me iba —murmura Wendy—. Tengo que terminar los deberes.

—Estás preciosa, Wendy —dice mamá con una sonrisa—. ¿Has pensado en los zapatos?

—Creo que con unos zapatos cualquiera ya está bien.

Mamá niega con la cabeza.

—Nada de llevar unos zapatos cualquiera con ese vestido.

—Mañana iremos a mirar pendientes —me ofrezco—. También podríamos mirar zapatos.

Wendy no parece muy convencida. En Jackson las tiendas sólo tienen precios para turistas.

—O mejor —dice mamá— podríamos saltarnos Jackson y asaltar el centro comercial. Este fin de semana, ¿paseo en coche hasta Idaho Falls?

No sé si ha estado escuchando detrás de la puerta o si estamos en la misma onda.

—A veces es como si pudieras leerme la mente —le digo con una sonrisa.

—Wendy no tiene mucho dinero, ¿sabes? —le digo a mamá cuando mi amiga se ha ido. El sol empieza a ponerse detrás de las montañas. Estoy en chándal y camiseta de tirantes en el jardín trasero, temblando, tratando de envolverme el cuello con una bufanda de lana—. Así que cuando vayamos a Idaho Falls no nos lleves a una tienda muy cara. Se sentirá incómoda.

—Había pensado en Payless —dice mamá con remilgo—. Había pensado que sería agradable organizar un día de chicas. Tú no lo has hecho desde que nos mudamos.

—Vale.

—También había pensado que podrías traer a Angela. ¿Ya tiene un compañero para el baile?

Dejo de pelearme con la bufanda y la miro fijamente.

—Sí, ya tiene.

—Entonces que venga.

—¿Para qué?

—Quiero conocer a tus amigas, Clara. Siempre traes a Wendy a casa, pero nunca traes a Angela. Así que quiero conocerla. Creo que ya es hora.

—Sí, pero...

—Sé que te pone nerviosa, pero no debería ser así —dice mamá—. Sabré comportarme.

No es mamá la que me preocupa. O tal vez sí.

—Le preguntaré si quiere venir.

—Estupendo. Quítate la bufanda —dice mamá.

—¡Hace frío!

—Podría engancharse.

Tiene razón. Fuera bufanda.

—¿Tenemos que hacer esto ahora? Estoy asistiendo a clases de Aerodinámica en el instituto, ya sabes. Por cierto, soy un as.

—Eso te sirve para pilotar un avión. Aquí se trata de tu cuerpo. Tienes que entrenar, Clara. Te he dado todo el invierno para que te adaptes. Ahora tienes que concentrarte en tu misión para que estés preparada cuando empiece la temporada de incendios. Faltan sólo unos meses.

—Lo sé —digo con tristeza.

—Ahora, por favor.

—Vale, lo que tú digas.

Despliego mis alas. Pasa un rato hasta que consigo sacarlas. Al menos ha sido más fácil invocarlas, ya no tengo que pronunciar esas palabras en angélico. Sigo pensando que mis alas son preciosas, suaves y blancas, perfectas como las de una lechuza. Pero de momento parecen grandes y torpes, como el atrezo de una película cutre.

—Bien, extiéndelas —dice mamá.

Las extiendo todo lo posible, hasta que se me empiezan a cargar los hombros por el peso.

—Para despegar tienes que relajarte. —No para de decírmelo y yo no tengo ni idea de cómo se hace.

—¿Por qué no me rocías con un polvo mágico y me haces pensar en cosas bonitas? —digo quejosa.

—Despeja tu mente.

—Ya está.

—Empieza por la actitud.

Suspiro.

—Intenta relajarte.

La miro con un gesto de impotencia.

—Intenta cerrar los ojos —propone—. Toma aire por la nariz y suéltalo por la boca. Imagina que te vuelves más radiante, que tus huesos se tornan más ligeros.

Cierro los ojos.

—Sí que parece yoga —digo.

—Tienes que vaciarte, liberarte de todas las cosas que abruman tu espíritu.

Intento despejar mi mente. Pero en cambio veo el rostro de Christian. No es la visión. Está rodeado de fuego y humo, pero está a un aliento de distancia, como cuando estaba inclinado sobre mí en la pista de esquí. Sus pestañas oscuras y gruesas. Sus ojos con motas doradas. Cálidos. Las arrugas en las comisuras de sus ojos al sonreír.

Ahora mis alas ya no pesan tanto.

—Bien, Clara —dice mamá—. Ahora, intenta elevarte.

—¿Cómo?

—Agita las alas.

Imagino mis alas remontando el vuelo como las suyas en Buzzards Roost. Me imagino saliendo disparada como un cohete, atravesando las nubes, rozando las copas de los árboles.

¿No sería maravilloso echar a volar así, responder a la llamada del cielo?

Apenas siento contracciones.

—Estaría bien que abrieras los ojos —dice mamá riendo.

Abro los ojos. «A volar», le ordeno a mis alas en silencio.

—No puedo —digo jadeante al cabo de un rato. Estoy sudando, a pesar del frío.

—Estás pensando demasiado. Recuerda, tus alas son como tus brazos. No tienes que pensar para mover los brazos, sólo los mueves.

La miro con rabia. Los dientes apretados de frustración. Entonces mis alas empiezan a flexionarse lentamente

—Eso es —dice mamá—. ¡Lo estás haciendo!

Sólo lo estoy haciendo. Porque mis pies siguen firmemente plantados en el suelo. Mis alas se mueven, abanican, agitan mi pelo, pero no me elevo.

—Peso demasiado.

—Tienes que volverte más ligera.

—¡Lo sé!

Intento pensar otra vez en Christian, sus ojos, su sonrisa, cualquier cosa tangible, pero de pronto sólo puedo imaginármelo como en la visión, de espaldas a mí. El fuego que se acerca.

¿Y si no puedo hacerlo?, pienso. ¿Y si todo depende de mi habilidad para volar? ¿Y si muere?

—¡Venga! —grito, haciendo fuerza con cada parte de mi cuerpo—. ¡A volar!

Doblo las rodillas, salto, y me elevo a casi un metro del suelo. Por un instante creo que lo he conseguido. Luego caigo pesadamente, pisando mal, y me tuerzo un tobillo. Pierdo el equilibrio y acabo en la hierba, un embrollo de miembros y alas.

Por un momento me quedo tumbada sobre la hierba mojada, luchando por respirar.

—Clara —dice mamá.

—No.

—¿Te has hecho daño?

Sí, me he hecho daño. Ojalá mis alas desaparecieran.

—Sigue intentándolo. Lo conseguirás —me ordena.

—No, no lo conseguiré. Hoy no. —Me levanto con cuidado y me sacudo la hierba y la tierra de mis pantalones, negándome a mirarla a los ojos.

—Estás acostumbrada a que todo te resulte fácil. Para esto tendrás que esforzarte.

Ojalá dejara de decir eso. Siempre que lo intentamos su rostro adopta esa mirada como si la hubiese defraudado, como si esperara más de mí. Eso me hace sentir como una tremenda fracasada, tanto en la categoría humana, en la que debería destacar (por mi belleza, mi fuerza, mi rapidez, mi seguridad y mi capacidad para hacer cualquier cosa que se me pida), como en la de ángel. Como chica normal no estoy demostrando ser nada magnífico. Y como ángel soy pésima.

—Clara. —Mamá se acerca con los brazos abiertos, como si ahora fuéramos a abrazarnos y todo solucionado—. Tienes que intentarlo de nuevo. Tú puedes.

—Deja de hablar como un entrenador, mamá. Déjame en paz, ¿vale?

—Cariño...

—¡Déjame en paz! —chillo. Veo sus ojos espantados.

—Muy bien —dice. Da media vuelta y camina a paso raudo hacia la casa. La puerta se cierra de un portazo.

Oigo la voz de Jeffrey en la cocina, y la voz de mamá, suave y paciente, que le responde. Me froto los ojos irritados. Quiero irme corriendo pero no tengo adónde ir. Así que aquí me quedo, con mis dolores de cuello, hombros y tobillo, compadeciéndome a mí misma hasta que el jardín se oscurece y no queda más remedio que entrar cojeando en casa.

11

Idaho Falls

El sábado Angela se presenta en casa una hora más temprano, y desde el momento que la veo en el porche sé que esto del día de las chicas ha sido un error. Parece un niño en la mañana de Navidad. Está excitadísima y ansiosa por conocer a mi madre.

—Tómatelo con calma, ¿vale? —le digo antes de hacerla pasar—. Recuerda lo que hablamos. Como si nada. Ni tocar el tema ángeles.

—Vale.

—Lo digo en serio. Ni se te ocurra mencionar a los ángeles.

—Ya me lo has dicho cien veces.

—Pregúntale por Pearl Harbor o lo que sea. Seguro que le gustará.

Angela pone los ojos en blanco.

No parece comprender el hecho de que nuestra amistad depende de cuán despistada le parezca a mi madre. De que si mi madre supiera de lo que hemos hablado todas aquellas tardes después de clase, el proyecto ángel y las preguntas y las teorías chaladas de Angela, probablemente no me dejaría volver a pisar el teatro.

—Quizá lo mejor sería que no abrieras la boca —digo. Se pone una mano en la cintura y me mira con rabia—. Vale, vale. Ven conmigo.

Encontramos a mamá en la cocina colocando un plato enorme de crepes sobre la mesa. Nos sonríe.

—Hola, Angela.

—Hola, señora Gardner —dice Angela en un tono completamente reverencial.

—Llámame Maggie —dice mamá—. Por fin nos conocemos.

—Clara me ha hablado tanto de ti que es como si ya te conociera.

—Te habrá hablado bien, espero.

Miro a mamá. Apenas nos hemos dirigido la palabra después de mi chapuza en la lección de vuelo. Me sonríe sin enseñar los dientes, la sonrisa que tiene para cuando hay invitados.

—Pues Clara no me ha hablado mucho de ti —dice.

—Bueno —responde Angela—, la verdad es que no hay mucho que contar.

—Muy bien, ¿unas crepes? —ofrece mamá—. Apuesto a que Angela se muere de hambre.

Mamá se vuelve para coger un plato del armario, y yo le lanzo a Angela una mirada de advertencia.

—¿Qué? —susurra.

Mi madre la tiene completamente deslumbrada. Durante el desayuno no deja de mirarla. Lo que sería, dentro de todo, pasable (raro, pero pasable) si no fuera porque después del segundo mordisco de crepe le suelta:

—¿Hasta qué altura puede volar un ángel de sangre? ¿Crees que podemos llegar al espacio?

Mamá se limita a reír y dice que sería muy guay pero que seguramente necesitaríamos oxígeno.

—Nada de viajar a la Luna.

Sonríen mutuamente, lo cual me fastidia. Si le hiciera esa pregunta yo a mamá me diría que no lo sabe, o que no es importante, o me cambiaría de tema. Sé lo que se trae entre manos: está intentado calar a Angela. Quiere saber qué es lo que ella sabe. Lo que justamente no quiero que pase.

Pero Angela no lo deja ahí.

—¿Y qué hay del brillo?

—¿El brillo?

—Ya sabes, ese brillo celestial que irradian los ángeles. ¿Qué es?

—Lo llamamos gloria —responde mamá.

—¿Y para qué sirve? —pregunta Angela.

Mamá deja el vaso de leche sobre la mesa y actúa como si ésta fuera una pregunta profunda que requiere de una respuesta meditada.

—Sirve para muchas cosas —dice finalmente.

—Apuesto a que es muy útil —dice Angela—. Como una linterna personal. Y te hace parecer un ángel, por supuesto. Nadie lo pondría en duda si enseñas tus alas y tu brillo celestial. Pero se supone que eso no se hace, ¿verdad?

—Nunca debemos revelar nuestra naturaleza —sentencia mamá mirándome por un instante—, aunque hay excepciones. La gloria tiene un extraño efecto en los humanos.

—¿Qué efecto?

—Los aterra.

Me enderezo un poco. Eso no lo sabía, y Angela tampoco.

—Comprendo —dice Angela, ahora completamente lanzada—. ¿Pero qué es exactamente la gloria? Tiene que ser algo más que un simple brillo, tiene que tener alguna clase de efecto, ¿no?

Mamá se aclara la garganta. Ahora el tema le resulta incómodo, un tema del que nunca me ha hablado.

—Tú siempre dices que me sería mucho más fácil volar si pudiera acceder a la gloria —le suelto de sopetón, casi sin dejarle escapatoria—. Lo dices como si fuera una fuente de energía.

Suspira de una manera apenas perceptible.

—Es así como nos conectamos con Dios.

Angela y yo nos quedamos pensando.

—¿Cómo? —pregunta Angela—. ¿Como cuando la gente reza?

—Cuando alcanzas la gloria estás conectada con todo. Puedes oír la respiración de los árboles. Puedes contar las plumas del ala de un pájaro. Sabes si va a llover. Eres parte de eso, de esa fuerza que une todo lo viviente.

—¿Nos enseñarás cómo lo haces? —pregunta Angela. Esta conversación sin duda la está dejando alucinada. Está deseando sacar su cuaderno y ponerse a tomar notas.

—Eso no se enseña. Tienes que aprender tú sola a relajarte,

a despojarte de todo menos de aquello que te convierte en lo que eres, tu esencia. No son tus pensamientos ni tus sentimientos. Es el ser que está por debajo de todo eso.

—Vale, pues parece difícil.

—A mí me llevó cuarenta años antes de conseguirlo —dice mamá—. Algunos ángeles de sangre nunca llegan a alcanzar ese estado. Aunque puede desencadenarse por hechos o emociones intensas.

—Como le ocurre a Clara con su pelo, ¿verdad? Tú le dijiste que se lo provocaban sus emociones —dice Angela.

Mamá se levanta de la mesa y se acerca a la ventana.

—Cá-lla-te-ya —le digo a Angela moviendo en silencio los labios.

—Hay una camioneta azul en la entrada —dice mamá al cabo de un rato—. Wendy ya ha llegado.

Dejo a mamá con Angela y corro a recibir a Wendy, que, sin saberlo, me rescata de esta conversación de ángeles.

Tucker la ha traído. Está apoyado contra la camioneta, con la mirada fija en el bosque, y de algún modo siento que él no debería estar aquí, no debería estar escudriñando mi bosque ni oyendo mi arroyo ni disfrutando del canto de mis pájaros.

—Eh, Zanahoria —dice cuando me ve. Busco a Wendy, que está hurgando en la parte trasera de la camioneta—. Bonito día para ir de compras —añade.

Me parece que me está vacilando. No se me ocurre nada que contestarle.

—Pues sí —digo.

Wendy cierra con fuerza la puerta de la camioneta y sube al porche justo cuando Angela sale de la casa.

—¡Hola, Angela! —dice sonriente. Parece decidida a llevarse bien con mi otra mejor amiga—. ¿Cómo estás?

—Muy bien —contesta Angela.

—Tengo tantas ganas de ir a Idaho Falls... Nunca he estado allí.

—Yo tampoco.

Tucker sigue allí. Sigue contemplando mi bosque. A mi pesar, bajo los peldaños del porche y me acerco a él.

—Así que comprando vestidos para el baile, ¿eh? —comenta cuando me planto a su lado.

—Hummm... algo así. Wendy necesita zapatos. Angela sólo algunos accesorios, ya que su madre le hizo el vestido. Y yo sólo voy de paseo, supongo.

—¿No vas al baile?

—No. —Aparto la mirada, incómoda, y me giro hacia la casa, donde de pronto Wendy parece metida de lleno en un intento de conversación con Angela.

—¿Y por qué no?

Lo miro como diciendo: «¿Tú qué crees?»

—¿Nadie te lo ha propuesto? —me pregunta.

Niego con la cabeza.

—Qué fuerte, ¿no?

—Pues sí, la verdad es que sí.

Se frota la nuca y desvía la mirada hacia el bosque. Se aclara la garganta. Por un instante se me cruza la absurda idea de que va a invitarme al baile de graduación, y mi corazón da un estúpido vuelco del pavor que me provoca sólo pensarlo. Porque tendría que rechazarlo delante de Wendy y Angela, que fingen estar conversando pero se ve claramente que están al loro, y sería humillante para él. De verdad que no quiero ver a Tucker humillado.

—Ve sola —dice en cambio—. Es lo que yo haría.

Casi me echo a reír del alivio.

—Ya.

Se vuelve hacia Wendy y le grita.

—Eh, que ya me voy, ven aquí un momento.

—Clara me llevará a casa, así que por hoy ya no necesitaré de tus servicios, Jeeves —le dice Wendy como si fuera su chófer. Él asiente y la coge del brazo y la aparta de la camioneta para hablarle en voz baja.

—No sé cuánto cuestan unos zapatos, pero esto podría ayudar —le dice.

—Tucker Avery —replica Wendy—. Sabes que no puedo aceptarlo.

—Yo no sé nada.

Ella refunfuña.

—Eres un cielo. Pero esto es dinero del rodeo. No puedo aceptarlo.

—Conseguiré más.

Debe de tener el dinero en la mano para que ella lo coja, porque Wendy no dice nada más.

—Vale, está bien —concluye a regañadientes. Él le da un abrazo breve y sube a la camioneta, da la vuelta en círculo y se detiene para bajar la ventanilla.

—Pasadlo bien en Idaho. Y no os metáis con ningún granjero.

—Ya. No sería buena idea.

—Ah, Zanahoria...

—Dime.

—Si finalmente decides ir al baile, resérvame una pieza, ¿vale?

Antes de que me dé tiempo a procesar su petición, ya se ha marchado.

—Hombres —dice Angela a mi lado.

—Yo creo que ha sido un detalle bonito —afirma Wendy.

Resoplo, confundida.

—Vámonos de una vez.

De repente Wendy suspira. Saca un billete de cincuenta dólares del bolsillo de su sudadera.

—Ese pequeño liante —dice con una sonrisa.

Nada más ver el vestido me enamoro. Si fuera al baile de graduación, sería ése y no otro. A veces con los vestidos lo sabes a la primera. Te llaman. Éste es uno de inspiración griega, sin tirantes, con cintura de corte imperio y una franja de tela que sube desde el pecho hasta uno de los hombros. Es azul oscuro, algo más vivo que el azul marino.

—Bueno —dice Angela después de que lo he estado mirando en la percha durante quince minutos—, tendrás que probártelo.

—¿Qué? Ni hablar. No pienso ir al baile.

—¿Y qué más da? ¡Maggie, Wendy! —las llama a voz en grito en los grandes almacenes. Ellas están en la sección de calzado mirando las liquidaciones—. Venid a ver este vestido para Clara.

Lo dejan todo y vienen a ver el vestido. Al verlo suspiran. E insisten en que me lo pruebe.

—Pero si no voy a ir al baile —protesto ya en el probador mientras me quito la camisa.

—No necesitas compañero —replica Angela al otro lado de la puerta—. Puedes ir sola, ya sabes.

—Ya. Sola en el baile de graduación. Así puedo quedarme de pie viendo cómo los demás bailan. Suena genial.

—Bueno, nosotras conocemos a alguien que estaría encantado de bailar contigo —dice Wendy a la ligera.

—Acaba de romper con su novia, ya sabéis —anuncia mamá.

—¿Tucker? —pregunta Wendy, confusa.

—Christian —responde mamá.

El corazón se me para por un segundo, y como Wendy y Angela no dicen nada, abro la puerta del probador y asomo la cabeza.

—¿Tú cómo sabes que Christian ha roto con Kay?

Angela y ella cruzan miradas. Sólo las dejé cinco minutos a solas esta mañana y Angela ya le ha expuesto su hipótesis de que Christian y yo somos almas gemelas. Me pregunto qué piensa mamá de todo esto.

—Si yo fuera Christian no me dejaría ver por el baile —dice Wendy—. Para él sería como meterse en un nido de serpientes.

Es cierto. La semana pasada en el colegio Christian parecía ausente. Nada que saltara a la vista, pero como yo lo observo me di cuenta. En Historia Británica no bromeaba como suele hacerlo. No tomaba notas en clase. Y luego faltó dos días seguidos, lo que no es normal. Christian llega tarde, pero nunca falta a clase. Supongo que debe de llevar muy mal lo de Kay.

Me pongo el vestido por la cabeza. Me queda bien. Como si me lo hubieran hecho a medida. Es injusto.

—Venga, queremos verlo —me ordena Angela. Salgo y me paro delante del espejo grande.

—Ojalá mi pelo no fuera naranja —digo apartándome un mechón rebelde de la cara.

—Tienes que comprártelo —dice Angela.

—Pero si no voy a ir —repito.

—Tendrías que ir sólo para ponerte ese vestido —opina Wendy.

—Totalmente de acuerdo —coincide Angela.

—Estás preciosa —dice mamá, y luego, para dejarme pasmada del todo, mete la mano en su bolso para coger un pañuelo y secarse los ojos. Después añade—: Lo voy a comprar. Si no vas al baile este año, irás el año que viene. Es realmente perfecto, Clara. Los ojos se te ponen de este azul aciano deslumbrante.

No se puede razonar con ellas. Así que al cabo de un cuarto de hora estamos saliendo de la tienda con mi vestido. Entonces decidimos separarnos para, como diría mamá, invadir y conquistar. Angela y yo recorremos las tiendas de joyas, y mamá y Wendy van a por zapatos, pues no hay nada en el cielo ni en la tierra que mi madre ame más que unos zapatos nuevos. Quedamos en encontrarnos en la entrada del centro comercial dentro de una hora.

Me siento de un humor extraño. Encuentro irónico que Angela y Wendy vayan al baile de graduación y la única cosa que hayamos comprado hasta ahora en nuestro viaje de compras sea un vestido para mí. Que además no voy a ir. También me siento contrariada porque no puedo llevar pendientes de verdad, ya que perforarme las orejas no funciona: cicatrizan muy rápido. No me gusta ninguno de los pendientes sin agujero que veo por aquí. Quiero algo vistoso y efectista para este baile al que no iré.

De repente siento mareos, así que Angela y yo entramos en Pretzel Time y pedimos una rosquilla de canela para cada una, con la esperanza de que un poco de comida en el estómago me ayude. El centro comercial está repleto y no hay sitio donde sentarse, así que nos apoyamos en la pared y nos comemos las rosquillas, mirando a la gente entrar y salir de Barnes & Noble.

—¿Estás enfadada conmigo? —me pregunta Angela.

—¿Qué dices? No.

—Apenas me has dirigido la palabra desde el desayuno.

—Bueno, se suponía que no tenías que sacar el tema ángeles, ¿recuerdas? Lo prometiste.

—Lo siento —se disculpa.

—Sólo córtate un poco delante de mi madre, ¿vale? Con las preguntas y esa manera de mirarla y todo lo demás.

—¿Cómo la miro?

—Te quedas mirándola como una muñeca Kewpie.

—Lo siento —repite—, pero es que es la primera Dimidius que conozco. Quería saber cómo era.

—Te lo dije. Es una mezcla de treintañera moderna, ángel tranqui y abuela malhumorada.

—Yo no veo que sea una abuela.

—Lo es, créeme. Y tú eres una mezcla de adolescente chalada, ángel y detective privado.

Sonríe.

—Trataré de portarme bien.

Es entonces cuando lo veo. Un hombre que me observa desde la puerta. Es alto, de pelo oscuro peinado hacia atrás con una coleta. Viste unos vaqueros gastados y una chaqueta de ante marrón que le queda ancha de hombros. Entre toda la turba de gente que va y viene no habría reparado en él de no ser por la intensidad con que nos mira.

—Angela —digo con voz débil, mi rosquilla cae al suelo. Me invade una tristeza terrible. Tengo que luchar para que la súbita intensidad de la emoción no me doblegue. Mis manos se cierran en puños, mis uñas se clavan dolorosamente en las palmas. Me echo a llorar.

—Caray, C, ¿qué te pasa? —dice Angela—. Te lo juro, me portaré bien.

Intento responderle. Intento vencer la pena para articular una frase. Las lágrimas caen por mi rostro.

—Ese hombre —susurro.

Angela mira en la misma dirección que yo. Se le corta la respiración y aparta la mirada.

—Vámonos —pide—. Tenemos que encontrar a tu madre.

Me rodea los hombros con el brazo y me conduce por el centro comercial. Tropezamos con la gente, nos abrimos paso entre familias y grupos de adolescentes. Angela mira hacia atrás.

—¿Nos sigue? —Apenas tengo fuerza para hablar. Es como si luchara por mantener la cabeza a flote en una piscina de agua oscura y fría, helada hasta los huesos y más débil con cada paso que doy. Es demasiado. Quiero hundirme y dejar que me engulla la oscuridad.

—No lo veo —responde Angela.

Justo entonces, como si se tratara de una plegaria escuchada, nos encontramos con mamá. Ella y Wendy salen de Payless, las dos con bolsas de compras.

—Eh, vosotras dos —nos llama mamá. Entonces repara en nuestros rostros—. ¿Qué ha pasado?

—¿Podemos hablar contigo un segundo? —Angela coge a mamá del brazo y la aparta de Wendy, que parece confundida y algo ofendida cuando nos alejamos de ella—. Hemos visto a un hombre —susurra—. Nos estaba mirando, y Clara, de repente... de repente...

—Es tan triste —consigo decir.

—¿Dónde? —pregunta mamá.

—Detrás de nosotras —dice Angela—. Lo he perdido de vista, pero seguro que está allí detrás.

Mamá cierra la cremallera de su sudadera y se sube la capucha para cubrirse la cabeza. Regresa a donde está Wendy e intenta sonreír.

—¿Todo bien? —pregunta Wendy.

—Clara se siente mal —dice mamá—. Tenemos que irnos.

Y es la verdad. Apenas si puedo dar un paso después de otro mientras nos dirigimos apresuradamente a los grandes almacenes.

—No mires atrás —me dice mamá al oído—. Camina, Clara. Mueve los pies.

Pasamos a toda prisa por la sección de cosméticos y lencería, contigua a la sección de ropa de etiqueta en la que empezamos el día de compras. En pocos minutos llegamos al aparcamiento. Nada más ver el coche mamá echa a correr, llevándome a rastras.

—¿Qué ocurre? —pregunta Wendy mientras corremos.

—Subid al coche —ordena mamá, y eso es lo que hacemos.

Salimos pitando del aparcamiento. Cuando estamos a unos pocos kilómetros de Idaho Falls la tristeza comienza a disiparse, como un telón que se levanta. Estremecida, respiro profundamente.

—¿Estás bien? —me pregunta Wendy, que todavía parece muy confusa.

—Sólo necesito llegar a casa.

—En casa tiene la medicina —interviene Angela—. Se trata de una enfermedad.

—Una enfermedad —repite Wendy—. ¿Qué clase de enfermedad?

—Eh...

Mamá le lanza a Angela una mirada exasperada.

—Es un caso raro de anemia —continúa Angela sin titubear—. A veces hace que se sienta débil y con náuseas.

Wendy asiente como si comprendiera.

—Como aquella vez que se desmayó en el colegio.

—Exacto. Necesita tomar las pastillas.

—¿Por qué no me lo dijiste? —me pregunta Wendy. Mira a Angela y otra vez a mí, como si la pregunta más bien fuera: «¿Cómo es que se lo has contado a Angela y a mí no?» Parece herida.

—Por lo general no suele ser grave —digo—. Ya me siento mejor.

Angela y yo nos miramos. Sobre todo teniendo en cuenta la reacción de mamá, las dos sabemos que sin duda es muy, muy grave.

Cuando llegamos a casa tres horas más tarde, después de dejar a Wendy en el Lazy Dog, mamá nos dice:

—Muy bien. Ahora quiero que subáis a tu habitación y me esperéis allí. No tardaré.

174

Angela y yo entramos en casa. Todavía no es de noche, pero mientras nos dirigimos a mi habitación tengo la necesidad de encender todas las luces. Nos sentamos juntas en mi cama.

Oímos a mamá que llama a la puerta de Jeffrey.

—Hola —le dice cuando él abre—. He pensado en llevarte a Jackson y dejarte en el cine, ya que hoy he mimado a tu hermana durante todo el día. Me parece justo.

Una vez que se marchan, Angela me abraza y nos envuelve a las dos con el edredón, pues no puedo dejar de temblar. Y esperamos. Al cabo de una hora oímos el coche de mamá que regresa. La puerta se cierra estrepitosamente. Oímos el crujido cauto de sus pasos en las escaleras. Golpea con suavidad.

—Pasa. —Mi voz suena ronca.

Sonríe al vernos acurrucadas.

—No deberías haberte llevado a Jeffrey —le digo—. ¿Y si el tipo está ahí fuera?

—No quiero que tengáis miedo —responde mamá—. Aquí estamos seguras.

—¿Quién era? —pregunta Angela.

Mamá suspira, resignada y cansada.

—Era un Alas Negras. Existe la posibilidad de que sólo estuviera de paso.

—¿Un ángel caído rondando por el centro comercial de Idaho Falls? —inquiere Angela.

—Cuando lo vi... —Al recordarlo me quedo sin habla.

—La pena que sentiste es su pena.

—¿Su pena? —repite Angela.

—Los ángeles no tienen la capacidad de libre albedrío que tenemos nosotras. Actuar en contra de su designio les causa un enorme dolor físico y psicológico. Todos los Alas Negras lo sienten.

—¿Por qué tú y Angela no sentisteis nada? —pregunto.

—Algunos son más susceptibles que otros a su presencia —dice mamá—. En realidad es una ventaja. Puedes verlos venir.

—Y si los vemos, ¿qué tenemos que hacer?

—Haced lo que hemos hecho hoy. Corred.

—¿No podemos enfrentarnos a ellos? —pregunta Angela, con voz más chillona de lo normal. Mamá niega con la cabeza—. ¿Ni siquiera tú?

—No. Los ángeles son infinitamente poderosos. Lo mejor que puedes hacer es escapar. Si tienes suerte, y hoy la hemos tenido, el ángel considerará que no vale la pena perder el tiempo contigo.

Nos quedamos en silencio por un rato.

—La forma de protección más segura es no ser descubierta —completa mamá.

—¿Y por qué no querías que supiera nada sobre ellos? —No puedo evitar el tono acusatorio—. ¿Por qué no quieres que Jeffrey lo sepa?

—Porque ese conocimiento los atrae, Clara. Si eres consciente de su existencia tienes más probabilidades de ser descubierta.

Se queda mirando a Angela, que sostiene la mirada por unos segundos antes de desviarla, sus dedos aferrados al borde del edredón. Angela fue la que me habló de los Alas Negras.

—Lo siento —murmura Angela.

—Descuida —dice mamá—. Tú no lo sabías.

Más tarde me meto en la cama con mamá. Quiero sentirme segura junto a su calor radiante, pero su cuerpo está frío. Tiene el rostro pálido y demacrado, como si estuviera agotada por intentar ser la valiente y la sabia, por intentar protegernos. Sus pies son como bloques de hielo. Froto mis pies contra los suyos, con la esperanza de calentarlos.

—Mamá —exclamo en la oscuridad—. Estaba pensando.

Se escucha un suspiro.

—En mi visión, esa tristeza que siento de repente, ¿es por un Alas Negras?

Silencio. Y luego otro suspiro.

—Cuando me hablabas de la tristeza que sentías, por la manera en que la describías, pensé que era una posibilidad. —Mamá me toma por la cintura y me atrae hacia ella—. Pero no te preocupes, Clara. Eso no te ayudará. Todavía no sabes cuál es tu designio. De momento sólo cuentas con pequeñas piezas. No quiero llenarte la cabeza con ideas preconcebidas antes de que tú lo comprendas todo por ti misma.

Y vuelvo a temblar.

12

Cierra el pico y baila

El lunes todo vuelve a la normalidad. Camino por los pasillos del Jackson High con los estudiantes de siempre y asisto a las mismas clases aburridas (salvo por Historia Británica, claro, donde Christian y Brady hacen una representación de William Wallace y me entretengo viendo a Christian con una falda escocesa), y de pronto lo del Alas Negras parece un mal sueño, y vuelvo a sentirme segura.

Sin embargo, decido que debo tomarme más en serio todo este asunto de mi designio. Ya está bien de jugar a ser una chica normal. No lo soy. Soy un ángel de sangre. Tengo una misión que cumplir. Tengo que dejar de lloriquear, de estar a la espera, de hacerme tantas preguntas. Tengo que actuar.

Así que el miércoles después de clase alcanzo a Christian en su taquilla. Voy directo hacia él y le toco el hombro. Me siento como si una pequeña descarga electroestática recorriera todo mi cuerpo. Él se da la vuelta y me clava esa mirada de ojos verdes. No parece que tenga ganas de hablar.

—Eh, Clara —dice—. ¿Puedo ayudarte en algo?

—He pensado que quizá yo pueda ayudarte. La última semana no viniste a clase.

—Mi tío me llevó de campamento.

—¿Quieres que te deje mis apuntes de Historia Británica?

—Claro, eso sería genial —dice como si los apuntes le importaran un bledo y sólo me estuviera complaciendo. Sin duda no es el mismo de siempre: no hace chistes, no se muestra seguro de sí mismo, no se pavonea sutilmente al caminar. Hasta tiene ojeras.

Le doy mi cuaderno. Justo cuando lo coge pasa un grupo de chicas, un grupo de chicas guays, amigas de Kay. Cuchichean y le lanzan miradas asesinas. Él se pone tieso.

—Lo olvidarán —le digo—. Ahora no paran de hablar de ti, pero espera una semana más. Todo volverá a la normalidad.

—¿Tú crees? ¿Cómo puedes estar tan segura?

—Bueno, ya sabes. Soy el centro de los cotilleos. Parece que, desde que he llegado, cada semana corre un rumor nuevo sobre mí. Supongo que es el precio que pago por ser la chica nueva. ¿Has oído eso de que seduje al entrenador de baloncesto? Es mi rumor favorito.

—Los rumores sobre mí no son ciertos —dice Christian acaloradamente—. Yo rompí con Kay, ésa es la verdad y no otra.

—Bueno. Sé por experiencia que los rumores por lo general no son...

—Creía que era lo mejor. No soy lo que ella necesita, y me pareció lo mejor hacerlo así —añade con una ferocidad en los ojos que me recuerda a su imagen en la visión, esa mezcla de vehemencia y vulnerabilidad que incrementa tremendamente su atractivo.

—La verdad es que no es asunto mío —digo.

—No sabía que todo iba a acabar así.

Estamos en el pasillo mientras los demás estudiantes van y vienen en manada. Del techo, casi encima de la cabeza de Christian, cuelga un cartel del baile de graduación. AMOR MÍTICO, se lee en rutilantes letras azules. El sábado, desde las siete hasta medianoche. Amor mítico.

De pronto mi mente empieza a dar vueltas a lo loco, como *La ruleta de la suerte*. Hasta que se detiene.

—¿Quieres ir conmigo al baile? —le suelto de sopetón.

—¿Qué?

—No tengo compañero, y tú no tienes compañera, así que deberíamos ir juntos.

Se me queda mirando. Si el corazón me latiera un poquitín

más rápido me desmayaría aquí mismo. Trato de parecer tranquila, en plan si me dice que no, tampoco pasa nada.

—¿Nadie te lo ha propuesto? —me pregunta.

¿Por qué todo el mundo me sale con lo mismo?

—No.

Se le iluminan los ojos.

—Claro, ¿por qué no? Una cita con la reina Isabel. —Sonríe.

No puedo evitar corresponderlo con otra sonrisa.

—Al parecer es el sábado, desde las siete hasta la medianoche. —Señalo el cartel. Él mira hacia arriba.

—Ni siquiera sé por dónde tengo que pasar a recogerte —dice.

Enseguida recito mi dirección de un tirón y empiezo a explicarte cómo llegar. Me interrumpe con una carcajada. Sacude la cabeza y mete la mano en su taquilla para coger un boli. Luego me coge la muñeca, y en ese instante siento un calor eléctrico que me recorre la nuca poniéndome los pelos de punta.

—Envíame un e-mail con tu dirección —dice. Abre mi mano y me escribe su dirección de correo electrónico en la palma con tinta verde.

—Vale. —De pronto mi voz suena ridículamente aguda y temblorosa. Un mechón de pelo cae sobre mi cara, y de un zarpazo me lo coloco detrás de la oreja.

Guarda el boli y se cuelga la mochila al hombro.

—¿A las siete?

—Vale —vuelvo a decir. Es como si me hubieran reducido a una sola palabra con un solo toque.

Quizás Angela tenga razón con respecto a la visión. Quizás el momento de éxtasis en el que estamos haciendo manitas signifique que parte de mi designio consiste en echarme un novio tan guapo como este chico. No estaría nada mal.

—Vale, tengo que irme —anuncia sacándome de mi ensueño.

Su boca se arquea formando esa media sonrisa torcida que enloquece a las chicas. De pronto vuelve a ser él, olvidando lo de Kay por el momento.

—Te veo el sábado —añade.

—Nos vemos.

Mientras se aleja cierro el puño de la mano en la que ha escrito su e-mail. Soy un genio, pienso. Sólo a un genio se le ocurriría.

Voy a ir al baile de graduación con Christian Prescott.

Mamá está llorando otra vez. Yo estoy delante del espejo de cuerpo entero de su habitación, cuando faltan pocos minutos para las siete en punto, y ella está llorando, no sollozando ni nada parecido pues eso sería poco digno para ella, sino llorando a lágrima viva. Es alarmante. Hace un momento estaba ayudándome a poner dos cintas plateadas en el pelo, un toque griego según ella, y ahora está sentada en el borde de la cama llorando en silencio.

—Mamá —digo con impotencia.

—Es que me siento tan feliz por ti... —Se sorbe ruidosamente, avergonzada.

—Ya. Feliz. —No puedo evitar el pensamiento aterrador de que últimamente se está deteriorando—. Controla la emoción, ¿vale? Que debe de estar por llegar.

Sonríe.

—La Avalancha está en la puerta —grita Jeffrey desde abajo. Mamá se pone de pie.

—Tú quédate aquí —dice secándose las lágrimas—. Para él será mejor tener que esperar.

Me acerco a la ventana y algo oculta veo a Christian parar delante de la casa y aparcar. Antes de enfilar hacia la puerta se ajusta el nudo de la corbata y se pasa la mano por su oscuro cabello despeinado. Me echo una última ojeada en el espejo. Se supone que el lema Amor Mítico debería traer a la memoria los mitos de dioses y diosas, Hércules y demás, de modo que mi vestido de inspiración griega es perfecto. He dejado que el pelo caiga ondulado por mi espalda, para no tener que luchar con un peinado. Pronto tendré que volver a teñírmelo. Mis raíces doradas están empezando a asomar.

—Ahí viene —dice mamá cuando aparezco en lo alto de la

escalera. Ella y Christian me miran desde abajo. Sonrío y empiezo a bajar los peldaños con cuidado.

—¡Guau! —dice Christian cuando me paro delante de él. Me recorre con la mirada de la cabeza hasta los pies—. Una preciosidad.

No estoy segura de si se refiere a mí o a mi vestido. En cualquier caso lo tomo como un cumplido.

Él viste un pulcro esmoquin negro con chaleco plateado y corbata, y una camisa blanca con gemelos y todo. Está, en pocas palabras, para comérselo. Ni siquiera mamá puede quitarle los ojos de encima.

—Estás muy guapo —le digo.

—Christian me estaba contando que vive cerca de aquí —dice mamá, los ojos brillantes, ni rastro de las lágrimas anteriores—. ¿Dijiste a unos cuatro kilómetros hacia el este?

—Más o menos —responde Christian sin dejar de mirarme—. En línea recta.

—¿Tienes hermanos o hermanas? —pregunta mamá.

—No, soy hijo único.

—Deberíamos ir tirando —digo, pues presiento que mamá está tratando de adivinar el final de mi visión, y tengo miedo de que me lo espante.

—Hacéis una pareja preciosa —dice ella—. ¿Me dejáis que os haga una foto?

—Claro —dice Christian.

Ella corre al despacho a buscar su cámara. Christian y yo la esperamos en silencio. Huele fenomenal, esa maravillosa mezcla de jabón y colonia más un olor que es completamente suyo. Feromonas, supongo, aunque parece algo más que simple química.

Sonrío.

—Gracias por ser tan paciente. Ya sabes cómo se ponen las madres.

No responde, y por un instante me pregunto si él y yo tendremos la oportunidad de conocernos esta noche. Mamá regresa con la cámara y nos hace posar contra la puerta blanca para sacarnos la foto. Christian me pasa el brazo por detrás, su mano apenas posada en la mitad de mi espalda, y no puedo explicar por qué, pero me hace sentir débil y fuerte al mismo tiempo, puedo sentir la sangre que corre por mis venas y el aire que entra y sale de mis pulmones. Es como si mi cuerpo reconociera el suyo. No sé qué significa, pero me siento a gusto.

—Ah, se me olvidaba —digo después de que se dispare el flash—. Tengo una flor para que lleves en el ojal.

Voy corriendo a la cocina y la saco de la nevera.

—Aquí está —le digo al regresar. Me acerco para enganchársela en la solapa, una rosa blanca sencilla con algunas hojas, y enseguida me clavo el alfiler en el dedo.

—Ay —dice, estremeciéndose como si el alfiler se hubiera clavado en su dedo y no en el mío. Contemplo mi dedo erguido, y una gotita de sangre se forma sobre la yema.

Christian toma mi mano y la examina. Se me corta la respiración. Ya puedo ir acostumbrándome.

—¿Crees que sobrevivirás? —me pregunta mirándome a los ojos, y yo tengo que cerrar los míos para recobrar el aliento.

—Creo que sí. Ya ni siquiera sangra. —Cojo un pañuelo de mamá y lo sujeto sobre la mancha de sangre, vigilando que no se manche el vestido.

—Intentémoslo otra vez —digo, y esta vez me acerco, nuestros alientos se mezclan mientras le prendo con cuidado la flor en el ojal. Es la misma sensación que tuve cuando estábamos tumbados sobre la pista de esquí, a un aliento de distancia. Como si pudiera inclinarme y besarlo, incluso delante de mi madre. Doy un paso atrás, con el pensamiento de que esta noche las cosas pueden salir muy bien o muy mal.

—Gracias —dice apreciando mi obra—. Yo también tengo una para ti, pero está en la camioneta. —Se vuelve hacia mamá—. Encantado de conocerla, señora Gardner.

—Por favor, llámame Maggie.

Asiente cordialmente.

—Regresa antes de medianoche —añade mamá. La miro. No puede pedirme eso. Antes de medianoche el baile ni siquiera habrá acabado.

—¿Vamos? —solicita Christian antes de que se me ocurra

un argumento razonable. Me ofrece el brazo y yo paso la mano por su codo.

—Vamos —digo, y de una vez por todas nos ponemos en marcha.

En la puerta del museo de arte de Jackson donde se celebra el baile, las chicas reciben delicados laureles de hojas plateadas pintadas con aerosol, y los chicos, unas bandas largas de tela blanca que tienen que llevar sobre uno de los hombros de sus esmóquines, a modo de toga. Ahora que oficialmente parecemos griegos antiguos, se nos permite pasar al vestíbulo, donde el baile está en su apogeo.

—¿Nos hacemos una foto? —dice Christian—. No hay mucha cola.

—Claro.

Mientras nos acercamos al área de las fotos empieza a sonar una canción lenta. Veo a Jason Lovett que le propone bailar a Wendy. Con mi vestido rosa parece una auténtica princesa. Ella acepta y a continuación se rodean con los brazos y empiezan a balancearse torpemente siguiendo la música. Es adorable. También veo a Tucker en una esquina bailando con una pelirroja a la que no conozco. Me ve, va a saludarme con la mano, pero entonces ve a Christian. Pasea rápidamente la mirada del uno al otro, como preguntándose qué ha pasado desde el sábado cuando le dije que no tenía compañero para el baile.

—Vale, vosotros dos, ya podéis pasar —dice el fotógrafo. Christian y yo subimos encima de la plataforma que han dispuesto. Christian se pone detrás de mí y me abraza con soltura como si fuese la cosa más natural del mundo. Sonrío. El flash se dispara.

—Venga, a bailar —dice Christian.

Con una felicidad repentina lo sigo hasta la pista de baile, que está envuelta en niebla y cubierta de rosas blancas. Toma mi mano, me hace girar y me coge en sus brazos, sujetando siempre mi mano con delicadeza. Percibo esa electricidad desbordante que me recorre como si hubiera recibido una inyección de café exprés.

—Así que sabes bailar —digo mientras me conduce con destreza entre la gente.

—Un poco. —Sonríe.

Sabe muy bien cómo llevarme, y yo me relajo y me dejo llevar a donde él quiera llevarme, haciendo un esfuerzo por mirarlo a la cara y no fijarme en nuestros pies cubiertos de niebla y rosas, o en la gente cuyas miradas presiento.

Le piso el pie. Dos veces. Y yo que me considero una bailarina.

Trato de no mirarlo a los ojos. A veces es perturbador verlo de frente. Me hace recordar una historia que me contaba mi madre sobre un escultor cuya estatua de repente cobra vida. Eso es lo que me ocurre ahora con Christian. Parece imposible que sea un ser viviente, pues lo he creado a partir de esbozos que dibujé después de tener la visión por primera vez. Lo he creado a partir de mis sueños.

Pero esto no es un cuento de hadas, me recuerdo. Estoy aquí para cumplir un designio. Necesito comprender qué es lo que nos reunirá en el bosque.

—Así que tu tío te llevó de campamento. ¿Acampasteis cerca de aquí?

Me mira confundido.

—Ah, sí, en Teton. En uno de esos lugares apartados.

—Así que no fuisteis en coche.

—No, hicimos senderismo. —Todavía está sorprendido por el tema que he sacado.

—Te lo pregunto porque este verano me gustaría ir de campamento. También me gustaría hacer senderismo. Y dormir bajo las estrellas. Nunca hacemos eso en California.

—En ese caso te has mudado al sitio ideal —dice—. Hay un montón de libros escritos sobre los lugares formidables para acampar por aquí.

Me pregunto si estaremos juntos en uno de esos lugares cuando el bosque empiece a incendiarse.

Durante los coros finales bailamos pegados, luego la canción se acaba y tomamos distancia el uno del otro, un poco incómodos.

—¿Sabes lo que me apetece muchísimo? —digo—. Ponche.

Nos dirigimos a la mesa de los refrescos y nos servimos unos platitos de plástico con olivas griegas, galletas saladas y queso feta. Yo no me sirvo mucho porque no sé el efecto que puede tener en mi aliento. Encontramos una mesa vacía y nos sentamos. Veo a Angela girando en pleno baile alrededor de un chico alto y rubio que he visto en el pasillo un par de veces. Tyler no sé qué, dijo ella que se llamaba. El vestido rojo sangre que su madre cosió para ella le queda fantástico. Se ha delineado los ojos con un negro intenso que le realza las comisuras al estilo de una egipcia antigua. Si este baile va de amor mítico, no cabe duda de que ella es la diosa. Pero una clase de diosa que demanda sacrificios de sangre. Me alcanza a ver y me enseña fugazmente el pulgar levantado, y continúa con su baile insinuante alrededor del muchacho, que se limita a estar allí de pie, moviendo la cabeza al compás de la música.

—¿Eres amiga de Angela? —pregunta Christian.

—Sí.

—Es algo apasionada.

—No eres el primero que me lo dice —comento riéndome, pues no tiene ni idea de cuán delirantemente apasionada puede llegar a ser Angela. No la ha escuchado hablando del don de los Intangeres para leer las mentes—. Creo que la gente se siente intimidada por su inteligencia. Del mismo modo que la gente se siente intimidada por ti... —Me callo de golpe.

—¿Qué? ¿Crees que intimido a la gente? ¿Por qué?

—Porque eres tan... perfecto y simpático y bueno en todo...

—En realidad es una lata.

Se echa a reír. Luego alarga el brazo por encima de la mesa y me coge la mano, excitando hasta el último de mis nervios.

—Créeme, no soy perfecto.

De allí en adelante todo va bien. Christian es el acompañante modelo. Es encantador, atento, considerado. Sin mencionar su atractivo. Por un rato me olvido de todo lo relacionado con mi designio. Sólo bailo. Dejo que la sensación magnética de estar cerca de él me llene hasta que todo lo demás se desvanezca. Sin duda estoy viviendo el gran momento de mi vida.

Hasta que aparece Kay. Naturalmente, está espléndida con su vestido de encaje lavanda que le ciñe los hombros y acentúa su cinturita. Lleva su pelo oscuro recogido, una cascada de rizos sobre la nuca. Hay algo en su pelo que refleja la luz y lo hace brillar. Entra tomando a su acompañante por la cintura, el brazo enfundado en un guante de satén blanco hasta el codo, riendo con él como si estuviera viviendo un momento maravilloso. Ni siquiera mira hacia donde estamos nosotros. Conduce a su acompañante hacia la pista mientras la siguiente canción lenta empieza a sonar.

Christian me estrecha. Nuestros cuerpos se unen. Mi cabeza encuentra el apoyo perfecto en su hombro. No puedo sino cerrar los ojos y aspirar su olor. Y entonces vuelvo a tener la visión, con más intensidad que nunca.

Voy andando por un camino de tierra del bosque. La camioneta de Christian está aparcada al costado del camino. Huelo el humo, lo que hace que me sienta aturdida. Empiezo a apartarme del camino, adentrándome entre los árboles. No estoy preocupada. Sé exactamente dónde encontrarlo. Allí me llevan mis pies sin tener siquiera que dirigirlos. Cuando lo veo, de espaldas a mí, con su chaqueta de lana negra y las manos en los bolsillos, me desborda aquella tristeza de siempre. Es tan intensa que me cuesta respirar. En ese instante me siento muy frágil, como si pudiera romperme en un montón de pedacitos.

—Christian —lo llamo.

Se vuelve. Me mira con una mezcla de pena y alivio.

—Eres tú —dice. Empieza a caminar hacia mí.

Detrás de él, el fuego alcanza la cima. Se propaga con furia hacia nosotros, pero no tengo miedo. Christian y yo nos acercamos hasta que estamos cara a cara.

—Sí, soy yo —respondo—. Ya estoy aquí. —Le cojo la mano, lo que resulta fácil, como si hubiera estado con él toda mi vida. Él levanta la otra mano para tocarme la mejilla. Su piel está caliente como el fuego, pero no me aparto. Por un momento nos quedamos así, como si el tiempo se hubiera detenido, como si el fuego no avanzara hacia nosotros. Y de repente nos abrazamos, estrechándonos con fuerza, nuestros cuerpos se funden como si nos estuviéramos convirtiendo en una sola persona, y el suelo desaparece bajo nuestros pies.

Estoy de nuevo en el baile, y me falta el aliento. Miro a Christian a los ojos, enormes y verdes. Hemos dejado de bailar y estamos de pie en el medio de la pista, mirándonos. El corazón va a estallarme. Siento un mareo, y me tambaleo, las rodillas de repente se me aflojan. Los brazos de Christian me sostienen.

—¿Te encuentras bien? —Mira alrededor para ver si la gente nos está observando. Así es. Por encima de su hombro veo a Kay, que me mira con odio manifiesto en los ojos.

—Necesito salir a tomar aire. —Me suelto y voy corriendo hacia la puerta que da al balcón, y salgo a la noche fresca. Me apoyo en la pared, cierro los ojos e intento apaciguar mi corazón.

—¿Clara?

Abro los ojos. Christian está de pie enfrente de mí, tan estremecido como yo, su rostro, pálido bajo la luz del farol.

—Estoy bien —digo, y sonrío para demostrarlo—. Es sólo que el ambiente está un poco cargado ahí dentro.

—Debería traerte algo de beber —dice, pero no va a ninguna parte.

—Estoy bien. —Me siento estúpida. Y luego furiosa. Yo no he pedido nada de esto. De modo que saldré volando con Christian en brazos. ¿Y luego qué? El bellísimo Christian Prescott se marchará para salvar al mundo, y yo ya habré cumplido con mi parte. Habré cumplido con mi designio.

Es como si fuera el soporte de una vida ajena.

—Iré a buscar un poco de ponche —dice Christian.

Sacudo la cabeza.

—Ha sido una mala idea.

—¿El qué?

—Tú no quieres estar aquí conmigo —digo mirándolo a los ojos—. Todo sigue girando alrededor de Kay.

No dice nada.

—Creía que había una conexión entre nosotros pero... Quería gustarte, eso es todo, gustarte de verdad. Lo que teníais, lo que tenéis Kay y tú, yo nunca lo he tenido. —Para mi espanto descubro que tengo lágrimas en los ojos.

—Lo siento —dice finalmente, apartándose para apoyarse en la pared a mi lado. Me mira serio—. Me gustas, Clara.

Estoy empezando a sufrir traumatismo cervical por esta montaña rusa emocional en la que llevo montada toda la noche. Y también me está dando dolor de cabeza.

—Ni siquiera sabes quién soy —replico.

—Me gustaría saberlo.

Si él supiera lo importante que es todo esto... Pero antes de que pueda responder, se abre la puerta. Brady Hunt sale al balcón.

—Van a nominar al rey del baile —anuncia mirando a Christian con expectación.

Christian duda.

—Deberías entrar —le digo. Brady me mira con curiosidad antes de regresar al salón. Christian se acerca a la puerta y la mantiene abierta para mí, pero yo niego con la cabeza.

—Sólo necesito otro minuto, ¿vale? —Cierro los ojos hasta que oigo cerrarse la puerta. De pronto el aire se vuelve frío. El profesor Erikson va anunciando uno por uno a los miembros de la corte del rey, que son casi todos deportistas.

—Y el rey del baile de graduación es... —dice el profesor Erikson. El salón permanece en absoluto silencio—. ¡Christian Prescott!

Vuelvo a entrar justo a tiempo para ver a Miss Colbert, mi profesora de francés, entregar a Christian un cetro dorado. Christian sonríe con gracia. Se maneja muy bien en público, como una estrella de cine o un político. Quizás algún día sea presidente. Miss Colbert se recrea más de la cuenta haciendo que se arrodille para colocarle la corona de hojas doradas en la cabeza. Él se lo agradece y se pone de pie para saludar a la multitud, que lo ovaciona a rabiar.

Luego se queda a un costado, mientras el profesor Erikson empieza a leer la lista de la corte de la reina, y entonces empiezo a ponerme nerviosa. Por supuesto que a mí no se me nombra. Ni siquiera estoy en la lista. Soy Bozo el payaso. Pero todas y cada una de las chicas de la corte son amigas de Kay. Lo que significa...

—Y la reina del baile de graduación es —dice el profesor Erikson—... ¡Kay Patterson!

El salón retumba con los aplausos atronadores de los estudiantes que la votaron. Kay se acerca al escenario con infinito garbo y elegancia. Coge el ramillete de rosas blancas bajo el brazo y se inclina hacia delante para que el profesor Erikson reemplace sus pequeños laureles plateados por la gran corona dorada.

—Ahora, como es costumbre, el rey y la reina bailarán una pieza —anuncia el profesor Erikson.

Me vienen a la mente una sarta de palabrotas muy poco angelicales.

Kay mira expectante a Christian. Él mira al suelo, como decidiendo algo, hasta que levanta la cabeza y vuelve a sonreír. Cuando la música empieza a sonar él se acerca a Kay y la toma de la mano. Ella apoya la otra mano sobre su hombro. Y empiezan a bailar. Todo el mundo a mi alrededor comienza a parlotear con excitación, mientras les observan moverse deliciosamente juntos al ritmo de la música. Christian y Kay, juntos otra vez.

Me siento como si hubiera descendido a los infiernos.

—Eh, Zanahoria —dice una voz.

Me encojo.

—Ahora no, Tucker. No puedo ocuparme de ti en este momento.

—Baila conmigo.

—No.

—Venga, das pena aquí de pie mirando a tu acompañante bailar con otra.

Me giro y lo miro furiosa. Pero tengo que decir una cosa a su favor: se ha puesto decente. La camisa blanca resalta su bronceado. Con el esmoquin, sus hombros parecen anchos y fornidos. Lleva el pelo corto y bien peinado. Sus ojos azules centellean bajo la luz. Incluso huelo su colonia.

—Vale —acepto.

Me ofrece la mano y yo se la cojo, y camino con él hasta el borde de la pista y le echo los brazos al cuello. No dice ni mu, sólo mueve los pies de un lado al otro, mirándome a los ojos. Se me pasa toda la ira. Tucker me está haciendo un favor, o eso parece. Miro al techo en busca del cubo lleno de sangre de cerdo con el que están a punto de empaparme.

—¿Dónde está tu compañera? —le pregunto.

—Bueno, es una pregunta complicada. No sé a qué te refieres.

—¿Con quién viniste esta noche?

—Con ella —dice señalando con la cabeza a la pelirroja que está junto a la mesa del ponche—. Y con ella —añade mirando hacia la mesa del DJ, donde una morena a la que no conozco, una estudiante del último año, supongo, está siendo solicitada—. Y con ella —dice finalmente señalando a una rubia que está bailando muy cerca del segundo candidato a rey.

—¿Has venido con tres chicas?

—Están en el equipo de rodeo —dice como si eso lo explicara todo—. Ninguna de ellas tenía acompañante, y supuse que era el único lo bastante hombre como para manejarme con las tres.

—Eres increíble.

—Y tú viniste con Christian Prescott —dice—. Tu sueño se hizo realidad.

Ahora más que un sueño parece una pesadilla. Lanzo una mirada a Christian y Kay por encima de mi hombro. Como era de prever, Kay está llorando. Está aferrada a los hombros de Christian mientras solloza.

Tucker se gira y mira en la misma dirección que yo.

Christian se acerca más a Kay y le susurra algo. Sea lo sea, ella no se lo toma bien. Rompe a llorar aún más fuerte.

—Hombre, ahora mismo no me gustaría estar en su lugar por nada del mundo —dice Tucker.

Lo acribillo con la mirada.

—Perdona —añade—. Me callo.

—Sí, mejor.

Reprimo una sonrisa, y terminamos de bailar sin pronunciar palabra.

—Gracias por bailar conmigo —dice.

—Gracias por pedírmelo —respondo sin dejar de mirar a Christian, que estrecha a Kay entre sus brazos. Ella oculta el rostro en su pecho.

Yo no sé qué hacer. Simplemente me quedo allí mirándolo. Se aparta de Kay y le dice algo con dulzura, luego la lleva a una mesa y le acerca una silla para que se siente. Hasta va a buscarle un poco de ponche, pero ella lo rechaza con un gesto. Las líneas de rímel se están secando sobre su rostro. Parece agotada. Al principio pensé que podía tratarse de un truco, un numerito como cuando pícaramente hizo la putilla, pero viéndola hundida en esa silla es imposible no creer que realmente está hecha polvo.

Christian se acerca a mí, es evidente que está aturdido.

—Lo siento —dice—. No sabía que esto pasaría.

—Lo sé —añado con calma—. Está bien. ¿Dónde está el acompañante de Kay?

Deja que él la consuele, pienso.

—Se ha ido —responde Christian.

—Se ha ido —repito sin poder creérmelo.

—Así que estaba pensando —dice Christian, ahora sonrojándose— que debería llevar a Kay a casa.

Lo miro fijamente, alucinada.

—Volveré a buscarte enseguida —se apresura a añadir—. He pensado en llevarla a ella y luego venir a por ti.

—Yo llevaré a Clara —anuncia Tucker, que no se ha separado de mí ni un segundo.

—No, sólo tardaré un minuto —protesta Christian poniéndose erguido.

—El baile acabará en diez minutos —dice Tucker—. ¿Quieres que te espere en el aparcamiento?

Me siento como Cenicienta sentada en el medio del camino con una calabaza y dos ratones, mientras el Príncipe Azul sale pitando para rescatar a otra chica.

Christian parece sentirse fatal.

—Ve y llévala a casa —digo, a punto de atragantarme con las palabras—. Yo me iré con Tucker.

—¿Estás segura?

—Sí. Tengo que estar en casa antes de medianoche, ¿recuerdas?

—Te debo una —responde.

Juraría que Tucker está poniendo los ojos en blanco.

—De acuerdo. —Me vuelvo hacia Tucker—. ¿Podemos irnos?

—Lo que tú digas.

Después de encontrarme con Wendy y Angela y de despedirme de ellas, espero en la puerta a que Tucker reúna a sus otras acompañantes. Ellas me miran con un poco de compasión, y por un instante odio a Christian Prescott. Viajamos en la camioneta oxidada de Tucker, cuatro chicas vestidas de gala, apretujadas en la cabina. Primero deja a la rubia, ya que ella vive en Jackson. Después a la pelirroja. Luego a la morena.

—Nos vemos, Frai —saluda ella al bajarse de la camioneta.

Ahora sólo quedamos él y yo. Vamos por Spring Creek Road sin hablar.

—Conque Frai, ¿eh? —me mofo al cabo de un rato, incapaz de soportar el silencio—. ¿Y eso?

—Sí —dice moviendo la cabeza como si no le gustara—. En primaria me llamaban el Fraile Tuck. Ahora se ha quedado en Frai. Pero mis verdaderos amigos me llaman Tuck.

Cuando paramos en la entrada ya han pasado quince minutos de mi toque de queda. Abro la puerta, hago una pausa y lo miro.

—¿Puedes... no mencionar el fiasco de esta noche a todo el mundo?

—Ya están todos enterados —responde Tucker—. Si hay algo que define al Jackson Hole High es que todos se meten en la vida de todos.

Suspiro.

—No le des importancia —dice.

—Seguro que el lunes ya me habrán olvidado, ¿verdad?

—Segurísimo. —No sé si se está burlando de mí o no.

—Gracias por traerme, Frai.

Gruñe, y luego sonríe.

—Un placer.

Es un chico extraño. Por momentos más extraño.

—Nos vemos. —Salto de la camioneta, cierro la puerta con fuerza y enfilo para casa.

—Eh, Zanahoria —me llama de repente.

Me vuelvo y le digo:

—¿Sabes?, tú y yo podríamos llevarnos mejor si dejaras de llamarme así.

—Venga, si te gusta.

—Pues no.

—¿Qué le ves a un tío como Christian Prescott? —me pregunta.

—No lo sé —respondo con cansancio—. ¿Alguna cosa más?

Un hoyuelo aparece en su mejilla.

—No.

—Pues entonces buenas noches.

—Buenas noches —dice, y la camioneta se pierde en la oscuridad.

La luz del porche se enciende mientras crujen los peldaños. Mamá está de pie en la puerta.

—Ése no era Christian —dice.

—Una observación brillante, mamá.

—¿Qué pasó?

—Está enamorado de otra chica —digo.

Y me quito por fin el laurel plateado de la cabeza.

Más tarde, en la oscuridad más profunda de la noche, mi visión se convierte en una pesadilla. Estoy en el bosque. Me observan. Siento la mirada ámbar del Alas Negras. Luego me tumba. Me coge con sus manos heladas que absorben todo el calor de mi cuerpo. Las agujas de pino se me clavan en la espalda. Sus dedos luchan con el botón superior de mi pantalón. Grito y me agito. Con una mano alcanzo su ala y arranco un puñado de plumas negras. Se evaporan entre mis dedos. Sigo tirando de las alas del ángel, cada pluma es un trozo de su maldad, hasta que finalmente se disuelve en una densa nube de humo, y yo me quedo tosiendo y jadeando en el suelo de tierra.

Me despierto sobresaltada, enredada en las mantas. Hay alguien de pie junto a mi cama. Tomo aire para empezar a gritar otra vez, pero él me tapa la boca con la mano.

—Clara, soy yo —dice Jeffrey. Me quita la mano de la boca y se sienta en el borde de la cama—. Te oí gritar. Era una pesadilla, ¿no?

Mi corazón late tan fuerte que lo oigo como si fuera un tambor de guerra. Asiento con la cabeza.

—¿Quieres que despierte a mamá?

—No. Ya estoy bien.

—¿Qué soñabas?

Él todavía no sabe nada sobre los Alas Negras. Si le cuento, será más vulnerable para ellos, eso dice mamá. Trago saliva.

—El baile de graduación no fue lo que me esperaba.

Frunce el entrecejo.

—¿Estabas teniendo una pesadilla con el baile de graduación?

—Así es, bueno, ha sido una de esas noches.

Se me queda mirando como si no me creyera, pero estoy demasiado cansada para explicarle cómo mi vida parece que empezara a descoserse.

13

Campanilla gótica

Suena mi móvil. Lo saco del bolsillo, miro la pantalla, pulso ignorar y vuelvo a guardarlo. Al otro lado de la mesa del comedor mamá levanta las cejas.

—¿Otra vez Christian?

Corto un pedacito de torrija y me lo meto a la boca. Casi no le encuentro sabor, así de furiosa estoy. Lo que me hace sentir aún más furiosa. Por lo general me encantan las torrijas.

—Tal vez deberías hablar con él. Darle la oportunidad de arreglarlo.

Dejo el tenedor.

—Lo único que puede hacer para arreglarlo es construir la máquina del tiempo, volver a la última noche y... —Mi voz se apaga. ¿Y entonces qué? ¿Darle la espalda a Kay mientras ella se cae a pedazos? ¿Llevarme a casa a mí en lugar de a ella? ¿Besarme en la puerta?—. Sólo necesito estar furiosa un rato más, ¿vale? Puede que no sea una actitud muy madura, pero es lo que hay.

El teléfono de la cocina empieza a sonar. Nos miramos.

—Ya voy yo. —Ella se levanta para descolgar el aparato de la pared—. ¿Hola? —dice—. Me temo que no quiere hablar contigo.

Me desplomo sobre la mesa. Mi torrija está fría. Recojo el plato y voy a la cocina, donde veo a mamá apoyada en el mármol, asintiendo mientras escucha lo que sea que él le esté contando. Como si estuviera totalmente de su lado.

Tapa el auricular con la mano.

—Insisto en que deberías hablar con él.

Tiro mi torrija a la basura y, como si nada, aclaro mi plato en el fregadero, lo coloco en el lavavajillas y me seco las manos con un paño de cocina. Extiendo la mano hacia el teléfono. Sorprendida, mamá me lo pasa. Me llevo el auricular a la oreja.

—¿Clara? —dice Christian esperanzado.

—Capta la indirecta —digo, y cuelgo enseguida.

Le devuelvo el teléfono a mamá. Es lo bastante sensata como para no decirme nada cuando paso a su lado y subo las escaleras para encerrarme en mi habitación. Cierro la puerta y me arrojo sobre la cama. Quiero gritar en la almohada.

No quiero ser esa chica que deja que el chico la trate como a una mierda y sigue a sus pies. Fui al baile de promoción con Christian Prescott. No tenía por qué ser mágico, pienso. No tenía por qué ser romántico. Podría decirse que era parte de mi trabajo. Pero tampoco tenía por qué acabar la noche tirada en la camioneta de Tucker.

Así que se acabó, decido. «De ahora en adelante lo de Christian será un asunto estrictamente laboral. Vas al bosque, lo sacas volando de allí, al parecer, lo llevas a donde sea que él quiera ir, y se acabó. No tienes que ser su amiga ni nada. No tienes que hacer manitas con él. No tienes que mirarlo a los ojos embelesada.» Cuando la visión me viene a la memoria como un recuerdo vívido se me cierra el pecho. Su mano ardiente en mi mejilla. Yo que cierro los ojos. Maldigo la calidez que inunda mi estómago. Maldigo esta visión por... yo qué sé, por haberme dado esperanzas.

Suena mi móvil. Es Angela. La atiendo.

—No digas ni una palabra —le advierto.

Se oye un silencio al otro lado.

—¿Estás allí?

—Me dijiste que no dijera ni una palabra.

—Me refería a lo de anoche.

—De acuerdo. Veamos... A mi madre se le ha ocurrido representar *Oklahoma!* en otoño. Estoy intentando disuadirla. ¿Quién ha oído hablar de *Oklahoma!* en Wyoming?

—La gente no paraba de comentarlo, ¿verdad? —le pregunto—. ¿Después de que nos fuimos?

Deja transcurrir una pausa y obedientemente cambia de tema.

—Hoy hace un día bonito. Casi veraniego.

—Angela.

Suspira.

—Pues sí —reconoce.

Suelto un gruñido.

—¿Creen que soy una idiota perdida?

—Bueno, sólo puedo decirte lo que yo pienso. —La oigo reírse. Sonrío a pesar mío—. Vente a cenar —dice—. Mi madre está preparando *fetuccini* Alfredo. Buscaré algo para que le des de puñetazos.

Consigue ablandarme y que me sienta aliviada. Dios bendiga a Angela. No soportaría pasar el día entero en casa con el teléfono sonando a cada rato y mamá observándome de cerca.

—¿A qué hora puedo ir?

—Ya mismo si quieres.

Angela y yo asistimos a un pase de dos películas en el Teton Theatre, una de terror y otra de acción, diversión pura y dura, como recomendó la doctora. Después pasamos el rato en el escenario vacío del teatro. Este sitio cada vez me gusta más. Es como si nos perteneciera a Angela y a mí, un escondite secreto donde nadie puede encontrarnos. Y Angela sabe distraerme.

—Tengo algo que te alegrará —dice.

Estamos sentadas en el borde del escenario con los pies colgando sobre el foso de la orquesta. Angela se levanta e invoca sus alas. Cierra los ojos. Una mosca se posa sobre mi hombro. Enseguida la espanto. Las moscas del teatro me ponen los pelos de punta. Siempre vuelan hacia la luz y se queman las alas, y luego caen desde lo alto y se arrastran zumbando por el escenario, vivas. Vuelvo a mirar a Angela. Nada.

—¿Se supone que tengo que ver algo? —pregunto al cabo de un rato.

Frunce el ceño.

—Espera.

Un minuto más y no pasa nada. Luego sus alas empiczan a relucir, como el aire sobre el cemento en un caluroso día de verano. Lentamente empiezan a cambiar de forma, volviéndose planas, adoptando una nueva figura. Angela abre los ojos. Sus alas son como las de una mariposa nocturna enorme, del mismo blanco prístino pero más lisas, fragmentadas, salpicadas con pequeñas escamas como las que se podrían ver en las alas de una mariposa si se observan de cerca.

Me quedo boquiabierta.

—¿Cómo lo has hecho?

Sonríe.

—No puedo cambiar el color —dice—. Pensé que molaría tener unas alas púrpuras, pero no lo consigo. Pero si me esmero, puedo hacer que se parezcan bastante a cualquier cosa.

—¿Cómo las sientes ahora que son así? —pregunto, observando las gigantescas alas de mariposa que se baten detrás de ella, con un movimiento diferente a nuestras alas de plumas. Parece una Campanilla Gótica.

—Más frágiles. Y no creo que pueda volar igual. Ni siquiera sé si puedo volar con éstas. Pero eso sería una limitación de mi cerebro. Creo que nuestras alas pueden ser como nosotras las imaginemos. Vemos alas de plumas porque son un icono angelical. Pero en realidad las alas sólo son un instrumento. Nosotras podemos darles la forma que queramos.

La observo detenidamente. A mí no se me hubiera ocurrido ni en un millón de años intentar cambiar la forma de mis alas.

—¡Guau! —exclamo, sin más palabras.

—Flipante, ¿no?

—¿Qué quieres decir con que sólo son un instrumento? Para mí son una parte palpable de mi cuerpo —digo pensando en el peso de mis alas sobre los omóplatos, la masa de músculo, plumas y huesos.

—¿Alguna vez te has preguntado adónde van nuestras alas cuando desaparecen?

Pestañeo.

—No.

—Creo que podrían existir entre dos dimensiones. —Se sacude el polvo del pantalón—. Observa esto.

Vuelve a cerrar los ojos. Las alas de mariposa se disuelven, convirtiéndose en una nube brumosa que se cierne sobre su cabeza y sus hombros.

—¿Crees que yo podría hacerlo? —Me pongo de pie y llamo a mis alas con torpeza. No puedo evitar una oleada de envidia repentina. Ella es mucho más fuerte que yo. Mucho más inteligente en todo. Tiene el doble de sangre de ángel.

—No lo sé —responde pensativa—. Creo que yo puedo haber heredado lo de cambiar la forma de las alas. Aunque sería más lógico que todos fuésemos capaces de hacerlo.

Cierro los ojos.

—Mariposa —digo en voz baja.

Abro los ojos. Plumas, como siempre.

—Tienes que liberar tu mente —me sugiere Angela.

—Hablas como Yoda.

—Libera tu mente, no hay un porqué —dice imitando la voz de Yoda.

Levanta los brazos y los estira sobre su cabeza. Sus alas desaparecen.

—Ha sido increíblemente guay —le comento.

—Lo sé.

En ese momento otra mosca cae sobre mi pecho, y entre los chillidos y la agitación para quitármela de encima y las risas histéricas posteriores, me siento agradecida de tener una amiga como Angela, quien siempre me recuerda cómo mola ser un ángel cada vez que empiezo a sentirme un bicho raro de la naturaleza. Quien puede hacer que me olvide de Christian Prescott, aunque sólo sea por un instante.

Cuando llego a casa, encuentro a Christian sentado en los escalones del porche. La luz proyecta un tenue halo de brillo a su alrededor, como el foco de un escenario. En la mano sostiene una taza que sólo puede ser un té de frambuesa de mi madre, e inmediatamente la deja en el suelo. Se pone de pie de un salto. Deseo fervientemente escapar volando.

—Perdóname —dice encarecidamente—. Fui un tonto. Fui un estúpido. Fui un idiota.

Tengo que admitirlo, está guapísimo allí de pie en el porche con sus ojos soñadores reconociendo lo estúpido que es. No es justo.

Suspiro.

—¿Cuánto tiempo llevas aquí? —le pregunto.

—No mucho —responde—. Unas tres horas. —Señala la taza—. Recargando el té gratis han parecido sólo dos.

Me niego a reírle la gracia y lo aparto para entrar en casa, donde mi madre inmediatamente se levanta del sofá y se dirige a su despacho sin decir una sola palabra. Lo cual le agradezco.

—Entra —le pido, ya que está claro que no se marchará.

Me sigue hasta la cocina.

—Vale —digo—. El trato es éste. No volveremos a hablar del baile, nunca, nunca más.

Sus ojos brillan de alivio. Cojo su taza y la dejo junto al fregadero. Me apoyo en el mármol de la cocina y durante un instante intento tranquilizarme.

—Empecemos de cero —le propongo, de espaldas a él.

Eso estaría bien, pienso, empezar de cero. Sin visiones, sin expectativas, sin humillaciones. Sólo un chico que conoce a una chica. Él y yo.

—De acuerdo.

—Soy Clara. —Me doy la vuelta y le tiendo la mano.

Insinúa una sonrisa, sorprendido.

—Soy Christian —murmura tomando mi mano y estrechándola suavemente.

—Encantada, Christian —le digo como si él fuera un chico corriente. Como si al cerrar los ojos no lo viera en medio de un bosque en llamas. Como si ahora, cuando él me toca, no me hiciera sentir algo anhelante y familiar.

—Lo mismo digo.

Salimos otra vez al porche. Hago más té y llevo una manta

para él y otra para mí, y nos sentamos en los escalones a mirar el cielo salpicado de diamantes.

—Las estrellas nunca brillaban tanto en California —dice.

Estaba pensando lo mismo.

A la hora en que mamá vuelve a salir del despacho y amablemente (y exaltada, pienso) nos informa de que ya es tarde y que mañana tenemos que ir al colegio y que Christian debería volver a casa, yo ya sé mucho más acerca de él. Sé que vive con su tío, que es dueño del Banco de Jackson Hole y de un par de agencias inmobiliarias de la ciudad. No mencionó qué ha sido de sus padres, aunque yo tengo la clara impresión de que están muertos, desde hace mucho tiempo. Quiere mucho al ama de llaves, Marta, que ha estado con ellos desde que él tenía diez años. Le encanta la comida mexicana, y esquiar, por supuesto, y tocar la guitarra.

—Ya hemos hablado mucho de mí —dice al cabo de un rato—. Hablemos de ti. ¿Por qué viniste aquí? —me pregunta.

—Bueno... —Busco una respuesta en mi cerebro—. Por mi madre. Ella quería irse de California, mudarse a otro sitio con menos gente, cambiar de aires. Pensó que sería bueno para nosotros.

—¿Y lo fue? Me refiero a si ha sido bueno para ti.

—En cierto modo sí. A ver, el colegio no ha sido precisamente fácil, tratar de hacer amigos y todo eso. —Me sonrojo y aparto la mirada, preguntándome si está pensando en el mote Bozo *el Penoso*, tan popular entre sus amigos—. Pero me gusta... me siento integrada.

—Sé lo que se siente —dice.

—¿Qué?

Ahora le toca a él sentirse incómodo.

—Quiero decir que cuando me mudé aquí, lo pasé mal un tiempo. No encajaba.

—¿No tenías sólo cinco años?

—Sí, pero aun así. Éste es un lugar extraño para mudarse, por un montón de razones, sobre todo si vienes de California.

Recuerdo la primera tormenta de nieve, pensé que el cielo se derrumbaba.

Me río y me muevo un poco, y nuestros hombros se tocan. Siento una descarga. Incluso a través de nuestras ropas. Me aparto. «Es trabajo, Clara, trabajo y nada más —me digo a mí misma—. No lo eches a perder por este chico.» Me aclaro la garganta.

—Pero ahora te sientes integrado, ¿verdad?

Asiente.

—Sí, claro. No me quedan dudas de que éste es mi lugar.

Entonces me cuenta que está pensando en irse a Nueva York en verano, por un programa de prácticas empresariales para estudiantes de instituto.

—No me entusiasma mucho lo de las prácticas, pero Nueva York en verano tiene que ser una aventura —agrega—. Puede que vaya.

—¿Todo el verano? —pregunto acongojada. «¿Y el fuego qué?», tengo ganas de decirle. «No puedes irte.»

—Mi tío —responde, y se queda callado por un instante—. Él quiere que me saque un título en administración de empresas y que algún día me haga cargo del banco. Tiene muchas expectativas, como te imaginas, hay cosas que él cree que debería hacer para prepararme y bla bla bla. Pero yo todavía no sé qué quiero hacer.

—Lo entiendo —digo mientras pienso que él no sabe ni la mitad—. Mi madre también es así, siempre esperando mucho de mí. Ella siempre me está diciendo que tengo una misión en la vida, algo para lo que he nacido, y que tengo que averiguar cuál es. Menuda presión, ¿no crees? Tengo miedo de defraudarla.

—Bueno —dice volviéndose hacia mí con esa sonrisa que hace que el corazón se me acelere—. Parece que los dos tenemos problemas.

Las semanas restantes de colegio pasan volando. Christian me llama a menudo y hablamos de trivialidades. Se sienta a mi lado en clase y bromea todo el tiempo. Un par de veces hasta se sienta a comer en mi mesa, lo que vuelve completamente locas a las Invisibles. En el plazo de una semana todo el mundo se pregunta si hay algo entre nosotros. Yo también me lo pregunto.

—Te lo dije —me suelta Angela cuando se lo cuento—. Yo nunca me equivoco, C.

—Eso me tranquiliza. ¿Quieres prestar atención, por favor? Todavía no sé nada acerca del incendio. No sé qué lo llevará hasta allí. No sé dónde ocurrirá. Creía que conociéndolo más de cerca lo averiguaría, pero...

—Tienes tiempo. De momento disfruta de la compañía —dice.

Wendy, por otro lado, apenas puede ocultar su desaprobación en todo lo referente a Christian. Pero, en cualquier caso, a ella nunca le pareció una buena idea.

—Te lo dije —me comenta con afectación—. Christian es como un dios. Y los dioses no sirven como novios.

—Si estás intentando venderme otra vez a Tucker, olvídalo. Aunque fue todo un detalle de su parte llevarme a casa la noche del baile.

—Oye, que yo estoy de tu lado. Me alegraré por ti y por Christian si eso es lo que esperas de mí.

—Gracias.

—Aunque siga pensado que es un grandísimo error.

Ésas son mis amigas.

Estoy confundida porque lo de Christian de pronto se vuelve muy intenso. Justo cuando había decidido tomármelo como un asunto estrictamente profesional, como un trabajo de ángel y nada más, él parece estar interesado en mí de un modo que me marea. Pero no me invita a salir. No me toca. Intento convencerme de que todo eso debería tenerme sin cuidado.

—¡Avalancha plateada acercándose! —grita Jeffrey desde arriba.

—¿Tú quién eres, el de seguridad? —le respondo.

—Algo así.

—Gracias por avisar.

Estoy en el porche cuando Christian para delante de casa.

—Hola, forastero —saludo.

Sonríe.

—Hola.

—Qué casualidad encontrarte por aquí.

—Quería despedirme —anuncia—. Mañana me mandan a Nueva York. —Lo dice como si lo mandaran a un internado.

—Ah, conque te vas a la Gran Manzana en busca de aventura. Mi padre vive en Nueva York, ¿sabes?, pero yo sólo fui una vez. Él no hacía más que trabajar, así que me pasé una semana en el sofá viendo la tele.

—¿Tu padre? Nunca me hablaste de él.

—Sí, bueno, no hay mucho que contar.

Se encoge de hombros.

—De mi padre tampoco.

Un tema delicado, puedo intuir. Me pregunto si a mí también se me queda esa cara cuando hablo de mi padre, como si no me afectara para nada, como si me importara un bledo que mi padre pase completamente de mí.

Finjo una mueca de fastidio.

—Esto es un asco. Hace sólo dos días que se ha acabado el cole y todo el mundo se fuga —me quejo—. Tú, Wendy, Angela, hasta mi madre. La semana que viene se va a California por trabajo. Me siento como la única rata lo bastante boba como para quedarse en este barco que se hunde.

—Lo siento —dice Christian—. Te escribiré, ¿vale?

—Vale.

Suena el móvil en su bolsillo. Resopla. No contesta. Se acerca un paso hacia mí, acortando distancias. Es como en la visión. Es como si fuera a cogerme la mano.

—Clara —dice, mi nombre suena diferente en sus labios—, voy a extrañarte.

¿De verdad?, pienso.

—¡Bluebell acercándose! —grita Jeffrey desde la ventana de arriba.

—¡Gracias! —respondo.

—¿Quién es ése? ¿Tu hermano? —pregunta Christian.

—Sí. Parece un perro guardián.

—¿Y quién es Bluebell?

—Pues... —La camioneta oxidada de Tucker aparca detrás de la Avalancha de Christian. Wendy se baja. Se le empaña la mirada, como si le desconcertara encontrarme aquí con Christian. Aun así, intenta sonreír.

—Hola, Christian —saluda.

—Hola.

—Quería verte —dice ella—. Tucker me está llevando al aeropuerto.

—¿Ahora? Creía que te ibas mañana —digo consternada—. Todavía no he envuelto tu regalo de despedida. Espera aquí. —Entro corriendo en la casa y regreso al instante con el iPod que le compré. Se lo doy—. No se me ocurría qué te podía hacer falta, además de otro par de calcetines, pero supongo que te dejarán escuchar música mientras haces las prácticas, ¿no?

Parece más sorprendida de lo que me esperaba, su sonrisa se ve un poco forzada.

—Clara —dice—. Esto es demasiado...

—Ya he cargado algunas canciones que te gustarán. Y he encontrado la banda sonora de *El hombre que susurraba a los caballos*. Sé que te sabes esa película casi de memoria.

Se queda mirando el iPod por unos segundos, y se lo guarda.

—Gracias.

—De nada.

Tucker hace sonar el claxon. Ella me mira como pidiendo disculpas.

—No tengo tiempo, lo siento. Tengo que irme.

Nos abrazamos.

—Voy a extrañarte mucho —susurro.

—En la veterinaria hay una cabina. Te llamaré —dice ella.

—Más te vale. Aquí me sentiré terriblemente abandonada.

Tucker saca la cabeza por la ventanilla.

—Perdona, hermanita, pero tenemos que irnos ya mismo. No puedes perder el vuelo.

—Sí, sí. —Wendy me abraza por última vez y regresa corriendo hacia la camioneta.

—Oye, Chris —dice Tucker.

Christian sonríe.

—¿Cómo estás, Fraile Tuck?

Tucker no parece estar de buen humor.

—Me estás bloqueando la salida —dice—. Podría girar pero no quiero estropear el césped.

—Vale, no hay problema. —Christian me mira—. Yo también tengo que irme.

—Ah, vale. ¿No quieres quedarte un rato más? —pregunto tratando de que no parezca un ruego.

—No, de verdad, tengo que irme —responde.

Me abraza, y durante los primeros segundos es embarazoso, como si no supiéramos dónde colocar las manos, pero enseguida la conocida fuerza magnética se impone y nuestros cuerpos se amoldan a la perfección. Apoyo la cabeza en su hombro y cierro los ojos, lo que inhabilita momentáneamente la parte profesional de mi cerebro.

Tucker acelera el motor. Me aparto bruscamente.

—Vale, llámame.

—Regresaré la primera semana de agosto —me informa—. Y entonces nos veremos más, ¿vale?

—Parece un buen plan. —Espero que no se produzcan (oh, no lo sé), incendios forestales antes de que regrese. No pueden producirse, ¿verdad que no? El fuego no puede empezar sin que él esté presente, ¿no es así? ¿Es posible escaquearme de mi designio si el sujeto no colabora?

—Adiós, Clara —dice Christian. Le hace una seña a Tucker y se sube a la Avalancha, que ruge al arrancar y hace que la Bluebell parezca aún más oxidada y destartalada. Saludo a las dos camionetas que dan la vuelta y desaparecen en el bosque, dejándome en medio de una polvareda. Suspiro. Pienso que la despedida de Christian me ha parecido totalmente definitiva.

Unos días más tarde ayudo a Angela a hacer las maletas para irse a Italia, donde pasa los veranos con la familia de su madre.

—Tómatelo como un tiempo de aprendizaje —dice Angela mientras me paseo abatida por la habitación.

—¿Un tiempo de aprendizaje? No soy una niña, ¿sabes?

—Un tiempo para reflexionar. Para aprender a volar de una vez, coño, para intentar acceder a la gloria y descubrir todas las cosas alucinantes que eres capaz de hacer.

Suspiro y arrojo un par de calcetines en su maleta.

—No soy como tú, Angy. No puedo hacer lo que tú haces.

—Eso no puedes saberlo —dice impasible—. No hasta que lo intentes.

Cambio de tema al coger un camisón de seda negra que había puesto con las otras prendas.

—¿Y esto? —le pregunto mirándola boquiabierta.

Inmutable, me arrebata la tela de la mano y la mete en el fondo de la maleta.

—¿Hay un italiano sexy del que no me has hablado? —le pregunto.

No contesta, pero sus pálidas mejillas se ruborizan.

Me quedo sin aliento.

—¡Sí, hay un italiano sexy del que no sé nada!

—Esta noche tengo que acostarme temprano. Mañana me espera un largo vuelo.

—Giovanni. Alberto. Marcello —digo probando con todos los nombres italianos que se me ocurren, esperando a ver su reacción.

—Vale ya.

—¿Tu madre lo sabe?

—No. —Me coge la mano y me da un tirón para hacer que me siente en el borde de la cama—. Y tú no le dirás nada, ¿de acuerdo? Le daría un ataque.

—¿Y por qué iba a decírselo a tu madre? No es que pasemos el rato juntas.

Esto es importante. Normalmente Angela es todo cuento cuando se trata de chicos, nada serio. Me la imagino con un chico italiano de pelo negro, paseando cogidos de la mano por una callecita de Roma, besándose bajo las arcadas. Enseguida me da muchísima envidia.

—Simplemente no se lo cuentes, ¿de acuerdo? —Me aprieta la mano con fuerza—. Prométeme que no se lo dirás a nadie.

—Prometido —digo. Creo que se está poniendo un poquito melodramática.

Se niega a contarme más sobre el asunto, se cierra como una almeja. La ayudo a hacer el resto de la maleta. Se va muy temprano por la mañana, conduciendo hasta Idaho Falls para coger el primer vuelo a una hora intempestiva, así que tendré que despedirme esta noche. En la puerta del teatro nos abrazamos con fuerza.

—Voy a extrañarte más que a nadie —le digo.

—No te preocupes. Estaré de vuelta antes de lo que crees. Y traeré un montón de información nueva para que hablemos sin parar.

—Vale.

—No te abandones. —Hace como que me da un puñetazo en el brazo—. Aprende a volar, ya mismo.

—Lo haré —digo con melancolía.

Va a ser un verano muy solitario.

Al atardecer del día siguiente después de cenar conduzco hasta el Parque Nacional de Teton. Aparco el coche en el lago Jenny. Es un lago pequeño y tranquilo, rodeado de árboles, con las montañas que se elevan sobre él. Durante un rato me quedo en la orilla mientras el sol poniente espejea en el agua antes de hundirse en el horizonte. Observo el vuelo de un pelícano sobre el lago. Se zambulle en el agua y sale con un pescado. Precioso.

Una vez que se hace de noche empiezo a caminar.

El silencio es increíble. Es como si no hubiera nadie más sobre la tierra. Procuro relajarme y aspirar profundamente el aire con olor a pino, hasta llenarme los pulmones. Quiero que todo lo que forma parte de mi vida desaparezca, y sólo disfrutar de la fuerza de mis músculos mientras asciendo. Subo cada vez más alto, salgo de la arboleda y me acerco cada vez más a ese cielo enorme y abierto. Sigo subiendo hasta entrar en calor, y luego busco un sitio donde pararme. Veo un saliente en la ladera de la montaña donde comienza el precipicio. El mapa llama a este sitio Punto de Inspiración. Parece un buen lugar para mi experimento.

Subo hasta el saliente y miro hacia abajo. Un precipicio profundo. Veo la luna reflejada en el lago.

—Vamos allá —susurro. Estiro los brazos. Invoco las alas y las despliego. Vuelvo a mirar abajo. Gran error.

Pero voy a volar sea como sea. Tengo que volar. Lo he visto en mi visión.

—Vuélvete ligera —digo frotándome las manos—. Sólo eso. Ligera.

Vuelvo a respirar hondo. Pienso en el pelícano que vi sobrevolando el lago. La manera en que el aire parecía llevarlo. Extiendo las alas.

Y salto.

Caigo como una piedra. Una ráfaga de aire me azota la cara y me vacía los pulmones hasta el punto de que no puedo siquiera gritar. Los árboles me rozan. Intento prepararme para el impacto, aunque no tengo ni idea de cómo se hace. Sin duda no he pensado en todo detenidamente, y vengo a darme cuenta un pelín tarde. Incluso si de milagro la caída no llegara a matarme, me rompería las piernas al aterrizar en las rocas y nadie sabría que estoy allí, nadie me encontraría.

—Saltar de la montaña a la primera —me reprendo a mí misma—. Sólo a ti se te ocurre, Clara.

Pero entonces mis alas embolsan el aire y se abren. Mi cuerpo se tuerce como el de un paracaidista cuando finalmente se abre el paracaídas. Me bamboleo torpemente en el aire, tratando de estabilizarme. Las alas se tensan al aguantar mi peso, pero me sostienen. Me alejo bruscamente del Punto de Inspiración, a merced del viento.

—Oh, Dios mío —susurro. De repente me siento increíblemente ligera, aliviada por saber que no voy a morir, con un subidón de adrenalina y excitación de sólo sentir el aire frío que me sostiene y me eleva. Es la mejor sensación que he experimentado en vida, sin excepción—. ¡Estoy volando!

Desde luego, no lo estoy haciendo como para sobrevolar la costa arbolada a la manera de un ala delta, o de una enorme y extravagante ardilla voladora. Supongo que las aves de los alrededores se estarán muriendo de risa mientras me observan en mi intento por no estrellarme. De modo que mi vuelo no es natural, no es el de un bonito ángel que se eleva camino al cielo. Pero de momento no he muerto, lo cual considero un punto a mi favor.

Bato las alas tratando de elevarme. Pero en cambio desciendo en picado sobre los árboles hasta casi rozar las ramas de las copas con los pies. Trato de recordar algo de lo aprendido en tantas horas de clase, pero no consigo traducir uno solo de aquellos conceptos de aerodinámica —propulsión, empuje, resistencia— en algo que me permita comprender qué están haciendo mis alas en este momento. Volar en la vida real no es una ecuación matemática. Siempre que intento cambiar de dirección me paso con la maniobra y me escoro en el aire tan violentamente, que mi vida entera pasa por delante de mis ojos antes de que pueda tener todo otra vez bajo control. Lo mejor que puedo hacer por ahora es aletear de vez en cuando y orientar las alas para que me lleve el viento.

Llego al lago. Mientras lo sobrevuelo, mi reflejo es un manchón blanco reluciente sobre la oscura superficie tocada por la luna. Por un instante me veo como el pelícano volando a ras del agua. Desciendo y siento el frescor del agua entre mis dedos. Estoy bailando con los destellos de la luna. Me echo a reír.

—Voy a hacerlo —me digo a mí misma—. Voy a salvarlo.

14

Saltando del árbol

El 20 de junio cumplo diecisiete años. Esa mañana me levanto y encuentro la casa vacía. Mamá se ha ido a California por trabajo. Jeffrey ha estado ausente toda la semana. Aprobó el examen de la autoescuela y se sacó el permiso para conducir de día (cuando se enteró de que en Wyoming a los quince años está permitido conducir durante el día se olvidó más aún de California), y desde entonces no he sabido mucho más de él, pues está demasiado ocupado con su nuevo coche, regalo de papá. La única pista de que aún sigue vivo es la pila de platos acumulados en el fregadero.

Es la primera vez, que yo recuerde, que no habrá una fiesta por mi cumpleaños. Ni pastel. Ni regalos. Mamá me dio un regalo antes de irse a California, un vestido escotado, amarillo, que me roza las pantorrillas al caminar. Me encanta, pero al verlo colgado en una percha en mi habitación, como un vestido bonito y perfecto para una fiesta de cumpleaños o para una cita o para salir por la noche, inmediatamente me deprimo. Bajo y me instalo en el mármol de la cocina a masticar cereales, sintiéndome todavía más triste porque no hay trozos de plátano entre mis cereales, y enciendo la tele para ver las noticias.

La reportera habla de la sequía que ha habido en Jackson Hole este año. Sólo hemos tenido dos tercios de las nevadas habituales, dice, y las lluvias en primavera han sido escasas. La represa está bajando. La reportera está de pie delante del lago y hace un gesto señalando el bajo nivel del agua. Se puede ver claramente hasta dónde llega normalmente el agua, por el color más brillante de las rocas a partir de la línea de flotación.

—Puede que la sequía de este año no nos afecte mucho —informa, dirigiendo a la cámara una mirada solemne—, pero a medida que avanza el verano la tierra se irá secando más. Es probable que este año los incendios comiencen antes, y es probable que sean más destructivos.

Anoche intenté volver a volar, esta vez cargando con una bolsa de deporte. No encontré otra cosa que tuviera un peso equivalente al de un ser humano. La llené con latas de sopa y un par de bidones de agua, además de mantas y cojines, y la arrastré hasta el jardín, y traté de elevarme con ella. No hubo suerte. Probablemente pesaba la mitad de lo que pesa Christian. Y no pude por nada del mundo despegar del suelo. Toda la concentración que pongo en volverme ligera para que mis alas puedan elevarme es inútil cuando intento levantar algo pesado. Soy demasiado débil.

Ahora, mientras miro la televisión, que emite imágenes de incendios anteriores en la región de Jackson, se me pone la piel de gallina como si la reportera me estuviera hablando a mí. Capto el mensaje. Ponle más ganas. El fuego se aproxima. Tengo que estar preparada.

Paso la mañana pintándome las uñas de los pies y mirando la programación matinal. Debería salir, me digo, pero no se me ocurre ningún sitio en el que no vaya a sentirme patéticamente sola.

Cerca del mediodía llaman a la puerta. No espero encontrarme con Tucker Avery en el porche. Pero allí está, con una caja de zapatos debajo del brazo, bañado por la luz del sol.

Abro la puerta.

—Hola.

—Hola. —Aprieta los labios para ocultar una sonrisa—. ¿Te acabas de levantar?

Caigo en la cuenta de que llevo puesto un pijama ridículo de tela escocesa con la palabra PRINCESA bordada en el lado izquierdo del pecho. No es que me encanten estos pijamas, pero son abrigados y cómodos. Doy un paso atrás, plantándome debajo del marco de la puerta.

—¿Puedo ayudarte en algo?

Alarga el brazo con la caja.

—Wendy quería que te diera esto —dice—. Hoy.

Recibo la caja de zapatos con desconfianza.

—¿Seguro que no hay una serpiente dentro?

Sonríe.

—Eso ya lo verás.

Me vuelvo para entrar en casa. Tucker no se marcha. Lo miro ansiosa. Está esperando algo.

—¿Qué, quieres una propina? —le pregunto.

—Claro.

—No llevo nada encima. ¿Quieres pasar?

—No esperaba ese ofrecimiento.

Le hago un gesto para que entre.

—Espera aquí —le digo.

Dejo la caja de zapatos sobre el mármol de la cocina y subo corriendo las escaleras para ponerme unos tejanos y una camisa de franela azul y amarilla. Me echo una ojeada en el espejo, y me paro en seco. Mi pelo anaranjado es un nido de ratas. Entro en el lavabo e intento peinarme esa maraña, y termino haciéndome una trenza que dejo caer por mi espalda. Me aplico un poco de colorete. Una capa de brillo de labios y vuelvo a estar presentable.

Al bajar las escaleras encuentro a Tucker sentado en el sofá, con las botas encima de la mesita del café. Está mirando por la ventana el álamo del jardín agitado por el viento, el árbol que se sacude frenéticamente, con un temblor viviente en todas y cada una de sus hojas. Me encanta ese árbol. Verlo a él allí, admirándolo, me pone de los nervios. Quiero meter a Tucker en una pequeña caja de seguridad donde pueda tenerlo controlado, pero él se resiste a permanecer ahí dentro.

—Bonito árbol —comenta.

El chico es de una profundidad insospechada.

—Ábrela —dice, sin mirarme a mí ni a la caja sobre el mármol. La cojo y levanto la tapa. Dentro, envueltas en un papel de seda blanco, hay un par de botas de excursionismo. Se nota que están usadas, las suelas y los bordes un poco gastados, pero están limpias y en buen estado. Son unas botas muy caras. Me pregunto si Wendy y yo calzamos el mismo número, pese a que yo soy mucho más alta que ella. Me pregunto cómo ella pudo permitirse unas botas estupendas como éstas, y por qué diablos ahora se deshace de ellas.

—Hay una nota —dice Tucker.

Dentro de una de las botas hay una tarjeta con la caligrafía inclinada de Wendy por las dos caras. Empiezo a leer.

Querida Clara, lamento mucho no poder estar contigo el día de tu cumpleaños. Mientras lees esto es probable que yo esté levantando excrementos secos de caballo con la pala o haciendo algo peor, ¡así que no te compadezcas! Las botas no son un regalo de cumpleaños. Son un préstamo, así que cuídalas. Tu regalo de cumpleaños es Tucker. Ahora, antes de que pongas mala cara, presta atención. La última vez que hablamos parecías lúgubre y solitaria, como si no salieras mucho. No te permito que andes cabizbaja por tu casa cuando estás rodeada del paisaje más precioso. Nadie en el mundo conoce tan bien esa zona del país como Tucker. Probablemente es el mejor guía turístico que vayas a encontrar. Así que te aguantas, te pones las botas y dejas que te lleve a conocer la región durante algunos días. Probablemente sea el mejor regalo que puedo hacerte. ¡Un abrazote!

Te quiero,

WENDY

Levanto la vista. Tucker sigue mirando el árbol. No sé qué decir.

—También quería que te entonara una cancioncilla, como si fuera un mensajero cantarín. —Me mira por encima del hombro, insinuando una sonrisa—. La mandé a freír espárragos.

—Dice...

—Ya sé lo que dice.

Suelta un suspiro, como si tuviera que ocuparse de una faena particularmente desagradable, y se pone de pie. Me mira de arriba abajo, como si no acabara de creerme capaz para lo que tiene en mente, cualquiera que sea el plan.

—¿Qué pasa? —lo increpo.

—Lo que llevas está muy bien. Pero tendrás que volver a subir y ponerte un traje.

—¿Un traje? —No sé por qué, pero no me parece apropiado.

—Un traje de baño —me aclara.

—¿Vamos a nadar? —pregunto, desconfiando enseguida de Tucker, por muy buenas que sean las intenciones de Wendy. Lo miro fijamente. Un montón de chicas estarían emocionadas de recibir un regalo como Tucker Avery, lo sé, con sus ojos azul brumoso, su piel tostada y su cabello dorado, y un hoyuelo en su mejilla izquierda. Se me viene a la mente la imagen bochornosa de Tucker enfrente de mí vistiendo una enorme pajarita roja y nada más.

Feliz Cumpleaños, Clara.

Siento un calor súbito y desagradable en las mejillas.

Tucker no responde a mi pregunta de si vamos a nadar. Supongo que la sorpresa es parte de la experiencia. Vuelve a señalarme las escaleras. Sonrío y subo corriendo para atormentarme pensando cuál de mis biquinis de California sería menos humillante en una situación como ésta. Escojo uno de dos piezas color zafiro, sólo porque es el que más piel cubre. Vuelvo a ponerme a toda prisa los tejanos y la camisa de franela, cojo una toalla del armario de las sábanas y bajo para encontrarme con Tucker. Me dice que me ponga las botas.

Una vez equipada según el gusto de Tucker, él me lleva hasta la camioneta y me abre la puerta para que suba antes de dar la vuelta y subir del otro lado. Avanzamos dando sacudidas por el camino de tierra que sale de mi casa, en completo silencio. Tengo calor con mi camisa de franela. Es un auténtico día de verano, el cielo azul, completamente despejado, y si bien no hace tanto calor como en California es un día para llevar shorts. Me pregunto si vamos a hacer una caminata muy larga.

—¿Esta cosa tiene aire acondicionado? —La camisa ya se me está pegando a la espalda.

Tucker cambia de marcha. Luego se estira sobre mí y baja la ventanilla.

—Eso lo podría haber hecho yo —digo, convencida de que sólo lo ha hecho para acercarse. Sonríe, esa sonrisa tranquila y relajada que en cierto modo me hace sentir cómoda.

—Esa ventanilla tiene un truco —es todo lo que dice.

Saco el brazo por la ventanilla y dejo que el aire frío de la montaña pase entre mis dedos. Tucker empieza a silbar bajito una canción que finalmente reconozco como *Danny Boy*, la que Wendy cantó en el concierto de la coral en primavera. Su manera de silbarla es bonita y a tono con la canción, perfectamente afinada.

Cogemos la carretera que va en dirección al instituto.

—¿Adónde vamos? —le pregunto.

—A Hoback. —He oído mencionar el sitio en el instituto, y he visto el nombre en las señales de la carretera. Está el Cañón de Hoback, el Paso de Hoback, si mal no recuerdo, y está la ciudad de Hoback Junction. Hacia la que nos dirigimos, aparentemente. Pasamos el instituto, seguimos por la carretera durante una media hora hasta que los edificios desaparecen y reaparece la montaña y el bosque. De repente llegamos a una ciudad diminuta, con una sola señal de stop, Hoback. Después de pasar el almacén general de Hoback la carretera se bifurca. Tucker toma el camino de la izquierda y nos dirigimos hacia las montañas, y a nuestra derecha fluye un río verde de aguas turbulentas.

—¿Ése es el río Snake? —le pregunto. Con la ventanilla baja una ráfaga de viento me sacude mientras la camioneta coge velocidad. Meto el brazo dentro.

—Pues no, es el Hoback.

Huelo el río, los pinos pequeños agazapados en la ladera y los matorrales de artemisa que se extienden a ambos lados del camino.

—Me encanta el olor de la artemisa —digo aspirando profundo.

Tucker resopla.

—La artemisa es una plaga. Se propaga como el fuego, absorbiendo toda el agua y los nutrientes de la tierra, hasta que todo muere. Es una plantita fuerte, eso lo reconozco. Pero es gris y fea, y a las garrapatas les gusta esconderse dentro. ¿Alguna vez has visto una garrapata? —Me lanza una mirada. Seguramente mi expresión debe de ser de espanto, porque de pronto carraspea y tranquilamente concluye—: Sí, huele bien la artemisa.

Entonces da un viraje brusco y se mete por un desvío cubierto de hierba.

—Ya hemos llegado —dice volviéndose hacia mí.

Aparcamos junto a una valla de troncos azotada por la tormenta, con un cartel que dice PROPIEDAD PRIVADA. SE DISPARA A LOS INTRUSOS. Tucker me mira y levanta las cejas, como si me estuviera tentando irresistiblemente. Pasa por una abertura que hay en la valla y me tiende la mano. Se la cojo. Tucker me ayuda a colarme. Una vez que estamos al otro lado de la valla, la colina desciende hasta el río en un ángulo empinado. Hay latas de cerveza esparcidas entre las artemisas. Tucker me lleva cogida de la mano y empieza a bajar por un camino serpenteante rumbo a un árbol enorme que se eleva justo a la orilla del agua. De pronto me siento afortunada por la resistencia de las botas.

Una vez abajo Tucker deja su toalla al pie del árbol y empieza a quitarse la ropa. Me doy la vuelta, y lentamente me voy desabrochando mi camisa de franela. Es un bañador bonito, me digo para tranquilizarme. No soy una mojigata. Respiro hondo y dejo mis hombros al descubierto, y una vez que me he quitado la camisa me apresuro a quitarme las botas y los tejanos. Me vuelvo hacia Tucker. Para mi alivio, está contemplando el río, aunque en mi opinión también podría estar escaneando mi cuerpo con su visión periférica. Su bañador negro y rojo le llega a las rodillas. Tiene un moreno dorado de arriba abajo. Rápidamente aparto la mirada de su cuerpo y coloco mi ropa y mi toalla en una pila junto a la suya.

—¿Y ahora qué? —le pregunto.

—Ahora subiremos al árbol.

Levanto la vista hacia las ramas, agitadas suavemente por el viento. Hay una serie de tablas clavadas en el tronco, a modo de escalera. En una de las ramas más grandes, que pende sobre el agua, alguien ha atado una larga cuerda.

Vamos a saltar al vacío desde esa cuerda, para caer en el río. Vuelvo a mirar al río, que parece endemoniadamente turbulento.

—Me da a mí que estás pensando en matarme el día de mi cumpleaños —bromeo, con la esperanza de que no vea el miedo en mis ojos. Los ángeles de sangre podemos ahogarnos. Necesitamos tanto el oxígeno como los humanos corrientes, aunque es probable que podamos contener la respiración por más tiempo.

Aparece su hoyuelo en la mejilla.

—¿Qué te parece si voy yo primero?

Sin decir nada más empieza a trepar al árbol, apoyando manos y pies en los lugares correctos, como si ya lo hubiera hecho mil veces, lo cual me tranquiliza un poco. Cuando llega a las ramas más altas ya casi no puedo verle, sólo de vez en cuando un reflejo de sus piernas bronceadas o un destello de su pelo entre las hojas y el sol. Y luego dejo de verlo por completo, aunque de repente la soga se sacude.

—Sube —me grita—. Hay sitio para los dos.

Comienzo a escalar el árbol con torpeza. En el intento consigo pelarme la rodilla y la palma de la mano, pero no me quejo. Lo último que quiero es que Tucker Avery piense que soy un bebé. La mano de Tucker aparece delante de mi cara y yo la agarro y él me sube de un tirón a las ramas más altas.

Desde arriba podemos ver un largo tramo del río. Intento localizar un lugar en el que las aguas se asienten o fluyan más lentamente, pero no hay ninguno. A mi lado Tucker coge la cuerda, que parece elástica como una cuerda de puenting. Se pone de cara al sol y cierra los ojos por un instante.

—A este sitio lo llaman el solarium —dice.

—¿Te refieres a donde estamos ahora? ¿A la copa del árbol?

—Sí. —Abre los ojos. Estoy lo bastante cerca como para ver sus pupilas contraerse bajo la luz—. Los chicos del instituto han venido aquí durante generaciones.

—Por eso el cartel de propiedad privada —digo mirando hacia el camino.

—Creo que el dueño vive en California —añade Tucker con ironía.

—Genial para nosotros. No me dispararán el día de mi cumpleaños.

—Pues no. —Tucker coge la cuerda con más fuerza. Dobla las rodillas—. Sólo te darás un chapuzón —dice, y salta del árbol.

La cuerda desciende en picado sobre el agua trazando una diagonal. Tucker se lanza y da un grito en el aire. La cuerda vuelve y yo alargo la mano para cogerla, mirando hacia abajo, donde la cabeza de Tucker se mece en el agua. Él se vuelve hacia mí y me saluda con la mano mientras la corriente se lo lleva río abajo.

—¡Venga! ¡Te encantará!

Tomo aire, sujeto la cuerda entre mis manos con más fuerza, y salto.

La diferencia entre caer y volar es asombrosa, y yo he experimentado ambas cosas. La cuerda se asoma al río dando bandazos y se estira con mi peso. Aprieto los dientes para no dejar aflorar mis alas, tan intenso es el deseo de volar. Y me suelto, porque sé que si no lo hago la cuerda me llevará directo a estrellarme contra el árbol.

El agua está tan fría que suelto todo el aire de golpe. Salgo a la superficie tosiendo. Por un instante no sé qué hacer. Soy una nadadora competente, pero no una gran nadadora. Casi siempre he nadado en piscinas y playas del Pacífico. Nada que pudiera prepararme para la fuerza con que el río me agarra y me arrastra. Vuelvo a tragar agua. Sabe a barro y hielo, y a algo más que no puedo precisar, algo mineral. Doy algunas brazadas discontinuas, y luego empiezo a nadar en serio hacia la orilla, antes de ser arrastrada río abajo hasta desaparecer. No veo a Tucker. El pánico me atraganta. Ahora sólo veo las noticias, la cara apenada de mamá, de Angela, de Wendy cuando se dé cuenta de que todo esto ha sido culpa suya.

Un brazo me enlaza por la cintura. Me giro y casi choco mi cabeza con la de Tucker. Me tiene bien cogida y nada con fuerza hacia la orilla. Es un buen nadador. Todo ese brazo fornido definitivamente ayuda. Yo apenas puedo aferrarme a sus hombros y patalear en la dirección correcta. En poco tiempo ya estamos jadeando en la ribera arenosa. Me tumbo de espaldas y veo pasar una nube.

—Bien —dice Tucker—. Eres valiente.

Lo miro. El cabello le gotea sobre la nuca. Vuelvo a mirarlo a los ojos, que no podrían ser más azules y risueños. Quiero darle un puñetazo.

—Fue una idiotez. Los dos podríamos habernos ahogado.

—Qué va —dice—. Hoy el río está tranquilo. Lo he visto peor.

Me incorporo y lanzo una mirada río arriba, y veo el árbol que parece estar a medio kilómetro de distancia.

—Supongo que lo siguiente es regresar al árbol.

Tucker se ríe de la irritación en mi voz.

—Así es.

—Descalzos.

—Es todo arena, no está mal. ¿Tienes frío? —me pregunta, y puedo ver en sus ojos que si tuviera frío, él estaría feliz de abrazarme. Pero no tengo frío, no ahora que brilla el sol y ya me he secado. Sólo que estoy un poco mojada y soy de las frioleras.

Intento no pensar en el pecho desnudo de Tucker, tan cerca, sudando de calor, ni en mí con este bañador diminuto de dos piezas y carne de gallina en mi barriga.

Lucho para ponerme de pie y empiezo a caminar por la orilla. Tucker se levanta de un salto y camina a mi lado.

—Lo siento —dice—. Igual debería haberte avisado que el río venía rápido.

—Igual sí —coincido, pero ya estoy harta de enfadarme con Tucker cuando, después de todo, fue el que acudió a mi rescate en el baile de graduación. No lo he olvidado. Y ahora está aquí conmigo—. No pasa nada.

—¿Quieres intentarlo de nuevo? —me pregunta, el hoyuelo que asoma mientras me sonríe—. La segunda vez es mucho más fácil.

—De verdad que estás intentando matarme. —Lo miro sacudiendo la cabeza con gesto de incredulidad—. Estás loco.

—En los veranos trabajo para la empresa Crazy River Rafting. Estoy en el río cinco días a la semana, a veces más.

O sea que estaba seguro de poder sacarme, aunque fuese una pésima nadadora. Pero ¿y si me hubiera ido directo al fondo?

—¡Tucker! —grita alguien desde más adelante—. ¿Cómo está el río?

En el árbol hay por lo menos cuatro o cinco personas que nos ven regresar por la orilla. Tucker los saluda con la mano.

—Está bien —grita Tucker—. Tranquilo.

Cuando llegamos al árbol otras dos personas han subido y han saltado al río. Ninguno parece tener problemas para alcanzar la orilla. Ver eso es lo que me lleva a escalar otra vez el árbol. Esta vez hago el esfuerzo de gritar al caer, como hizo Tucker, y de dirigirme a la costa nada más tocar el agua. Al cuarto salto ya no tengo miedo. Me siento invencible. Y eso, ahora lo comprendo, es lo que atrae de un lugar como éste.

—Tú eres Clara Gardner, ¿verdad? —me pregunta una chica que espera para subir al árbol. Asiento. Se presenta como Ava Peters, aunque estamos juntas en la clase de Química. Es la chica que vi una vez con Tucker en la cabaña de esquiadores.

—El sábado hay una fiesta en mi casa, por si quieres venir —dice, como si de repente me dieran la bienvenida al club.

—Oh, sí —digo sorprendida—. Iré encantada. Gracias.

Le lanzo una sonrisa de agradecimiento a Tucker, que inclina la cabeza como si se tocara el ala del sombrero. Por primera vez siento que quizá, por qué no, podríamos ser amigos.

Esa noche Tucker me lleva a cenar a Bubba's. Y aunque sea en ese garito de barbacoa parece una cita de verdad, con lo que estoy un poco inquieta. Pero una vez que llega, la comida está tan deliciosa que me relajo y lo engullo todo. No había comido nada desde el cuenco de cereales de la mañana, y no recuerdo haber estado nunca tan hambrienta como ahora. Tucker me mira roer las alas de pollo como si fuera lo mejor que he probado en mi vida. La salsa es una locura de lo buena que está. Después de haber hecho desaparecer de mi plato un cuarto de pollo, alubias y una ración grande de ensalada de patatas, me atrevo a levantar la vista y mirarlo. Espero que diga algo sarcástico sobre la manera en que devoro. Ya tengo lista la respuesta, algo que destaque el hecho de que necesito más carne en mis huesos.

—Prueba el pastel de crema de vainilla —dice sin ni siquiera juzgarme. Hasta me mira con admiración—. Te lo traen con una rodaja de limón y cuando comes un trozo y luego muerdes el limón sabe exactamente como pastel de limón.

—¿Y por qué no pedir directamente pastel de limón?

—Confía en mí —dice, y descubro que confío en él.

—Vale. —Le hago señas al camarero para pedirle el pastel de crema de vainilla. El cual está de muerte, todo hay que decirlo.

—Jo, estoy llenísima —comento—. Tendrás que llevarme a casa rodando.

Por un momento ninguno de los dos dice nada, las palabras cuelgan en el aire entre nosotros.

—Gracias por este día —digo finalmente, sin poder mirarlo a los ojos.

—¿Te lo has pasado bien por tu cumpleaños?

—Sí. Y gracias por no hablar con los del restaurante para que vengan a la mesa a cantar.

—Wendy dice que es algo que detestas.

Me pregunto cuánto de este día ha sido idea de Wendy.

—¿Qué vas a hacer mañana? —me pregunta.

—¿Eh?

—Mañana tengo que ir fuera, y si tú quieres puedo llevarte a Yellowstone y enseñarte el lugar.

—Nunca he estado en Yellowstone.

—Lo sé.

Él es el regalo que nunca se agota. Yellowstone suena mucho mejor que pasar el día en casa haciendo zapping, preocupándome por Jeffrey y tratando de levantar el vuelo cargando con una bolsa de deporte que hace las veces de Christian.

—Me encantará conocer el Old Faithful —confieso.

—Estupendo. —Parece extrañamente satisfecho consigo mismo—. Empezaremos por allí.

15

De excursión con Tucker

El viaje a Yellowstone sólo se vio estropeado accidental-
mente por mí, que le hablé en coreano a una turista que había
perdido a su hijo de cinco años. La ayudé a comunicarse con el
guardabosques, y finalmente localizaron al niño. Una historia
con final feliz, ¿verdad? Salvo por la parte en que Tucker me
observa como si fuera un mutante hasta que le explico de forma
poco convincente que tengo una amiga coreana en California y
que se me dan bien los idiomas. No espero volver a verlo después de eso, pues supongo que el regalo de cumpleaños de Wendy ya se ha agotado. Pero el sábado llaman a mi puerta y allí está
otra vez, y una hora más tarde me veo a bordo de un enorme
bote hinchable con un grupo de turistas de otro estado, inflados
y enormes nosotros también con los chalecos salvavidas naran-
jas que llevamos puestos. Tucker va encaramado al final del bote
y rema en dirección a los rápidos, mientras que el otro guía va
sentado al frente gritando las órdenes. Observo los brazos fuer-
tes y bronceados de Tucker que se flexionan mientras rema.
Llegamos al primer tramo de rápidos. El bote da un bandazo, el
agua salpica por todas partes y la gente en el bote grita como
si estuviéramos en la montaña rusa. Tucker me sonríe. Yo le
sonrío.

Por la noche me lleva a la fiesta de Ava Peters y se queda a
mi lado todo el tiempo, presentándome a la gente que no conozco. Me sorprende cómo cambia todo para mí estando con él,
desde el punto de vista social. Cuando caminaba por los pasillos

del Jackson Hole High, los estudiantes me miraban con un calculado desinterés, no del todo hostil, pero sí como si yo fuera una intrusa en su territorio. Ni siquiera la atención concedida por Christian en las últimas semanas había hecho que la gente hablara conmigo en lugar de hablar de mí. Ahora, con Tucker a mi lado, los estudiantes conversan conmigo. De pronto sus sonrisas se vuelven reales. Es fácil darse cuenta de que todos ellos, independientemente del grupo al que pertenezcan o del dinero que tengan sus padres, simpatizan con Tucker. Los chicos exclaman: «¡Eh, Frai!», y chocan los puños con él o hacen ese otro saludo con los hombros. Las chicas lo abrazan y le susurran sus «hola» al oído y me miran con curiosidad, aunque siempre con simpatía.

Mientras Tucker va a la cocina a buscarme una copa, Ava Peters me coge del brazo.

—¿Hace cuánto que estáis juntos tú y Tucker? —me pregunta con una sonrisa maliciosa.

—Sólo somos amigos —tartamudeo.

—Ah. —Frunce el entrecejo—. Perdona, pensé...

—¿Qué pensaste? —pregunta Tucker, apareciendo de repente a mi lado con un vaso de plástico en cada mano.

—Pensé que vosotros erais pareja —dice Ava.

—Sólo somos amigos —confirma él. Me lanza una mirada fugaz, luego me pasa uno de los vasos.

—¿Qué es?

—Ron con Coca-Cola. Espero que te guste el ron de coco.

Nunca he bebido ron. Ni tequila, ni vodka, ni whisky, ni nada, salvo una copita de vino en alguna cena especial de vez en cuando. Mamá vivió durante la Ley Seca. Pero ahora está a mil kilómetros de aquí, probablemente durmiendo en una habitación de hotel con vista a las montañas, sin tener la menor idea de que su hija está en una fiesta de adolescentes sin supervisión, a punto de tomar su primera copa de bebida fuerte.

Lo que ella ignora no puede hacerle daño. Salud.

Bebo un sorbo. No detecto ni un mínimo sabor a coco, ni a alcohol. Sabe a Coca-Cola de toda la vida.

—Está bueno. Gracias —le digo.

—Bonita fiesta, Ava —dice Tucker—. No se te escapa nada.

—Gracias —responde ella con calma—. Me alegra que hayas venido. Y tú también, Clara. Por fin te conozco.

—Sí —afirmo—. Es bueno que a una la conozcan.

Tucker y Christian son tan diferentes, reflexiono mientras regresamos de la fiesta. Tucker es popular en un sentido completamente distinto, no por ser rico (que definitivamente no lo es: pese a sus numerosos trabajos, ni siquiera tiene un móvil) ni guapo (que definitivamente lo es, aunque su atractivo es más del tipo chico duro, mientras que el de Christian es más del tipo chico sensible). Christian es popular porque, como siempre dice Wendy, es una especie de dios. Guapo, perfecto y un poco distante. Hecho para ser adorado. Tucker es popular porque tiene el don de hacer que la gente se relaje.

—¿En qué estás pensando? —me pregunta, pues no he abierto la boca durante un buen rato.

—Eres diferente de lo que yo creía.

Mantiene la vista fija en la carretera, pero se le forma el hoyuelo en la mejilla.

—¿Qué creías que era?

—Un paleto grosero.

—¡Caray, qué directa! —dice riendo.

—No hagas como que no lo sabías. Era lo que querías que pensara de ti.

No responde. Me pregunto si me he pasado. Parece que con él no consigo morderme la lengua.

—Tú también eres diferente de lo que yo creía que eras —añade.

—Pensabas que era una niña mimada de California.

—Sigo pensando que eres una niña mimada de California.

—Le doy un puñetazo fuerte en el hombro—. ¡Ay! ¿Lo ves?

—¿Y en qué sentido soy diferente? —pregunto, tratando de encubrir mi nerviosismo. Es sorprendente cuánto me importa ahora lo que él piense de mí. Miro por la ventanilla, con el brazo colgando hacia fuera mientras atravesamos el bosque rumbo a mi casa. Los grillos cantan. Una brisa fresca con olor a pino agita las hojas. Una noche perfecta.

—Venga, dímelo, ¿en qué sentido soy diferente?

—Es difícil de explicar. —Se frota la nuca—. Es mucho lo que ocultas bajo la superficie.

—Hummm... cuánto misterio —digo esforzándome por mantener la voz tranquila.

—Pues sí, eres como un iceberg.

—Oh, gracias. Creo que el problema es que tú siempre me subestimas.

Llegamos a mi casa, que parece oscura y vacía, y tengo ganas de quedarme en la camioneta. No estoy preparada para dar por terminada la noche.

—Eso no es cierto —dice. Aparca la camioneta y me mira con ojos tristes—. No me sorprendería que pudieras volar hasta la luna.

Respiro hondo.

—¿Quieres venir a recoger arándanos conmigo mañana? —me pregunta.

—¿Arándanos?

—Los venden en la ciudad por cincuenta pavos el galón. Conozco un sitio donde hay más de cien arbustos. Voy allí un par de veces al año. Todavía es pronto, pero algo debería haber, ya que últimamente ha hecho mucho calor. Es buena pasta.

—Vale —digo sorprendida de mí misma—. Iré.

Baja de la camioneta y da la vuelta para abrirme la puerta. Me tiende la mano y me ayuda a bajar.

—Gracias —murmuro.

—Buenas noches, Zanahoria.

—Buenas noches, Tuck.

Se apoya en la camioneta y espera hasta que entre. Enciendo la luz del porche y lo observo desde un costado de la ventana del salón hasta que la camioneta se pierde entre los árboles. Luego subo corriendo a mi habitación y me quedo mirando las luces traseras que se mueven ligeramente camino de la carretera principal.

Me miro en el espejo de cuerpo entero. La chica que me

observa se ha arrojado a un río turbulento y tiene su pelo mandarina todo seco y revuelto. Está empezando a ponerse morena, pese a que los ángeles de sangre no se tuestan ni se broncean tan fácilmente. Y mañana estará en la ladera de una montaña recogiendo arándanos con un auténtico cowboy de rodeo.

—¿Qué estás haciendo? —le pregunto a la chica del espejo. Ella no responde. Me mira con ojos brillantes, como si supiera algo que yo no sé.

No estoy totalmente desconectada del mundo. Angela me escribe e-mails todo el tiempo, contándome de Roma y diciéndome, en lo que para ella es un código, que está haciendo averiguaciones sorprendentes sobre los ángeles. Escribe cosas como «Ahora mismo fuera está oscuro. Enciendo la luz», lo que interpreto como que ha conseguido un montón de información buena sobre los Alas Negras. Cuando escribe «Hace tanto calor que tengo que cambiarme la ropa a cada rato», entiendo que trata de decirme que está practicando para cambiar la forma de sus alas. No dice mucho más. Nada sobre el italiano misterioso, aunque parece feliz. Como si se lo estuviera pasando sospechosamente bien.

También recibo noticias de Wendy de vez en cuando, siempre que ella puede llamarme desde la cabina. Parece cansada pero contenta de pasar el día con los caballos, aprendiendo de los mejores. No me comenta nada de Tucker, ni del tiempo que he pasado con él últimamente, pero sospecho que está al tanto de todo.

Cuando recibo un mensaje de Christian me doy cuenta de que llevo tiempo sin pensar en él. He estado muy ocupada por ahí con Tucker. Ni siquiera he tenido la visión recientemente. Esta semana casi he olvidado que soy un ángel y simplemente me he permitido ser una chica normal que vive un verano normal. Lo que es genial. Pero me hace sentir culpable, porque se supone que debería concentrarme en mi designio.

El mensaje pone:

«¿Has estado alguna vez en un sitio que debería encantarte, pero sólo piensas en volver a casa?»

Críptico. Y como suele sucederme con Christian, no sé qué responder.

Oigo un coche que aparca en la entrada, y después el sonido de la puerta del garaje. Mamá ha llegado. Recorro la casa a toda prisa para asegurarme de que todo está presentable, los platos lavados, la ropa plegada, Jeffrey en su habitación con modorra después de comer. Todo en orden en la casa de los Gardner. Cuando ella entra cargando con su enorme maleta, yo estoy sentada en la cocina con dos vasos de té frío.

—Bienvenida a casa —la saludo animada.

Ella deja la maleta y extiende los brazos. Yo salto de mi taburete y me arrojo avergonzada en sus brazos. Me estrecha, y hace que vuelva a sentirme como una niña. Segura. Bien. Como si nada fuera normal cuando ella está fuera.

Se aparta y me mira de arriba abajo.

—Pareces mayor —dice—. Los diecisiete te sientan bien.

—Me siento mayor. Y últimamente más fuerte, sin ninguna razón.

—Lo sé. A partir de ahora deberías sentirte más fuerte con el correr de los días, a medida que nos acercamos a tu designio. Tus poderes están aumentando.

Un silencio incómodo. ¿Cuáles son mis poderes, exactamente?

—Ya puedo volar —le suelto de sopetón.

Han pasado dos semanas desde que despegué del Punto de Inspiración, un montón de accidentes y rasguños de por medio, pero finalmente le he cogido el tranquillo. Era algo que ella tenía que saber. Me levanto la parte inferior del pantalón para enseñarle un arañazo en la espinilla que me hice al pasar volando muy cerca de la copa de un pino.

—¡Clara! —exclama, y trata de parecer contenta pero puedo ver su decepción por no haber estado allí para verlo, como si se hubiera perdido los primeros pasos de su bebé.

—Para mí es más fácil cuando tú no me miras —le explico—. Menos presión o lo que sea.

—Bueno, sabía que lo conseguirías.

—Me encanta el vestido que me regalaste —digo intentando cambiar de tema—. Quizá podríamos ir a cenar esta noche y me lo pongo.

—Me parece un buen plan. —Se aparta, coge la maleta y la arrastra por el pasillo hasta su habitación. La sigo.

—¿Qué tal el trabajo? —le pregunto mientras coloca la maleta sobre la cama, abre el cajón de la cómoda y empieza a guardar cuidadosamente su ropa interior y sus calcetines. Muevo la cabeza al ver lo maniáticamente ordenada que puede llegar a ser, todas sus bragas bien dobladas, ordenadas por color en hileras perfectas. Parece increíble que seamos madre e hija—. ¿Has podido resolverlo todo?

—Sí. En cualquier caso me ha venido bien. Necesitaba viajar. —Empieza con el siguiente cajón—. Pero me sabe mal no haber estado para tu cumpleaños.

—No pasa nada.

—¿Hiciste algo?

Por algún motivo he estado dudando si contarle lo de Tucker, los saltos desde el árbol y todo el tiempo que he pasado con él, haciendo senderismo, recogiendo arándanos, navegando en bote por aguas rápidas, hablando coreano con la gente delante de él. Tal vez temo que me llame la atención sobre algo que yo ya sé de sobra, que Tucker es una distracción. Me dirá que vuelva a concentrarme en mi misión de salvar a Christian. Entonces tendré que contarle que, a pesar de sentirme más fuerte últimamente y de haber aprendido por fin a volar, todavía no consigo levantar esa pesada bolsa de deporte del suelo. Y entonces ella me mirará fijamente y me soltará ese rollo sobre la ligereza y la fuerza, y lo capaz que soy de lograrlo sólo si me concentro en ello. No quiero llegar a eso. No de momento. Pero tengo que darle una respuesta.

—Wendy me prestó a su hermano y un par de botas de excursionismo, y él me llevó a un sitio donde todos los chicos van para saltar al río —digo de corrido.

Mamá me mira con desconfianza.

—¿Wendy te prestó a su hermano?

—Tucker. Lo conociste aquella vez que el coche se nos quedó atascado, ¿recuerdas?

—El chico que te trajo a casa después del baile de graduación —dice pensativa.

—Pues sí, el mismo. Y gracias por recordarme ese episodio.

Por un instante ninguna de las dos dice nada.

—Te he traído algo —dice ella finalmente—. Un regalo.

Abre un bolsillo de su maleta y saca algo hecho de una tela violeta. Es una chaqueta de pana preciosa, del mismo color que las violetas africanas de mamá que están en la ventana de la cocina. Disimulará el naranja de mi pelo y resaltará el azul de mis ojos. Es perfecta.

—Sé que ya tienes tu anorak —dice mamá—, pero pensé que podías llevar algo más ligero. Y además nunca sobran las chaquetas en Wyoming.

—Gracias. Me gusta.

Alargo la mano para cogerla. Y en el instante que mis dedos tocan la tela suave y aterciopelada, vuelvo a encontrarme en la visión, caminando entre los árboles.

No había tenido la visión en varias semanas, desde el baile de graduación, cuando me vi volando y huyendo del fuego con Christian en mis brazos. Ahora, mientras voy a su encuentro subiendo la colina, ya no me resulta tan familiar. Pero él sigue allí esperándome, y cuando lo veo pronuncio su nombre, y él se vuelve, y yo corro hacia él. Me doy cuenta de que lo extrañaba, aunque no sé si es lo que siento ahora o en el futuro. Él me hace sentir completa. La manera en que siempre me mira, como si me necesitara. A mí y a nadie más.

Tomo su mano. La pena también sigue presente, mezclada con todo lo demás: euforia y miedo y determinación y hasta una porción de un deseo antiguo. Puedo sentirlo todo, pero eclipsando a todas las demás emociones, la tristeza, la sensación de que he perdido la cosa más importante del mundo, aunque parezca que la haya ganado. Bajo la mirada hacia nuestras manos entrelazadas, la mano perfecta de Christian, como la de un cirujano. Las uñas pulcramente recortadas, la piel suave y casi caliente al tacto. Su pulgar acaricia mis nudillos, provocándome escalofríos. Entonces caigo en la cuenta.

Llevo puesta la chaqueta violeta.

Vuelvo en mí y veo a mamá sentada en la cama a mi lado, con el brazo alrededor de mis hombros. Sonríe con simpatía, sus ojos apenados.

—Lo siento —digo.

—No seas tonta —dice—. Sé de qué se trata.

A veces olvido que mamá una vez tuvo un designio que cumplir. Fue probablemente hace cien años, cuando tenía mi edad. Lo cual (hago un rápido cálculo mental) la coloca en un período entre 1907 y 1914, aproximadamente. Lo que supone mujeres con largos vestidos blancos y hombres con chisteras y bigotes grandes y erizados, carruajes, corsés, Leonardo DiCaprio a punto de ganar su billete para el *Titanic*. Intento imaginarme a mi madre en aquella época, mareada con sus visiones y despierta en la oscuridad tratando de ordenar las piezas, tratando de entender qué debía hacer.

—¿Estás bien? —me pregunta.

—Voy a llevar esa chaqueta —digo con voz temblorosa. Está en el suelo junto a la cama. Se me habrá caído de las manos cuando empezó la visión.

—Genial —dice mamá—. Pensé que te quedaría bien.

—No. En la visión. Llevo puesta esa chaqueta.

Sus ojos se agrandan un poco.

—Ya está en marcha. —Tranquilamente me coloca un mechón de cabello detrás de la oreja—. Todo se está dando para que ocurra. Va a ocurrir este año, durante la temporada de incendios, estoy segura.

Faltan unas semanas. Sólo unas semanas.

—¿Y si no estoy preparada?

Sonríe con complicidad. Sus ojos centellean con ese brillo recóndito. Levanta los brazos y se despereza, bostezando. Tiene mucho mejor aspecto. Ya no parece desgastada ni frustrada por todo. Luce igual que siempre, como si estuviera lista para dar un salto y empezar con mi entrenamiento, como si estuviera comprometida con mi designio y decidida a ayudarme a cumplirlo.

—Estarás preparada —dice.

—¿Cómo lo sabes?

—Lo sé —afirma convencida.

A la mañana siguiente bajo a hurtadillas las escaleras y me sirvo rápido un cuenco de cereales, que como de pie en medio de la cocina, esperando oír el traqueteo familiar de la camioneta de Tucker en la entrada. Mamá me asusta al aparecer de golpe mientras me estoy sirviendo un vaso de zumo de naranja.

—Has madrugado. —Se fija en mi nueva versión forestal con mis botas de excursionismo, shorts impermeables, un polo y la mochila colgada al hombro. Seguro que parezco salida de un anuncio de Eddie Bauer—. ¿Adónde vas?

—A pescar —digo atragantándome con el zumo.

Levanta las cejas. No he ido a pescar ni una sola vez en mi vida. Lo más parecido que he hecho es marinar los filetes de salmón para la cena.

—¿Con quién?

—Con algunos chicos del colegio —digo haciendo una mueca por dentro. «No le estás mintiendo», pienso. Tucker es un chico del colegio.

Ladea la cabeza.

—¿Y ese olor? —pregunta frunciendo la nariz.

—Insecticida. —Los mosquitos nunca me molestan, pero parece que a Tucker se lo comen vivo si no lleva insecticida. Así que lo llevo por solidaridad—. Todos los chicos lo llevan —le explico a mamá—. Dicen que el mosquito es el ave de Wyoming por excelencia.

—Ahora sí que te estás integrando.

—Bueno, no es que antes no tuviera amigos —respondo un poco arisca.

—No digo eso. Pero hay algo nuevo, me parece. Algo está cambiando.

—Qué va.

Se ríe.

—¿Qué va?

Me pongo colorada.

—Vale, ahora hablo más como los chicos del colegio —admito—. Cuanto más oyes más pillas. Jeffrey hace lo mismo. A mí me dicen que todavía hablo demasiado rápido para ser de Wyoming.

—Eso está bien —dice mamá—. Integrarse.

—Es mejor que llamar la atención —replico nerviosa. Acabo de ver de reojo la camioneta azul que viene haciendo eses entre los árboles de delante de casa.

—Me tengo que ir, mamá. —Le doy un abrazo fugaz. Luego salgo por la puerta, bajo por el camino de la entrada y subo a la camioneta de Tucker antes de que pare. Él grita sorprendido y clava los frenos.

—Vámonos. —Le lanzo una sonrisa inocente. Entrecierra los ojos.

—¿Qué te pasa?

—Nada.

Frunce el entrecejo. Siempre sabe cuándo miento. Es molesto ya que tengo mucho que ocultarle. Suspiro.

—Mi madre ha vuelto —confieso.

—¿Y no quieres que te vea conmigo? —me pregunta ofendido. Miro por la ventanilla y veo a mamá en la ventana. La saludo con la mano, y me vuelvo hacia Tucker.

—No, bobo —le digo—. Me muero de ganas de aprender a pescar con mosca, eso es todo.

Sigue sin creerme, pero lo deja pasar. Se toca el ala del sombrero saludando a mamá a través del parabrisas. Ella desaparece de la ventana. Me relajo. No es que no quiera que ella me vea con Tucker. Simplemente no quiero darle la oportunidad de interrogarlo. O de que me interrogue a mí sobre lo que creo que estoy haciendo con él. Porque no tengo la menor idea de lo que estoy haciendo con Tucker.

—Pescar es fácil —dice Tucker al cabo de dos horas, después de haberme enseñado todos los elementos de la pesca en la relativamente segura orilla del río—. Sólo tienes que pensar como un pez.

—Correcto. Pensar como un pez.

—No te burles —me advierte—. Mira el río. ¿Qué ves?

—Agua. Piedras, ramas y barro.

—Mira con atención. El río es en sí mismo un mundo de prisas y calmas, donde se encuentra lo profundo y lo llano, lo luminoso y lo sombrío. Si lo miras así, como un paisaje habitado por el pez, te será más fácil pescar uno.

—Te ha quedado precioso. ¿Eres el poeta de los cowboys o qué?

Se sonroja, lo que lo vuelve absolutamente atractivo.

—Sólo observa —dice entre dientes.

Miro río arriba. Sí que parece un pequeño paraíso en sí mismo. Se ven motas doradas de luz solar atravesando el aire, sombras oscuras que se extienden a lo largo de la orilla, álamos susurrando en la brisa. Y encima de todo, el río espumoso. Vivo, torrencial y burbujeante, sus verdes profundidades llenas de misterios. Y supuestamente llenas de peces maravillosos y sabrosos.

—Vamos allá. —Levanto la caña de pescar—. Te lo juro, estoy pensando como un pez.

Gruñe y pone los ojos en blanco.

—Muy bien, pececito —dice señalando el río—. Allá tienes un banco de arena donde te puedes colocar.

—A ver si he entendido bien. ¿Quieres que me coloque en un banco de arena en medio del río?

—Pues sí —responde—. Tendrás un poco de frío, pero podrás con ello. No tengo botas de goma de tu talla.

—Éste es otro de tus trucos para rescatarme, ¿no? —Inclino la cabeza y entrecierro los ojos para mirarlo bajo el sol—. Porque no creas que he olvidado cuando me hiciste saltar del árbol.

—Qué va —dice con una sonrisa.

—Muy bien. —Meto un pie en el río, estremecida por el frío, y doy un paso y luego otro hasta que me encojo a la altura de las rodillas. Me detengo al llegar al borde del estrecho banco de arena que Tucker ha señalado, tratando de pisar firme sobre las piedras lisas que tengo debajo de los pies. El agua está fría y arremete contra mis piernas desnudas. Enderezo los hombros y sujeto bien la caña entre las manos como él me enseñó antes, luego tiro de la línea a través de las anillas y espero, mientras él entra en el agua, viene hasta mí y engancha el señuelo.

—Éste es uno de mis favoritos —dice. Sus manos se mueven rápidas y ágiles para atar un trozo de pluma y un gancho, con la idea de que parezca un insecto en el agua—. La mosca seca Adams.

—Es bonita —digo, aunque no tengo idea de qué está hablando. A mí me parece una especie de mariposa. Se supone que a un pez tiene que parecerle un costillar de primera.

—Todo listo. —Libera el sedal—. Ahora intenta lo que practicamos en la orilla. Dos lanzamientos hacia atrás en el ángulo de las dos, y uno hacia delante en el ángulo de las diez. Le das un poco al carrete y otra vez atrás. Una vez que proyectes la línea hacia delante, déjala caer con suavidad en el ángulo de las nueve.

—Las diez y las dos —repito. Levanto la caña y lanzo la línea hacia atrás, en un ángulo que espero se aproxime al de las dos, y luego la arrojo hacia delante.

—Suave —me dirige Tucker—. Trata de llegar a aquel tronco, para que el pez crea que es un insecto delicioso.

—Correcto, piensa como un pez —añado con una risita incómoda. Lo intento. Las diez y las dos, las diez y las dos, una y otra vez, la línea dando vueltas y vueltas. Creo que lo tengo, pero después de diez minutos ningún pez se ha fijado siquiera en mi mosca seca Adams.

—A mí me parece que no se lo creen.

—Tu línea está demasiado tensa, tu mosca se arrastra. Intenta no trazar la órbita de un limpiaparabrisas —dice Tucker—. Tienes que haces una pausa en el lanzamiento hacia atrás. Te olvidas de hacer la pausa.

—Lo siento.

Percibo su mirada, y, sinceramente, destruye mi concentración.

No sirvo para la pesca con mosca, me doy cuenta. No es que esté fingiendo que no sirvo. No se me da bien y punto.

—Es divertido —digo—. Gracias por traerme.

—Sí, es de mis pasatiempos favoritos. No te creerías la de peces que he pescado en este río: trucha de manantial, trucha arcoíris, trucha degollada, alguna trucha marrón. La trucha degollada nativa está desapareciendo. Las arcoíris que introdujeron se están reproduciendo.

—¿Las liberas después de pescarlas? —pregunto.

—Casi siempre. Así crecen y se convierten en peces más grandes y más listos. Más interesantes de pescar la próxima vez. Siempre libero a las truchas degolladas. Pero si pesco una arcoíris me la llevo a casa. Mamá las prepara de muerte, sólo las fríe en mantequilla con sal y pimienta, y a veces con un poco de pimentón picante, y casi se te derriten en la boca.

—Suena de muerte.

—Bueno, quizás algún día pesques una.

—Quizá.

—Mañana lo tengo libre —dice—. ¿Quieres quedar conmigo temprano y escalar para ver el amanecer desde el mejor lugar de Teton? Para mí es un día especial.

—Claro. —Tengo que reconocer que en materia de distracción, Tucker es el mejor. Me sigue invitando a hacer cosas con él y yo sigo aceptando—. No puedo creer que el verano se esté pasando tan rápido. Y yo que pensé que se haría interminable. ¡Oh, creo que he visto un pez!

—Espera —se lamenta Tucker—. Ahora lo estás espantando.

Se acerca a mí en el momento exacto en que lanzo la línea hacia atrás. El señuelo se engancha en su sombrero y se lo arranco de la cabeza. Suelta un par de tacos, intenta agarrarlo pero se le escapa.

—¡Ay! Lo siento. —Arrastro el sedal hacia mí y consigo enganchar el sombrero y luego liberarlo del señuelo. Se lo tiendo, tratando de no reírme. Me mira con su ceño fruncido, burlón, y me lo arrebata de la mano. Los dos nos echamos a reír.

—Creo que he tenido suerte de que fuera mi sombrero y no mi oreja —dice—. Quédate quieta un ratito, hazme el favor.

Se mete en el río y da la vuelta chapoteando para pararse detrás de mí con sus botas altas de goma. De repente lo siento tan cerca que casi puedo olerlo: protector solar, galletitas Oreo (por alguna misteriosa razón), una mezcla de insecticida y agua de río, y un ligero aroma a colonia de almizcle. Sonrío, repentinamente nerviosa. Se acerca y coge un mechón de mi cabello entre sus dedos.

—Tu pelo no es rojo natural, ¿verdad que no? —me pregunta, y el aire se congela en mis pulmones.

—¿Qué quieres decir? —digo atragantada. Ante la duda, me enseñó mamá, responde a una pregunta con otra pregunta.

Mueve la cabeza.

—Tus cejas. Son más bien doradas.

—¿Ahora te fijas en mis cejas?

—Me fijo en ti. ¿Por qué estás siempre tratando de ocultar lo bonita que eres?

Parece tener la mirada clavada en mí, como intentando saber quién soy en realidad. Y en este momento quiero contarle la verdad. Una locura, lo sé. Una estupidez. Un error. Intento dar un paso atrás, pero resbalo y si no acabo en el río es porque él me coge.

—¡Epa! —dice rodeándome por la cintura con ambos brazos para sujetarme. Me atrae hacia él, forcejeando con la corriente.

El agua nos pasa por los costados, fría e implacable, empujándonos con ímpetu mientras los segundos pasan lentamente y tratamos de recuperar el equilibrio.

—¿Has encontrado tus piernas? —me pregunta, su boca pegada a mi oreja.

Se me pone la carne de gallina a lo largo de todo el brazo. Me giro lo justo para ver su hoyuelo realmente de cerca. Su pulso se intensifica en el cuello. Siento su cuerpo caliente contra mi espalda. Sus manos empuñando junto con las mías la caña de pescar.

—Sí —consigo decir—. Estoy bien.

¿Qué estoy haciendo aquí?, pienso aturdida. Esto no es sólo distracción. No sé lo que es. Debería...

No sé lo que debería hacer. De repente mi cerebro ha muerto.

Él se aclara la garganta.

—Esta vez cuidado con el sombrero.

Levantamos juntos la caña y la balanceamos hacia atrás, luego hacia delante, el brazo de Tucker guiando el mío.

—Como un martillo —dice—. Lentamente hacia atrás, pausa, y entonces... —Lanza la caña hacia delante de tal modo que la línea nos pasa zumbando los oídos y suavemente se desenrolla sobre el agua— con fuerza hacia delante. Como un lanzador de béisbol.

La mosca brilla delicadamente sobre la superficie y duda un instante antes de que la corriente forme remolinos y la arrastre. Ahora que cabalga sobre el agua, realmente parece un insecto, y yo me maravillo ante su juego acuático. Pero de pronto sentimos un tirón extraño en la línea, y es el momento de volver a lanzar.

Lo intentamos algunas veces, adelante y atrás, Tucker llevando el ritmo. Me hipnotiza: lentamente hacia atrás, pausa, y con fuerza hacia delante. Una y otra vez. Me apoyo relajadamente en él, casi descansando mientras seguimos con los lanzamientos a la espera de que el pez suba y muerda el anzuelo.

—¿Te animas a intentarlo sola? —me pregunta al cabo de un rato.

Estoy tentada de decirle que no, pero no se me ocurre ninguna razón. Asiento. Me suelta la mano y se aparta, regresando al banco de arena donde recoge su propia caña.

—¿Te parezco bonita? —le pregunto.

—Tenemos que dejar de hablar —responde de manera un poco brusca—. Estamos espantando al pez.

—Vale, vale. —Me muerdo el labio, y sonrío.

Pescamos un rato en silencio, el burbujeo del río y el susurro de los árboles como únicos sonidos. Tucker pesca y libera tres peces. Se toma un momento para enseñarme la trucha degollada nativa, con un navajazo de color grana debajo de las branquias. Yo, del otro lado, apenas consigo que algo pique antes de tener que salir del agua fría. Me siento en el banco de arena y me froto las piernas para volver a sentirlas. Tengo que aceptar una horrible verdad: soy una pésima pescadora.

Sé que suena raro decirlo, pero es algo bueno. Disfruto no siendo excelente en todo por una vez. Me gusta ver a Tucker pescar, la manera en que su mirada escudriña las sombras y los rápidos, el modo en que lanza la línea sobre el agua en lazos elegantes y perfectos. Es como si estuviera hablando con el río. Es algo apacible.

Y Tucker piensa que soy bonita.

Más tarde arrastro la bolsa de deporte hasta el jardín trasero y lo intento una vez más. De vuelta a la realidad, me digo. De vuelta a las obligaciones. Mamá está en su despacho con el ordenador, bebiendo una taza de té como siempre que intenta liberarse del estrés. Lleva un día en casa y ya parece otra vez cansada.

Estiro mis brazos y mis alas. Cierro los ojos. «Ligera —me digo—. Vuélvete ligera. Vuélvete parte de la noche, de los árboles, del viento.» Trato de imaginar el rostro de Christian, pero de repente no es tan nítido. Trato de evocar sus ojos, sus destellos verdes y dorados, pero tampoco lo consigo.

En cambio consigo ver imágenes de Tucker. Su boca manchada de rojo mientras estamos en cuclillas en la ladera de la montaña llenando tarrinas de helado vacías con arándanos. Su risa ronca. Sus manos sobre mi cintura en el río, impidiendo que me caiga, sujetándome cerca de él. Sus ojos tan cálidos y azules, haciéndome morder el anzuelo.

—Mierda —susurro.

Abro los ojos. Mi ingravidez es tal que sólo los dedos de mis pies tocan el suelo. Estoy flotando.

«No —pienso—. Esto no está bien. Se supone que es Christian el que tiene que hacerme sentir así. Estoy aquí por Christian Prescott. ¡Mierda!»

El pensamiento me abruma y vuelvo a tierra. Pero no puedo quitarme a Tucker de la cabeza. Sigo reviviendo nuestros momentos una y otra vez.

«¿Qué le ves a un tío como Christian Prescott?», me preguntó la noche en que me trajo del baile de graduación. Y lo que en realidad me estaba diciendo entonces, lo que me habría llegado como un mensaje claro y alto si no estuviera tan ciega era: ¿Por qué no te fijas en mí?

Conozco ese sentimiento.

«Cálmate —me digo—. Limítate a volar.»

Agarro la bolsa con firmeza. Levanto las alas y las extiendo hacia el cielo. Las bato con todo el músculo, toda la fuerza que he adquirido en meses y meses de práctica. Mi cuerpo se eleva cerca de un metro, y consigo aguantar el peso de la bolsa.

Me elevo más alto, casi hasta la altura de las copas de los árboles. Alcanzo a ver la tajada de la luna nueva. Me dirijo hacia allí, pero la bolsa me desestabiliza en el aire. Oscilo con brusquedad hacia un costado, aleteando violentamente y dejando caer la bolsa. Siento los brazos como si fueran a arrancármelos. Y entonces caigo, estrellándome contra el pino que está en el borde del jardín, maldiciendo durante toda la caída.

Jeffrey está junto al fregadero de la cocina cuando entro por la puerta de atrás, arañada y magullada, al borde del llanto.

—Bien —dice sonriendo satisfecho.

—Cállate.

Se ríe.

—Yo tampoco puedo hacerlo.

—No puedo llevar peso cuando vuelo. Me desestabiliza.

No sé si sentirme mejor porque Jeffrey tampoco puede hacerlo, o si sentirme peor porque evidentemente me ha estado observando.

—¿Lo has intentado? —le pregunto.

—Un montón de veces. —Se acerca y me saca restos de pinaza del pelo. Su mirada es amistosa, comprensiva. De toda la gente que conozco, Jeffrey es la única persona que puede entender por lo que estoy pasando. Él está pasando por lo mismo. O al menos eso le espera, cuando se anuncie su designio.

—Tú... —Dudo. Miro a sus espaldas, hacia el pasillo donde está el despacho de mamá. Él lanza una mirada sobre su hombro, y vuelve a mirarme con curiosidad.

—¿Qué?

—¿Quieres que lo intentemos juntos?

Se me queda mirando un rato.

—Claro —responde finalmente—. Hagámoslo.

Salimos afuera, pero está tan oscuro que no puedo ver más allá del jardín.

—Sería más fácil durante el día —digo—. Empiezo a odiar esto de practicar de noche.

—¿Por qué no practicas durante el día?

—Bueno... porque la gente puede vernos.

Sonríe maliciosamente.

—¿Y a quién le importa? —pregunta.

—¿Qué dices?

—La gente no te ve. No es que estén mirando hacia arriba.

—¿Qué? Estás loco —digo moviendo la cabeza.

—Es la verdad. Si te vieran, pensarían que es un pájaro grande o algo por el estilo. Un pelícano.

—Ni hablar. —Pero enseguida recuerdo cuando sobrevolé el lago Jenny y mi reflejo era una veta de blanco puro, como el de un pájaro.

—No pasa nada. Mamá lo hace todo el tiempo.

—¿Lo hace?

—Vuela todas las mañanas. Cuando empieza a salir el sol.

—¿Cómo es que no lo he notado?

Se encoge de hombros.

—Yo me levanto temprano.

—¡No puedo creer que no lo supiera!

—Así que podemos volar durante el día. Problema resuelto. Pero ahora sigamos con esto, ¿vale? Tengo cosas que hacer.

—Ya lo creo. Pues bien. Mira esto. *¡Muéstrate!* —grito.

Sus alas asoman.

—¿Qué ha sido? —pregunta jadeante.

—Un truco que aprendí de Angela.

Sus alas son grises, varios tonos más oscuras que las mías. Aunque probablemente nada preocupante. Mamá dice que vamos variando en los tonos grises. Y el suyo no parece tan oscuro, más bien sus alas parecen... sucias.

—Avísame la próxima vez, ¿vale? —Jeffrey pliega un poco sus alas, las encoge, me da la espalda y camina hacia el límite del jardín donde he dejado la bolsa. La levanta sin problema y regresa al trote. Todos esos músculos a base de lucha libre tienen su ventaja.

—Vale, hagámoslo. —Me tiende la bolsa y yo cojo una de las asas—. A la de tres.

De repente nos imagino chocándonos las cabezas al despegar. Doy un paso atrás, dejando un espacio entre los dos que me permita seguir sujetando la bolsa. Sujetándola entre los dos no parece pesada en absoluto.

—A la una —dice.

—Espera. ¿En qué dirección?

—Hacia allá. —Señala con la cabeza hacia el norte de nuestra propiedad, donde los árboles no son tan robustos.

—Buena idea.

—A las dos.

—¿A qué altura?

—Ya lo veremos —responde exasperado.

—¿Sabes?, tu voz empieza a sonar como la de papá. Creo que no me gusta nada.

—¡A las tres! —exclama, y luego flexiona las rodillas y las alas y se da impulso hacia arriba y yo hago todo lo posible por imitarlo.

No hay lugar para la duda. Subimos, subimos y subimos, en aleteos sincronizados, sosteniendo la bolsa que se mueve un poco pero que somos capaces de sujetar. En diez segundos estamos por encima de las copas de los árboles. Entonces nos dirigimos hacia el norte. Miro a Jeffrey, y él me sonríe, engreído y casi satisfecho, como si hubiera sabido desde el principio que esto iba a ser fácil. Yo estoy sorprendida de lo fácil que es. Podríamos haber levantado el doble de peso. Mi mente se acelera con lo que esto podría significar. Si no puedo levantar a Christian yo sola, ¿se supone que necesito ayuda? ¿Va eso contra las reglas?

—Jeffrey, quizá sea éste.

—¿El qué? —dice un poco distraído, tratando de encontrar una manera de sujetar mejor la bolsa.

—Tu designio. Quizá tengamos que hacerlo juntos.

Suelta la bolsa, que enseguida me tira para abajo, y entonces yo también la suelto. La vemos estrellarse entre los arbustos del bosque.

—No es mi designio —dice con voz apagada. Sus ojos grises se vuelven fríos y distantes.

—¿Qué te pasa?

—Nada. Que tú no eres el centro de todo, Clara.

Lo mismo que me dijo Wendy. Como un gancho al estómago.

—Perdona —murmuro—. Supongo que me animé con la idea de conseguir ayuda. Me está costando mucho hacerlo sola.

—Tenemos que hacerlo solos. —Se da la vuelta en el aire, regresando hacia el jardín—. Así es como funciona.

Lo sigo con la mirada durante un rato, luego desciendo para recoger la bolsa. Uno de los bidones de agua que metí dentro se ha roto, y el agua se derrama en un chorro lento sobre la tierra seca.

16

Repelente para osos

A la mañana siguiente suena mi móvil a una hora intempestiva. Gruño bajo las mantas y busco a tientas en la mesilla de noche, lo encuentro, lo cojo y contesto alegremente.

—¿Qué?

—Oh, bien. Estás levantada. —Tucker.

—¿Qué hora es?

—Las cinco.

—Voy a matarte.

—Estoy de camino —dice—. Estaré allí en media hora. Pensé que si te llamaba te daría tiempo a cepillarte el pelo y echártelo sobre la cara.

—A ver si todavía voy a maquillarme para ir de excursión contigo.

—¿Ves? Eso es lo que me gusta de ti, Zanahoria. Que no eres melindrosa.

Le cuelgo. Me quito las mantas de encima y me quedo tumbada contemplando el techo. Fuera está oscuro como boca de lobo. Caigo en la cuenta de que estaba soñando con él, aunque no recuerdo los detalles. Algo relacionado con el establo de su hacienda. Bostezo. Hago un esfuerzo para levantarme y vestirme.

No me ducho, porque despertaría a mamá con el ruido. Me lavo la cara con agua fría y me pongo un poco de crema hidratante. No necesito maquillaje. Mi piel últimamente empieza a tener su brillo natural, otra señal de que las cosas están cambiando, de que se vuelven intensas como me advirtió mamá. Me pongo rímel y brillo de labios, y concentro mi atención en los rizos salvajes que caen sobre mis hombros. Tengo una mata de savia en el pelo, testimonio de la práctica de vuelo de anoche. Paso los próximos quince minutos intentando quitarme la savia, y cuando finalmente lo consigo, arrancándome una considerable cantidad de pelo, oigo los neumáticos sobre el camino de grava de la entrada.

Bajo sigilosamente las escaleras. Jeffrey no mentía. Mamá no está en su habitación. Le dejo una nota sobre el mármol de la cocina: «Mamá, me voy a ver el amanecer con unos amigos. Vuelvo más tarde. Llevo mi móvil. C.» Luego salgo por la puerta.

Esta vez estoy nerviosa, pero Tucker actúa como siempre, de un modo tan natural que me pregunto si no me habré imaginado toda la tensión de ayer entre nosotros. Me relajo con las bromas que siempre hacemos. Su sonrisa es contagiosa. Su hoyuelo está a la vista durante todo el camino, y conduce tan deprisa que en las curvas tengo que aferrarme a la manija de la puerta. Toma un atajo secreto para entrar en Grand Teton, evitando la entrada principal, y a partir de entonces seguimos por una carretera vacía.

—¿Vas a decirme qué día es hoy? —pregunto.

—¿Eh?

—Dijiste que era un día especial.

—Ah. En un momento lo sabrás.

Llegamos al lago Jackson. Aparca y salta de la camioneta. Espero a que dé la vuelta y me abra la puerta. Me estoy acostumbrando a que me trate como a una reina, hasta el punto de que sus modales caballerosos empiezan a parecerme encantadores.

Mira su reloj.

—Tenemos que darnos prisa —dice—. El sol saldrá en veintiséis minutos.

Me agacho para atarme los cordones de las botas. Y nos ponemos en marcha. Lo sigo mientras salimos del aparcamiento y nos adentramos en el bosque.

—¿Qué asignaturas piensas cursar el año que viene? —me

pregunta mirando hacia atrás mientras subimos la colina al otro lado del lago.

—Las que tocan —respondo—. Cálculo Matemático, Literatura, Francés, Física, lo típico.

—Física, ¿eh?

—Bueno, mi padre es profesor de Física.

—¿En serio? ¿Dónde?

—En la Universidad de Nueva York.

Silba.

—Eso está muy lejos. ¿Cuándo se separaron tus viejos?

—¿Por qué de pronto estás tan conversador? —le pregunto en un tono un poco áspero.

Algo impide que me sienta cómoda cuando se trata de contarle mi vida. Como si supiera que una vez que empiece a hablar no podré parar. Se lo contaré todo: mamá es medio ángel, yo soy un cuarto de ángel, tengo visiones, poderes y un designio que cumplir: Christian. ¿Y luego qué? ¿Me hablará del mundo del rodeo?

Se detiene, se da la vuelta y me mira. Los ojos le brillan de malicia.

—Tenemos que conversar por los osos —dice en voz baja, sobreactuando.

—Los osos.

—Tenemos que hacer un poco de ruido. No quiero encontrarme con un oso pardo.

—No, supongo que no queremos eso.

Sigue andando.

—Entonces cuéntame eso que pasó con tu abuelo cuando tu familia perdió el rancho —me apresuro a decir antes de dejarle volver al tema de mi familia. No es que Tucker detenga el paso, pero casi puedo percibir su tensión. Se ha dado vuelta a la tortilla—. Wendy me dijo que ésa es la razón por la que odias a la gente de California. ¿Qué fue lo que pasó?

—Yo no odio a la gente de California. Que te quede claro.

—Vaya, me alegra saberlo.

—Es una larga historia —dice—, y no tendremos que andar tanto.

—Vale. Lo siento. No quise...

—No pasa nada, Zanahoria. Algún día te la contaré. Pero no ahora.

Y entonces deja de hablar y se pone a silbar. Lo que parece que nos va bien a los dos, haya osos o no.

Después de unos minutos de escalada llegamos a un claro en la cima de una pequeña colina. El cielo está bañado de tonos grises y amarillos, con una maraña de brillantes nubes rosadas que cuelgan encima del punto en que los picos se proyectan hacia el cielo, la grandeza de las montañas Teton, elevándose como reyes en el horizonte. A sus pies está el lago Jackson, tan cristalino que ofrece una réplica perfecta del cielo y las montañas.

Tucker mira su reloj.

—Sesenta segundos. Hemos llegado justo a tiempo.

No puedo dejar de mirar las montañas. Nunca he visto algo tan formidablemente hermoso. Me siento conectada con ellas como nunca me sentí con ninguna otra cosa. Es como si pudiera percibir su presencia. Basta con mirar los picos dentados, recortados contra el cielo, para sentir una paz que me invade como las olas que bañan las costas del lago. Angela tiene la teoría de que los ángeles se sienten atraídos por las montañas, que de algún modo allí arriba la distancia entre el cielo y la tierra es menor, como el aire es menos denso. No sé. Sólo sé que contemplarlas me llena de ansias de volar, de ver el mundo desde las alturas.

—Allá. —Tucker me hace girar la cabeza hacia la dirección opuesta, donde el sol está emergiendo al otro lado del valle, por detrás de unos montes más lejanos y menos familiares. Estamos completamente solos. Este sol está asomando sólo para nosotros. Una vez que se eleva sobre la cima de las montañas, Tucker me coge suavemente de los hombros y vuelve a girarme hacia las montañas Teton, donde ahora se ven un millón de reflejos dorados sobre el lago.

—Oh —digo emocionada.

—Te hace creer en Dios, ¿verdad?

Lo miro, sorprendida. Nunca antes le había oído hablar de Dios, aunque sé por Wendy que los Avery acuden a la iglesia casi cada domingo. Nunca lo habría definido como un chico religioso.

—Sí —coincido.

—El nombre significa «pechos», ¿lo sabías? —Tuerce la boca en una sonrisa traviesa—. Grand Teton es lo mismo que decir «pechos grandes».

—Genial, Tucker —digo con sorna—. Lo sé. Tercer año de Francés, ¿recuerdas? Supongo que los exploradores franceses llevaban tiempo sin ver una mujer.

—A mí me parece que sólo querían hacernos reír.

Nos quedamos durante un rato largo en completo silencio, contemplando cómo la luz del sol se extiende y baila con las montañas. Se levanta una brisa suave que sopla mis cabellos hacia un costado, donde golpean los hombros de Tucker. Él se vuelve hacia mí. Traga saliva. Parece a punto de decirme algo realmente importante. El corazón se me atraganta.

—Creo que tú... —se lanza.

En ese preciso instante los dos oímos un ruido en la maleza que está detrás de nosotros. Nos damos la vuelta.

Una osa acaba de salir al camino. Me doy cuenta enseguida de que es un oso pardo. Sus hombros enormes resplandecen bajo la luz del sol mientras se para a mirarnos. Detrás de la osa dos cachorros salen tropezando de entre los matorrales.

Muy mal.

—No corras —me advierte Tucker.

De eso ni hablar. Mis pies están fríos y pegados al suelo. Lo veo de reojo descolgando la mochila de su hombro. La osa baja la cabeza y hace un ruido con el hocico.

—No corras —vuelve a decirme Tucker, esta vez en voz alta. Le oigo buscar algo a tientas. Quizá piensa golpearla con algún objeto. La osa mira directo hacia él. Sus hombros se tensan mientras se prepara para abalanzarse.

—*No* —murmuro en angélico, levantando la mano como si pudiera refrenarla valiéndome solamente de mi fuerza de voluntad—. *No*.

La osa se detiene. Ahora me mira a mí, sus ojos marrones totalmente vacíos de sentimientos o comprensión. Pura animalidad. Concentra la mirada en mi mano, luego se levanta sobre sus patas traseras y resopla con furia.

—*No queremos hacerte daño* —le digo en angélico, tratando de no levantar la voz. No sé cómo le sonará a Tucker. No sé si la osa entenderá. No tengo tiempo para pensar. Pero tengo que intentarlo.

La osa emite un sonido que es mitad rugido, mitad ladrido. Me mantengo firme. La miro a los ojos.

—*Vete de aquí* —le ordeno. Siento un poder extraño que me invade, produciéndome un mareo. Observo mi brazo extendido y veo un brillo débil que asciende debajo de mi piel.

La osa vuelve a ponerse a cuatro patas. Baja la cabeza y les gruñe a sus crías.

—*Vete* —le susurro.

Se va. Se da media vuelta y se adentra de nuevo en la maleza, las crías la siguen a trompicones. Así como apareció, se fue.

Me fallan las rodillas. Los brazos de Tucker me rodean. Durante un rato me abraza con fuerza, una mano apoyada en el hueco de la espalda, sosteniéndome, la otra en mi nuca. Me pega la cabeza a su pecho. Su corazón retumba, su aliento estremecido de pánico.

—Oh, Dios mío. —Respira.

Tiene algo en una de las manos. Me aparto para ver qué es. Es un tubo largo y plateado que se parece a un extintor, sólo que más pequeño y liviano.

—Repelente para osos —dice Tucker. Tiene la cara pálida, los ojos azules sobresaltados.

—Oh. Entonces podías arreglártelas.

—Estaba intentando leer las instrucciones —dice sonriendo a pesar de todo—. No sé si me habría dado tiempo.

—Fue culpa nuestra. —Me agacho para sentarme en el suelo rocoso cerca de sus pies—. Por dejar de hablar.

—Sí.

No sé lo que ha oído, no sé lo que piensa.

—Tengo sed —digo tratando de ganar tiempo para dar con una explicación.

Vuelve a guardar el tubo en la mochila y saca una botella de agua, la abre y se arrodilla a mi lado. Sostiene la botella en mis labios, su expresión, aún tensa del susto, sus movimientos, tan bruscos que el agua me chorrea por la barbilla.

—Me advertiste sobre los osos —tartamudeo después de beber unos tragos—. Tuvimos suerte.

—Sí. —Se da la vuelta y echa una ojeada en la dirección por donde se fue la osa, y vuelve a mirarme. En sus ojos hay una pregunta que no puedo responder—. Mucha suerte, sí.

No hablamos de lo ocurrido. Bajamos andando y regresamos en coche a Jackson para desayunar. A última hora de la mañana vamos a su casa, cogemos su bote y pasamos la tarde pescando en el río Snake. Tucker pesca algunos peces y los devuelve al agua. Saca una trucha arcoíris y decidimos comerla en la cena junto con los pescados que sacó el día anterior. Cuando estamos en la cocina de la casa de granja de los Avery, y Tucker me está enseñando a destripar el pescado, él vuelve a hablar de lo que pasó con la osa.

—¿Qué fue lo que hiciste hoy con la osa? —me pregunta mientras estoy con el pescado junto al fregadero, tratando de hacerle una incisión en la barriga como él me ha enseñado.

—Esto es un asco —me quejo.

Se vuelve hacia mí y me mira con dureza, como siempre que intento hacerme la tonta. No sé qué decir. ¿Qué opciones tengo? Decirle la verdad, lo que va en contra de la única regla absoluta que mamá me ha impuesto respecto de mi condición de ángel: «No se lo digas a los humanos, si lo haces no te creerán, y si te creen no podrán vivir con ello.» Y hay una segunda opción: prueba con una mentira que parezca ridícula.

—Le canté a la osa —pruebo a decir.

—Lo que hiciste fue hablarle.

—Fue una especie de tarareo —digo titubeante—. Eso es todo.

—No soy estúpido, ¿sabes?

—Lo sé. Tuck...

El cuchillo se me escapa. Siento que se me clava en la parte carnosa de la mano, debajo del pulgar, desgarrando piel y músculo. Sale un chorro de sangre. Instintivamente me cubro el tajo con los dedos.

—Genial, ¿de quién fue la idea brillante de darme un cuchillo?

—Te has hecho un corte feo. Déjame. —Tucker me abre la mano para taparme la herida con un paño de cocina—. Aprieta fuerte —me ordena, y se va. Sale corriendo. Aprieto por un momento, como me dijo, pero ya ha dejado de sangrar. De repente me siento extraña, otra vez mareada. Me apoyo en el mármol; la cabeza me da vueltas. Empiezo a sentir punzadas en las manos y luego un calor, como una llama que me recorre desde el codo hasta la punta del meñique. Gimo. Puedo sentir el tajo que se cierra, el tejido que se recompone en el interior de mi mano.

Mamá tenía razón. Mis poderes están aumentando.

Después de un rato la sensación desaparece. Quito el paño y examino mi mano. Ahora es nada más que un corte superficial. Parece que ha cicatrizado solo. Con cuidado, abro y cierro la mano varias veces.

Tucker aparece con una pomada desinfectante y vendas como para curar las heridas de un regimiento. Lo deja todo sobre la mesa y se acerca rápidamente a mí. Me envuelvo la palma con el trapo y me llevo la mano al pecho en actitud protectora.

—Estoy bien —me apresuro a decir.

—Déjame ver —me ordena tendiéndome la mano.

—No, estoy bien. Es sólo un rasguño.

—Es un corte profundo. Hay que cerrarlo.

Lentamente le ofrezco mi mano. La toma y suavemente la gira para dejar mi palma herida hacia arriba. Quita el paño.

—¿Lo ves? —le digo—. Sólo es una herida leve.

La observa atentamente. Me doy cuenta de que estoy conteniendo el aliento. Me digo que tengo que relajarme. Actuar con normalidad, como dice mamá. Puedo explicarlo. Tengo que explicarlo.

—¿Me estás leyendo el futuro? —pregunto con una risita.
Tuerce la boca.

—Estaba seguro de que ibas a necesitar puntos.

—Pues no. Falsa alarma.

Se dispone a curarme. Me lava la herida con agua, me unta con la pomada, luego me venda con mucho cuidado. Siento un alivio cuando la herida está finalmente cubierta y deja de mirarla fijamente.

—Gracias —le digo.

—¿Qué pasa contigo, Clara? —Me mira con ojos torvos, tan llenos de pena y recriminación que me deja sin aliento.

—¿De qué... de qué estás hablando? —tartamudeo.

—No sé —empieza a decir—. No sé de qué estoy hablando. Es sólo que... tú...

Y no dice nada más.

Se produce el más grande e incómodo de los silencios en la historia de los grandes silencios incómodos. Lo miro fijamente. De repente estoy agotada por todas las mentiras que le he contado. Es mi amigo, y le miento a diario. Se merece algo mejor. Ojalá pudiera decirle la verdad, no hay nada que desee más. Ojalá pudiera ponerme frente a él y mostrarme realmente como soy y contárselo todo. Pero va contra las reglas. Y no son reglas que puedas romper a la ligera. No sé qué consecuencias podría tener.

—Así soy yo —contesto suavemente.

Se ríe. Coge el paño de cocina y lo levanta, una toallita blanca con una mancha de mi sangre roja increíblemente reluciente en el centro.

—Al menos ahora sé que puedes sangrar —dice—. Ya es algo, supongo. No eres completamente invulnerable, ¿verdad?

—Pero bueno —respondo con el mayor sarcasmo posible—. ¿Qué te pensabas, que era como Superman? ¿Vulnerable sólo a la kriptonita?

—No sé qué pensar. —Consigue quitar los ojos del paño de cocina y vuelve a mirarme—. Clara, tú no eres... normal. Intentas fingir que lo eres. Pero no lo eres. Le hablas a un oso pardo, y te obedece. Los pájaros te siguen como en un dibujo animado de Disney, ¿o no lo has notado? Y cuando fuisteis a Idaho Fall, Wendy pensó durante un tiempo que huías de alguien. Eres buena en todo lo que haces. Montas a caballo como si hubieras nacido sobre una montura, la primera vez que subes a una pista tu técnica para esquiar es perfecta, al parecer hablas fluidamente el francés y el coreano, y ves a saber qué más. Ayer noté que tus cejas brillaban bajo el sol. Y hay algo en la manera en que te mueves, y no es sólo la gracia con que lo haces, es algo que no es humano. Es como si fueras... otra cosa.

Un escalofrío me recorre de la cabeza hasta los pies. Ha hecho una recapitulación completa. Sólo le falta saber qué significa todo eso.

—Puede que todo eso no tenga una explicación racional —digo.

—Viendo a tu hermano, la mejor conclusión a la que puedo llegar es que tu familia forma parte de un experimento secreto del gobierno, una especie de superhumanos genéticamente modificados, amigos de los animales —dice—. Y que tú vives en la clandestinidad.

Resoplo. Sería divertido si no fuera porque la verdad es mucho más rara aún.

—Hablas como un loco, ¿lo sabías?

Otro silencio para el libro de los récords. Luego él suspira.

—Lo sé. Es una locura. Me siento como si... —Se interrumpe. De pronto parece tan abatido que se me parte el corazón.

Odio mi vida.

—No pasa nada, Tuck —digo dulcemente—. Hemos tenido un día de locos.

Alargo la mano para tocarle el hombro, pero él sacude la cabeza. Está a punto de añadir algo, cuando la puerta con mosquitera se abre y entran el señor y la señora Avery, hablando alto porque saben que nos están interrumpiendo. La señora Avery ve las vendas y la pomada sobre el mármol.

—Oh, oh, ¿alguien ha tenido un accidente?

—Me he hecho un corte —digo enseguida, evitando la mirada de Tucker—. Tucker me estaba enseñando cómo destripar el pescado, y no he tenido cuidado. Aunque ya estoy bien.

—Me alegro —dice la señora Avery.

—Éste es un buen pescado —dice el señor Avery echando un vistazo en el fregadero donde dejé caer la trucha arcoíris—. ¿Lo habéis pescado hoy?

—Tucker lo pescó ayer. Hoy pescó ese de allá. —Señalo la nevera portátil abierta. El señor Avery le echa una ojeada y silba en gesto de gratitud—. Esta noche nos espera una buena cena.

—¿Estás seguro de que esto es lo que quieres para tu cena de cumpleaños? —pregunta la señora Avery—. Puedo prepararte lo que quieras.

—¡Es tu cumpleaños! —exclamo.

—¿No te lo había dicho? —El señor Tucker se ríe—. Hoy cumple diecisiete. Ya es casi un hombre.

—Gracias, pá —murmura Tucker.

—De nada, hijo.

—Te habría regalado algo —le digo bajito.

—Ya lo has hecho. Hoy me regalaste la vida. ¿Sabéis una cosa? —les dice a sus padres, levantando la voz por encima de su tono ronco habitual—. Hoy nos encontramos con una mamá osa y dos crías en la cima de Colter Bay, y Clara le cantó para que se fuera.

El señor y la señora Tucker me miran anonadados.

—¿Le cantaste? —repite la señora Avery.

—Imaginaos lo mal que canta —dice Tucker, y ellos se echan a reír. Creen que está bromeando. Sonrío tímidamente.

—Pues sí —añado—, así de mal canto.

Después del pescado que fríe la señora Avery para la cena hay tarta y helado y algunos regalos. La mayoría son para el caballo de rodeo de Tucker, *Midas*, cuyo nombre encuentro divertido para un caballo. El señor Avery se jacta de cómo Tucker y *Midas* pueden separar una sola vaca del rebaño.

—La mayoría de los caballos que compiten están entrenados por profesionales y cuestan más de cuarenta de los grandes —dice—. Pero no es el caso de *Midas*. Tucker lo crio y lo entrenó desde que era un potro.

—Estoy impresionada.

Tucker parece inquieto. Se frota la nuca, un gesto que conozco y que manifiesta su incomodidad por el rumbo que está tomando la conversación.

—Ojalá pudiera verte competir —digo—. Apuesto a que es digno de ver.

—Tendrás que verlo este año —añade el señor Avery.

—¡Lo estoy deseando! —exclamo. Apoyo la barbilla en mi mano mientras me inclino sobre la mesa y sonrío a Tucker.

Sé que burlándome de él sólo empeoraré las cosas. Pero quizá si actúo de forma normal, todo vuelva a ser como antes.

—Vamos a ver cómo le queda la nueva brida a *Midas* —me propone Tucker.

Así consigue sacarme en un santiamén de la casa para llevarme a la intimidad del establo. El caballo viene hacia el frente de su box en el momento mismo en que entramos, las orejas erectas y expectantes. Es precioso, castaño lustroso y de astutos ojos marrones. Tucker le acaricia la quijada. Luego le coloca la nueva brida que su padre le ha regalado.

—Tendrías que haberme dicho que era tu cumpleaños —digo.

—Iba a decírtelo. Pero entonces se nos apareció la osa.

—Oh, es verdad. ¿Y Wendy? —pregunto.

—¿Qué pasa con Wendy?

—También es su cumpleaños. Soy la peor amiga del mundo. Debería haberle enviado algo. ¿Os habéis intercambiado regalos?

—Todavía no. —Se vuelve hacia mí—. Pero ella ya me hizo el regalo perfecto.

Me mira de tal manera que siento cosquilleos en el estómago.

—¿Y cuál es?

—Tú.

No sé qué decir. Este verano ha sido muy distinto de lo que pensaba. No me imaginaba que estaría en un establo con un cowboy de ojos azules mirándome fijamente, a punto de besarme. No debería desear que me bese.

—¿Qué estamos haciendo?

—Zanahoria...

—No me llames así —digo con voz vacilante—. Ésa no soy yo.

—¿Qué quieres decir?

—Hace una hora pensabas que era un bicho raro.

Se pasa una mano por el pelo, nervioso, y me mira directamente a los ojos.

—Nunca he pensado eso. Lo que pienso... Pienso que eres mágica o algo así. Pienso que eres demasiado perfecta para ser real.

Eso quisiera demostrarle, elevarme hasta el techo del establo y sonreírle desde lo alto, para contárselo todo. Quiero que sepa quién soy en realidad.

—Sé que hoy he dicho muchas estupideces. Pero me gustas, Clara —dice—. Me gustas de verdad.

Debe de ser la primera vez que pronuncia mi nombre.

Detecta la duda en mis ojos.

—Está bien. No tienes que decir nada. Sólo quería que lo supieras.

—No —digo. Él es una distracción. Yo tengo un designio, una obligación. No estoy aquí por él—. Tuck, no puedo. Tengo que...

Su rostro se ensombrece.

—Dime que no tiene que ver con Christian Prescott —me pide—. Dime que lo has superado.

Me irrita su condescendencia, como si yo fuera una chica tonta enamorada.

—No sabes nada de mí —le suelto, tratando de contener mi mal genio.

—Ven aquí. —Su voz cálida y ronca me estremece.

—No.

—No creo que quieras estar con Christian Prescott.

—¿Tú cómo sabes lo que quiero?

—Lo sé. Te conozco. Él no es tu tipo.

Me miro las manos con impotencia, temerosa de mirarlo a los ojos.

—Ah, vale, y se supone que tú sí eres mi tipo, ¿no?

—Eso creo —responde, y antes de que pueda evitarlo

acorta la distancia que nos separa y toma mi rostro entre sus manos.

—Tucker, por favor —alcanzo a balbucir.

—Te gusto, Clara —dice—. Yo sé que te gusto.

Si pudiera reírme de él. Si pudiera reírme y apartarme de él y decirle cuán estúpidamente equivocado está...

—Dime que no es así —murmura, su aliento a medio palmo de mi cara. Contemplo sus ojos y percibo en ellos ese calor irresistible. No puedo pensar. Sus labios están muy cerca de los míos y sus manos me atraen hacia él.

—Tuck —digo en voz baja, y entonces me besa.

Ya me han besado antes. Pero no así. Me besa con una ternura sorprendente, a pesar de su anterior palabrería de macho. Sujetando mi rostro, me roza los labios con los suyos, despacio, como si estuviera memorizando mis sensaciones. Mis ojos se cierran. La cabeza me da vueltas, impregnada de su olor a hierba, amanecer y colonia de almizcle. Vuelve a besarme, esta vez con mayor firmeza, y luego se aparta para apreciar mi rostro.

No quiero que se acabe. Todos los demás pensamientos se han esfumado de mi cerebro. Abro los ojos.

—Otra vez —susurro.

La comisura de sus labios se levanta, y entonces yo lo beso. Ahora no tan suavemente. Me suelta la cara y me coge por la cintura y me aprieta contra su cuerpo. Se le escapa un gemido sordo, y ese sonido me vuelve completamente loca. Pierdo el control. Entrelazo las manos alrededor de su cuello y lo beso sin poderme contener. Siento su corazón retumbando junto al mío, su respiración que se acelera, sus brazos que me estrechan con fuerza.

Y entonces empiezo a sentir lo mismo que él. Ha esperado mucho tiempo este momento. Le gusta comprobar cómo me excito en sus brazos. Le gusta el olor de mi pelo. Le gusta la manera en que lo miro en este instante, deseando más de él. Le gusta el color de mis labios, y ahora el sabor de mi boca le afloja las rodillas y no quiere parecer débil ante mí. Así que retrocede, y su aliento es pura agitación. Me quita las manos de encima.

Abro los ojos.

—¿Qué pasa? —le pregunto.

No puede hablar. Su rostro se ha vuelto pálido. Y entonces me doy cuenta de que hay demasiada luz, demasiada luz para la sombría oscuridad del establo, y de que esa luz irradia de mí, propagándose en ondas.

He alcanzado la gloria.

Tucker me mira asustado. Puedo sentir su miedo. Ahora finalmente lo comprende todo, bajo esta luz que brilla a través de mi ropa como si estuviera desnuda delante de él. Inhalo bruscamente. Parte de mí se retuerce de dolor ante su expresión aterrada, y entonces, súbitamente, la luz se extingue. Su presencia en mi mente disminuye a medida que el establo se oscurece, y ahora estamos los dos separados a casi un metro de distancia.

—Lo siento —digo. Observo cómo su rostro recupera lentamente el color.

—No sé qué... —intenta decir, pero se interrumpe.

—Lo siento. No quería...

—¿Tú quién eres?

Me estremezco.

—Soy Clara. —Mi nombre, al menos, no ha cambiado.

Doy un paso adelante y pongo una mano sobre su rostro. Se espanta. Me coge la mano, la de la herida. Jadeo mientras me quita el vendaje.

La herida está completamente curada. No queda ni rastro de una cicatriz. Los dos estudiamos mi mano con detenimiento. Luego Tucker la suelta.

—Lo sabía —dice.

Me siento invadida por una extraña mezcla de pánico y alivio. No tengo excusas para esto. Tendré que contárselo.

—Tuck...

—¿Tú quién eres? —vuelve a preguntarme. Retrocede unos pasos tambaleándose.

—Es difícil de explicar.

—No. —Sacude la cabeza. Ahora está pálido y verdoso, como si fuese a vomitar. Sigue retrocediendo hasta llegar a la puerta del establo, donde se da la vuelta y echa a correr rumbo a la casa.

Todo lo que puedo hacer es mirarlo mientras huye. Me siento desconectada de mí misma, sobresaltada por lo que ha sucedido. No tengo quién me lleve a casa. Y me da a mí que Tucker podría estar ahora mismo cogiendo una escopeta. Así que corro. Corro torpemente hacia el bosque que está detrás de la hacienda, agradecida por el resguardo que hallo entre los árboles. Empieza a oscurecer. Una vez que me he adentrado un poco, mis alas asoman sin que las invoque. Vuelo imprudentemente, completamente perdida, hasta que me oriento y encuentro el camino a casa, empapada por las nubes y tan helada que tiemblo y me castañetean los dientes, cegada por las lágrimas y muerta de miedo.

Mientras vuelo a casa lloro. Lloro y no paro de llorar. Es como si el llanto nunca fuera a cesar.

Unas horas más tarde mamá me encuentra en la habitación sollozando en la almohada. Estoy llena de rasguños y raspones y con marcas de lágrimas en la cara, pero al verme ella dice:

—¿Qué le ha pasado a tu pelo?

—¿Qué? —Intento recogérmelo en un intento desesperado, mientras decido cuánto voy a contarle de todo el asunto con Tucker.

—Ha recuperado su color natural. El rojo ha desaparecido por completo.

—Oh. He accedido a la gloria. Habrá sido eso lo que lo ha desteñido.

—¿Has alcanzado la gloria? —pregunta, sus ojos azules abiertos de par en par.

—Sí.

—Oh, cariño. No me extraña que estés afectada. Es una experiencia abrumadora.

No sabe ni la mitad.

—Ahora descansa. —Me besa en la frente—. Mañana puedes contarme más.

Una vez que se ha ido le envío un e-mail frenético a Angela. «Emergencia —escribo, consiguiendo a duras penas que mis dedos y mi cerebro se coordinen para transmitir un mensaje simple—. Llámame lo antes posible.»

No tengo nadie con quien hablar. Nadie a quien contárselo. Ya lo echo de menos.

Cedo ante la necesidad de oír su voz y llamo a Tucker desde mi móvil. Contesta enseguida. Por un instante ninguno de los dos abre la boca.

—Déjame en paz —dice él finalmente, y me cuelga.

17

Llámame ángel

Pasan tres días, tres días agonizantes en los que no vuelvo a llamarle ni intento verle, y revivo el beso hasta pensar que me volveré loca y me arrancaré todas las plumas a puñados. No dejo de decirme que es lo mejor que podía pasar. De acuerdo, lo mejor no, pues he revelado mi ser a un humano y ni siquiera sé cuál será el castigo por eso, si es que alguna vez alguien llegó a averiguarlo. Pero quizá lo mejor haya sido que Tucker me rechazara. De modo que ahora sabe con certeza que hay algo raro en mí. ¿Puede probarlo? No. ¿Alguien le creerá? Probablemente no. No creo que vaya a contárselo a nadie. Si lo hiciera, yo lo negaría todo. Las cosas volverían a ser como al principio, él que me acusa de algo y yo que finjo no tener ni idea de qué está hablando.

Bien.

No sé mentir, ni siquiera cuando me miento a mí misma. Ojalá Angela me llamara y pudiera preguntarle qué hacer.

Como si durante el día no lo pasara bastante mal, por la noche sueño con él. Ya van tres noches seguidas. No puedo dejar de pensar en el momento en que estaba dentro de su cabeza, sintiendo lo que él sentía, oyendo sus pensamientos mientras me besaba. Lo percibo amándome. Y eso me mata, el momento en que siento cómo su amor se convierte en miedo.

Al tercer día me despierto con el rostro surcado por las lágrimas, y mientras miro fijamente el techo, regodeándome en mi sufrimiento, se me ocurre algo.

Él me ama. Dentro de su cabeza cada pensamiento y cada reacción son fruto del amor, amor al derecho y al revés, amor loco, irracional (y, seguramente, algo lujurioso). Me ama, y eso fue también lo que le aterrorizó cuando me vio encendida como un árbol de Navidad. No sabe quién soy, pero me ama.

Me incorporo. Quizá debería haberlo descubierto hace tiempo. Sin necesidad de leer su corazón para entenderlo. Pero cuando sentí todo ese amor sublevándose en su interior, no supe que era yo la que estaba dentro de su cabeza. No fui capaz de advertir que esos sentimientos no eran míos. ¿Y por qué?

Fácil.

Todo forma parte de mí. Mi parte humana. Mi parte angelical. Amo a Tucker Avery.

Se trata de una revelación.

Por eso ahora estoy en la puerta de la empresa Crazy River Rafting, sentada en la acera, esperando a que salga de su trabajo, como una ex novia acosadora, para poder tenderle una emboscada de amor. Pero él no sale del edificio. Ha pasado más de una hora de su hora de salida habitual, y sólo veo salir a una mujer rubia que debe de ser la secretaria.

—¿Puedo ayudarte en algo? —me pregunta.

—Me temo que no.

Duda, sin saber cómo interpretar mi respuesta.

—¿Esperas a alguien?

—A Tucker.

Sonríe. Le gusta Tucker. A cualquiera en su sano juicio le gusta Tucker.

—Todavía está en el río —me informa—. Su bote volcó, nada grave, pero llegarán un poco más tarde. ¿Quieres que lo llame por walkie, que le diga que estás aquí?

—No —respondo rápidamente—. Esperaré.

Miro el reloj cada cinco minutos, y cada vez que pasa una camioneta contengo el aliento. Por momentos me digo que todo esto es una pésima idea y me levanto para irme. Pero nunca consigo subirme al coche. Por lo menos tengo que verlo.

Finalmente una camioneta roja entra en el aparcamiento remolcando un tráiler cargado de botes. Tucker viene en el asiento del pasajero, hablando con el hombre mayor que organiza las excursiones de rafting. Tucker lo llamaba Murphy, pero no sé si es su nombre o su apellido. Cuando anunciaron las reglas de las excursiones aquella vez que Tucker me llevó al río, las llamaban las leyes de Murphy.

Tucker no me ve. Sonríe como lo hace cuando remata un chiste, irónico, dejando asomar un destello de diente y el hoyuelo. Me derrito al ver esa sonrisa, recordando todas las veces que me la ha dedicado a mí. Murphy se ríe, luego los dos bajan de la camioneta y se acercan al tráiler para empezar a descargar los botes. Me pongo de pie, el corazón me late tan rápido que creo que va a salir disparado de mi pecho directo hacia él.

Murphy abre la puerta de un garaje enorme, luego se vuelve hacia la camioneta y en ese instante me ve allí de pie. Se para en seco y se me queda mirando. Tucker está ocupado desatando las correas que sujetan los botes.

—Tuck —dice Murphy despacio—. Creo que esta chica está aquí por ti.

Tucker se queda completamente petrificado por un instante, como si le hubiera alcanzado un rayo helado. Se le tensan los músculos de la espalda, se endereza y se vuelve hacia mí. Una sucesión de emociones relampaguean en su rostro: sorpresa, pánico, ira, dolor. Se decanta por la ira. Sus ojos se vuelven fríos. Un tic en la mandíbula.

Palidezco ante su mirada.

—¿Necesitas un minuto? —le pregunta Murphy.

—No —responde Tucker en voz baja, una voz que me destrozaría el corazón si no estuviera ya roto en pedacitos desperdigados a mis pies—. Acabemos con esto.

Me quedo de pie como si hubiera echado raíces en ese lugar mientras Tucker y Murphy descargan los botes del tráiler y los llevan hasta el garaje que está al lado de la oficina. Luego los revisan uno por uno, repasan algo así como una lista de los chalecos salvavidas, y cierran el garaje.

—Nos vemos —dice Murphy. Luego se sube a un jeep y se marcha.

Tucker y yo nos quedamos en el aparcamiento mirándonos

fijamente. Todavía no puedo articular las palabras. Todo lo que tenía pensado decirle se me borró de la mente en el instante que lo vi. Está hermoso allí de pie con las manos en los bolsillos, el pelo aún húmedo del río, sus ojazos azules. Siento lágrimas en los ojos y pestañeo para ahuyentarlas.

Tucker suspira.

—¿Qué quieres, Clara?

Mi nombre suena extraño en su boca. Ya no soy Zanahoria. Mi pelo ha vuelto a ser rubio. Puede que ahora vea que no soy ni con mucho lo que parecía ser.

—Lamento haberte mentido —le digo finalmente—. No sabes cuánto deseaba decirte la verdad.

—¿Y por qué no lo hiciste?

—Porque va contra las reglas.

—¿Qué reglas? ¿Qué verdad?

—Te lo contaré todo, si estás dispuesto a escucharme.

—¿Por qué? —pregunta con aspereza—. ¿Por qué vas a contármelo ahora, si va contra las reglas?

—Porque te amo.

Ya está. Se lo he dicho. No puedo creer que yo haya dicho una cosa así. La gente va por ahí soltando estas palabras sin el menor reparo. Me da vergüenza ajena cada vez que oigo a las parejitas dedicárselas mientras se besuquean en el pasillo del instituto. «Te amo, cari.» «Yo también te amo.» Todos ellos tienen dieciséis años y están convencidos de haber encontrado el amor verdadero. Siempre creí que tenía más sentido común, un poco más de objetividad.

Pero aquí estoy, diciéndolo y creyéndomelo.

Tucker se atraganta. La ira desaparece de sus ojos, pero todavía quedan sombras de miedo.

—¿Podemos ir a algún sitio? —le pregunto—. Vamos a algún lugar apartado del bosque y te enseñaré.

Duda, cómo no. Detecto en su rostro algo parecido al miedo. ¿Y si soy un invasor alienígena tratando de llevarlo a un lugar apartado para sorberle el cerebro? O un vampiro, deseoso de su sangre.

—No voy a hacerte daño. —*No tengas miedo.*

Sus ojos se iluminan de rabia, como si le hubiese llamado gallina.

—Muy bien. —Tensa la mandíbula—. Pero yo conduciré.

—Por supuesto.

Tucker conduce durante una hora camino de Idaho, por las montañas que bordean la reserva Palisades. El silencio entre nosotros es tan tenso que me obliga a toser. Los dos tratamos de mirarnos sin que el otro lo advierta. En cualquier otra circunstancia esto me parecería cómico y poco convincente.

Gira por un camino de tierra señalizado como propiedad privada, pasa por unas cabañas de troncos metidas entre los árboles y sube por la ladera de la montaña hasta que llegamos a una valla alta de alambre. Tucker baja de la camioneta y forcejea con sus llaves. Abre el candado oxidado que bloquea la puerta y regresa a la camioneta. Atravesamos la valla y llegamos a un claro extenso y vacío, donde Tucker aparca y finalmente me mira.

—¿Dónde estamos? —le pregunto.

—En mis tierras.

—¿Son tuyas?

—Mi abuelo iba a construir una cabaña aquí, pero enfermó de cáncer. Me las dejó a mí. Son unos ocho acres de tierra. Es donde vendría si alguna vez tuviera que enterrar un cadáver o algo por el estilo.

Le clavo la mirada.

—Entonces, cuéntame —dice.

Respiro hondo y trato de no pensar en sus ojos que me taladran. Quiero contárselo. Siempre he querido contárselo. No sé exactamente cómo hacerlo.

—No sé por dónde empezar.

—¿Qué tal si empiezas por contarme que eres una especie de ser sobrenatural hecho de luz?

Contengo el aliento.

—¿Crees que estoy hecha de luz?

—Eso es lo que vi. —Puedo detectar nuevamente su miedo,

por la manera en que se mueve y se aparta para poner distancia entre nosotros.

—No creo que esté hecha de luz. Lo que viste es un fenómeno llamado gloria. Es difícil de explicar, pero es una manera de comunicarme, de estar conectada con el otro.

—De comunicarte. ¿Intentabas comunicarte conmigo?

—No intencionadamente —digo sonrojándome—. No quería que ocurriera. En realidad no me había ocurrido nunca. Mamá dice que puede darse provocado por las emociones intensas. —Estoy balbuceando—. Lo siento. No quería asustarte. La gloria suele tener ese efecto en los humanos.

—Y tú no eres humana —comenta terminantemente.

—Lo soy en gran medida.

Tucker se reclina contra la puerta y suelta un suspiro de frustración.

—Es una broma, ¿verdad, Clara? Fue todo un truco, ¿no es así?

—Soy una nefilim —digo—. No solemos usar ese término, porque en hebreo significa «caído», y no nos vemos a nosotros como caídos, ¿sabes?, pero así es como se nos llama en la Biblia. Nosotros preferimos el término «ángel de sangre».

—Ángel de sangre —repite.

—Mi madre es mitad ángel. Su padre era un ángel y su madre era humana. Por eso yo tengo un cuarto de ángel en la sangre, ya que mi padre es un hombre corriente.

Suelto las palabras atropelladamente, antes de que me dé tiempo a cambiar de idea. Tucker me observa como si me estuviera creciendo otra cabeza.

—Así que tienes una parte de ángel. —Es exactamente la misma reacción que tuve yo cuando mamá me dio la noticia, como si estuviera haciendo una lista de los hospitales psiquiátricos de la zona.

—Así es. Salgamos de la camioneta.

Los ojos se le ponen como platos.

—¿Por qué?

—Porque no me creerás hasta que no lo veas.

—¿Qué quieres decir? ¿Harás otra vez eso de encenderte?

—No, no volveré a hacerlo. —Pongo mi mano sobre su brazo, tratando de tranquilizarlo. El contacto parece tener el efecto contrario. Enseguida se aparta, abre la puerta y sale de la camioneta para alejarse.

Yo también salgo. Camino hasta el centro del claro y me planto delante de él.

—Ahora no tienes que tener miedo —le digo.

—Claro, porque vas a mostrarme que eres un ángel, ¿no?

—Sólo en parte.

Invoco mis alas y giro un poco para enseñárselas. No las extiendo ni levanto vuelo, así es como mamá me lo demostró a mí. Creo que con que las vea, plegadas sobre mi espalda, será suficiente.

—Jo-der. —Retrocede un paso.

—Ya.

—Esto no es broma. No es un truco de ilusionismo o magia. De verdad tienes alas.

—Pues sí. —Camino hacia él lentamente, tratando de no asustarlo, y me pongo de espaldas a él para que pueda verlas bien. Levanta una mano como si fuera a tocar las plumas. A la espera de que lo haga, siento que el corazón se me parará. Nunca nadie ha tocado mis alas, y me pregunto qué sentiré cuando lo haga. Pero entonces aleja la mano.

—¿Puedes volar? —me pregunta con una voz extraña.

—Sí. Pero en casi todo soy una chica normal. —Sé que no me creerá. Me pregunto si volverá a tratarme como a una chica normal. Eso es en parte lo que me gusta de estar con Tucker. Que me hace sentir normal, no como una del montón, mediocre, pero sí como si bastara con ser como soy, sin todo el accesorio angelical. Estoy a punto de llorar cuando pienso que todo eso se va a acabar.

—¿Y qué más? ¿Qué más puedes hacer?

—En realidad no mucho más. Sólo tengo un cuarto de ángel en la sangre. Ni siquiera sé qué pueden hacer los que son mitad ángeles. Yo puedo hablar todos los idiomas. Supongo que es muy práctico para los ángeles cuando tienen que llevar un mensaje.

—Por eso te entendiste con aquella mujer coreana. Y con el oso.

—Sí.

Bajo la mirada al suelo. Tengo miedo de mirarlo a la cara y saber que todo se acabó. El beso fue hace tres días, pero es como si le hubiera ocurrido a otra persona. A otra chica, la que estaba en el establo besando a Tucker por primera vez. La chica a la que él ama. No a mí. No a la pobre y patética criatura que se humilla a sí misma rompiendo a llorar.

—Lo siento —digo ahogándome.

Se queda callado. Las lágrimas caen por mi barbilla. Él suelta un suspiro pausado y frágil.

—No llores —me pide—. No es justo.

Me río y lloro al mismo tiempo.

—Ya está —susurra. Sus dedos secan las lágrimas de mis mejillas—. No llores.

Me rodea los hombros y las alas con su brazo. Le hecho los brazos al cuello y hundo mi rostro en su pecho con olor a río. En algún lugar del bosque un cuervo chilla. Un mirlo le contesta. Y luego nos besamos y todo desaparece menos Tucker.

—Espera, espera —dice al cabo de un rato, apartándose. Lo miro y parpadeo, aturdida. «Por favor, por favor», pienso, «que no sea la parte en que cambias de opinión».

—¿No pasa nada si te beso?

—¿Qué?

—¿No me caerá un rayo?

Me echo a reír. Me inclino hacia delante y rozo sus labios con los míos. Sus manos aprietan mi cintura.

—Nada de rayos —prometo.

Sonríe. Le paso el dedo por el hoyuelo. Él recoge un mechón de mi pelo (que se ha soltado de la coleta) y lo inspecciona bajo el sol.

—Ya no es rojo —digo encogiéndome de hombros.

—Siempre pensé que había algo en tu pelo que desentonaba.

—¿Y por eso me torturabas llamándome Zanahoria?

—Y aun así pensaba que nunca había visto a una chica tan

preciosa. —Agacha la cabeza y se frota la nuca, avergonzado. Se está poniendo colorado.

—Eres todo un Romeo —le digo poniéndome colorada yo también, tratando de enmascararlo con la burla, pero entonces me rodea con sus brazos y recorre mis alas con sus manos. Las toca suavemente, con cuidado, pero provocándome una oleada de placer en la boca del estómago, tan intensa que se me aflojan las piernas. Me inclino hacia él y aprieto mi mejilla contra su hombro, luchando por que el aire siga entrando y saliendo de mis pulmones mientras él me acaricia las alas de arriba abajo.

—Así que eres un ángel y ya está —murmura.

Lo beso en el hombro.

—Sólo en parte.

—Di algo en la lengua de los ángeles.

—¿Qué quieres que diga?

—Algo sencillo —dice—. Algo verdadero.

—*Te amo* —susurro sin pensarlo, y me sorprendo por segunda vez. Las palabras en angélico suenan como el murmullo entre el viento y las estrellas, una música suave y nítida. Sus brazos me estrechan. Lo miro a los ojos.

—¿Qué has dicho? —me pregunta. Sus ojos me dicen que quiere oírlo alto y claro.

—Oh, ya sabes. Algo así como que me gustas.

—Ajá. —Me besa en la comisura de la boca y aparta un mechón de pelo de mi cara—. Tú también me gustas mucho, pero mucho.

Así que estoy enamorada. Esa locura de olvidarse de comer, andar en las nubes, hablar por teléfono toda la noche y saltar de la cama por la mañana esperando verlo igual de enamorado. El verano se pasa volando, y cada día encuentro un nuevo motivo para amarle.

Tengo la sensación de que nadie lo conoce como yo lo conozco. Sé que en realidad la música country no le chifla, pero forma parte de la escena del Oeste y por eso la tolera. Admite secretamente que siente náuseas cada vez que oye el sonido de una guitarra de cuerdas de acero. Sabiendo eso, será cómico cuando oigamos una. De los snacks, le encantan los Cheetos. Cree que una de las tragedias más terribles del mundo es la manera en que la tierra está siendo engullida, todos los espacios naturales invadidos por edificios de apartamentos y ranchos para turistas. Por esa razón ama y odia el Lazy Dog. Su fantasía recurrente es volver atrás en el tiempo y dirigir la hacienda en los días anteriores a las vallas, pasando calor con sus becerros, conduciéndolos por el campo como un auténtico vaquero.

La gente lo considera un buen chico, respetuoso. No suelta tacos. Es amable. Atento. Le gusta recoger flores silvestres para mí, con las que hago guirnaldas para mi pelo para poder olerlas durante todo el día. No le da gran importancia a que yo sea diferente. De hecho, apenas saca el tema, aunque a veces lo descubro mirándome con cierta curiosidad.

Me encanta cómo a veces le abochorna todo el rollo empalagoso que nos traemos y entonces me habla de un modo rudo y me hace reír o me besa para que nos callemos. No veas cómo nos besamos. Como campeones.

Tucker nunca va más allá, aunque a veces yo quiero. Me besa, me besa, me besa hasta que la cabeza me da vueltas y mi cuerpo se vuelve ligero y pesado al mismo tiempo, me besa hasta que empiezo a tirar de nuestras ropas, deseando el mayor contacto posible. Entonces él gime, me coge las muñecas y se aparta de mí, cerrando los ojos y respirando hondo durante un rato.

Creo que está convencido de que desflorar a un ángel podría suponer una eternidad en el infierno.

—¿Y la iglesia qué? —me pregunta una noche al tomar distancia, luchando por respirar.

Estamos a principios de agosto. Estamos tumbados sobre una manta en la parte de atrás de su camioneta, bajo un cielo lleno de estrellas. Me besa el dorso de la mano y luego entrelaza sus dedos con los míos. Por un instante me olvido de la pregunta.

—¿Qué?

Se ríe.

—La iglesia. ¿Por qué tu familia no va a la iglesia?

Otra cosa que me encanta de Tucker. Es descaradamente franco, directo como nadie. Contemplo las estrellas.

—No lo sé. Cuando éramos niños mamá nos llevaba todos los domingos, pero dejó de hacerlo cuando crecimos.

Se pone de costado para mirarme.

—Pero tú sabes que hay un Dios. Quiero decir, en parte eres un ángel. Tienes la prueba, ¿verdad?

¿Qué prueba real tengo? Mis alas. El don de lenguas. La gloria. Todo proporcionado por Dios, o eso me dijeron. Dios parece ser la explicación más plausible.

—Bueno, está eso de la gloria —digo—. Es la manera en que conectamos con Dios. Pero no sé mucho de eso. Sólo lo he sentido una vez.

—¿Cómo fue?

—Estuvo bien. No sabría describirlo. Fue como si pudiera sentir todo lo que tú sentías, los latidos de tu corazón, la sangre corriendo por tus venas, tu respiración, como si fuéramos la misma persona y esto nos pareciera increíble... la felicidad. ¿Tú no sentiste lo mismo?

—Creo que no —admite apartando la mirada—. Sólo estaba loco de contento por estar besándote. Y de repente estabas brillando. Y resplandecías tanto que no podía mirarte.

—Lo siento.

—Yo no —dice—. Me alegro de que pasara. Porque desde entonces sé quién eres.

—¿Ah, sí? ¿Y quién soy?

—Una chica muy, pero que muy espiritual y mimada de California.

—Cierra el pico.

—Es guay. Mi novia es un ángel.

—No soy un ángel. No vivo en el cielo ni toco el arpa ni tengo conversaciones íntimas con el Todopoderoso.

—¿Ah, no? ¿En Navidad no cenas a lo grande con Dios?

—No —digo riéndome—. Tenemos nuestras tradiciones, pero no tenemos que pasar las fiestas con Dios. Mi madre dice que cada ángel de sangre se encuentra ocasionalmente con Dios, pero sólo después de que hemos cumplido nuestra misión en la tierra. Cara a cara. Yo no puedo siquiera imaginármelo, pero eso es lo que dice mi madre.

—Ya, pero eso es igual para todos. Para los humanos también, ¿no es cierto?

—¿Qué cosa?

—Se supone que todos tenemos que encontrarnos algún día con Dios. Cuando morimos.

Lo miro fijamente. Nunca antes había pensado en eso. Asumía que el encuentro era una especie de reunión para informarle sobre nuestro designio. La idea siempre me ha aterrorizado.

—Así es —digo pausadamente—. Todos tenemos que encontrarnos algún día con Dios.

—O sea que igual debería seguir yendo a la iglesia.

—La iglesia no puede hacerte mal.

Le acaricio la mejilla, deleitándome con el tacto de su barba incipiente. Quiero decir algo profundo, algo sobre lo agradecida que estoy de que él me acepte tal y como soy, con alas y todo, pero sé que sonará mal diga lo que diga. Pienso en la iglesia. Mamá, Jeffrey y yo en la iglesia cuando era pequeña, sentados en los bancos, cantando y rezando con los demás, bajo la luz coloreada de los ángeles de la cristalera.

Avanzamos en la Bluebell dando sacudidas por un camino de tierra, y yo intento comportarme, mantener una distancia bíblica entre ambos para que esta vez podamos por fin pescar algo, a diferencia de la última vez. Pero entonces él se inclina para cambiar de marcha, y cuando ya lo ha hecho apoya su mano sobre mi rodilla y yo me estremezco en el acto.

—Rufián. —Agarro la mano pecadora y la retengo antes de que sea tarde. Su pulgar acaricia mis nudillos, haciendo que mi corazón empiece a palpitar a toda marcha.

—A veces dices unas palabras rarísimas, te lo juro —comenta.

—Es por tener una madre de más de cien años de edad. Y por lo de los idiomas —le explico—. Entiendo cada palabra que oigo. Eso me da un vocabulario formidable.

—Formidable —se mofa.

—Ejemplar, para ser más precisa. Oye, ¿has hablado con tu hermana últimamente?

—Sí, hace un par de noches.

—¿Le contaste lo nuestro?

Frunce el ceño.

—¿No se supone que no debo hacerlo?

Sonrío.

—Puedes contárselo. Pero creo que ya lo sabe. Ayer la llamé y estaba rara.

—O sea que no se lo contaste.

—No, pensé que podría sonar extraño eso de, ¿sabes qué?, estoy saliendo con tu hermano. Pensé que sería mejor que tú se lo contaras.

—Se lo conté —confiesa—. En realidad no puedo tener secretos con Wendy. Lo he intentado. No funciona.

—Pero... —titubeo—. No le habrás contado lo de... ya sabes.

Me mira haciéndose el despistado y dice:

—¿Qué? ¿Hay algo acerca de ti que yo debería saber?

—*Just call me angel of the morning* (Sólo llámame ángel por la mañana) —le canturreo.

Se ríe.

—Claro que eso no se lo conté. No sabría cómo contarle una cosa así. —Luego añade—: Aunque será difícil cuando ella regrese.

Miro por la ventana. La camioneta deja atrás los pinos a ambos lados del camino, y aparecen los álamos por todas partes que ya empiezan a cambiar de color. Hace mucho calor, incluso para la media de Wyoming. Se huele un aire seco y polvoriento.

Entonces todo empieza a parecerme familiar. Como el peor caso de *déjà vu*.

Mis manos aprietan las de Tucker.

—Para la camioneta —le digo.

—¿Qué?

—¡Que la pares!

Tucker pisa los frenos, levantando una polvareda a nuestro alrededor. Y yo me bajo incluso antes de que la camioneta haya parado del todo. Cuando el polvo se asienta estoy en el medio del camino dando vueltas en un pequeño círculo.

Después me dirijo aturdida hacia el costado del camino, mientras la sombra de una camioneta plateada atraviesa mi mente. Cada paso guía al siguiente, y así me adentro en el bosque. Oigo vagamente la voz de Tucker que me llama, pero no me detengo. Aunque intentara detenerme, no sé si podría. Penetro entre los árboles. Tropiezo una vez, cayendo de rodillas sobre el suelo cubierto de agujas de pino, pero aun así sigo andando, me adentro más en el bosque, sin siquiera sacudirme.

Y entonces me detengo.

Todo está aquí. El pequeño claro. La cadena de montañas.

El aire está lleno de humo. El cielo anaranjado. Christian lleva una chaqueta de lana negra, las manos en los bolsillos, el peso ligeramente volcado sobre una de sus caderas. Está muy quieto, contemplando la cima.

Dios mío, pienso. Puedo ver las llamas. Avanzo hacia él. Todo está muy seco. Me paso la lengua por los labios, me miro las manos, temblorosas. Es como si estuviera viviendo toda mi vida detrás de este momento. Estoy tan triste que podría llorar.

—Christian —digo con voz ronca.

Se da la vuelta. No sé cómo interpretar su expresión. Sus cejas pobladas y marcadas forman una sola línea.

—Eres tú —dice.

—Sí, soy yo... Soy...

Viene hacia mí. Yo sigo andando hacia él. De un momento a otro los dos nos detenemos, a un paso de distancia, y nos quedamos mirándonos. Me siento como si estuviera drogada o algo parecido. Tengo tantas ganas de tocarlo que duele no hacerlo. Alargo el brazo. Su mano alcanza la mía. Tiene la piel caliente, febril. Cierro los ojos por un segundo ante la sensación que me invade. La revelación me sacude.

Nos pertenecemos.

Abro los ojos. Él se acerca. Me acaricia con la mirada. Contempla mis labios, luego mis ojos, y luego otra vez mis labios.

Alza una mano para tocarme la mejilla. Estoy llorando, me doy cuenta, las lágrimas ruedan por mi rostro.

—Realmente eres tú —susurra. Entonces me abraza y el fuego se precipita sobre nosotros, lentamente, como un monstruo que nos persigue, un humo blanco y espeso que sale de sus fosas nasales, rugiendo su amenaza. Me aferro al cuerpo de Christian e invoco mis alas, aleteo con fuerza y me doy impulso para elevarme.

Sólo que no vuelo. Desciendo al nivel del suelo del bosque, aferrada al aire vacío, porque Christian ya no está. Y de repente todo se vuelve negro.

Apenas soy consciente de que alguien me lleva en brazos. No tengo que abrir los ojos para saber que es Tucker el que carga conmigo. Podría reconocer su olor a sol y hombre en cualquier parte. Mi cabeza recostada a lo largo de su brazo, mis brazos colgando.

He tenido la visión. Una vez más. Si es que se le puede llamar visión. Porque ha sido mucho más que una visión. Realmente he estado allí.

Y al parecer me he desmayado. Otra vez.

Trato de incorporarme un poco, de recuperar mis brazos y mis piernas, pero en cuanto me muevo empiezo a toser. Como si inhalara humo. Tucker enseguida se detiene.

—Oh, gracias a Dios —dice—. Estás bien.

No sé si es para tanto. No me atrevería a afirmar que estoy bien. No paro de toser y cuando mis pulmones finalmente están limpios alzo la vista y me encuentro con los ojos de Tucker llenos de preocupación, y sonrío. Y enseguida vuelvo a toser.

—Estoy bien —digo. ¡Arre, arre, arre!

—Aguanta. Ya llegamos.

Sigue andando y al cabo de unos minutos llegamos a la camioneta. Abre la parte de atrás, coge esa manta enorme y la tiende, todo con una sola mano mientras me sostiene con la otra. Me acuesta con cuidado en el lecho de su camioneta. Luego sube y se queda a mi lado.

—Gracias —digo con voz rasposa—. Eres mi héroe. —Me quedo corta. La tos, por lo menos, ha parado.

—¿Qué ha pasado?

Miro el cielo, las nubes grandes y mullidas que se ciernen pesadamente sobre nosotros. Me da un ligero escalofrío. Tucker lo nota.

—Puedes contármelo.

—Lo sé.

Lo miro. Sus tiernos ojos azules están tan llenos de amor y preocupación que se me hace un nudo en la garganta.

—¿Te encuentras bien? ¿Necesitas un médico?

—No, sólo ha sido un desmayo.

Espera. Respiro hondo.

—Tuve una visión —le digo.

Y entonces empiezo a contarle toda la historia.

—¿Dónde estamos? —le pregunto cuando ya he terminado.

Ahora estamos los dos sentados, Tucker apoyado de espaldas en la caja de la camioneta, tratando de entender. No sé si siente rabia porque todo este asunto tiene que ver con Christian Prescott, o alivio por saber que mi obsesión con Christian tenía una explicación. No ha abierto la boca en diez minutos.

—¿En qué piensas? —le pregunto cuando ya no puedo aguantar.

—En que es de no creer.

Otra vez esa expresión.

—Es como una misión sagrada que tienes que cumplir.

—Correcto.

Por supuesto que la versión que le conté a Tucker no incluye esos pequeños detalles molestos sobre nuestras manos entrelazadas y las caricias en la mejilla, ni nada referente a la manera en que Christian y yo estábamos absolutamente compenetrados en ese instante. Ni siquiera yo sé qué pensar de todo eso.

—¿Dónde estamos? —vuelvo a preguntar.

—Estamos en un buen momento, eso creo yo. ¿No te parece?

—No, me refiero a dónde estamos. ¿Qué lugar es éste?

—Ah. Estamos en el camino de Fox Creek.

El camino de Fox Creek. Así de simple, un nombre sencillo para el lugar en que va a cumplirse el destino. Ahora ya conozco el dónde, el quién, y el qué.

Todo lo que tengo que averiguar es el cuándo.

Y el porqué.

18

El designio que rige mi vida

Estoy en un bote con Tucker, pescando en el centro del lago Jackson, cuando Angela finalmente me llama.

—¿Y, qué tal? —pregunta. Oigo un sonido de campanas de fondo—. ¿Ya ocurrió lo del fuego?

—No.

—¿Y hubo algo de acción con Christian?

—No. —Empiezo a tartamudear, completamente nerviosa—. Él... Yo no... Él no está en la ciudad. —Lanzo una ojeada a Tucker. Levanta las cejas y moviendo los labios me pregunta: «¿Quién es?» Muevo la cabeza sin darle importancia.

—Bueno, ¿y cuál es esa emergencia? —pregunta Angela impaciente.

—Te envié ese mail hace semanas. ¿Hasta ahora no lo has recibido?

—He estado un tiempo sin internet —dice un poco a la defensiva—. He estado un poco aislada. ¿Así que ahora ya está todo resuelto? ¿Crisis superada?

—Sí —digo mirando todavía a Tucker. Sonríe—. Todo está bien.

—¿Y qué fue lo que ocurrió?

—¿Quieres volver a la orilla? —me pregunta Tucker. Hago el mismo gesto de antes con la cabeza y sonrío para demostrarle que, como he dicho, todo está bien.

—¿Puedo llamarte más tarde? —le pregunto a Angela.

—¡No, no puedes llamarme más tarde! ¿Quién era ése?

—Tucker —respondo con forzada naturalidad. Él cruza el bote y se sienta a mi lado, sin dejar de sonreír con malicia, hasta el punto de que me quedo sin aliento y el corazón se me acelera.

—¿Tucker Avery? —pregunta ella.

—Sí.

—¿Y Wendy también está allí?

—No, Wendy sigue en Montana.

Tucker me coge la mano y empieza a besarme los nudillos uno por uno. Me da escalofríos e intento retirar mi mano, pero él no la suelta.

—O sea que sólo estás con Tucker.

—Correcto. —Reprimo la risa cuando Tucker me pellizca uno de mis dedos.

—¿Y qué estás haciendo con Tucker Avery?

—Pescando. —Hemos pasado toda la tarde dando vueltas en pequeños círculos por el lago, besándonos, salpicándonos, comiendo uvas, galletas y sándwiches de pavo, besándonos más, acurrucándonos, acariciándonos, riendo, y sí, besándonos un poco más, pero estoy segura de que en algún sitio estuvimos pescando. Recuerdo muy bien una caña de pescar en mis manos en algún momento del día.

—No me entiendes —dice Angela con voz grave.

—¿Qué?

—¿Qué estás haciendo con Tucker Avery? —vuelve a preguntarme con acritud.

A veces se pasa de lista.

Me incorporo y me aparto de Tucker.

—De verdad que éste no es un buen momento. Te llamaré luego.

Se niega a no salirse con la suya.

—La estás fastidiando, ¿verdad? —dice—. Estás perdiendo de vista tu objetivo cuando deberías estar concentrada en él, preparándote. No puedo creer que estés liada con Tucker Avery justo ahora. ¿Qué pasa con Christian? ¿Qué pasa con el destino, Clara?

—No la estoy fastidiando. —Me pongo de pie y camino con

cuidado hasta el otro extremo del bote—. Todavía puedo hacer lo que se supone que debo hacer.

—Sí, claro. Hablas como si lo tuvieras todo bajo control.

—Déjame en paz. Tú no sabes nada.

—¿Tu madre lo sabe?

Como no respondo, suelta una risita breve y mordaz.

—Es perfecto —dice—. Vaya si es perfecto.

—Es mi vida.

—Sí, lo es. Y la estás fastidiando.

Le cuelgo. Me doy la vuelta y me enfrento a la mirada inquisitiva de Tucker.

—¿Qué ha sido eso? —me pregunta tranquilamente.

No sabe que Angela es un ángel de sangre, y no puedo contárselo porque no es mi secreto.

—Nada. Sólo alguien que supuestamente es amiga mía.

Frunce el entrecejo.

—Creo que deberíamos ir tirando para la orilla. Ya llevamos mucho tiempo aquí.

—Todavía no —le suplico.

El cielo se está oscureciendo con nubes de tormenta. Tucker las contempla.

—Tenemos que salir del lago. Ya estamos entrando en la temporada de tormentas, cuando las tormentas eléctricas surgen de la nada. Duran apenas veinte minutos pero pueden ser brutales. Deberíamos irnos.

—No. —Lo cojo de la mano y le doy un tirón para traerlo hasta este extremo del bote, donde hago que se siente y me encojo contra él, rodeándome con sus brazos y refugiándome en su olor cálido, confortable y familiar. Le doy un beso en la vena de su cuello.

—Clara...

Apoyo un dedo sobre sus labios.

—Todavía no —susurro—. Sólo un ratito más.

La próxima vez que suena el teléfono estoy comiendo solomillo de cerdo con manzana e hinojo, una de las mejores recetas de mamá. Está buenísimo, por supuesto, pero no estoy pensando en la comida. Tampoco estoy pensando en Angela. Han pasado dos días desde que cogí su llamada en el lago y estoy haciendo todo lo posible por olvidarla. Más bien estoy soñando despierta con Tucker. Ha estado en el río durante los últimos dos días, trabajando para poder invitar a su novia a una cena formal el día en que cumplamos un mes de aniversario, eso ha dicho. Ya casi llevamos un mes entero, qué locura. Cada vez que se refiere a mí como su novia me emociono. Va a llevarme a bailar, va a enseñarme el baile en línea country y todo lo que haga falta.

—¿No vas a cogerlo? —me pregunta mamá, arqueando una ceja al otro lado de la mesa. Jeffrey también me mira fijamente.

Trato de ordenar mis pensamientos. Saco el móvil del bolsillo de mi chaqueta y miro la pantalla.

Número desconocido. Me puede la curiosidad, y le doy al botón verde.

—Hola —digo.

—Eh, forastera —responde una voz familiar.

Christian.

Casi se me cae el móvil.

—Ah, hola. No reconocí tu número. Vaya, ¿cómo estás? ¿Cómo fue el verano? ¿Qué tal Nueva York? —Estoy haciendo demasiadas preguntas.

—Aburrido. Pero ya estoy de vuelta.

—¿Ya?

—Bueno, es agosto. Tenemos que volver al colegio, ya sabes. Este año pienso asistir a clase, graduarme y todo el rollo.

—Ya —digo e intento reírme.

—Así que, como te dije, ya estoy por aquí, y he estado todo el verano pensando en ti y quería invitarte a cenar mañana. Una cita formal, por si no queda claro —dice con una voz intencionadamente relajada pero con tantos matices de seriedad que es como si el comedor se hubiera vaciado de aire. Levanto la vista para encontrarme con mamá y Jeffrey que me miran fijamente.

Espera de mí un «sí, sí, me encantaría cenar contigo, ¿cuándo pasas a recogerme?, lo estoy deseando». Pero no diré nada de eso. En cambio se me ocurre: «lo siento, sé que antes pudo parecer que estaba loca por ti, pero eso se acabó. Ahora tengo novio. Te dormiste, y perdiste».

—¿Sigues ahí? —pregunta.

—Sí, claro, perdona.

—Nada...

—Mañana no puedo —me apresuro a decir, bajito, aunque sé que mamá me ha escuchado. Tiene buen oído.

—Oh. —Parece sorprendido—. No pasa nada. ¿Qué tal el sábado?

—No lo sé. Si acaso ya te llamaré —digo encogiéndome.

—Claro. —Christian trata de actuar como si no tuviera importancia, cuando todos sabemos, él, mamá, Jeffrey y yo, que tiene mucha importancia—. Tienes mi número. —Enseguida murmura un hasta luego y cuelga.

Cierro el móvil. Transcurre un silencio incómodo. Mamá y Jeffrey tienen casi la misma expresión, como si yo hubiera perdido la cabeza.

—¿Por qué le dijiste que no? —me pregunta mamá. La pregunta del millón, la misma que no quiero responder.

—No le dije que no. Le dije que mañana no podía.

—¿Y por qué no?

—Tengo planes. Tengo una vida, ¿sabes?

Parece molesta.

—Ya, ¿y qué podría ser más importante que Christian para tu vida en este momento?

—Salgo con Tucker. —Todo este tiempo le he estado diciendo que salía con gente del instituto, y ella me creía. Nunca ha tenido un solo motivo para no creerme. Y ha estado demasiado estresada y preocupada por el trabajo como para prestar más atención.

—Pues cancelas esa cita —dice.

Muevo la cabeza y digo que no, para indicarle que no me ha entendido bien. La miro a los ojos.

—Estoy saliendo con Tucker —aclaro.

—Estás de broma —dice Jeffrey con voz ahogada, y sé que no es porque no le caiga bien Tucker, sino porque es simplemente inverosímil para alguien de mi familia que esté interesada en cualquiera que no sea Christian. Por él nos hemos mudado aquí.

—No. Tucker es mi novio. —Lo amo, me gustaría decir, pero sé que sería demasiado.

Mamá deja el tenedor.

—Perdona por no habértelo dicho antes —añado avergonzada—. Pensé... no sé qué pensé. Lo que quiero decir es que salvaré a Christian, como en la visión.

Sólo que no será como en la visión, pienso, con las manos entrelazadas y las caricias en la mejilla y todo el rollo sensiblero. Pero lo salvaré. Lo he decidido.

—He estado practicando para volar. Estoy adquiriendo fuerza, como tú me dijiste. Creo que podré cargar con él.

—¿Tú cómo sabes que tu designio consiste en «salvar» a Christian?

—Porque en la visión me lo llevo volando de entre las llamas. Lo estoy salvando, ¿no?

—¿Y eso es todo?

Aparto la vista de sus ojos sagaces. «Nos pertenecemos.» Esas palabras han quedado enquistadas como un trozo de cristal en mi cerebro desde que tuve la última versión de la visión. Le he dado vueltas y vueltas, tratando de encontrar una posible interpretación errónea de su significado. No quiero estar enamorada de Christian Prescott. Ya no.

—No sé —contesto—. Pero allí estaré y le salvaré.

—No se trata de un recado al azar, Clara —dice mamá con voz serena—. Se trata de tu misión sobre la tierra. Y el momento ha llegado. Ayer ya alertaron sobre grandes incendios en Teton. El incendio puede comenzar en cualquier momento. Tienes que concentrarte. No puedes distraerte ahora. Estamos hablando de tu vida.

—Sí —digo levantando un pelín la barbilla—. Es «mi» vida.

Últimamente no paro de repetir eso.

Mi madre palidece, sus ojos se vuelven fríos y opacos. Una mañana, cuando éramos pequeños, Jeffrey vio una serpiente de cascabel enrollada en el patio, aletargada de frío. Mamá fue hasta el garaje y regresó con una azada. Nos ordenó que no nos acercásemos. Y entonces levantó la azada y le cortó la cabeza a la serpiente de un solo golpe.

Ahora ella tiene la misma expresión que aquella vez, fría y resuelta. Me asusta.

—Mamá, no pasa nada —le digo.

—Claro que pasa —me replica pausadamente—. Estás castigada.

Aquella noche es la primera vez en mi vida que me escapo de casa. Me resulta fácil abrir la ventana sin hacer ruido, pararme en el borde del tejado un momento antes de invocar mis alas y echar a volar. Pero siempre he sido una buena chica. Siempre he obedecido a mi madre. Mis pies nunca han pisado fuera del camino trazado por ella. Este pequeño acto de rebeldía hace que me pese tanto el corazón que me resulta difícil elevarme en el aire.

Desciendo junto a la ventana de Tucker. Él está tumbado en la cama leyendo un cómic, *X-Men*, lo cual me arranca una sonrisa. Lleva el cabello más corto que ayer. Se lo debe de haber cortado para nuestro aniversario. Llamo suavemente a la ventana. Él levanta la vista, sonríe porque está feliz de verme, y a mí se me encoge el corazón. Me alegro de no ser un ángel mensajero. Odio ser portadora de malas noticias.

Mete el cómic debajo de la almohada y se acerca a la ventana. Tiene que hacer fuerza para abrirla, lo que requiere de mucho músculo ya que con el aire espeso y caliente la ventana se atasca. Observa fugazmente mis alas, y yo reparo en su intento de reprimir el miedo instintivo que siente cada vez que se enfrenta a la prueba de que las cosas de este mundo distan mucho de ser lo que parecen. Se asoma y me coge de la mano. Guardo mis alas. Intento sonreír.

Me hace entrar en su habitación.

—Hola. ¿Qué pasa? Pareces... disgustada.

Me lleva hasta su cama y yo me siento. Él coge su silla de escritorio y se sienta enfrente de mí, la mirada preocupada pero serena, como si pensara que está preparado para cualquier cosa que le cuente. Está conmigo; eso es lo que dicen sus ojos.

—¿Estás bien? —me pregunta.

—Sí. Más o menos.

No tengo más remedio que decírselo.

—Se supone que no puedo estar aquí. Estoy castigada.

Parece confuso.

—¿Por cuánto tiempo?

—No lo sé —digo con tristeza—. Mamá no fue muy clara. Por tiempo indefinido, supongo.

—Pero ¿por qué? ¿Qué hiciste?

—Eh.,. —¿Cómo le explico que es porque rechacé una invitación de Christian Prescott, que mi madre me castigó porque no le dije que estaba saliendo con Tucker? No es que se lo ocultara, simplemente no se lo dije porque pensaba que no le haría gracia. Sólo que no esperaba que fuera para tanto.

Algo debe de delatar mi cara, porque Tucker dice:

—Es por mí, ¿verdad? ¿Tu madre no aprueba lo nuestro?

Odio el dolor que percibo en su voz. Odio mirarlo a la cara y ver esa expresión valiente de los Tucker. No es justo. Tucker es de la clase de chicos que la mayoría de las madres querría para sus hijas. Es respetuoso, amable, incluso caballeroso. Además de que no fuma, no bebe, no lleva piercings ni tatuajes. Vale su peso en oro.

Pero a mi madre no le importa nada de eso. Después de castigarme, me dijo que si yo fuera una chica normal ella no tendría inconveniente en que yo saliera con Tucker Avery. Pero no soy una chica normal.

—¿Tiene que ver con Christian? —me pregunta.

—En cierto modo. —Suspiro.

—¿Qué ocurre con él?

—Supongo que tengo que estar concentrada en Christian. Mi madre piensa que tú eres una distracción. De ahí el castigo. —Merece una explicación mejor, lo sé, pero no quiero hablar más de eso. No quiero sentir que le estoy engañando, cuando nada de lo que ocurre es decisión mía, y sin embargo es lo que él me hace sentir con su mirada.

Se queda callado un largo rato.

—¿Tú qué piensas? —pregunta finalmente.

Dudo. No conozco ninguna historia de un ángel de sangre que no cumpliera su designio. Apenas conozco historias de ángeles, ésa es la verdad. Por lo que sé, si no lo cumplen se marchitan y mueren. De hecho mamá nunca me presentó otra alternativa. Siempre me lo explicó como algo inevitable. Aquello para lo que había venido al mundo.

—No sé qué pensar —admito.

Respuesta equivocada. Tucker descarga un suspiro prolongado.

—Parece que tenemos que intentarlo con otras personas. Al menos tú.

—¿Qué?

Se aparta.

—¿Estás rompiendo conmigo? —Lo miro fijamente, sacudida por la fuerza de un terremoto. Respira hondo, se pasa la mano por el pelo y vuelve a mirarme.

—Sí.

Me pongo de pie.

—Tucker, no. Lo arreglaré. Haré mi trabajo, sea como sea.

—Tu madre no lo sabe, ¿verdad?

—¿A qué te refieres?

—No sabe que yo lo sé. Que sé que eres un ángel y todo lo demás.

Suspiro y niego con la cabeza.

—Y si lo supiera te meterías en más líos.

—No importa...

—Sí que importa. —Empieza a andar de aquí para allá—. No seré yo el que te lo eche todo a perder, Clara. No seré el que se interponga entre tú y tu destino.

—Por favor. No.

—Todo irá bien —dice, más para convencerse a sí mismo que a mí—. Tal vez cuando todo esto acabe, después del incendio y el rescate y eso, las cosas podrán volver a ser como antes.

—Sí —afirmo casi sin voz. Sólo serán unas pocas semanas, un mes o dos como mucho, hasta que la temporada de incendios acabe, y entonces la faena de Christian estará hecha y yo podré volver con Tucker sin que nada vuelva a interponerse entre nosotros. Sólo que no me lo creo. No puedo. Algo dentro de mí sabe que si voy con Christian al bosque nunca más podré encontrar mi camino de regreso a Tucker. Se habrá acabado, para bien o para mal.

Ya no me mira a los ojos.

—Somos jóvenes —dice—. Tenemos mucho tiempo para enamorarnos.

Paso dos días enteros en la cama, el mundo ha perdido su color y la comida, su sabor. Parece una idiotez, lo sé. Tucker es sólo un chico. La gente se idiotiza, es un hecho de la vida. Debería hacerme sentir mejor que él en realidad no quisiera dejarme. Sólo intentaba hacer las cosas bien. ¿No fue eso lo que dijo Christian cuando dejó a Kay? «Creía que era lo mejor. No soy lo que ella necesita.» Pero yo necesito a Tucker. Lo extraño.

En la mañana del tercer día suena el timbre, lo que es poco frecuente, y lo primero que se me pasa por la mente es que debe de ser Tucker, que ha cambiado de opinión, que quiere que lo intentemos. Mamá ha salido a comprar verduras. Oigo a Jeffrey que baja corriendo las escaleras para abrir la puerta. Me levanto de un salto y corro al lavabo a desenredarme el pelo y lavarme la cara. Me pongo algo de ropa, me miro en el espejo y decido cambiarme la parte de arriba y ponerme la camisa de franela que a Tucker más le gusta, la que dice que resalta mis ojos. La que llevaba el día que saltamos del árbol. Pero nada más apoyar la mano sobre el pomo de la puerta de mi habitación, nada más salir al pasillo, ya sé que no es Tucker el que ha llamado. En lo más profundo sé que Tucker no es de los que cambian de opinión.

Es Angela. Le está hablando a Jeffrey de Italia, sonriente. Parece cansada pero contenta. Ambos se dan la vuelta mientras bajo las escaleras, a paso lentísimo. Teniendo en cuenta nuestra última conversación, no sé si me alegro de verla.

Al verme se le borra la sonrisa.

—Jo-lín —dice con un suspiro, como si le espantara lo mala persona que puedo llegar a parecer.

—Olvidé que regresabas esta semana —digo desde el primer escalón.

—Sí, bueno, yo también me alegro de verte. —Hace una mueca con la boca. Se acerca a mí, me baja del escalón y recoge un puñado de mi pelo para observarlo bajo la luz que entra por la ventana.

—Jo-lín —repite. Se echa a reír—. Esto es mucho mejor que el naranja, C. Has cambiado. Y tu piel brilla. —Apoya una mano en mi frente como si fuera un niño enfermo—. Y arde. ¿Qué te ha pasado?

No sé qué contestarle. Cuando me miré en el espejo de arriba no vi lo que ella parece estar viendo. Lo que en realidad vi es mi corazón destrozado.

—Mi designio se acerca, debe de ser eso. Mamá dice que me estoy volviendo más fuerte.

—Es de locos. —No comprendo la envidia al desnudo en sus ojos. No estoy acostumbrada a que me envidie; por lo general es al revés—. Estás preciosa —dice.

—Tiene razón —dice Jeffrey—. Te pareces más a un ángel.

Pero no importa si ahora estoy preciosa. Me siento fatal. Las lágrimas caen por mis mejillas.

—Oh, C... —Angela me rodea con los brazos y me da un achuchón.

—No me digas que me lo advertiste, ¿vale?

—¿Hace cuánto que está así? —le pregunta a Jeffrey.

—Hace un par de días. Mamá hizo que lo dejara con Tucker. No es así, pero tampoco me molesto en corregirlo.

—Todo irá bien —me dice Angela—. Vamos a asearte, porque por mucha piel brillante y demás apestas un poco, C. Y te prepararemos algo de comer, y pasaremos el tiempo juntas y todo irá bien, ya verás. —Se aparta y me mira como la apasionada historiadora de ángeles—. Tengo cosas sorprendentes que contarte.

Después de todo, me alegra que ella esté aquí.

Cuando mamá regresa del centro nos encuentra a Angela y a mí en el salón, yo que acabo de salir de la ducha y Angela que me está pintando las uñas de rosa oscuro. En un cruce de miradas entre ellas, mi madre dice, sin palabras, cuánto se alegra de que finalmente haya salido de mi habitación, y Angela responde que lo tiene todo controlado. Yo me siento mejor, lo reconozco, no porque Angela sea una persona especialmente reconfortante, sino porque detesto parecer débil en su presencia. Ella es tan fuerte, perspicaz, centrada. Siempre que estamos juntas es como si permanentemente jugáramos a la verdad o atrevimiento, y en este momento estamos en el atrevimiento, y ella me está probando a ver si me atrevo a dejar de llorar por los rincones y convertirme en un maldito ángel de una buena vez. Mi período de adolescente con el corazón destrozado ha caducado. El tiempo pasa.

—Hace un día precioso —dice mamá—. ¿Queréis salir y hacer un picnic, chicas? Os he preparado unos sándwiches.

—No puedo salir. Estoy castigada.

Sigo cabreada con mamá. Por ella perdí a Tucker, y sigo resistiéndome a creer que tenía que ser así. De hecho todo este lío, mi designio, el naufragio de mi vida amorosa, mi actual estado de tristeza, por no mencionar la absoluta falta de pistas respecto de lo que va a ocurrir, todo se debe a ella. Su perorata sobre esta obligación divina que tengo que cumplir. Su idea de mudarnos a Wyoming. Su insistencia en que todo tiene una explicación y sus estúpidas reglas y su empeño por mantenerme en la ignorancia. Todo. Culpa. Suya. Porque si no es culpa suya es culpa de Dios, y no puedo permitirme estar cabreada con el Todopoderoso.

Angela me mira frunciendo el entrecejo, y luego se vuelve hacia mamá y sonríe.

—Un picnic sería genial, señora Gardner. Está claro que nos vendrá bien salir de casa.

Angela quiere comer fuera, encontrar una mesa de picnic en las montañas, tal vez en el lago Jenny, dice, pero yo no puedo ir allí. Me recuerda a Tucker. El simple hecho de salir hace que lo extrañe. Me he resignado a no salir nunca más. Así que vamos al teatro. El escenario está dispuesto para *Oklahoma!*, con hileras de cuernos falsos, un carro desvencijado, árboles, arbustos, una casa de labranza amarilla y un ciclo azul de fondo. Angela coloca una manta en el centro del escenario y nos sentamos encima a almorzar.

—He estado estudiando sobre los Alas Negras —dice hincándole el diente a una manzana verde.

—¿Eso no es un riesgo? Ten en cuenta lo que mamá dice sobre ser consciente y demás.

Se encoge de hombros.

—No creo que sea más consciente que antes. Sólo sé más.

Saca un cuaderno nuevo, uno de esos de hoja lisa con una cubierta en blanco y negro, las páginas llenas por delante y por detrás con todo lo que ha averiguado sobre los ángeles. Angela normalmente escribe con una letra cursiva apretada y con florituras, pero la escritura de sus notas son siempre garabatos apresurados, como si las palabras se le escaparan. Pasa las páginas. Pienso en mi diario personal, el que empecé a escribir con tanto entusiasmo la primera semana en que tuve la visión. No lo he abierto en meses. A decir verdad, me siento avergonzada ante ella.

—Aquí está —dice—. Se llaman *Moestifere*, los Apenados. Encontré un libro viejo en una librería que hablaba de ellos. Demonios tristes, según la traducción.

—¿Demonios? Pero se supone que son ángeles.

—Los demonios son ángeles —me explica Angela—. En realidad es una distinción artística. Los pintores siempre representaban a los ángeles de un modo bello, blancos, con alas de pájaro, y como los ángeles caídos también tenían que llevar alas, pero no bastaba con unas alas negras, les dieron alas de murciélago, y luego les añadieron los cuernos, la cola y el tridente, que es la imagen que la gente ahora tiene de ellos.

—Pero aquel tipo que vimos en el centro comercial parecía un hombre normal.

—Como te dije una vez, creo que ellos pueden adoptar el aspecto que quieran. Supongo que es la manera de hacerte sentir lo que es realmente importante, ¿no crees? Echarse a llorar de repente, por ejemplo, sería una mala señal.

—El sentimiento de tristeza en mi visión, según mi madre, tiene que ver con un Alas Negras.

Angela muestra una expresión comprensiva.

—¿Has seguido teniendo esa visión?

Asiento con la cabeza. La semana pasada la tuve una vez al día, todos los días. Sólo dura un momento, es más bien un destello, nada revelador. Nada más aparte de lo que ya conozco: la Avalancha, el bosque, el camino, el fuego, Christian, las palabras que nos decimos, el contacto, el abrazo, el vuelo final. He tratado de no hacerle mucho caso.

—Mamá no deja de decirme que tengo que entrenar, ¿pero cómo? Ya puedo volar. Ya puedo cargar con peso. Me estoy haciendo más fuerte, pero no son mis músculos lo que necesito para hacerme más fuerte, ¿verdad? Entonces, ¿qué debo entrenar? ¿Qué se supone que tengo que hacer?

Medita mis preguntas por un instante, luego dice:

—Es tu mente lo que tienes que entrenar, como ya dijo tu madre una vez, tienes que despejar tu mente, concentrarte en lo esencial, en tu objetivo. Podemos hacerlo juntas. —Sonríe—. Te ayudaré. Ha llegado la hora, C. Ya sé que es una mierda lo que ha pasado con Tucker, pero no puedes darle la espalda a esto. Lo sabes, ¿verdad?

—Sí.

—Entonces manos a la obra —dice batiendo las palmas y poniéndose de pie como si fuéramos a comenzar en este preciso momento—. No hay tiempo que perder. A entrenar.

Tiene razón, como siempre. Ha llegado la hora.

19

La chaqueta de pana

Así que entrenamos. Cada mañana me levanto al alba e intento no pensar en Tucker. Tomo una ducha, me peino, me cepillo los dientes e intento no pensar en Tucker. Bajo las escaleras y me preparo un batido. Angela nos ha impuesto una dieta de alimentos crudos, dice que es más puro y óptimo para mi mente. Estoy de acuerdo. Añado las algas, que, curiosamente, me hacen pensar en Tucker. Y en la pesca. Y en los besos. Me atraganto. Después de desayunar hay meditación en el porche, que es más bien un intento vano de no pensar en Tucker. Después entro y paso un rato en internet. Miro la previsión meteorológica, la dirección y velocidad del viento y, lo más importante, el nivel actual de alarma de incendios. En estos últimos días de agosto, siempre alcanza la alerta amarilla o roja. Siempre inminente.

En los días de alerta amarilla paso las tardes aleteando en el bosque de atrás, cargando con la bolsa de deporte. Así entreno mis alas, añadiendo cada vez más peso, tratando de no pensar que llevo a Tucker en mis brazos. A veces Angela viene conmigo y volamos juntas, haciendo figuras en el aire. Si trabajo duro, si me esfuerzo, consigo borrar a Tucker de mi mente durante algunas horas. Y en ocasiones tengo la visión y él se ausenta por completo durante un rato.

Angela se encarga de que documente mi visión. Tiene una hoja de cálculo. En los días que no está conmigo, ayudándome, normalmente me llama a la hora de la cena, y oigo de fondo la música de *Oklahoma!*, y ella me interroga acerca de la visión.

Me ha dado una pequeña libreta que llevo en el bolsillo trasero de mis tejanos, y cuando tengo la visión debo olvidarme de todo lo demás (en cualquier caso siempre me olvido de todo lo demás cuando tengo la visión) y tomar nota. Hora. Lugar. Duración. Todo aspecto que recuerde. Cada detalle.

Es por eso por lo que empiezo a notar variaciones. Al principio asumía que la visión era siempre la misma, una y otra vez, pero al tomar nota me doy cuenta de pequeñas diferencias de un día a otro. Lo esencial no cambia: estoy en el bosque, el fuego se aproxima, encuentro a Christian y huimos volando. Siempre llevo puesta la chaqueta violeta. Christian siempre lleva puesta la chaqueta de lana negra. Esto es constante, invariable. Pero a veces escalo la colina desde otro ángulo, o encuentro a Christian a unos pasos a la derecha o a la izquierda respecto de su posición del día anterior, o recitamos nuestras líneas («Eres tú», «Sí, soy yo») de manera distinta o en diferente orden. Y el sentimiento de tristeza, según advierto, cambia. Unas veces siento el dolor desde el primer instante. Otras, no lo siento hasta ver a Christian, y entonces me arrasa como una ola enorme. A veces lloro, y mi atracción por Christian, el magnetismo que hay entre nosotros, supera a la pena. Un día salimos volando en una dirección, al día siguiente en la otra.

No sé cómo explicarlo. Angela cree que las variaciones podrían ser pequeñas versiones alternativas del futuro, todas basadas en una serie de decisiones que tomaré ese día. Eso hace que me pregunte: ¿Cuál es el margen de decisión que tengo en todo esto? ¿Soy una actriz sobre el escenario o una marioneta? Supongo que, a fin de cuentas, no importa. Es lo que es: mi destino.

En los días de alerta roja sobrevuelo las montañas próximas al camino de Fox Creek, explorando la zona en busca de indicios de humo. Dada la dirección sugerida por mi visión, Angela y yo suponemos que el fuego muy probablemente empezará en las montañas y se propagará por el Death Canyon (el Cañón de la Muerte, un nombre escalofriantemente apropiado, creo yo) hasta llegar al camino de Fox Creek. De modo que patrullo un radio de veinticinco kilómetros en la zona. Vuelo sin que me preocupe que la gente me vea. Aun en mi estado de depresión y autocompasión, lo disfruto muchísimo. Pronto aprendo a amar el placer de volar durante el día, cuando puedo ver la tierra ahí debajo, tan serena y prístina. Realmente me siento como un pájaro, proyectando mi sombra sobre el suelo. Quiero ser un pájaro.

No quiero pensar en Tucker.

—Lamento que lo estés pasando tan mal justo ahora —me dice mamá una noche mientras estoy atontada cambiando de canal.

Me duelen los hombros. Me duele la cabeza. Llevo una semana sin comer nada rico. Esta mañana Angela pensó que sería un experimento sensacional quemarme el dedo con una cerilla, para ver si soy inflamable. Resulta que lo soy. Y pese a que estoy haciendo todo lo que Angela quiere que haga y volcándome al trabajo, lo cual, irónicamente, se lo debo a ella, Dios la bendiga, con mamá seguimos sin hacer las paces. No puedo perdonarla. No estoy segura de qué es lo que no puedo perdonarle, pero hay algo.

—¿Ves esa cosa? Es como una minilicuadora. Sirve para picar el ajo y el puré del bebé y para preparar un margarita, todo por el módico precio de cuarenta y nueve con noventa y nueve —digo sin mirarla.

—En parte es culpa mía.

Eso me interesa. Bajo el volumen de la tele.

—¿Cómo?

—Este verano te he desatendido. He dejado que hagas lo que quieras.

—Ah, así que es culpa tuya porque de haber estado más atenta habrías impedido desde el primer momento que saliera con Tucker. Habrías cortado estas malditas emociones de raíz.

—Así es —responde sin hacer caso de mi sarcasmo.

—Buenas noches, mamá —digo volviendo a subir el volumen.

Pongo las noticias. La previsión del tiempo. Seco y caluroso. Con vientos elevados. Tiempo de incendios forestales. Probables tormentas hacia finales de la semana, con lo que bastaría un rayo para prender fuego a toda la región. Esto se pone divertido.

—Clara —dice mi madre pausadamente. Está claro que su confesión no ha terminado.

—Ya lo pillo —le suelto—. Te sientes mal. Ahora debería dormir un poco, por si mañana me toca cumplir con mi destino.

Apago la tele y arrojo el mando sobre el sofá, me levanto y paso al lado de ella rumbo a las escaleras.

—Lo siento, cariño —dice, tan bajito que no sé si quiere que la oiga—. No tienes ni idea de cuánto lo siento.

Me paro en la mitad de las escaleras y me vuelvo.

—Entonces cuéntame. Si tanto lo sientes, cuéntame.

—¿Qué quieres que te cuente?

—Todo, mamá. Todo lo que sabes. Empezando por tu designio. Estaría bien que las dos nos sentáramos a tomar una taza de té y habláramos de nuestros designios, ¿no te parece?

—No puedo —dice. Los ojos se le oscurecen, las pupilas se le dilatan como si mis palabras le causaran un dolor físico. Luego es como si cerrara una puerta entre nosotras, su expresión que se vacía. Se me hace un nudo en el pecho, en parte porque me enfurece que sea capaz de hacer esto, de cerrarme la puerta, pero también porque se me ocurre que la única razón por la que se ha empeñado en mantenerme en la ignorancia es que no me cree capaz de enfrentarme a la verdad.

Y eso debe de querer decir que la verdad es muy dañina.

Ya sea por eso, y pese a su charla de apoyo maternal, está claro que no tiene ninguna confianza en mí.

Al día siguiente hay alerta roja. Por la mañana estoy de pie en el pasillo, decidiendo si me pongo o no la chaqueta de pana violeta. Si no la llevo, ¿se producirá igualmente el incendio? ¿Podría ser tan simple como eso? ¿Mi destino depende de una simple decisión sobre qué me pongo?

Decido no probar. En cualquier caso, a estas alturas, no intento evitar el fuego. Quiero acabar con esto. Y allá arriba en las nubes hace frío. Me pongo la chaqueta y salgo.

Voy camino de mi patrullaje cuando me invade la ola de tristeza.

No es la tristeza de siempre. No tiene que ver con Tucker, Christian o mis padres. No es pena ni malestar adolescente. Es un dolor profundo y en estado puro, como si alguien a quien has amado toda tu vida hubiese fallecido súbitamente. Se propaga en mi cabeza hasta que se me nubla la vista. Me estremece. No puedo respirar. Pierdo ingravidez. Empiezo a caer, aferrándome al aire. Es tal mi peso que caigo como una piedra.

Afortunadamente caigo sobre un árbol y no me estampo contra una roca para morir en el acto. Caigo de lado sobre la copa del árbol. Mi brazo y el ala derecha quedan atrapados en una rama. Oigo un crujido, seguido del peor dolor que jamás haya sentido, en mi hombro derecho. Grito mientras el suelo viene hacia mí a toda velocidad. Me cubro la cara con el brazo ileso, mientras recibo latigazos, punzadas y arañazos durante toda la caída. Me detengo a unos seis metros del suelo, las alas enredadas en las ramas, mi cuerpo colgando.

Reconozco la presencia de un Alas Negras. En medio del pánico y el dolor todavía soy capaz de una pequeña deducción como ésta. Es todo lo que presiento. Lo que significa que tengo que huir de aquí, rápido. Así que me muerdo y trato de liberarme del árbol. Mis alas están gravemente atascadas, y estoy segura de que la derecha se ha roto. Tardo un rato en recordar que puedo plegarlas, y a continuación completo el resto de mi caída desde el árbol.

Me estrello contra el suelo duro. Vuelvo a gritar, como una loca. El dolor del hombro aumenta tanto por la caída que estoy a punto de desmayarme. No puedo tomar aire. No puedo pensar con claridad. La tristeza me nubla la mente. El dolor empeora si cabe, se vuelve más intenso a cada segundo, hasta que pienso que me estallará el corazón de dolor.

Eso significa que se está acercando. Lucho por incorporarme y descubro que no puedo mover mi brazo. En ese momento me siento como si literalmente fuera a morir. No hay esperanzas, ni una luz, ni una oración en mis labios. Estoy acabada. Me veo tentada de acostarme y entregarme a él.

«No —me digo—. Todo lo que sientes te lo produce el Alas Negras. Sigue andando. Da un paso y otro más. Sal de aquí.»

Voy tambaleándome hasta el tronco del árbol y me apoyo, jadeando, tratando de recobrar mis fuerzas. Entonces oigo la voz de un hombre a mis espaldas, que se acerca a mí entre los árboles, como traído por el viento. Definitivamente no es humano.

—Hola, pajarito —dice.

Me quedo de piedra.

—Vaya caída. ¿Te encuentras bien?

20

Un dolor infernal

Me vuelvo despacio, pero muy despacio. El hombre no está a más de tres metros, y me observa con curiosidad.

Es terriblemente atractivo. No puedo creer que aquel día en el centro comercial no me diera cuenta. Imagino que todos los ángeles purasangre tienen que ser guapos que te mueres, pero no tenía entendido que realmente lo fueran. Si existe el molde para la perfección masculina, este hombre salió de allí.

No es para nada lo que parece. No es joven ni viejo. En la piel no tiene ni una sola arruga ni el menor desperfecto. Su pelo es negro y brillante. Pero sé que tiene más años que estas rocas. Posee una calma sobrenatural. La tristeza que siento recorrer cada uno de mis nervios no se ve reflejada en su rostro. De hecho tiene los labios ligeramente curvados, como insinuando una sonrisa cómplice. Si no supiera lo que sé, creería por su voz que realmente está dispuesto a socorrerme. Como si no fuera una especie de ángel malvado que bien podría matarme con su dedo meñique. Como si sólo se tratara de un transeúnte preocupado por mí.

No puedo echar a correr. Imposible. No puedo echar a volar. La tristeza me ha despojado de toda ingravidez, como una sombra que eclipsa al sol. Es probable que vaya a morir. Me gustaría llamar a mi madre a gritos. Intento recordar, más allá de la desesperanza que me produce el Alas Negras y que me cubre como una pesada manta mojada, que al otro lado de un velo fino hay un cielo, y que este hombre, este impostor de hombre, puede aniquilar mi cuerpo pero mi alma permanecerá intocable.

Hasta ahora no sabía que pudiera creer en eso. La idea me hace sentir valiente por un instante. Intento no pensar en Tucker ni en Jeffrey ni en toda la gente que nunca volveré a ver si este tipo me mata. Lucho por ponerme derecha y mirarlo a los ojos.

—¿Quién eres? —lo interrogo.

Levanta una ceja.

—Eres una pequeña corajuda —responde acercándose un paso. Cuando se mueve, el aire se empaña a su alrededor, y el efecto cesa cuando se detiene. Cuanto más lo miro, menos humano me parece, como si el cuerpo que tengo delante sólo fuera un traje que se ha puesto esta mañana y hubiera otra criatura debajo, latiendo de pena y furia, con ganas de liberarse. Se acerca otro paso.

Retrocedo. Suelta una risita sorda, una risa entre dientes, pero el miedo que me provoca el sonido me sacude de la cabeza a los pies.

—Soy Sam —dice. Tiene un ligero acento, pero no puedo identificarlo. Habla con una vocecilla cantarina, suave, con la que procura tranquilizarme.

Creo que es un nombre sumamente ridículo para esta criatura, que irradia un poder oscuro y frío, en ondas que son una especie de antigloria. Casi me echo a reír. No sé si es el dolor terrible en mi hombro o el peso de su carga emocional, pero me siento como si estuviera perdiendo todo el sentido de la realidad. Ya me estoy desmoronando y la tortura ni siquiera ha comenzado. Empiezo a perder la sensibilidad, como si mi cuerpo no pudiera aguantarlo y se estuviera desconectando parte por parte. Es un alivio enorme.

—¿Y tú quién eres? —pregunta intencionadamente.

—Clara.

—Clara —repite, como si paladease mi nombre y le gustara—. Lo encuentro apropiado. ¿A qué nivel perteneces?

Por una vez los esfuerzos de mi madre por mantenerme en la ignorancia merecen la pena. No tengo ni idea de lo que me pregunta. Supongo que parezco tan despistada como me siento.

—¿Quiénes son tus padres? —insiste.

Me muerdo el labio hasta saborear mi sangre. Siento una presión terrible en mi cabeza, como si él estuviera pinchándome el cerebro para obtener la información que requiere. Si lo averiguara sería letal para todos los que conozco. Tengo una imagen del rostro de mamá, y desesperadamente intento pensar en otra cosa. En cualquier cosa.

«Piensa en osos polares —me digo—. Los osos polares del Polo Norte. Los osos polares corriendo en la nieve detrás de su madre. Los osos polares bebiendo Coca-Cola.»

Me está mirando fijamente.

Los osos polares hurgando en el hielo para encontrar a las focas bebés. Los dientes largos y afilados de los osos polares. Osos polares de zarpas y hocicos rosados.

—Podría hacer que me lo digas —asegura el ángel—. Será más ameno si lo haces voluntariamente.

Osos polares muriéndose de hambre. Osos polares nadando y nadando, en busca de una tierra seca. Osos polares ahogándose, sus cuerpos flotando. Sus ojos vidriosos y muertos. Pobres osos polares.

Da otro paso lento y deliberado hacia mí. Lo observo con impotencia. Mi cuerpo no obedece a la orden urgente de huir.

—¿Quiénes son tus padres? —pregunta pacientemente.

Me he quedado sin osos polares. La presión en mi cabeza se hace más intensa. Cierro los ojos.

—Mi padre es humano. Mi madre es Dimidius —digo rápidamente, esperando que eso le satisfaga.

La presión cede. Abro los ojos.

—Eres fuerte para tener una sangre tan débil —dice.

Me encojo de hombros. Sólo me alivia que no siga intentando apropiarse de mi mente. Aunque algo me dice que volveré a intentarlo. Conseguirá los nombres. Las direcciones. Todo. Ojalá hubiera alguna manera de avisar a mamá.

Entonces me acuerdo de mi móvil.

—Sí, no valgo gran cosa. ¿Por qué no dejas que me vaya? —Mientras hablo meto la mano en el bolsillo de la chaqueta. Suerte que llevo el móvil en el bolsillo izquierdo, porque no parece que pueda mover el brazo derecho. Tanteo la tecla número dos y la pulso, encogiéndome por dentro al escuchar el brevísimo pitido. Ya está llamando. Rezo para que el Alas Negras no lo escuche. Aprieto el altavoz con la mano.

—Sólo quiero hablar contigo —dice amablemente. Habla como mi madre, por momentos parece una persona normal y contemporánea, y a ratos, alguien de otra época, como si hubiera salido de una novela victoriana.

—¿Hola? —contesta mi madre.

—No temas —dice él. Se acerca más—. No es mi deseo hacerte daño.

—¿Clara? —dice mi madre a lo lejos—. ¿Eres tú?

Tengo que hacerle llegar el mensaje. «No vengas a salvarme.» Porque no hay manera de que ella pueda enfrentarse a un ángel y ganar. «Sálvate tú.»

—Yo sólo quiero irme de aquí —digo tan alto y claro como puedo sin despertar las sospechas del ángel—. Vete y no vuelvas nunca.

Avanza otro paso y de repente estoy dentro del radio de su gloria oscura. Se me pasa el adormecimiento. Siento lo más duro de su tristeza, un dolor crudo y profundo que se me enquista en el pecho.

¿Qué era eso que decía mamá? ¿Que los ángeles estaban hechos para complacer a Dios y cuando se ponían en su contra sentían un dolor físico y emocional?

Este hombre sí que duele. Sus intenciones no pueden ser buenas.

—Tienes el hombro dislocado —dice—. No lo muevas.

Sus dedos fríos y duros me cogen por la muñeca antes de que me dé cuenta y se oye un ruido seco y grito y no paro de gritar hasta que me quedo sin voz. Un muro gris se expande ante mis ojos. Los brazos del ángel me rodean. Me recibe en su pecho cuando me desplomo.

—Ya está, ya pasó —dice alisándome el pelo.

Dejo que el gris lo ocupe todo.

Cuando recupero la conciencia, lentamente me doy cuenta de dos cosas. Primero, el dolor del brazo casi ha desaparecido. Y segundo, estoy abrazada a un Alas Negras. Tengo el rostro apoyado en su pecho. Su cuerpo parece inmóvil y rígido como el de una estatua. Y me está acariciando, sintiendo mi piel, una mano deslizándose por mi nuca, la otra descansando en el hueco de la espalda. Por debajo de mi camiseta. Tiene los dedos fríos de un cadáver. Me pone la carne de gallina.

Lo peor es que puedo percibir sus pensamientos como si nadara en la piscina helada de su conciencia. Siento su interés creciente en mí. Piensa que soy una niña hermosa, una pena lo de mi sangre diluida. Le recuerdo a alguien. Mi olor le resulta agradable, a champú de lavanda y sangre con una pizca de nube. Y diosa. Puede oler a una diosa en mí, y la desea. Me desea. Me hará suya. Una vez más, piensa, la ira irrumpiendo en la lujuria. Qué simple es.

Me pongo tiesa en sus brazos.

—No temas —vuelve a decir.

—No. —Apoyo una mano en el muro de ladrillos que es su pecho y lo empujo con todas mis fuerzas. Ni siquiera consigo que se mueva.

En cambio me hace descender hasta el suelo rocoso.

Lo golpeo inútilmente con los puños. Grito. La mente se me acelera. Me mearé sobre él. Vómitos, mordeduras, arañazos. Perderé, pero si él me deja marcas yo también se las dejaré, en caso que eso sea posible.

—No vale la pena, pajarito.

Me recorre el cuello con sus labios. Percibo sus pensamientos. Está completamente solo. Está aislado. Ya no puede volver atrás.

Le grito en el oído. Suspira con pesar y me tapa la boca con una mano, mientras que con la otra me agarra las muñecas y me coloca las manos sobre mi cabeza, sujetándome. Sus dedos son como un metal frío que penetra mi carne.

Sabe a cenizas.

Mis valientes pensamientos acerca del cielo se desvanecen ante la realidad de aquel instante.

—Basta ya —me ordena.

El Alas Negras quita su mano de mi boca. Luego se pone de pie con un movimiento rápido y me levanta en sus brazos como si fuera una muñeca de trapo. Hay alguien allí. Una mujer de pelo largo y rojizo.

Mi madre.

—Hola, Meg —la saluda él, como si hubieran quedado para tomar el té.

Ella está de pie bajo los árboles, a unos tres metros de distancia, los pies separados según el ancho de los hombros, como preparándose para el impacto. La fiereza de su expresión la hace parecer otra persona. Nunca le he visto esos ojos, azulados como la parte más caliente del fuego, clavados en el rostro del Alas Negras.

—Me preguntaba qué había sido de ti —dice él. De repente parece más joven. Hasta juvenil—. Creo que te he visto hace no mucho. En un centro comercial, concretamente.

—Hola, Samjeeza —lo saluda ella.

—Supongo que ésta es tuya.

Me mira. Todavía puedo sentirlo en mi mente. Su deseo por mí se ha desvanecido desde el momento en que ha visto a mamá. La encuentra realmente preciosa. Ahora se da cuenta de que le recuerdo a ella. Su espíritu dulce. Su valor. Igualita a su padre.

—Me sorprendes, Meg —dice en un tono cordial—. Nunca te habría imaginado como madre. Y menos aún a estas alturas.

—Suéltala ahora mismo, Sam —dice ella con tono de cansancio, como si le estuviera haciendo perder la paciencia.

Sus dedos me aprietan.

—No seas irrespetuosa.

—Ella sólo tiene una cuarta parte, no pierdas tu tiempo. Es casi humana.

Mi madre me observa un instante parpadeando. Tiene un plan.

—No —replica él inflexible—. La deseo. A menos que tú quieras ocupar su lugar.

—Vete al infierno —le espeta mamá.

La ira de Sam se cierne sobre mí como un hongo nuclear, aunque su rostro permanece inmutable.

—De acuerdo —responde.

Murmura algo en angélico, una palabra que no entiendo, y de repente el aire a nuestro alrededor reluce y se agrieta. Se oyen chillidos, y el ruido de algo que se raja. La tierra se sacude un poco, como cuando alguien deja caer algo pesado al suelo. Y entonces el mundo tal como lo conozco pierde su color y se vuelve gris.

Es como el bosque en el que estábamos pero reducido a un terreno yermo y desolado. El paisaje es el mismo que abandonamos, la ladera de la montaña con sus árboles, pero ahora los árboles no tienen hojas ni agujas. Están desnudos, los troncos descoloridos sobre el fondo de un cielo granulado que retumba. No hay colores ni olores, no se oye nada salvo algún que otro trueno. No hay aves. La luz se extingue como cuando se oculta el sol, y unos nubarrones negros se expanden sobre lo que antes era un cielo totalmente despejado.

Siempre había imaginado el infierno como un lugar de fuego y lagos de azufre, de demonios con cuernos y ojos al rojo vivo que torturaban a las almas de los condenados. Pero aquí hace tanto frío que puedo ver mi aliento en el aire. Y una neblina viscosa me cala hasta los huesos. Estoy tiritando como una posesa.

El brillo de mamá resalta sobre todo lo demás, como si su contraste hubiera aumentado pese al blanco y negro. Su piel es de un blanco radiante. Su cabello, de un negro como la noche.

El Alas Negras ya no me aprieta como antes. Los dos sabemos que ahora no puedo escapar. Parece más relajado. En el infierno él es más alto, más corpulento, más de carne y hueso, si cabe. Más poderoso. Sus ojos brillan. Los cierra por un instante, respira hondo como si disfrutara del aire, y entonces despliega sus alas. Son enormes, mucho más grandes que las de mamá o las mías. Un agujero oscuro, de un negro aceitoso y expansivo, se abre a sus espaldas absorbiendo la luz de todas las cosas.

Sonríe, una sonrisa triste. Está orgulloso de sí mismo. El

cambio de escenario desde donde estábamos hacia el infierno no está al alcance de cualquiera. Quiere impresionar a mi madre.

—Eres más tonto de lo que pensaba —le suelta mi madre. No parece impresionada—. No puedes retenernos aquí.

Ésa es una buena noticia.

—Te olvidas de quién soy, Margaret. —No se inmuta ante la réplica de mamá, más bien le encanta. Se muestra muy paciente. Está orgulloso de su paciencia. Sabe que ella tiene miedo. Está esperando a ver una grieta en su calma.

—No —responde mi madre con serenidad—. Tú te olvidas de quién soy yo, Mirón.

Percibo en él una punzada de miedo, inmediata y penetrante. No es mi madre quien le espanta, sino alguien más. Son dos. Puedo advertir vagamente su presencia, a la distancia. Dos hombres con alas blancas como la nieve. Uno de cabello rojo reluciente y centelleantes ojos azules. El otro rubio, de piel dorada y mirada torva, aunque no alcanzo a ver su rostro de cerca.

Pero sostiene una espada de fuego.

—¿Quiénes son? —susurro sin poder evitarlo.

Sam me mira, frunciendo el entrecejo.

—¿Qué has dicho?

Vuelve a poner a prueba mi mente, una presión momentánea, y de pronto es como si una puerta se cerrara entre mis pensamientos y los suyos. Me quita las manos de encima como si le quemara. En el instante que deja de tocarme sus pensamientos desaparecen. La ira y la tristeza se reducen. Me siento como si hubiera recuperado el movimiento. Como si pudiera respirar. Y echar a correr.

No me lo pienso. Le doy un pisotón en el empeine (no es que eso le haga algún daño) y salgo como una flecha hacia donde está mi madre. Ella me tiende una mano y me esconde detrás de ella, sujetándome fuerte, sin soltar mi mano.

El Alas Negras suelta un bramido que me pone los pelos de punta. No hay duda sobre lo que expresa su mirada. Nos destruirá.

Extiende las alas. Las nubes crepitan sobre nosotras. Mamá me aprieta la mano.

«Cierra los ojos», me ordena sin abrir la boca. No sé qué me asusta más, que pueda hablarme telepáticamente o que espere que cierre los ojos en un momento como éste. No espera que le obedezca. Una luz estalla a nuestro alrededor. Donde sea que haya caído el rayo deja una huella de color y calor.

La gloria.

El Alas Negras retrocede enseguida, tapándose los ojos. El rostro se le desfigura de dolor. Por una vez su expresión refleja sus verdaderos sentimientos, como si estuviera siendo devorado por dentro.

«No lo mires, cierra los ojos», me vuelve a ordenar mi madre.

Cierro los ojos.

«Buena chica —me dice la voz de mamá en mi cabeza—. Ahora saca las alas.»

«No puedo. Una de ellas se ha roto.»

«No importa.»

Invoco mis alas. Siento un dolor tan agudo que gimo y estoy a punto de abrir los ojos, pero sólo dura un segundo. Un calor recorre mis alas, extendiéndose por el músculo, el nervio, el hueso, y luego, como sucedió con la herida en la palma de mi mano, el dolor desaparece. No sólo en mis alas. Los arañazos en mi cara y mis brazos, los cardenales, el dolor en mi hombro. Todo desaparece. Estoy completamente curada. Sigo aterrada, pero curada. Y ya no siento frío.

«¿Todavía estamos en el infierno?»

«Sí. No puedo hacer que regresemos a la tierra. No tengo tantos poderes. Necesito tu ayuda.»

«¿Qué tengo que hacer?»

«Piensa en la tierra. Piensa en los bosques y en todo lo que crece. Las flores, los árboles. La hierba debajo de tus pies. Piensa en todas las cosas que te gustan.»

Pienso en el álamo que veo desde la ventana de mi casa, sacudido por la brisa, susurrante, un millar de hojitas, hojas traslúcidas que se mueven juntas como si bailaran. Me acuerdo de papá. Lo veo recortando para mí las viejas tarjetas de crédito con forma de maquinillas de afeitar y nos veo a los dos los domingos por la mañana afeitándonos, yo que lo imitaba pasándome el plástico por la cara, buscando sus cálidos ojos grises en el espejo empañado. Pienso en nuestra casa de ahora y en el olor a cedro y pino que sientes nada más entrar. La infame tarta para el café que prepara mamá. El azúcar moreno derritiéndose en mi lengua. Y Tucker. Tan cerca de él que respiramos el mismo aire. Tucker.

El suelo tiembla, pero mamá se apresura a sujetarme.

«Perfecto. Ahora abre los ojos —dice—. Pero no me sueltes la mano.»

Parpadeo bajo una luz radiante. Estamos otra vez en la tierra, en el mismo sitio de antes, la gloria nos rodea como un campo de fuerza celestial. Sonrío. Es como si nos hubiésemos ausentado durante horas, aunque sé que han sido sólo unos minutos. Es tan bonito ver los colores... Como si me despertara de una pesadilla y todo volviera a ser como debería ser.

—No creáis que habéis ganado —dice esa voz gélida e inconfundible.

Se me borra la sonrisa. Sam sigue allí, apartado, fuera del alcance de la gloria, observándonos con su mirada fría y serena.

—No podréis hacer que eso dure para siempre —dice.

—Haremos que dure lo suficiente —responde mamá.

La réplica lo pone nervioso. Lanza una fugaz mirada al cielo.

—Ni siquiera tengo que tocaros. —Extiende la mano hacia nosotras, la palma hacia arriba.

«Prepárate para volar», me indica mamá.

De la mano del Alas Negras se eleva un humo. Y luego una llama. Mira a mamá fijamente. Ella me aprieta aún más mientras él da vuelta a la mano y el fuego cae de la punta de sus dedos y toca el suelo. La maleza seca se prende al instante, y el fuego se desplaza desde los arbustos hasta el tronco del árbol más próximo. Sam permanece en medio del fuego completamente a salvo mientras grandes columnas de humo se elevan a su alrededor. Sé que no correremos la misma suerte. Avanza atravesando el reciente muro de humo y mira a mi madre.

—Siempre pensé que eras la más hermosa de las nefilim —dice.

—Tiene gracia, porque yo siempre pensé que eras el más feo de los ángeles.

Una buena respuesta. Tengo que admitirlo.

Pero sospecho que los Alas Negras no tienen sentido del humor.

Ninguna de las dos espera la llamarada que sale disparada de su mano. El fuego alcanza a mamá en el pecho y enseguida se le prende el pelo. La radiación de la gloria que nos protege empieza a parpadear. En cuanto la gloria se apaga, tenemos al ángel encima, cogiendo a mamá por el cuello. La levanta en el aire. Sus piernas patalean de impotencia. Sus alas se agitan. Intento que ella me suelte la mano para poder atacarlo pero no lo hace. Chillo y lo golpeo con mi mano libre, tirando de su brazo, pero no sirve de nada.

—Se acabaron los pensamientos bonitos —dice. La mira a los ojos con tristeza. La pena vuelve a invadirme. Le dolerá matarla. Veo a mamá a través de sus ojos, la recuerda con el pelo castaño corto, fumando un cigarrillo, sonriéndole. Ha vivido con esta imagen de ella en su mente durante casi cien años. Él realmente cree que la ama. La ama, pero va a estrangularla.

Los labios de mamá se vuelven azules. Yo grito cada vez más.

«¡Cállate!», me dice su voz, muy severa, sorprendentemente fuerte para venir de alguien que parece estar muriendo delante de mí. Los gritos se apagan en mi garganta. Me pitan los oídos con el eco. Me trago mi dolor.

«Mamá, te quiero.»

«Quiero que pienses en Tucker.»

«Mamá, lo siento mucho.»

«¡Ahora! —insiste. Sus pataleos se vuelven débiles, sus alas caen sobre su espalda—. Cierra los ojos y piensa en Tucker. ¡Ahora!»

Cierro los ojos y trato de concentrarme en Tucker, pero sólo consigo pensar en la mano de mi madre que me aprieta cada vez con menos fuerza y en que nadie vendrá a salvarnos.

«Piensa en un recuerdo bonito —susurra mi madre—. Un momento en el que te hayas enamorado de él.»

Y como si nada, me viene un recuerdo a la mente.

«"Un pescador le enseña todo el brazo a otro y le dice: 'Ayer pesqué un pez así.' ¿Sabes lo que le responde el otro?", me pregunta Tucker. Estamos sentados en la orilla de un río y él está atando el señuelo a mi caña de pescar. Lleva un sombrero de cowboy y una camisa roja de franela tipo leñador encima de una camiseta gris. Está muy guapo.

»"¿Qué?" —digo yo, con ganas de reírme sin haber escuchado siquiera el final del chiste.

»Él sonríe. Es de una hermosura increíble. Y es mío. Me ama y yo lo amo, y qué extraño y hermoso es todo.

»"No mientas, no existen peces tan peludos."»

Recordando aquello me echo a reír a carcajadas. Dejo que me invada la felicidad de aquel momento. La misma que sentí aquella noche en el establo, besándolo, estrechándolo contra mí, fusionándome con él y con todos los seres vivos de la tierra.

De pronto comprendo qué es lo que quiere mi madre. Necesita que haga reaparecer la gloria. Tengo que despojarme de todo salvo de mi parte esencial, esa que está conectada con todo lo que me rodea, esa parte que alimenta mi amor. Ésa es la clave, me doy cuenta, la parte ausente de la gloria. La razón por la que me iluminé aquella noche cuando estaba con Tucker en el establo. No hay nada más, sólo amor. Amor. Amor.

«Bien —dice mamá—. Eso es.»

Abro los ojos y me toma un instante acostumbrarme a la luz intensa, que ahora emana de mí. Con todo su resplandor. Estoy encendida como una antorcha, la llama que ondea y brilla como una bengala del Cuatro de Julio.

El Alas Negras da un respingo. Todavía estoy aferrada a su brazo, y allí donde lo toco su piel se desintegra, como si escarbara en esa parte de su cuerpo que es falsa, en ese traje humano que lleva, y apresara a la criatura que hay debajo. El fuego arde en la punta de mis dedos.

—No —susurra sin dar crédito.

Suelta a mi madre y ella cae de bruces al suelo. Dejo su mano y agarro al ángel de la oreja, pillándolo por sorpresa. Retrocede, pero no me cuesta nada retenerlo. Ha perdido sus fuerzas. Le tiro fuerte de la oreja. Aúlla de dolor. Su cuerpo despide un humo brumoso como el del hielo seco. Se está evaporando.

Entonces me quedo con su oreja en la mano.

Estoy tan espantada que casi pierdo el resplandor de la gloria. Dejo caer la oreja grasosa, que estalla en partículas diminutas al tocar el suelo. Voy otra vez a por el ángel, pensando ahora en cogerlo por el cuello, pero se me escabulle. La piel del brazo por donde lo tengo agarrado también se disuelve, como cenizas en el aire. No. Como polvo. Como polvo esparcido por el viento.

—Déjame —dice.

—Vete al infierno. —Lo empujo lejos de nosotras. Se trastabilla.

Hay una onda en el aire, luego una ráfaga de viento frío, y desaparece.

Mamá tose. Me pongo de rodillas y lentamente le doy la vuelta. Abre los ojos y me mira, abre la boca pero no emite ningún sonido.

—Oh, mamá. —Respiro ahogada al ver los cardenales de su cuello. También puedo ver las huellas del ángel. El resplandor empieza a extinguirse.

Me ofrece la mano y se la cojo.

«No dejes todavía que se apague —susurra en mi mente—. Aférrate a mí.»

Me inclino, bañándola con mi luz. Observo cómo las heridas en su cabeza y su cuello se van borrando hasta desaparecer. El cabello que se había prendido fuego vuelve a crecer. Respira como un nadador saliendo a la superficie.

—¡Oh, gracias a Dios! —Se me afloja el cuerpo, de alivio.

Ella se incorpora. Mira fijamente algo por encima de mi hombro.

—Tenemos que irnos de aquí —dice.

Me vuelvo. El fuego que ha iniciado el Alas Negras se ha convertido en un auténtico incendio forestal, descontrolado e imparable, que devora todo a su paso, y que lo hará con nosotras si nos quedamos aquí mucho tiempo más.

Miro a mamá. Se pone de pie lentamente, moviéndose con

un cuidado que me recuerda a una persona mayor que se levanta de una silla de ruedas.

—¿Estás bien?

—Me siento débil. Pero puedo volar. Vámonos.

Nos elevamos juntas, tomadas de la mano. Una vez que ya hemos ascendido bastante puedo apreciar la dimensión del incendio. El viento arremete y el fuego súbitamente crece el doble que hace un instante, un muro de llamas que avanza continuamente hacia la montaña del Death Canyon.

Conozco este fuego. Lo reconocería en cualquier parte.

—Vamos —dice mamá.

Vamos en dirección a casa. Mientras volamos intento hacerme a la idea de que éste es el fuego de mi visión, y de que ahora, después de todo lo ocurrido, tengo que ir a salvar a Christian. Es curioso que en la visión nunca apareciera un Alas Negras. O el infierno. O un montón de cosas que me habrían sido muy útiles.

—Un momento, cariño —dice mamá—. No puedo seguir.

Descendemos sobre la orilla de un lago pequeño.

Mamá se sienta sobre un tronco. Está agitada por haber volado tan lejos, tan rápido. Está pálida. ¿Y si el Alas Negras le ha causado alguna herida que la gloria no puede curar? ¿Y si se está muriendo?

Recuerdo que llevo el móvil conmigo. Lo saco del bolsillo y marco el 911.

—No —dice mamá—. Me pondré bien. Sólo necesito descansar. Tú deberías ir hacia el camino de Fox Creek.

—Pero estás herida.

—Ya te he dicho que me pondré bien. Ve.

—Primero te llevaré a casa.

—No hay tiempo para eso. —Me aparta de un empujón—. Ya hemos perdido demasiado tiempo. Ve a por Christian.

—Mamá...

—Ve a por Christian —repite—. Ahora.

21

El humo en tus ojos

Voy directo hacia el camino de Fox Creek. Estoy agotada por todo lo que ha sucedido, pero puedo volar y mis alas parecen conocer el camino. Desciendo en la carretera, en el lugar donde normalmente empieza mi visión.

Miro alrededor. No veo la Avalancha plateada aparcada por ningún lado. No hay un cielo anaranjado ni hay incendio. Todo parece completamente normal. Incluso tranquilo. Los pájaros cantan, las hojas de los álamos susurran y todo parece estar en armonía con el mundo.

He llegado pronto.

Sé que el fuego está al otro lado de la montaña, avanzando hacia este lugar. Vendrá hasta aquí. Todo lo que tengo que hacer es esperar.

Salgo de la carretera, me siento con la espalda apoyada en un árbol y trato de concentrarme. Imposible. ¿Por qué Christian iba a estar aquí?, me pregunto. ¿Qué podría traerlo hasta Fox Creek? Me cuesta imaginármelo con botas de goma, lanzando su caña de pescar adelante y atrás sobre el río. No parece probable.

Nada de esto parece probable, pienso. En mi visión no estoy sentada esperando a que él aparezca. Él llega aquí primero. Yo llego cuando la camioneta ya está aparcada, y subo por el bosque, y él ya está allí arriba. Está contemplando el fuego que se aproxima.

Miro mi reloj. Las agujas no se mueven. Se han detenido en

las once y cuarenta y dos. Salí de casa más o menos a las nueve de la mañana, probablemente tuve el gran accidente hacia las diez y media, y a las once y cuarenta y dos...

A las once y cuarenta y dos estaba en el infierno. Y ahora no tengo ni idea de qué hora es.

Debería haberme quedado con mamá. Tenía tiempo. Podría haberla llevado a casa o a un hospital. ¿Por qué insistió en que la dejara? ¿Por qué quería estar sola? Se me para el corazón de sólo pensar que podría tener una herida mucho peor de lo que estaba dispuesta a revelarme y sabía que no podía ocultarla mucho tiempo más, así que hizo que me marchara. Me la imagino tendida en la orilla del lago, con el agua lamiendo sus pies, muriéndose. Muriéndose completamente sola.

No, me regaño. Si empiezas a llorar ahora no podrás parar. Todavía tienes trabajo por delante.

Todos estos meses teniendo la visión una y otra vez, todos estos meses tratando de interpretarla, y ahora finalmente ha llegado el momento y todavía no sé qué hacer, o por qué lo haré. No puedo evitar pensar que ya he hecho algo mal. Que de haber ido a aquella cita con Christian, tal vez habría ocurrido algo importante para conducirlo hasta aquí. Tal vez ya he fracasado.

Es desalentador pensarlo. Apoyo la cabeza en el tronco del árbol cuando suena mi móvil. La llamada es de un número que desconozco.

—¿Hola?

—¿Clara? —dice una voz familiar y preocupada.

—¿Wendy?

Trato de reponerme. Me seco los restos de lágrimas de mi rostro. Es realmente extraño tener una conversación normal de buenas a primeras.

—¿Estás en casa?

—No —dice ella—. Regreso el viernes. Pero te llamo por Tucker. ¿Está contigo?

Una flecha de dolor me atraviesa. Tucker.

—No —digo incómoda—. Hemos roto. Hace una semana que no le veo.

—Eso me ha dicho mi madre —dice Wendy—. Supongo que tenía la esperanza de que os hubierais reconciliado o algo, y de que él estuviera contigo ya que hoy tiene el día libre.

Miro alrededor. El aire se vuelve denso. Puedo percibir el olor a humo. El fuego se acerca.

—Mi madre me llamó cuando vio las noticias. Mis padres están en Cheyenne en una subasta y no saben dónde puede estar.

—¿Qué noticias?

—¿No te has enterado de los incendios?

Así que las noticias hablan de los incendios. Claro.

—¿Qué dicen? ¿Es grande?

—¿Qué? —pregunta confundida—. ¿Qué cosa?

—¿Qué?

—Hay dos incendios. Uno pequeño, que avanza hacia el Death Canyon. Y otro en Idaho, cerca de Palisades.

Me invade el pavor.

—Dos incendios —repito perpleja.

—Llamé a casa pero Tucker no estaba allí. Supongo que habrá ido de excursión. Le gusta ir a pescar al final del Death Canyon. Y también a Palisades. Esperaba que estuviera contigo y por eso te he llamado.

—Lo siento.

—Tengo un mal presentimiento. —Parece a punto de llorar.

Yo también tengo un mal presentimiento. Uno malo, muy malo.

—¿Estás segura de que no está en casa?

—Podría estar en el establo —dice—. Allí no hay cobertura. Le he enviado un millón de mensajes. ¿Puedes ir a mirar?

Ahora no tengo elección. No puedo irme de aquí, no con el fuego tan cerca, no sin saber cuánto tardará en llegar.

—No puedo —digo con impotencia—. Ahora no.

Hay un minuto de silencio.

—De verdad que lo siento, Wendy. Trataré de encontrarle lo antes posible, ¿vale?

—Vale —dice—. Gracias.

Cuelga. Me quedo un rato mirando el móvil. La mente se

me acelera. Sólo para asegurarme llamo a la casa de Tucker y agonizo mientras el teléfono suena y suena. Cuando atiende el contestador cuelgo.

¿Cuánto tardaría en ir volando hasta el Lazy Dog? ¿Diez minutos? ¿Quince? ¿No está lejos? Empiezo a andar. Mi instinto me dice que algo va mal. Tucker está perdido. Está en apuros. Y yo estoy aquí esperando a que pase quién sabe qué.

Iré. Volaré tan rápido como pueda, y luego regresaré.

Invoco mis alas y permanezco un minuto de pie en el medio de Fox Creek, intentando decidirme.

«Nadie dijo que no habría sacrificios. En este momento, éste es tu lugar.»

No puedo pensar. Ya estoy en el aire y me dirijo a la casa de Tucker tan rápido como puedo.

«Está todo controlado —me digo—, tienes tiempo. Ve a buscarlo y regresa.»

Me mando callar y me concentro en volar rápido, tratando de no pensar en qué significa todo esto, Tucker y Christian y la decisión que estoy tomando.

Sólo tardo unos minutos en llegar al Lazy Dog. Antes de aterrizar empiezo a llamar a Tucker a gritos. Su camioneta no está en la entrada. Me fijo en el sitio donde siempre la aparca y veo la mancha de aceite en la tierra, la hierba y las florecillas aplastadas. Se me cae el alma a los pies.

No está.

Voy corriendo hasta el establo. Todo parece normal, las tareas hechas, el establo limpio, los arreos colgados en la estaca. Pero *Midas* tampoco está. El caballo de Tucker no está, y tampoco la brida que recibió para su cumpleaños ni la montura que utiliza habitualmente. Fuera noto que tampoco está el remolque del caballo.

Se ha ido. Con el caballo. Lejos del alcance de los teléfonos, las radios y las noticias.

El cielo se está poniendo anaranjado. El fuego se acerca. Tengo que regresar a Fox Creek. Sé que ha llegado el momento de la verdad. Quería venir hasta aquí para ver si estaba Tucker, pero eso es todo. Cuando regrese a Fox Creek, la camioneta plateada ya estará allí. Christian me estará esperando. Lo salvaré.

De pronto tengo la visión. Estoy a un costado del camino mirando la Avalancha de Christian, a punto de ir a por él. Aprieto los puños, tan fuerte que me clavo las uñas en las palmas, porque lo sé. Tucker está atrapado. Puedo verlo claramente, inclinado sobre el pescuezo de *Midas*, mirando alrededor en busca de una salida del infierno que lo rodea, buscándome a mí. Susurra mi nombre. Luego traga saliva y agacha la cabeza. Acaricia suavemente el pescuezo del caballo. Veo su rostro al aceptar su propia muerte. En pocos segundos el fuego lo alcanza. Y yo estoy a kilómetros de distancia, dando mi primer paso en busca de Christian. Estoy muy lejos.

Ahora lo entiendo. La tristeza que siento en la visión no es la tristeza del Alas Negras. Es mi propia tristeza. Me duele tanto que es como si alguien me hubiera golpeado en el pecho con un bate de béisbol. Los ojos se me llenan de lágrimas calientes y amargas.

Tucker va a morir.

Y éste es mi examen.

Regreso a Lazy Dog llorando. Levanto la vista al cielo, donde las nubes se acumulan en el este, un pequeño infierno que se derrama sobre la tierra.

«Clara... tú no eres normal.»

—Esto no es justo —susurro furiosa—. Se supone que me amas.

«Un pescador le enseña todo el brazo a otro y le dice: "Ayer pesqué un pez así." ¿Sabes lo que le responde el otro?

»¿Qué?

»"No mientas, no existen peces tan peludos."»

Lo amo. Me pertenece y le pertenezco. Hoy me salvó la vida. Amarle me salvó la vida. No puedo dejarlo morir.

No lo haré.

Maldita sea, Tucker. Me lanzo a volar en dirección a Idaho. Mi instinto me dice que estará en Palisades, en sus tierras. Al menos es un punto de partida.

Estoy volando directo a Palisades cuando diviso el segundo incendio.

Es enorme. Ha arrasado con todo hasta la orilla del lago y ahora se dirige hacia la ladera de la montaña. No se expande sobre el suelo del bosque sino más bien hacia arriba, entre los árboles. Las llamas se elevan por lo menos hasta trescientos metros de altura, agitándose, rugiendo, desgarrando el cielo. Es realmente un infierno.

No pienso. Me dirijo hacia el fuego. Las tierras de Tucker están ocultas entre esos árboles. El fuego de algún modo genera su propio viento, una ráfaga fuerte y constante contra la que debo luchar para continuar en la dirección correcta. Hay tanto humo que me cuesta mantener el rumbo. Desciendo un poco, tratando de volar por debajo del humo para ver el camino. No puedo ver mucho. Sólo vuelo, y espero que mi instinto angelical me guíe.

—¡Tucker! —grito.

Una de mis alas se engancha con una rama y pierdo la estabilidad y empiezo a caer dando vueltas. Corrijo mi posición en el aire justo a tiempo, dando tumbos sobre el suelo del bosque, pero consigo finalmente ponerme de pie. Estoy cerca, pienso. He estado en las tierras de Tucker varias veces este verano y reconozco las montañas. El humo se despeja por un instante y puedo ver el camino que sube haciendo eses. Es difícil intentar volar, hay demasiados obstáculos, así que echo a correr a toda velocidad siguiendo el camino montaña arriba.

—¡Tucker!

«Tal vez no está aquí —pienso. Mis pulmones se llenan de humo y empiezo a toser. Me lloran los ojos—. Tal vez te has equivocado. Tal vez has venido hasta aquí y él está en Bubba's cenando temprano.»

Es la primera duda real que me asalta, pero enseguida la descarto. Tiene que estar cerca, sólo que no puede oírme. No sé cómo, pero sé que lo encontraré por aquí, y cuando el camino gira y llego al claro que está en el límite de sus tierras no me sorprende ver allí su camioneta aparcada con el remolque enganchado.

—¡Tucker! —grito con voz ronca—. Tucker, ¿dónde estás?

No hay respuesta. Miro alrededor con desesperación, buscando una pista que me indique por dónde se ha ido. De la orilla del claro sale un camino, muy borroso, pero es un camino. Alcanzo a ver las huellas de los cascos sobre el polvo.

Lanzo una mirada montaña abajo. El fuego ya ha devorado el camino que sube desde el pie del monte. Lo oigo acercarse, las ramas que crujen mientras arden, un rugido estruendoso. Los animales que corren delante de las llamas, conejos, ardillas y serpientes, todos huyendo. El humo que viene hacia mí al ras del suelo como una alfombra que se desenrolla.

Tengo que encontrarlo. Ahora.

Ahora que estoy por delante del fuego tengo una mejor visibilidad, aunque no es gran cosa. Hay mucho humo. Sobrevuelo el camino gritando su nombre y buscándolo entre los árboles.

—¡Tuck! —grito una y otra vez.

—¡Clara!

Finalmente lo veo, cabalgando hacia mí tan rápido como *Midas* puede hacerlo sobre un terreno tan escarpado. Desciendo al mismo tiempo que él se apea del caballo. Corremos para encontrarnos atravesando el humo. Él se tropieza pero sigue corriendo. Y luego estamos el uno en los brazos del otro. Tucker me achucha con alas y todo, su boca pegada a mi oreja.

—Te amo —dice sin aliento—. Pensaba que nunca iba a poder decírtelo. —Se vuelve y empieza a toser sin parar.

—Tenemos que irnos —digo llevándomelo.

—Lo sé. El fuego está bloqueando la salida. Intenté encontrar un camino por la cima pero *Midas* no puede subir.

—Tendremos que volar.

Me mira fijamente, sin comprender.

—Espera —dice—. ¿Y *Midas*?

—Tucker, tenemos que dejarlo.

—No. No puedo.

—Tienes que hacerlo. Tenemos que irnos, Tucker. Ahora.

—No puedo dejar a mi caballo. —Sé lo que esto significa para él. Es lo que más aprecia en el mundo. Todos los rodeos, las carreras, los momentos en que este animal fue su mejor amigo. Pero no hay elección.

—Si nos quedamos moriremos todos aquí —le digo mirándolo a los ojos—. No puedo llevarlo. Pero puedo llevarte a ti.

Tucker se da la vuelta y corre hacia *Midas*. Por un momento creo que huirá e intentará salvarse con su caballo. Pero lo que hace es quitarle la brida y arrojarla a un costado del camino.

El viento cambia, como si la montaña respirase. Las llamas avanzan velozmente de rama en rama, y en cualquier momento los árboles que nos rodean se prenderán fuego.

—¡Tucker, vamos! —le grito.

—¡Vete! —le grita a *Midas*—. ¡Corre, sal de aquí!

Le da un manotazo al caballo en el anca, y éste responde con un relincho y sale galopando montaña arriba. Corro hacia Tucker y lo cojo fuerte por la cintura, por debajo de sus brazos.

«Por favor —rezo aunque sé que no tengo derecho a hacerlo—, dame fuerzas.»

Por un instante hago fuerza con cada músculo de mi cuerpo, con brazos, piernas y alas. Me elevo con todo lo que tengo. Y nos largamos de allí en un arranque de pura voluntad, sobrevolando los árboles, el humo, el suelo que cada vez se aleja más de nosotros. Él se agarra a mí con fuerza y esconde la cara en mi cuello. Se me hincha el corazón del amor que siento por él. Mi cuerpo se estremece con una energía desconocida. Cargo con Tucker sin esfuerzo, volando con más gracia de la que nunca he tenido en el aire. Es fácil. Es como dejarse llevar por el viento.

Tucker boquea. Por unos segundos vemos a *Midas* corriendo por la ladera de la montaña, y siento la pena de Tucker por perder a su precioso caballo. A medida que subimos vemos las llamas trepando sin cesar. No hay manera de saber si *Midas* lo conseguirá. Esto no tiene buena pinta. Las tierras de Tucker, el pequeño claro donde le enseñé mis alas por primera vez, ya se han quemado. La Bluebell está ardiendo, mientras despide gruesas columnas de humo negro.

Hago un viraje y me alejo de la montaña, desplazándome hacia un cielo abierto donde pueda volar sin obstáculos y el aire esté más limpio. Tres camiones de bomberos se dirigen a toda velocidad por la autopista hacia la zona del incendio, con las sirenas pitando estridentemente.

—¡Cuidado! —grita Tucker.

Un helicóptero que se dirige al incendio pasa a nuestro lado, tan cerca que sentimos la fuerza de la hélice cortando el aire. Vierte una cortina de lluvia sobre las llamas, y da la vuelta en círculo para regresar al lago.

Tucker tiembla en mis brazos. Lo sujeto con más fuerza y me dirijo al lugar más seguro que conozco.

Cuando aterrizamos en mi jardín trasero suelto a Tucker y los dos echamos a rodar por el césped. Tucker se queda tumbado de espaldas sobre la hierba, tapándose los ojos con las manos, y deja escapar un quejido. A mí me desborda un alivio tan inmenso que me echaría a reír. Todo lo que me importa en este momento es que él esté bien, que esté vivo.

—Tus alas —dice.

Miro por encima de mi hombro el reflejo en el cristal de una ventana de la casa. Veo a una chica que reluce de energía como las aceras relucen bajo el sol. De repente veo en ella parte de esa otra criatura, como la que había detrás del Alas Negras. Sus ojos ensombrecidos de tristeza. Sus alas, a medio plegar, se han vuelto muy oscuras. Se nota incluso en el reflejo borroso del cristal.

—¿Qué significa? —pregunta Tucker.

—Tengo que irme.

En ese preciso instante mamá llega en el coche.

—¿Qué pasó? —me pregunta—. He oído por la radio que el fuego atravesó Fox Creek. ¿Dónde está...?

Entonces ve a Tucker de rodillas en la hierba. Su sonrisa desaparece. Me mira con los ojos como platos.

—¿Dónde está Christian?

No puedo mirarla a los ojos. «El incendio ha sido en Fox Creek», dice mamá. Se acerca rápidamente a mí y me coge del ala, dándome la vuelta para poder echar un vistazo a las plumas oscuras.

—Clara, ¿qué has hecho?

—He salvado a Tucker. Iba a morir.

Ella parece tan frágil en este momento, tan exhausta, arruinada y abatida. No hay esperanza en sus ojos. Los cierra por un instante, y vuelve a abrirlos.

—Tienes que ir a por él ahora —dice—. Yo cuidaré de Tucker. ¡Vete!

Me da un beso en la frente como si se estuviera despidiendo de mí para siempre, y se dirige a casa.

La lluvia

Llego demasiado tarde, pero eso ya lo sabía.

El fuego ya ha pasado por aquí.

Aterrizo. El lugar donde habitualmente transcurre mi visión está todo quemado y negro. No queda nada vivo. Los árboles son postes ennegrecidos. La Avalancha platcada está aparcada a un costado del camino, humeando, reducida a carbón.

Subo corriendo la ladera hacia el sitio donde él siempre está en la visión. No está allí. El viento levanta las cenizas calientes y me las arroja en la cara. El bosque se parece a la dimensión del infierno, el mismo que conocí, pero quemado. Vacío de todo lo bello y lo bueno. Sin color, sonido o esperanza.

No está aquí.

El peso de todo esto recae sobre mí. Es mi designio, y no lo he cumplido. Todo este tiempo sólo he pensado en Tucker. Lo salvé porque no quería vivir en la tierra sin él. No quería vivir con ese dolor. Soy así de egoísta. Y ahora Christian no está. Se supone que es importante, eso dice mamá. Había un plan para él, algo más importante de lo que nos espera a Tucker y a mí, o lo que sea. Algo para lo que él estaba predestinado. Y ahora se ha ido.

—¡Christian! —grito desgañitándome, el eco de mi voz resonando en los troncos ennegrecidos.

No hay respuesta.

Durante un rato busco su cuerpo. Me pregunto si quedaría reducido a cenizas, si el fuego fue tan abrasador. Regreso a la camioneta. La llave de contacto está puesta. Ésa es la única pista que tengo de él. Camino por el bosque chamuscado, aturdida, buscándolo. Empieza a ponerse el sol, una bola roja ardiente que desciende por detrás de las montañas. Está oscureciendo.

Las nubes de tormenta que se han desplazado desde el este se abren y chorrean como grifos. En pocos minutos estoy calada hasta los huesos. Temblando. Sola.

No puedo regresar a casa. No creo que pueda soportar ver la decepción en el rostro de mamá. No creo que pueda vivir con esto. Camino, helada y húmeda, el cabello pegado a la cara y el cuello. Subo a la cima del monte y observo el fuego ardiendo en la distancia, las llamas lamiendo el cielo anaranjado. En cierto modo es hermoso. El resplandor. La danza del humo. Y allí está la tormenta, los nubarrones retumbantes, los relámpagos aquí y allá. La lluvia cae muy fría sobre mí, lavando mi rostro cubierto de hollín. El espectáculo de siempre, supongo. Belleza y muerte.

Algo se mueve entre los arbustos a mis espaldas. Me doy la vuelta.

Christian sale de entre los árboles.

El tiempo es un fenómeno extraño. A veces pasa muy lentamente. Como en la clase de francés, o cuando esperas para hincarle el diente a algún manjar. Y a veces corre deprisa, los días pasan zumbando. Recuerdo un momento en el primer curso de primaria. Yo estaba en el patio del recreo cerca del puente colgante y vi a unos chicos de tercero pasar corriendo. Me parecieron gigantes. Algún día, pensé en ese momento, de aquí a mucho, mucho tiempo, estaré en tercero. Eso fue hace más de diez años, pero es como si hubiera ocurrido hace diez minutos. Cómo pasa el tiempo. El tiempo vuela, ¿no es eso lo que dicen? Mi verano con Tucker. La primera vez que tuve la visión.

Y a veces el tiempo realmente se detiene.

Christian y yo nos miramos como si ambos estuviésemos

hechizados, como si bastara con que uno se moviera para que el otro desapareciera.

—Oh, Clara, gracias a Dios —susurra—. Pensé que estabas muerta.

—Tú pensaste que yo...

Alarga la mano para tocar un mechón de mi cabello. De repente me siento mareada. Exhausta. Terriblemente confundida. Me tambaleo. Él me sujeta por los hombros. Cierro los ojos con fuerza. Él es real. Y está vivo.

—Estás empapada —observa. Se quita la chaqueta de lana negra y me cubre los hombros.

—¿Por qué estás aquí? —susurro.

—Pensé que tenía que salvarte del fuego.

Lo miro tan fijamente que se sonroja.

—Lo siento —dice—. Ha sonado raro. Quería decir...

—Christian...

—Me alegro de que estés a salvo. Tendría que sacarte de aquí antes de que pilles un resfriado o algo.

—Espera —digo tirando con fuerza de su brazo—. Por favor.

—Sé que esto no tiene ningún sentido...

—Sí que lo tiene —insisto—, salvo eso de que tú tenías que salvarme a mí.

—¿Qué?

—Yo tenía que salvarte a ti.

—¿Qué? Ahora me he perdido —dice.

—A menos que... —Retrocedo unos pasos. Él empieza a seguirme, pero yo levanto una mano temblorosa.

—No tengas miedo —murmura—. No te haré daño. Yo nunca te haría daño.

—*Muéstrate* —susurro.

Se produce un breve destello de luz. Cuando mis ojos se acostumbran veo a Christian de pie bajo los árboles carbonizados. Carraspea y se mira los pies, como si estuviera avergonzado. De sus omóplatos brotan grandes alas moteadas, cubiertas de manchas, como si alguien las hubiera salpicado con pintura. Él las pliega cuidadosamente y vuelve a guardarlas en su espalda.

—¿Cómo...?

—¿Aquí es donde nos encontrábamos en tu visión? —le pregunto señalando el camino de Fox Creek—. ¿Tú decías «Eres tú» y yo respondía «Sí, soy yo», y nos íbamos volando?

—¿Cómo lo sabes?

Invoco mis alas. Sé que ahora las plumas son oscuras, y lo que eso significará para él, pero merece conocer la verdad.

Se le agrandan los ojos. Respira bruscamente, asombrado, a la manera en que a veces ríe.

—Eres un ángel de sangre.

—He tenido la visión desde noviembre. —Las palabras salen desordenadamente de mi boca—. Por eso nos mudamos aquí. Se suponía que tenía que dar contigo.

Me mira pasmado.

—Pero es mi culpa —añade al cabo de un rato—. No llegué a tiempo. No esperaba que hubiera dos incendios. No sabía cuál era.

Clava sus ojos en mí.

—Al principio no sabía que eras tú. Por el pelo. No te reconocí con el pelo rojo. Suena estúpido, lo sé. Sabía que había algo distinto en ti, siempre lo supe. En mi visión llevabas el pelo rubio. Y durante un tiempo ésa fue la única imagen. Oía pasos detrás de mí, pero antes de que me diera la vuelta la visión llegaba a su fin. Nunca te veía la cara, hasta que tuve la visión en el baile de graduación.

—La culpa no es tuya, Christian. Es mía. No estuve aquí para encontrarte. No te salvé.

Mi voz suena chillona y estridente en la desolación del bosque incendiado. Me cubro los ojos con la mano e intento no llorar.

—Pero yo no necesitaba que me salvaras —dice con amabilidad—. Tal vez teníamos que salvarnos mutuamente.

De qué, me pregunto.

Retiro las manos de mi rostro y lo veo acercarse a mí, con los brazos extendidos. Ahora no se trata de una visión, pero sigo encontrándolo hermoso, aunque esté empapado y manchado de ceniza. Me toma la mano.

—Estás vivo —murmuro con voz ahogada, moviendo la cabeza. Me aprieta las manos y luego me atrae hacia él para abrazarme.

—Sí, yo también me alegro.

Con una mano me acaricia suavemente las alas, haciéndome temblar. Luego se aparta y levanta la mano delante de sus ojos, observándola. Su palma está negra. La miro con detenimiento.

—Tienes las alas cubiertas de cenizas —dice riendo.

Le agarro la mano, paso mis dedos sobre su palma y, como es de esperar, se desprende una capa de ceniza y lluvia. Se limpia la mano en el pantalón.

—¿Qué hacemos ahora? —pregunto.

—Improvisemos. —Vuelve a clavar su mirada en mis ojos, y luego en mi boca. Siento otro temblor. Se humedece los labios y me mira otra vez a los ojos. Interrogándome.

Ésta podría ser mi segunda oportunidad. Si ninguno de los dos necesitaba un salvador, ¿qué más podría suceder si no es esto? Parece como si el mismísimo cielo nos hubiese arreglado una cita. No necesitamos el fuego. Siempre podemos volver a representar la visión.

—Siempre fuiste tú —dice, tan cerca que puedo sentir su aliento en mi cara.

Me estoy ahogando. Quiero que me bese. Quiero volver a hacerlo todo bien. Quiero que mi madre esté orgullosa de mí. Hacer lo que debo hacer. Amar a Christian, si ése es mi destino.

Christian se inclina hacia mí.

—No —susurro, incapaz de decirlo más alto. Me aparto. Mi corazón ya no me pertenece. Le pertenece a Tucker—. No puedo.

Él se aparta de inmediato.

—Vale —dice. Se aclara la garganta.

Respiro hondo, tratando de aclararme. Finalmente ha dejado de llover. Se ha hecho de noche. Los dos estamos empapados, congelados y confundidos. Todavía sujeto su mano. La estrecho entre mis dedos.

—Estoy enamorada de Tucker Avery —me limito a decir.

Parece sorprendido, como si la idea de que no esté disponible jamás se le hubiera cruzado por la cabeza.

—Oh, lo siento.

—No pasa nada. Por favor, no lo sientas. En cualquier caso, ¿no sigues enamorado de Kay?

Su nuez de Adán se mueve mientras traga.

—Me siento estúpido. Como si todo esto fuera una broma pesada. Ya no sé qué pensar.

—Yo tampoco.

Le suelto la mano. Extiendo mis alas batiéndolas, y me elevo por encima de la colina y el bosque carbonizado. Christian me mira desde abajo por un instante, y luego despega. Verlo así, remontando el vuelo con sus hermosas alas moteadas, me hiela la sangre y me confunde aún más.

«Tienes problemas, Clara», me dice mi corazón.

—Ven —le digo a Christian mientras planeamos sobre el camino de Fox Creek en busca de un último instante—. Ven conmigo.

Nos quedamos en la puerta de mi casa. Está oscuro. El porche está iluminado. Una mariposa nocturna se estrella rítmicamente contra el cristal una y otra vez. Pliego mis alas y hago que desaparezcan. Me vuelvo hacia Christian. Nuestras alas ya no están, pero es como si él prefiriera echar a volar ahora mismo y no regresar jamás. Fingir que nada de esto ha ocurrido, que el fuego no ha existido, que no sabemos lo que sabemos y que no lo hemos fastidiado todo.

—Todo está en orden. —No sé si le estoy hablando a él o a mí.

Éste es mi hogar, la hermosa y retirada casa de madera de la que me enamoré hace ocho meses, pero de repente me siento una extraña, como si cruzara este umbral por primera vez. En las últimas horas han cambiado muchas cosas. Tengo la mente saturada por todo lo que he visto, lo que he superado, batallas con ángeles perversos, incendios forestales, y las consecuencias de lo que he hecho. Christian está vivo, y sin embargo parece tan intranquilo como yo, tiznado de humo pero hermoso y mucho más de lo que yo me esperaba. Pero no he cumplido con mi designio. No sé qué pasará ahora. Sólo sé que tendré que afrontarlo.

Oímos un ruido detrás, y los dos nos volvemos para contemplar la reluciente oscuridad. Una figura vuela hacia nosotros entre los árboles. No sé si Christian es consciente de la existencia de los Alas Negras, pero instintivamente nos tomamos de la mano, como si éste pudiera ser nuestro último instante sobre la tierra.

Resulta que es Jeffrey. Aterriza en la orilla del jardín con cara de pánico, como si algo lo persiguiera. Lleva su mochila colgada del hombro, sujetándola con el brazo para que no estorbe el movimiento de sus alas. Se vuelve hacia la entrada de la casa. Por un instante nos da la espalda, y todo lo que veo son sus alas. Las plumas son casi negras, de un color plomizo.

—¿Ése es tu hermano? —me pregunta Christian.

Jeffrey lo oye y se vuelve como buscando pelea. Al vernos levanta la mano para protegerse los ojos de la luz del porche, entornando la vista para identificarnos.

—¿Clara? —Me recuerda a cuando era niño. Le daba miedo la oscuridad.

—Sí, soy yo —contesto—. ¿Estás bien?

Se acerca al círculo de luz proyectado desde el porche. Su rostro es un destello blanco en la negrura de la noche. Huele a bosque quemado.

—¿Christian? —pregunta.

—En carne y hueso —responde él.

—Lo conseguiste. Salvaste a Christian —dice Jeffrey. Parece aliviado.

No puedo dejar de mirar sus alas oscuras.

—Jeffrey, ¿dónde has estado?

Aletea hasta el tejado, posándose con cuidado en la ventana de su habitación, que está abierta.

—Buscándote —dice después de chistarme nervioso y meterse dentro—. No se lo digas a mamá.

Miro el cielo encapotado.

—Deberíamos entrar, antes de que algo ocurra —le digo a Christian.

—Espera. —Alza la mano como si fuera a tocarme la cara. Doy un respingo, y él también. Su mano se detiene a centímetros de mi mejilla, en la misma posición que he visto cien veces en mi visión. Los dos lo sabemos.

—Perdona. Es que tienes una mancha. —Respira hondo, como tomando una decisión, y sus dedos rozan mi piel. Su pulgar acaricia un punto de mi mejilla, frotándolo—. Ya está. Se ha ido.

—Gracias —digo sonrojándome.

Entonces la puerta se abre y aparece Tucker que nos mira, primero a mí, de pies a cabeza para asegurarse de que he vuelto de una pieza, y luego a Christian y a su mano, que sigue levantada cerca de mi cara. Veo cómo cambia su expresión, de un gesto preocupado y tierno a uno oscuro y decidido que ya conozco de antes, de cuando rompió conmigo.

Me aparto bruscamente de Christian.

—Tucker —exclamo—. Me alegro de que sigas aquí.

Me arrojo en sus brazos. Él me estrecha.

—No podía irme —dice.

—Lo sé.

—De verdad que no podía. No tengo coche.

—¿Dónde está mamá?

—Se ha quedado dormida en el sofá. Parece que está bien, aunque un poco borracha. No quería hablar conmigo.

Christian carraspea incómodo.

—Me voy —anuncia.

Titubeo. Intento hacer que entre y se siente con mamá, para que cuente su parte de la historia e intentemos averiguar qué significa todo esto. Pero ahora no parece posible.

—Hablaremos otro día —dice.

Asiento.

Se da la vuelta enseguida y baja los escalones del porche.

—¿Cómo regresarás a casa? —le pregunta Tucker.

Christian me mira por un instante.

—Llamaré a mi tío —responde dubitativo—. Me encontraré con él en la carretera. No vivo muy lejos.

—Está bien —dice Tucker, evidentemente confundido.

—Nos vemos —se despide Christian y nos da la espalda para perderse en la oscuridad.

Me llevo a Tucker adentro antes de que vea a Christian salir volando.

—¿Así que también lo rescataste a él? —me pregunta cuando cierro la puerta.

—Es una larga historia, y sigo sin entender la mayor parte. Y algunas cosas no tienen que ver conmigo como para contarlas.

—Pero ¿se acabó? Quiero decir, el fuego ya se extinguió. ¿Has cumplido con tu designio?

La palabra todavía se me clava como un cuchillo.

—Sí. Se acabó.

Y ésa es la verdad. El fuego se extinguió. La visión se cumplió. ¿Y por qué tengo la sensación de que le estoy mintiendo otra vez?

—Gracias por salvarme la vida hoy —dice Tucker.

—No pude evitarlo —respondo, tratando de bromear, pero ninguno de los dos sonríe. Ninguno dice te amo, siquiera, aunque los dos queremos hacerlo. En lugar de eso me ofrezco a llevarlo a casa.

—¿Volando? —pregunta indeciso.

—Creí que cogeríamos el coche.

—Vale.

Se inclina e intenta darme un beso breve y caballeroso en los labios. Pero yo no dejo que se aparte. Lo agarro de la camiseta y lo sujeto, y aplasto mis labios contra los suyos, tratando de desahogarlo todo en este beso, todo lo que siento, todo lo que temo, todo mi amor, tan intenso que roza el dolor. Él gime y enreda sus manos en mi pelo y me besa con entusiasmo, haciéndome retroceder hasta que mi espalda toca la puerta. Estoy temblando, pero no sé si es por él o por mí. Sólo sé que no quiero dejarlo escapar otra vez.

Al otro lado del pasillo mamá se aclara la garganta. Tucker se aparta de mí, respirando agitado. Lo miro a los ojos y sonrío.

—Hola, mamá —digo—. ¿Qué tal estás?

—Estoy bien, Clara —responde—. ¿Cómo estás tú?

—Bien. Iba a llevar a Tucker a casa.

—Vale. Pero regresa enseguida.

Más tarde, después de dejar a Tucker y regresar a casa, me doy una ducha. Me quedo debajo del grifo y pongo el agua lo más caliente que soy capaz de soportar. El agua me cae por el pelo y la cara, y justo entonces dejo que broten las lágrimas, hasta que desaparece la pesadez de mi pecho. Luego saco mis alas y las limpio con cuidado. El agua gris se arremolina a mis pies. Friego mis alas hasta que están limpias, aunque ya no son tan blancas como antes. Me pregunto si alguna vez volverán a ser blancas y hermosas.

Cuando se acaba el agua caliente, me envuelvo en una toalla y me tomo mi tiempo para peinarme. No puedo mirarme al espejo. Me tumbo en la cama, agotada, pero no puedo dormir. Finalmente me doy por vencida y bajo las escaleras. Abro la nevera y me quedo mirando, dándome cuenta de que no tengo hambre. Intento mirar la televisión, pero nada me llama la atención, y la luz de la pantalla parpadeante proyecta sombras en la pared que me asustan aunque sepa que allí no hay nada.

Creo que empiezo a temer a la oscuridad.

Voy a la habitación de mamá. Creía que iba a interrogarme cuando regresara de llevar a Tucker, pero ya estaba en la cama, otra vez dormida. La miro acostada, deseo estar cerca de ella pero sin molestarla. El rayo de luz que se cuela por la puerta entreabierta baña su cuerpo. Parece tan frágil, tan pequeña acurrucada de lado en el centro de su cama, con un brazo sobre la cabeza... Me acerco al lecho y le toco el hombro, tiene la piel fría. Frunce el ceño.

«Vete», dice. Me aparto de ella, dolida. ¿Está enfadada por lo que ha pasado hoy? ¿Porque elegí a Tucker?

«Por favor», me pide. No sé si está hablando en voz alta o telepáticamente. Pero me doy cuenta de que no me está hablando a mí. Está soñando.

Cuando vuelvo a tocarla siento lo mismo que ella: ira, miedo. Recuerdo cómo aparecía en el recuerdo del Alas Negras, la imagen suya que él ha llevado consigo durante un largo tiempo: el pelo castaño corto, lápiz de labios con brillo, un cigarrillo colgando, la manera en que lo miraba con su sonrisita de suficiencia. Entonces ella no tenía miedo, no de él en todo caso. Ni de nada. Me resulta extraña aquella versión joven de mi madre. Me pregunto si alguna vez la conoceré, si ahora que se ha acabado mi designio se sentirá libre de contarme todos sus secretos.

Mamá suspira. Tiro del edredón para taparla y aliso su cabello hacia atrás. Luego salgo sigilosamente de la habitación. Regreso a la cocina, pero todavía percibo su sueño como si lo estuviera sintonizando. Esto es nuevo, pienso, esta capacidad de oír los pensamientos de los demás, como cuando experimenté las sensaciones de Tucker mientras me besaba, como lo que sentí al tocar al Alas Negras. Llego a mamá por medio de mi conciencia, y puedo encontrarla, sentirla. Es asombroso y aterrador al mismo tiempo. Subo a la habitación de Jeffrey y puedo sentirlo. Duerme y sueña, y en sus sueños también hay miedo, o vergüenza. O preocupación. Hace que me preocupe por él. No sé dónde estaba durante el incendio, lo que estaría haciendo y que ahora lo agobia tanto.

Voy a la cocina a buscar un vaso de agua, y lo bebo despacio. Huelo el humo, el olor del fuego que permanece en el aire. Lo que me hace pensar en Christian. Unos cuatro kilómetros hacia el este, dijo, en línea recta. Cuatro kilómetros no es mucho. Me imagino atravesando sigilosamente el bosque, como una exploración entre raíces, árboles y hierbajos, tendiendo una línea entre la casa de Christian y la mía, como una cuerda que une dos latas, mi propio teléfono improvisado.

Quiero sentir lo que él siente.

Y lo consigo. Lo encuentro. De algún modo sé que es él y nadie más. No está dormido. También está pensando en mí. Está pensando en el momento que me limpió la mancha de ceniza de mi mejilla, en la sensación de mi piel en la punta de sus dedos, en mi manera de mirarlo. Está hecho un lío, confundido, frustrado. Ya no sabe qué se espera de él.

Lo entiendo. Nosotros no pedimos nada de esto; nacimos

involucrados. Y sin embargo se espera que sirvamos ciegamente, que acatemos reglas que no comprendemos, que dejemos que una fuerza superior planifique nuestras vidas y nos diga a quién deberíamos amar y, más aún, hasta dónde podríamos atrevernos a soñar.

Al final, cuando Christian y yo emprendimos juntos nuestro vuelo, no había llamas debajo de nosotros. No había ningún fuego que nos persiguiera. No nos hemos salvado el uno al otro. No nos hemos enamorado. Más bien nos hemos transformado. Hemos sufrido una alteración cósmica. No sé si he perdido la gracia divina, o si formo parte de un plan B celestial. Tal vez no importa.

Lo único que sé es que ya no podemos volver atrás.

Índice